Anett E. Schlicht
Zeit der Eismonde

PIPER

Zu diesem Buch

Die Zeit der Eismonde hat begonnen, ein Winter, der viele Mondzyklen andauern wird. Während die schwarze Kälte das Leben in Aehdland langsam erstarren lässt, zweifelt der siebzehnjährige Ouwen an seinem Verstand: Tagsüber hat er schreckliche Visionen, die ihm so real erscheinen, dass er sie kaum von der Wirklichkeit unterscheiden kann. Nachts wird er von Albträumen heimgesucht, die er nicht zu deuten vermag. Als der Schattenläufer Hayden in sein Haus eindringt und behauptet, den wahren Grund für seine Visionen zu kennen, muss Ouwen auf seine Intuition vertrauen. Er folgt ihm und flieht vor den dunklen Jägern, die bereits auf dem Weg in sein Dorf sind. In den Wäldern begegnet er einem verletzten Wolf mit seltsamen roten Augen und rettet ihm das Leben, doch dieser birgt mehr als nur ein Geheimnis ...

Anett E. Schlicht wuchs in einem kleinen Küstenort in Mecklenburg-Vorpommern auf und lebt als freie Journalistin und Autorin in Hamburg. Sie ist Fantasy- und Science-Fiction-Fan, Serien-Junkie und reist gern, vor allem nach Skandinavien. Schon als Kind liebte sie Märchen und fantastische Erzählungen – und die Gute-Nacht-Gruselgeschichten ihrer Großmutter. Ein Teil von »Zeit der Eismonde« entstand während eines Winterurlaubs an der dänischen Nordsee. Die Geschichte ist inspiriert von der Frage »Woher kommen unsere Träume?« und einem Besuch des Wikinger-Museums Haithabu in der Nähe von Schleswig.

Anett E. Schlicht

Zeit der Eismonde

Roman

PIPER

Die Playlist der Autorin zu »Zeit der Eismonde« gibt es hier:
www.piper.de/eismonde

MIX
Papier aus verantwortungsvollen Quellen
FSC® C083411
FSC www.fsc.org

Originalausgabe
Mai 2019
ISBN 978-3-492-28193-5

Die Veröffentlichung dieses Werkes erfolgt auf Vermittlung der Autoren- und Verlagsagentur Peter Molden, Köln
Umschlaggestaltung: Guter Punkt, München
Umschlagabbildung: Guter Punkt, Kim Hoang unter Verwendung von Motiven von Adobestock und Shutterstock
Satz: psb, Berlin
Gesetzt aus der Palatino
Druck und Bindung: CPI books GmbH, Leck
Printed in the EU

Für meine Großmutter, die Geschichtenerzählerin.
Und meinen Großvater.

Die Dunkelheit währt ewig, wie die Schatten, die sie gebiert.
Doch ein einziges Licht durchbricht die Finsternis.
Bis es erlischt.

Altaehdanisches Sprichwort

PROLOG

Nordinger Wälder. In der Nähe des Grauen Gebirges

Das Rudel lief schnell. Ihre Körper glitten fast lautlos durch die kalte Morgendämmerung. Der Winterfrost hatte die Nordinger Wälder und die grauen Bergkämme in eisiges Schweigen gehüllt, doch die Wölfe spürten die Kälte nicht und auch keine Müdigkeit. Ihr dichtes Fell schützte sie vor dem Schnee, der wie ein weißes Tuch den Boden und alles Leben bedeckte.

Einen Tag und eine Nacht waren sie gelaufen, ohne zu rasten. Sie wussten, dass sie ihrem Ziel näher kamen. Das Knurren des Leittieres trieb das Rudel zu größerer Schnelligkeit an. Die Spur war noch frisch und sie verfolgten sie unerbittlich.

Der alte Leitwolf lief voran. Sein helles Fell verschmolz mit dem kalten Weiß der im Winter erstarrten Landschaft, die unbeachtet an ihnen vorüberzog. Es war die perfekte Tarnung für einen Jäger, in einer Welt, die viele Monde lang nur aus Eis und Kälte bestand.

Arkans Bewegungen waren geschmeidig und hatten in all den Jahren nichts von ihrer Kraft verloren. Das Rudel würde ihm folgen, selbst wenn es den Tod bedeutete. Doch seine Autorität beruhte nicht nur auf seiner Größe oder seiner Stärke. Er war als Anführer geboren worden.

Als sie sich einer kleinen Lichtung am Rande des Gebirgspasses näherten, wurde Arkan langsamer. Der weiße Wolf blieb zwischen den Bäumen stehen und senkte den Kopf. Die Kälte ließ den Atem aus seinem Maul als grauen Dunst entweichen. Ein warnendes Knurren rollte aus seiner Kehle, als er aus dem Schatten der Bäume auf die Lichtung trat. Der Tag war angebrochen und auf dem Boden der Lichtung zeigte sich eine deutliche Spur.

Kein Geräusch war zu hören, bis auf das leise Knirschen des Schnees, als der Jäger seine Pfoten zwischen die am Boden liegenden, abgebrochenen Äste einer Tanne setzte. Der Sturm, der vor zwei Nächten durch den Norden von Aehdland getobt war, hatte den alten Baum aus dem Boden gerissen. Seine Wurzeln ragten anklagend in den Himmel, wie schwarze, knochige Finger.

Ein paar kahle Zweige streiften den Rücken des Wolfs und zerrten an seinem Fell, als wollten sie ihn hindern, weiterzulaufen, doch Arkans Blick war unbeirrt auf die Lichtung gerichtet. Langsam, ohne Eile, lief er auf seine Beute zu. Seine Gefährten blieben zurück. Er brauchte sie nicht, noch nicht. Als er den Jungen vor sich im Schnee liegen sah, blieb Arkan stehen. Der alte Wolf musterte den Menschen, den sie bis hierher verfolgt hatten. Erde und Schnee bedeckten seine Kleidung, das Gesicht und die blonden Haare waren verdreckt. Ein schlaksiger Knabe, kaum mehr als ein Kind. Auf der Stirn hatte er einige frische Kratzer. Aber das war es nicht, was sie auf seine Spur geführt hatte.

Der Junge wandte den Kopf. »Ich habe auf euch gewartet«, flüsterte er kaum hörbar und sah den weißen

Wolf an. Seine Lippen waren von der Kälte bläulich verfärbt.

Der Schattenjäger konnte die Furcht und den Schmerz des Menschen spüren. Es bedeutete ihm nichts. Er fletschte warnend die Zähne.

Der Junge hörte die Antwort des Wolfs deutlich in seinem Kopf. Es war ein klarer Befehl. *Lauf!*

Er stützte sich auf dem eisigen Boden ab und versuchte aufzustehen, schaffte es aber nicht, das Gleichgewicht lange zu halten. Erschöpft sank er zurück in den Schnee. Der zerrissene Stoff seiner Hose entblößte eine tiefe Wunde. Dünne Streifen aus seinem Leinenhemd waren um den Oberschenkel gewickelt, der Verband hatte jedoch nicht verhindern können, dass die Wunde wieder aufgerissen war. Warmes Blut rann an seinem Bein herab und färbte den Schnee unter seinem Körper.

Arkans Augen glühten in einem dunklen Rot. Er konnte die Unruhe seines Rudels spüren, das am Waldrand zurückgeblieben war. Der Blutgeruch war stark, doch er rührte sich nicht. Er würde den Menschen nicht hier auf der Lichtung töten, sondern zog den Schutz des Waldes vor.

Der Junge biss die Zähne zusammen und versuchte es erneut. Er ignorierte den Schmerz, der das Taubheitsgefühl der Kälte längst verdrängt hatte und verlagerte sein Gewicht mühsam auf das unverletzte Bein.

Verzweifelt schleppte er sich durch den Schnee und blieb nach ein paar Schritten entkräftet stehen.

Seine Augen wanderten hinauf in den grauen Himmel, zu den Wolken, die keinen einzigen Sonnenstrahl hindurchließen. Doch seine Gedanken waren auf etwas anderes gerichtet. Er sandte eine stumme Botschaft an den Wächter, welcher auf dem Ast einer großen Eiche am Rand der Lichtung saß und sie beobachtete.

Der Leitwolf ließ den Jungen nicht aus den Augen, verfolgte ihn aber nicht. Er hatte keine Eile.

Kein Laut war zu hören, als die dunklen Jäger langsam aus dem Unterholz traten. Das Rudel hatte lange genug gewartet. Es gab kein Entkommen und der Junge wusste es. Die Jagd war zu Ende.

Die langen Krallen des Wächters lösten sich von dem Ast, auf dem er gesessen hatte. Der Vogel breitete seine schwarzen, glänzenden Schwingen aus, bei denen die Flügelknochen deutlich hervortraten, und flog mit einem heiseren Schrei davon. Die Schattenwölfe hatten ihre Beute erreicht. Der Wächter würde die Nachricht überbringen, die er erhalten hatte.

KAPITEL 1

Siedlung Askaleth. Acht Monate später

Der Wind peitschte die Äste der alten Weide immer wieder wütend gegeneinander. Das Unwetter tobte bereits die ganze Nacht über dem kleinen Tal. Wie riesige Maulwurfshügel ragten die Häuser der Siedlung aus der Dunkelheit und nur das Prasseln des lang anhaltenden Regens, unterbrochen von fernem Donner, durchbrach die Stille.

Niemand war in der Kälte unterwegs. Niemand bis auf Hayden. Die Kapuze hing ihm tief ins Gesicht, aber sie schützte nicht vor dem Wind, der hart und unnachgiebig durch das Tal jagte. Sein schwerer Mantel roch nach feuchter Erde. Er konnte die eisige Kälte bis unter die Haut spüren, wo sie langsam jedes andere Gefühl seines Körpers betäubte. Hayden war in den vergangenen Wochen oft nachts durch die Wälder gewandert, aber diese Nacht unterschied sich von den anderen. Er konnte es fühlen. Bald würde der erste Schnee fallen und er musste weiterziehen.

Doch seine Aufgabe war noch nicht beendet.

Seine Augen starrten in die Dunkelheit. Der Ory-Gar-Wald am Rand der Siedlung war nur ein düsterer Vorhang am Horizont und auch der Mond hatte sich hinter Wolkenschleiern verborgen. Es brannte kein einziges Licht am Rand der Siedlung. Wahrscheinlich hatte der Henkelmann, wie er den Nachtwächter wegen seines langen Stabs, an dem eine Öllampe befestigt war, nannte, wieder vergessen, die Laterne auf dem Pfad anzuzünden. Der seltsame Alte schlief mit Sicherheit längst, den löchrigen Hut tief in die Stirn gezogen. Es wäre nicht das erste Mal.

Die flackernden, kleinen Lichter in den Fenstern wiesen Hayden den Weg. Er überquerte den großen Platz, auf dem die Menschen begonnen hatten, einen Scheiterhaufen für das Winterfest zu errichten. Das Holz war vom Regen völlig durchnässt. Die Hüter würden ihre Mühe haben, das Feuer zu entzünden, aber die Ältesten kannten die heiligen Worte, um die Flammen zu entfachen. Er schob den Gedanken beiseite. Er war nicht wegen des Festes gekommen.

Es knarrte leise, als ganz in seiner Nähe eine Tür geöffnet wurde. Hayden blieb unter den ausladenden Ästen einer großen Tanne stehen und griff nach dem Beutel, der um seinen Hals hing.

»Halbschatten«, flüsterte er tonlos und verzog seinen Mund zu einem schiefen Lächeln. Der Name, den man ihm vor langer Zeit gegeben hatte, passte zu seinem Talent, mit der Dunkelheit zu verschmelzen.

Es war nur ein Hund, der in die Kälte entlassen wurde. Das Tier witterte ihn nicht und verschwand hinter dem Haus. Hayden lief weiter. Die Menschen verbrachten diese stürmische Nacht lieber in ihren geschützten Häusern und würden ihn nicht bemerken.

Seine Schritte wurden langsamer, als er das Haus auf dem Hügel erreichte. Nichts hatte sich verändert. Die alte Holztür, von wuchernden Sträuchern eingerahmt, war verschlossen. Er lauschte in die Stille. Kein Geräusch drang aus dem halb eingefallenen Haus, nur das Rauschen des Regens war zu hören. Die schweren Tropfen prasselten auf das schiefe Dach, durchweichten seine Kleidung und verwandelten den Boden unter seinen Füßen in zähen Schlamm. Sein Blick wanderte über den Hügel. Ihm blieb nur wenig Zeit. Schon bald würde die Morgendämmerung anbrechen und die Nachtschwärze ablösen.

Entschlossen wandte er sich der Südseite des Hauses zu. Zwischen fahlem Moos und Stroh fand er an der Wand die Vertiefung, nach der er gesucht hatte. Ein Fremder hätte die kleine Fensterluke vielleicht übersehen, doch Halbschatten hatte schon oft in der Nacht an diesem Platz gestanden, still und schweigend, auf das Ende der Dunkelheit wartend.

Er zog den ledernen Beutel hervor, nahm einen kleinen, nur fingernagelgroßen blauen Sandklumpen heraus und zerrieb ihn zwischen seinen Fingern.

»Avalou-ez!«, flüsterte er. Der Sand trieb davon und wirbelte durch die Ritzen des Fensterladens, an dessen verwitterten Rahmen Gras spross.

Hayden wartete einen Moment, dann wandte er sich ab und verschwand in der Dunkelheit. Lautlos, wie die vielen anderen Schatten, die durch die Nacht streiften.

Die winzigen, leuchtenden Sandkörner tauchten den Raum, der hinter der Mauer lag, in ein bläuliches Licht. Das Zimmer war klein, mit nur wenigen, einfachen Möbelstücken. In eine Nische der Wand war ein schmales Bett eingelassen, auf dem jemand schlief. Ein paar schwarze Haarsträhnen schauten wirr unter der Decke hervor. Langsam, wie durchsichtige Spinnenfäden, die der Wind durch die Lüfte trägt, fiel der blaue Sand auf ein Gesicht, das sich bleich von der strohgefüllten Matratze abhob.

Es waren zu viele. Er senkte den Kopf und wich langsam zurück. Der Wolf wusste, dass sein Ziel nah war, aber die Wächter hatten ihm den Weg versperrt. Sie flogen dicht über ihm und schlugen wütend mit ihren schwarzen, kräftigen Flügeln. Ein paar schafften es, sich in sein Fell zu krallen und hackten mit ihren Schnäbeln tief in sein Fleisch. Er fletschte die Zähne und schnappte nach ihnen, doch sie waren zu schnell. Immer wieder schlugen sie ihre scharfen Krallen in seinen Rücken, bis dunkles Blut aus seinem Fell sickerte. Als einer der Vögel versuchte, seine Augen herauszureißen, packte er das Tier an seinem Flügel und zerfleischte es. Der Geruch von frischem Blut vermischte sich mit der Fährte und machte ihn rasend.

Der Wolf lief zum Rand des Felsvorsprungs, dessen schmales Ende steil über den Abgrund ragte. Die Wächter verfolgten ihn nicht. Sie hatten nur beschützt, was im Inneren der Höhle verborgen lag. Vor ihm erstreckte sich das Nordgebirge mit den weitläufigen Wäldern und Bergkämmen. Der Winter hatte den Flusslauf gefrieren lassen, aber die Kälte, die alles Leben mit ihrem eisigen Atem durchdrang, machte dem Jäger nichts aus, genauso wenig wie die schmerzenden Wunden seines Körpers. Er zog die blutigen Lefzen hoch und knurrte leise. Er konnte sie riechen. Sie war hier und doch hatte er versagt.

Er hob den Kopf und heulte seine Wut in die Berge hinaus.

Ouwens Herz schlug wild gegen seine Rippen, als er aus dem Schlaf hochschreckte. Für einen Moment wusste er nicht, wo er war. Verwirrt strich er sich die zerzausten Haare aus der Stirn. Der Mond schien schwach durch die Ritzen des kleinen Fensterladens und ließ die wenigen Gegenstände, die er besaß, aus den Schatten auftauchen.

Er hatte nur geträumt. Ein weiterer Albtraum.

Die Decke unter seiner Hand kratzte unangenehm, als er sich aufrichtete. Ouwens Blick wanderte zum Fenster, das alte Holz knarrte in seiner Verankerung. Die Erinnerung an den Traum begann bereits zu verblassen, aber er konnte noch immer die seltsamen, roten Augen vor sich sehen … die Augen eines riesigen Wolfs.

Seine Finger fuhren unruhig über die Wolldecke. Es war nur ein Traum. Es bedeutete nichts.

Er sank zurück auf das Bett und schloss die Augen. Doch das ungute Gefühl, das er seit dem Erwachen hatte, ließ ihn nicht los.

Es dauerte lange, bis er wieder einschlief.

Siedlung Askaleth. Am nächsten Morgen

Ouwen hob den Kopf und sah Mattes an, der gewohnt schweigsam sein Frühstück verzehrte.

»Brechen wir nach dem Essen auf?«

»Je eher, desto besser.« Sein Vater griff nach einer weiteren Scheibe Brot. »Das Wetter kann jederzeit umschlagen.«

Ouwen warf einen Blick aus dem Fenster. Die Sonne,

die noch vor einer Stunde geschienen hatte, war verschwunden. Stattdessen drängten sich schwere, dunkle Wolken am Himmel.

»Dann hole ich wohl besser meine Sachen.« Er wartete die Erwiderung seines Vaters nicht ab und ging in sein Zimmer. Seit dem Hauseinsturz vor fünf Jahren war der Raum etwas schief, da einige der hinteren Balken eingebrochen waren, doch Ouwen störte sich nicht daran.

Seine Hand tastete nach der Tasche, die unter seinem Bett lag. Er zog sie hervor und setzte sich auf die Matratze. Nachdenklich strich er über das fleckige Leder. Vier Monate waren vergangen, seit es begonnen hatte. Anfangs hatte er noch versucht, mit seinem Vater über die seltsamen Träume zu sprechen, doch Mattes hatte ihn nur ernst angeblickt und gesagt, Träume wären nur Trugbilder, bleiche Schatten der Wirklichkeit.

»Sie vernebeln unseren Geist, mein Junge. Man muss aufpassen, dass man am nächsten Morgen nicht vergessen hat, wer man ist. Denk nicht so viel darüber nach, sie werden verschwinden.«

Ouwen hatte genickt und geschwiegen. Er wollte seinem Vater nicht widersprechen und er wollte glauben, dass sie vielleicht verschwanden, so wie Albträume in seiner Kindheit auch nur vage Schatten geblieben waren. Aber er wusste, dass er nicht mehr derselbe Junge war wie im vergangenen Sommer, als er schlafen gehen konnte, ohne sich zu fürchten.

Ouwen stopfte wütend seine Schleuder in die Tasche. Er sah und hörte Dinge, die niemand außer ihm wahrnahm: Stimmen, die in der Nacht wisperten, Geschichten erzählten, die er nicht verstand, Gesichter von fremden Menschen, die plötzlich in seinen Gedanken erschienen. Nein, das waren keine Träume, die nachts als stumme Besucher in die Häuser schlichen. Es war, als wären diese Fantasien – diese Albträume – einfach geblieben, in seinen Gedanken, seinem Geist. Und er war machtlos dagegen.

»Wahrscheinlich werde ich verrückt«, murmelte er. So wie der Junge aus dem Nachbardorf, der im vergangenen Winter verschwunden war. Sein Blick schweifte zur Tür. Wie würde Mattes reagieren, wenn er erfuhr, dass sein Sohn ebenfalls den Verstand verlor? Und wer würde sich um seinen Vater kümmern, wenn er wie der andere Junge einfach … verschwand?

Er nahm seine Tasche und ging zurück in den Wohnraum, wo sein Vater gerade dabei war, das übrig gebliebene Essen in die Vorratskammer zu räumen.

»Warte, ich helfe dir.« Ouwen griff nach dem Krug, der auf dem Tisch stand und stockte, als sein Blick auf einen der Stühle fiel. »Großvaters Armbrust?« Er sah Mattes fragend an. »Willst du später auf die Jagd gehen?«

Sein Vater nahm eigentlich nur sein Jagdmesser mit, wenn sie unterwegs waren, um ihre Fallen zu überprüfen.

Mattes nickte und griff nach der Waffe. »Lass uns gehen«, sagte er knapp und wandte sich zur Tür.

Ouwen stellte grinsend den Krug Wasser zurück und folgte ihm. Er war es gewohnt, dass sein Vater nicht viele Worte verlor. In dieser Hinsicht ähnelte er sehr dem alten ›Rotbart‹. Im Dorf erzählte man sich noch immer Geschichten über ihn. Ouwens Großvater war als junger Mann von einer der Nordinseln gekommen, um in Askaleth Handel zu treiben, hatte eine Frau aus der Siedlung geheiratet und war hier sesshaft geworden.

Sein Grab lag auf dem Hügel hinter ihrem Haus, neben dem seiner Frau und dem Grab von Ouwens Mutter.

Draußen schlug ihnen eisige Kälte entgegen. In den vergangenen Tagen hatte der Wind die letzten Blätter von den Bäumen vertrieben und raschelte nun als Vorbote des Winters durch das welke Laub am Boden.

Ouwen strich sich müde über das Gesicht. Er hatte in der vergangenen Nacht nicht viel geschlafen, doch er verlor darüber kein Wort. Sein Vater mochte es nicht, wenn man jammerte. Sein Blick schweifte über den Hügel. Er war dankbar für diese letzten Tage in Freiheit, bevor der Winter die Menschen in ihre Häuser verbannte. Schon jetzt, wenn er über die kahlen Felder streifte, war ihm, als würde das Leben sich verlangsamen. Die Tage wurden bereits kürzer und mit der Dunkelheit kam auch die schwarze Kälte, wie die Eisnächte in Ouwens Heimat genannt wurden. Und eines Tages würde sie bleiben.

Er zog den Fellumhang enger um seine Schultern. Die Ältesten hatten ihnen einen besonders harten, langen Winter prophezeit. Sein Vater hatte ein halbes Dutzend zusätzliche Schafe gekauft, die während der Eismonde im Stall eines befreundeten Bauern untergebracht waren. Trotzdem würde er mit Mattes weiter auf die Jagd gehen, bis der erste Schnee fiel. Nur wenn ihr Lager gut gefüllt war, hatten sie auch genug Tauschwaren. Die Eismonde brachten nicht nur Schnee und Kälte, sondern dauerten auch oft länger als ein halbes

Jahr. Er tastete nach dem neuen Jagdmesser, das an seinem Gürtel hing, den Holzgriff dafür hatte er selbst geschnitzt. Er war nicht so geschickt wie sein Vater mit Holzarbeiten, aber der Griff war solide gearbeitet und lag gut in der Hand.

Ouwen warf einen kurzen Blick zu Mattes, der mit kräftigen, ausholenden Schritten neben ihm lief. Im Dorf behaupteten sie scherzhaft, durch die Adern seines Vaters fließe das Blut von Riesen und dass er allein mit einer Hand einen Ochsen töten könne. Beim Gedanken daran musste er grinsen. Sein Vater konnte weder einen Ochsen mit seinen Händen töten, noch gab es einen Riesen – oder irgendein anderes Fabelwesen – in ihrer Familie. Mattes' kräftige, breite Schultern zeugten von schwerer, körperlicher Arbeit.

Er war ein geschickter Tischler und Bootsbauer, der weit über ihre Siedlung hinaus einen guten Ruf besaß und das richtige Gespür dafür hatte, das passende Material für seine Auftraggeber zu finden und die einzelnen Teile so zusammenzusetzen, dass sie wie aus einem Guss schienen.

Sie legten den Weg zum Fluss schweigend zurück. Ouwen störte sich nicht daran und genoss den Wind auf seinem Gesicht, der die letzten Erinnerungen an den dunklen Traum aus seinen Gedanken vertrieb. Nachdem sie die Felder hinter sich gelassen hatten, erreichten sie den Atana. Der Fluss wand sich am Rand des Tals entlang und führte zu einem schmalen Ausläufer, an dessen Ufer der Ory-Gar-Wald begann. Irgendwann, das wusste Ouwen von seinem Vater, erreichte der Fluss auf seinem Weg durch die Täler das Meer. Ein Ozean, so groß und unendlich, dass er es sich kaum vorstellen konnte. Seine grauen Augen verweilten nachdenklich auf dem Wasser. Als kleiner Junge hatte er davon geträumt, auf einem der Handelsschiffe mitzufahren, die während der Sommermonate ihre Siedlung besuchten, und Länder zu entdecken, die jenseits des großen Meeres lagen.

Doch das war vor dem Tod seiner Mutter gewesen.

Ein paar Wildgänse flogen durch die am Himmel vorbeiziehenden Wolken davon. Sie würden während der Eismonde irgendwo im Süden ein neues Zuhause finden. Für einen kurzen Moment wünschte Ouwen sich, er könnte es ihnen gleichtun, aber er konnte seinen Vater nicht verlassen. Mattes hatte niemanden außer ihm.

Er schob mit dem Fuß ein paar kleine Steine beiseite. Sein Blick fiel auf den dunklen Wald, der wenig einladend vor ihnen lag. Die alten, knorrigen Bäume von Ory-Gar schienen eine undurchdringliche Mauer aus kahlen Ästen und Zweigen zu bilden. Als Kind hatte er oft dort gespielt und sich in ausgehöhlten Baumstämmen versteckt, bis seine Eltern es ihm verboten. Seine Mutter hatte ihm Schauergeschichten von gefährlichen Kreaturen erzählt, die durch die Nordinger Wälder streiften und unartige Kinder mitnahmen, doch er war trotzdem oft allein in den Wald gegangen. Er hatte es geliebt, auf die Äste der riesigen Eichen und Tannen zu klettern und sich nie gefürchtet, selbst wenn die Dunkelheit anbrach und die Schatten gierigen Klauen gleich über den moosbedeckten Boden wanderten.

Sie folgten dem Flusslauf und achteten auf frische Tierspuren auf dem laubbedeckten Boden, die einzigen, die sie fanden, waren bereits mehrere Tage alt. Nach einer Weile blieb sein Vater, der ein paar Schritte vor ihm lief, stehen und wandte sich zu ihm um.

»Hier ist die erste Stelle.«

Ouwen sah, wie er sich in das hohe Gras der Uferböschung kniete und ging zum Fluss. Er verspürte Durst und trank einen Schluck des frischen, eiskalten Wassers, noch war der schmale Flusslauf nicht gefroren. In Gedanken versunken wischte er sich über den Mund und wollte aufstehen, doch etwas hielt seinen Blick gefangen. Das Wasser … es veränderte seine Farbe. Er stützte sich Halt suchend am Uferboden ab, um nicht das Gleichgewicht zu verlieren.

Die Bilder drangen in seinen Geist wie dunkle Nebelfetzen.

Das Blut bahnte sich seinen Weg durch das klare Wasser, grell und unaufhaltsam, wie Krallen, die im Fluss tiefe Wunden schlugen. Er starrte entsetzt auf den Körper eines Mannes, der langsam an ihm vorbeitrieb. Er war enthauptet worden. Es waren mehrere Körper, die durch den Fluss trieben. Die Leiber der Toten waren aufgedunsen, die Strömung musste sie schon eine Weile mitgetragen haben. Zerrissene Kleidung und Zweige bedeckten einen Teil der Leichen, aber er konnte sehen, dass unter ihnen auch ein Kind war. Langes, rotblondes Haar hatte sich um die Zweige eines Strauches gewunden, auf einem der nackten, weißen Beine prangte ein großes Muttermal.

Ouwen wollte den Blick abwenden, doch sein Körper gehorchte ihm nicht. Er konnte nichts tun, außer zuzusehen, wie die Körper langsam den Fluss hinuntertrieben, wie morsches Treibholz. Kleine, schwimmende Inseln aus Ästen, abgestorbener Pflanzen und totem Fleisch.

Der hässliche, schwarze Vogel, der am anderen Flussufer auf einem Felsen saß und ihn anstarrte, krächzte unheilvoll. Ouwen hatte das Gefühl, als könnte das Tier direkt in sein Herz sehen.

»Ouwen?« Mattes' vertraute Stimme löste ihn aus der Starre. Er hob den Blick und sah zu seinem Vater und dann wieder zum Atana, dessen Wasser klar dahinfloss. Erleichtert atmete er aus. Was er gerade gesehen hatte, war nicht real gewesen. Er wusste es, genauso sicher, wie er wusste, dass sein Vater nichts von alldem bemerkt hatte.

Es war nicht das erste Mal.

Mattes hielt ihren leeren Wasserbeutel in der Hand. »Wir sollten ihn lieber jetzt auffüllen, bevor wir weitergehen.«

Ouwen nickte. Seine Hand zitterte, als er den Lederschlauch nahm und in den Fluss tauchte. Er versuchte, sich nichts anmerken zu lassen. Warum sah nur er diese furchtbaren Dinge? Als er mit dem vollen Beutel in der Hand aufstand, hielt ihm sein Vater eine ihrer Schlingenfallen hin.

»Du solltest dir das hier ansehen.«

Ouwen griff nach der Flachsschlaufe. Er war sich sicher, dass es ihre war, denn sie war im oberen Bereich schwarz eingefärbt. Es war ein unverkennbares Zeichen für ihre Fallen, etwas, das andere Dorfbewohner davon abhielt, die ausgelegten Schlingen zu verwechseln und das Wild zu nehmen. Er zog die Stirn in Falten, als er die dunkelroten Flecken auf dem Flachs entdeckte.

»Wilderer?«, fragte er. Für einen Moment sah er wieder das blutige Wasser vor sich.

»Es gibt keine Spuren«, erwiderte sein Vater. Sein Blick wanderte unruhig zum Ory-Gar-Wald.

»Vielleicht wurden sie zerstört.« Ouwen strich sich ein widerspenstiges, dunkles Haar aus dem Gesicht. An dem am Wald gelegenen, schmalen Ausläufer des Flusslaufs liefen oft andere Jäger und Tiere entlang.

»Nein, es gab keine.« Mattes nahm ihm die Flachsschlinge aus der Hand. »Überzeuge dich selbst.« Er wandte sich um und lief zu der Stelle, an der er die leere Falle entdeckt hatte.

Ouwen folgte ihm und musterte das hohe Gras, das bereits braun und buschig zu werden begann. Es war nichts zu erkennen. Nur die zerdrückten Grashalme, die die schweren Stiefel seines Vaters hinterlassen hatten.

Er schüttelte unmerklich den Kopf. Das konnte nicht sein. Es musste Spuren geben. Die Schlingenfallen, die er mit Mattes band, waren einfach gearbeitete, aber tödliche Fallen. Je mehr ein Tier sich zu befreien versuchte, umso enger zog sich die Schnur zu. Sie gewährten den Tieren immer ein schnelles Ende. Aber entkommen konnten sie nicht – nicht ohne Hilfe.

»Als ich vor zwei Tagen am Atana jagen war, habe ich unsere Fallen auf der anderen Flussseite leer vorgefunden. In einigen waren kleinere Tiere gefangen gewesen, man konnte noch ihre Spuren auf der Erde sehen.« Mattes schwieg einen Augenblick, bevor er weitersprach. »Ich habe hier am Fluss und im Wald ein paar neue Schlingen ausgelegt, aber ich glaube nicht, dass wir heute mehr Glück haben werden.« Sichtlich angespannt presste er die Flachsschnur in seiner Faust zusammen. »Wenn es ein Wolf oder Fuchs gewesen ist, hätten wir zumindest ein paar Zeichen finden müssen.«

Er sah Ouwen an. »Und ich kann mir nicht vorstellen, dass ein Wilderer es schafft, keine Spuren zu hinterlassen.« Er schnaubte verächtlich durch die Nase.

Ouwen wusste, dass sein Vater recht hatte. Es war schwer, Spuren so zu verwischen, dass wirklich nichts zurückblieb. Und warum sollte sich ein Wilderer solche Mühe machen? Wegen eines Hasen oder Kaninchens würde ihn niemand verfolgen. War das, was er vorhin am Ufer gesehen hatte, nur ein dunkles Omen für etwas anderes gewesen?

Sein Blick schweifte über den Fluss. Das Wasser des Atana trieb klar mit der Strömung davon und selbst der Wind hatte sich gelegt. Nichts erinnerte mehr an den Tod, den er gesehen hatte.

»Wenn ich etwas als Jäger gelernt habe, dann, dass alles Spuren hinterlässt.« Mattes steckte die Schlinge in seine Tasche und fügte leiser hinzu: »Zumindest alles, was lebt.«

Ouwen wandte überrascht den Kopf. Er wusste, worauf sein Vater anspielte. Aber die alten Überlieferungen waren nichts weiter als Geschichten ... Märchen für ungezogene, kleine Kinder, die man das Fürchten lehren wollte.

Er sah zu der Stelle, an der die Schlinge gelegen hatte. Selbst nach all den seltsamen Dingen, die in den vergangenen Monaten geschehen waren, wollte er nicht glauben, dass Mattes recht hatte. Es konnte viele andere Gründe geben, warum sie nichts entdeckt hatten. Vielleicht war es wirklich ein Wilderer gewesen, der seine Spuren gut verwischt hatte?

»Lass uns die nächsten Fallen absuchen, wahrscheinlich sind sie besser gefüllt als diese hier.« Ouwen versuchte, zuversichtlich zu klingen, zweifelte jedoch an seinen eigenen Worten. Sollte er seinem Vater erzählen, was er gerade am Fluss gesehen hatte? Noch während er darüber nachdachte, nahm ihm Mattes die Entscheidung ab.

»Ich möchte, dass du nach Askaleth zurückgehst und dort bleibst. Ich werde die Fallen im Wald allein kontrollieren.«

Ouwen hob den Blick und wollte seinem Vater widersprechen, sagen, dass er längst alt genug war, um ihn zu begleiten, dass er sich weder vor Wilderern noch vor Geschichten fürchtete, aber er wusste, dass es keinen Sinn hatte. Mattes hatte sich in ganzer Größe vor ihm aufgebaut – und er duldete keinen Widerspruch.

»Ich bin heute Abend zurück. Verlier keine Zeit, kehre direkt zur Siedlung zurück!«

Ouwen nickte widerstrebend. Sein Vater steckte den vollen Wasserbeutel in die Schlaufe seines Gürtels und lief, ohne weitere Worte zu verlieren, in Richtung des Ory-Gar-Waldes. Ouwen blickte ihm nach, bis er zwischen den Bäumen verschwunden war, dann nahm er seine Tasche vom Boden und lief den Weg zurück, den sie gekommen waren. Er sah den Vogel nicht, der auf der anderen Flussseite auf einem Ast saß und ihn aus dunklen Augen anstarrte. Das Tier breitete seine kräftigen Schwingen aus und flog lautlos über den Fluss und die Hügel des Tals zur Siedlung. Von Weitem sah er aus wie einer der Raben, die zur Erntezeit oft zu Dutzenden die Felder des Dorfes besuchten, doch der Vogel war wesentlich größer und es gab kein Futter auf den schon lange abgeernteten Äckern. Selbst wenn die Ähren noch auf den Feldern gestanden hätten, wäre es dem Tier egal gewesen. In seinen Fängen hing ein großes, fettes Kaninchen, das kurz zuvor noch in einer von Mattes' Fallen gezappelt hatte. Hinter einigen Weiden am Rand der Siedlung sank der Vogel langsam tiefer. Sein großer, gebogener Schnabel öffnete sich zu einem heiseren Schrei, als er das Beutetier auf den Boden fallen ließ.

Der junge Mann in dem dunklen Mantel, der an einem der Bäume lehnte, hob den Arm und der Wächter landete.

»Das hast du gut gemacht, mein Freund«, sagte Hayden und strich zufrieden über das schwarze Gefieder.

KAPITEL 2

Ebene von Ulien. Am selben Tag

Mattes griff nach seinem Köcher und prüfte zum wiederholten Male die Pfeile. Er war sich sicher, dass sie vollzählig waren, aber es gelang ihm nicht, seine innere Unruhe abzuschütteln, die ihn seit zwei Tagen nicht losließ – seit er die ersten leeren Schlingen am Fluss entdeckt hatte.

Sein Blick wanderte über den Hügel. Vor ihm erstreckte sich die felsige Ebene von Ulien. In der Ferne waren die ersten Häuser der Siedlung zu sehen. Er hatte gehofft, im Wald einen Hinweis zu finden, doch was – oder wer – auch immer die Tiere gestohlen hatte, hatte keine Spuren hinterlassen.

Seine Finger schlossen sich um eine der Pfeilspitzen. Wahrscheinlich wäre es besser, umzukehren. Er würde der alten Seherin einen Besuch abstatten. Vielleicht enthüllten ihre Runen etwas, das ihm verborgen geblieben war.

Mattes schulterte den Köcher und lief den Hügel hinunter. Als er einen der unzähligen Findlinge umrundete, sah er sie. Krähen. Es waren Dutzende, die wie schwarze Rauchschwaden über den Himmel zogen. Das ungute Gefühl in seinem Bauch verstärkte sich. Er lief weiter, bis der stechende Geruch von Verwesung begann, die Luft zu verpesten.

Hinter einem großen Mispelstrauch, der bereits alle Blätter verloren hatte, lag ein totes Tier.

Mattes nahm seine Armbrust von der Schulter und behielt sie in der Hand, während er vorsichtig näher herantrat. Das Schaf war regelrecht zerrissen worden. Die Eingeweide hingen aus dem zerfetzten Bauch und bedeckten den Boden, das weiße Fell war von Blut durchtränkt.

Er hob den Blick. Es war nicht das einzige tote Tier. Der Weidehügel war übersät mit Kadavern. Irgendetwas hatte die ganze Herde getötet. Angespannt presste er die Kiefer zusammen und zog einen Pfeil aus dem Köcher. Vielleicht war es ein Bär gewesen, doch er bezweifelte es. Bären und auch Wölfe töteten aus Hunger oder um sich zu verteidigen – nicht aus Lust am Töten. Die Kadaver auf dem Hügel zeigten zwar schwere Wunden, aber es sah nicht aus, als hätten Tiere davon gefressen.

Er schaute sich wachsam um, die Armbrust schussbereit in den Händen. Die Siedlung von Ulien lag nur eine halbe Fußstunde entfernt im Tal. Er musste jemanden von dem Fund berichten, danach würde er in Askaleth den Ältestenrat aufsuchen. Sie sollten Fallen aufstellen, falls diese Bestie noch in der Nähe war. Auf seiner Stirn bildeten sich tiefe Sorgenfalten. Was für ein Tier tötete eine ganze Herde? Seine Augen blieben an etwas haften, das neben einem der Felsen im Gras lag. Es war kein Tierkadaver.

Der menschliche Körper lag seltsam verdreht auf der Erde. Ein paar Krähen kreisten über dem Toten, zwei der schwarzen Aasfresser hatten sich bereits auf der Leiche niedergelassen. Mattes hob einen Stein vom Boden und warf ihn nach den Vögeln, aber die Krähen flogen nur kurz zur Seite und hackten weiter auf den leblosen Körper ein. Ohne zu zögern, legte er die Armbrust an und schoss. Der Pfeil traf sein Ziel und durchbohrte eines der Tiere, der andere Vogel hatte die Warnung verstanden und flog krächzend davon.

Mattes ging zu dem Toten. Dunkles, getrocknetes Blut durchtränkte die Kleidung des Mannes und die Erde, auf der er lag. Ihm war die Kehle herausgerissen worden. Das Gesicht war nicht mehr als solches zu erkennen, tiefe Bissspuren hatten es unkenntlich gemacht.

Die Pfotenabdrücke, die die Wölfe im feuchten Gras hinterlassen hatten, waren nicht zu übersehen. Mattes starrte auf die Umrisse der riesigen Zehen und Krallen, die sich tief in die Erde gegraben hatten, und schloss seine Hände fester um den Griff der Waffe. Er hatte versucht zu vergessen, was damals geschehen war, aber in seinen Albträumen hatten sie ihn all die Jahre verfolgt.

Sie waren also zurück. Er spannte einen neuen Pfeil in die Armbrust und sah mit düsterem Blick auf das kleine Dorf, das am Fuße der Hügelkette lag.

Es war an der Zeit, jagen zu gehen.

Siedlung Askaleth. Am selben Abend

Ouwen musterte den kleinen Holzgriff, an dem er gerade schnitzte. Nach seiner Rückkehr vom Atana hatte er damit begonnen, das Werkzeug, das über den Sommer viel benutzt worden war, auszubessern. Seine Finger glitten über die Kerben, die seine Klinge auf dem dunklen Holz hinterlassen hatte. Draußen tobte seit Stunden ein ungewöhnlich heftiger Sturm. Die knorrigen Äste des alten Baumes, der vor dem Haus stand, schlugen immer wieder gegen die Holzläden.

Die Kälte kroch durch das alte Gebälk, wie ein hungriges Tier auf der Suche nach Nahrung, doch das Feuer, das in der Herdstelle brannte, wärmte ihn.

Er starrte in die flackernden Flammen. Sein Vater war noch nicht zurückgekehrt. Er machte sich Sorgen um ihn, obwohl es keinen Grund dafür gab. Mattes war ein guter Jäger, er kannte sich in den Wäldern aus. Wahrscheinlich war er durch den Sturm aufgehalten worden. Ouwen senkte den Blick. Er hatte versucht zu vergessen, was am Fluss geschehen war, aber es war ihm nicht gelungen. Gereizt warf er das Messer auf den Tisch und stützte die Arme auf. Er wollte nicht an seine Albträume denken. Träume, in denen er Leichen sah … tote Menschen, die nur in seiner Vorstellung existierten.

Er sah zu den grauen Schatten an der Wand, die das Feuer warf. Sie tanzten über dem Bett seines Vaters, das in der Nähe der Herdstelle stand, und schienen in den schmalen Ritzen der Holzwände zu verschwinden.

Nachdenklich lauschte er dem Geräusch des Regens, der unaufhörlich auf das Dach trommelte. Tock, tock, tocktocktock – wie Tausende Fingerspitzen, die ungeduldig an das Haus klopften und Einlass begehrten.

Zumindest alles, was lebt.

Die Worte seines Vaters ließen ihn nicht los. Ouwen runzelte die Stirn. Wieso hatte sein Vater das gesagt? Er hatte nie an die alten Überlieferungen geglaubt. Geschichten, in denen Magie eine Rolle spielte … und er hielt genauso wenig von Ouwens Albträumen, die für ihn nichts weiter als Nachtgespinste waren.

Das Poltern eines Astes, der gegen den Fensterladen schlug, riss ihn aus seinen Grübeleien. Ouwen fuhr sich über die Augen und stand auf. Es war ein langer Tag gewesen. Er würde nicht auf seinen Vater warten, sondern versuchen zu schlafen. Er griff nach der Kerze, die auf dem Tisch stand und ging in sein Zimmer. Doch anstatt direkt in sein Bett in der Wandnische zu kriechen, lief er zu dem kleinen Fenster, dessen halbrunde Klappe einen Spalt offen stand.

Als Ouwen sie aufzog und hinaussah, schlug ihm eisiger Wind ins Gesicht. Die Kronen der Bäume schwankten im Sturm, der die Wolken in dunklen Schwaden über den Nachthimmel trieb.

»Die Nacht zeichnet ihr eigenes Gesicht«, murmelte er. Seine Mutter hatte das einst zu ihm gesagt, doch die Erinnerung an sie verschwamm wie ein unscharfes Spiegelbild im Wasser des Atana. Wie gern hätte er jetzt mit ihr gesprochen und ihr erzählt, was ihn bedrückte.

Er strich sich durch die Haare. Isira hatte oft mit ihm vor dem Haus im Gras gesessen und Geschichten erzählt, Märchen von dem alten Ory-Gar-Wald und andere Sagen voll düsterer Magie. Er hatte besonders die Geschichten von den dreizehn Göttern geliebt, von Atorh, dem Einäugigen und seinem Bruder Mirhog, dem Herren des Windes, und ihren Reisen in die Menschenwelt. Doch Isira war fort. Ihm blieben nur Erinnerungen und die Narben an seiner Schulter, die sich an jenem Tag, an dem ihm seine Mutter genommen wurde, in sein Fleisch gebrannt hatten.

Sie werden kommen.

Die Stimme war kaum mehr als ein Flüstern.

Ouwen erstarrte. Wer hatte das gesagt? Er versuchte, etwas in der Dunkelheit auszumachen, konnte jedoch nichts erkennen. Spielte ihm seine Müdigkeit einen Streich?

»Wer ist da?«, fragte er, aber er bekam keine Antwort. Nur der Wind heulte klagend durch die Nacht.

Gib acht! Sie … kommen …

Erschrocken trat er einen Schritt zurück. Woher kam diese Stimme? Ouwen griff nach der Kerze, die er neben das Bett gestellt hatte und leuchtete in den Raum. Außer ihm war niemand im Zimmer. Die Flamme erlosch im Wind, als er sie an das Fenster hielt. Alles, was er hören konnte, war das Rauschen der Blätter und der Regen, der unablässig aus dem pechschwarzen Himmel strömte. Doch jemand musste hier sein, er hatte die Stimme deutlich gehört. Oder … vielleicht wurde er wirklich verrückt. Zu dem Geräusch der Tropfen, die hart auf das Blätterdach und die Äste der Bäume prasselten, mischte sich ein leises Flüstern, ein Wispern von fremden Stimmen in seinem Kopf, das nichts mit dem Sturm zu tun hatte.

Ouwen ließ die Kerze fallen und presste die Hände auf seine Ohren. Er dachte an die Worte seines Vaters: Das war nicht real. Nur wirre Halbträume, die zeigten, dass er längst schlafen sollte. Er lehnte seine Stirn an die kühle Wand und schloss die Augen. Wieso konnte es nicht mehr so sein wie vor dem Sommer, als er noch keine Albträume hatte und keine seltsamen Dinge um ihn herum geschahen?

Das Flüstern verschwand genauso plötzlich, wie es

gekommen war. Ouwen hob den Blick und starrte aus dem kleinen Fenster. Außer dem Sturm, der die Äste der alten Eiche vor dem Haus zum Ächzen brachte, war nichts mehr zu hören.

Er schloss den Fensterladen und legte sich erschöpft auf das Bett. Müdigkeit kroch betäubend durch seine Glieder, doch die Eiswinde, die an dem alten Haus zerrten und wispernd durch das strohgedeckte Dach und das darunterliegende Gebälk strichen, ließen ihn auf seiner Schlafstatt nicht zur Ruhe kommen. Er lag die halbe Nacht wach, bevor er endlich einschlief.

Der Wächter, der auf einem Ast der Eiche saß und ihn den Tag über beobachtet hatte, krächzte leise.

KAPITEL 3

»Für den Winter, den Tod und für den Anfang.« Die Stimme der alten Frau drang durch die Stille. Dunkle Schatten wanderten über ihr Gesicht, als sie sich mit einer Fackel in der Hand ihren Weg durch die Menge bahnte. Die Menschen auf dem Platz traten schweigend beiseite, um sie vorbeizulassen.

Die Seherin blieb vor dem Scheiterhaufen stehen und entzündete das mit Pech getränkte Reisig, bis rotgoldene Flammen zwischen den Scheiten emporzüngelten.

Das Feuer wuchs schnell und zehrte, vom Wind angefacht, an den Ästen und Holzstämmen, bis die ersten, großen Scheite krachend zusammenfielen. Leuchtende Funken stoben hervor und verglühten in der sternenklaren, kalten Nacht.

Ouwen konnte die Anspannung spüren, die in der Luft lag. Alle Herdfeuer der Siedlung waren vor der Zeremonie gelöscht worden. Kein einziges Licht brannte in Askaleth, außer dem des großen Feuers. Jemand spielte leise auf einer Beinflöte, begleitet vom Rhythmus einer Trommel. Der dumpfe Klang der Schläge schien den Rauch des Feuers in den Himmel zu treiben, wo er langsam die Sterne über ihnen verdunkelte. Trotz der hell lodernden Flammen fühlte er die Nachtkälte tief in seinen Knochen. Der letzte Winter hatte fast sieben Mondzyklen gedauert. Sie konnten nur hoffen und zu den Göttern beten, dass die Eismonde wieder vergehen und auf den Winter ein Neubeginn der Jahreszeiten folgen würde, ein ewiger, heiliger Zyklus der Natur.

Er warf einen Blick zu Mattes, der neben ihm stand. Sein Vater war erst am Morgen zurückgekehrt. Er hatte Ouwen nicht viel erzählt, nur dass die Fallen im Wald leer gewesen waren und dass es keine Spuren gegeben hatte. Nach dem Frühstück war er sofort wieder aufgebrochen, um im Dorf bei Reparaturen an einigen Hütten zu helfen und den ganzen Tag fortgeblieben.

Ouwen vergrub seine Hände in den Manteltaschen. Dass sein Vater keine Hinweise gefunden hatte, war seltsam und beunruhigend. Mattes war ein guter Fährtenleser, wenn jemand Spuren finden konnte, dann er.

Gib acht, sie kommen … Die Worte hallten noch immer in seinem Kopf. Er hatte seinem Vater nichts von der seltsamen Stimme erzählt, doch wahrscheinlich war es sowieso nur Einbildung gewesen. Genau wie die Toten am Fluss.

Ouwen wandte den Kopf und sah, wie Alba einige getrocknete Kräuter in das Feuer warf. Er verstand die leisen Worte zwar nicht, die sie sprach, aber er wusste, dass sie das Feuer segnete. Es war die erste Nacht des Winters und sie ehrten den Beginn der neuen Jahreszeit mit Opfergaben. Das Winterfest dauerte drei Tage, aber diese Nacht war die heiligste. Sie gehörte den Göttern und den Geistern der Ahnen. Er schob seine Kapuze in den Nacken und schaute mit Mattes schweigend zu, wie die Menschen von Askaleth nacheinander vortraten und ihre Fackeln entfachten. Nach der Zeremonie würden die Familien nach Hause zurückkehren und ihre Herdfeuer entzünden. Ein symbolischer Neuanfang.

Schließlich war auch Mattes an der Reihe und hielt seine Fackel in das lodernde Feuer. Der in Pech getränkte Stoff, mit dem die Spitze des Stocks umwickelt war, flammte schnell auf und Ouwen nickte ihm lächelnd zu, doch sein Vater schien tief in Gedanken versunken, als er zu ihm zurückkehrte.

Ouwen blickte in die Flammen. Fünf Winter waren seit jenem Tag vergangen, der nicht nur seiner Mutter das Leben gekostet hatte. Das Feuer, das die Krieger beim Überfall auf ihre Siedlung legten, zerstörte fast das halbe Dorf. Er schlief danach oft auf dem Hügel unter freiem Himmel, solange es noch warm war. Es war besser, als die Stille zu ertragen, die in ihrem halb eingefallenen Haus eingekehrt war.

Ouwen senkte den Kopf. Seine Mutter war eine kluge Frau, eine Heilkundige, die sich mit den Kräften der Natur auskannte, schön und willensstark, mit rabenschwarzem Haar, das ihr bis auf die Hüften fiel. Er hatte viel von ihr gelernt, auch, dass ein Lächeln manchmal mehr wert war, als tausend Worte.

Das Gefühl der Schuld bohrte sich wie ein scharfer Dorn unter seine Haut. Wären Mattes und er damals nicht auf der Jagd gewesen, hätten sie vielleicht verhindern können, was geschehen war. Und Isira würde noch leben.

Askaleth war in den vergangenen Jahren zu einem bekannten Umschlagplatz von Handelsgütern geworden und stand unter dem Schutz des Königs. Es hatte keine Überfälle mehr gegeben, doch die Ältesten bestanden auf den Bau eines Schutzwalls. Der direkt am Fluss liegende Ort war zu einfach angreifbar gewesen. Zusätzlich wurden in der Flussenge vor der Siedlung Stämme versenkt und die Zufahrt zum Hafen somit begrenzt.

Er schob die Erinnerungen beiseite. Sein Blick schweifte über die Menge. Fast alle Familien hatten ihre Fackeln mittlerweile entzündet. Es würde nicht mehr lange dauern, bis sie nach Hause gehen konnten. Vielleicht sollte er noch ein wenig bleiben und mit seinen Freunden von dem heißen Met kosten, der nach der Zeremonie ausgeschenkt wurde. In den vergangenen Wochen hatte er sie nur selten gesehen und die fehlende Zeit auf die Ausbildung bei seinem Vater geschoben. Die Wahrheit war jedoch, dass er nicht darüber reden konnte, was mit ihm geschah.

Er betrachtete seine schwieligen Hände. Sein Vater war ein guter Lehrmeister, wenn auch kein besonders geduldiger. Die Arbeit mit ihm, vor allem der Bau der neuen Boote, bereitete Ouwen Freude und er hatte weniger Zeit, in trübe Gedanken zu verfallen. Oder sich vor den Nächten zu fürchten.

Beißender Rauch wehte in seine Augen und für einen Moment wirkte alles seltsam unwirklich. Das große Feuer warf Furcht einflößende, tanzende Schatten, die aus den rotgelben Flammen emporzusteigen schienen. Die Menschen waren nichts mehr als dunkle Silhouetten, deren unscharfe Umrisse langsam verschwammen.

Der Blick aus den dunkelgrauen Augen traf ihn völlig unvorbereitet. Ouwen starrte zu der Frau, die auf der anderen Seite des Scheiterhaufens stand und zu ihm hinüberblickte. Er erkannte sie sofort.

Die Hitze der Flammen brannte sich in sein Gesicht.

Mutter. Ouwen wusste nicht, ob er laut gesprochen hatte, oder ob es nur ein Gedanke gewesen war. Es spielte keine Rolle, das musste ein Traum sein.

Die Zeit schien für einen Moment stillzustehen.

Isiras Haut war bleich, genau wie ihre Lippen, die sich zu einem Lächeln verzogen. Ihr Mund formte lautlos Worte, die er nicht verstand, dann wandte sie sich plötzlich um und war in der Menge verschwunden.

Panik erfasste ihn. Ein Teil von ihm wollte sofort loslaufen, um sie zu suchen, doch er zögerte. Vielleicht war es nur eine Illusion, ein Tagtraum. Eine leise Stimme in seinem Kopf warnte ihn, seine Entdeckung besser für sich zu behalten. Wer auch immer es gewesen war, den er gesehen hatte – es konnte unmöglich seine Mutter sein.

Isira war tot! Sein Herz krampfte sich schmerzhaft zusammen. Die Worte eines der Ältesten kamen ihm in den Sinn.

In dieser heiligen Nacht verschwimmen die Grenzen zwischen den Welten. Konnte das wahr sein? War es Isiras Geist, der aus der Anderen Welt erschienen war?

Ohne länger zu zögern, lief er in die Richtung, in der die Frau verschwunden war und bahnte sich einen Weg durch die Menschen, vorbei an Nachbarn, die er kannte, seit er ein kleiner Junge war. Sein Blick wanderte suchend über die Menge. Schließlich sah er sie. Ihr helles Gewand war ein sanfter Lichtschimmer in der Dunkelheit, der einzige außerhalb der Versammlung.

Ouwen hastete ihr nach und versuchte, den leuchtenden Punkt nicht aus den Augen zu verlieren. Für einen Moment, der ihm ewig vorkam, war sie aus seinem Blickfeld verschwunden, dann tauchte sie hinter dem Versammlungshaus wieder auf und lief in Richtung der Anhöhe weiter. Plötzlich wusste er, wohin sie wollte. Das war der Weg zu ihrem Haus.

Sein Vater hatte es lange vor der Geburt seines Sohnes abseits des Dorfes errichtet, auf einem mit Riedgras und Sträuchern bewachsenen Hügel, von dem man einen guten Blick auf die Biegung des Flusses und den Wald auf der anderen Seite des Tales hatte. Er lief weiter und blieb am Fuße des Hügels zögernd stehen. Die Frau war verschwunden.

Ouwen warf einen Blick über seine Schulter. Der Rauch des großen Feuers stieg wie dichter Nebel in den Himmel auf. Was tat er hier eigentlich? Wieso folgte er diesem Trugbild? Heute war die *Erste Nacht*, Familien blieben an diesen Tagen zusammen. Und sein Vater war alles, was ihm an Familie geblieben war.

Er wollte gerade umkehren, als ein kleines, flackerndes Licht auf dem Hügel seine Aufmerksamkeit auf sich zog. Ouwen kniff die Augen zusammen. Er war sich sicher, dass sie das Herdfeuer und die Kerze in der Windlaterne vor dem Haus gelöscht hatten, bevor sie zum Fest gegangen waren. Was also war es? Das seltsame, blaue Licht bildete er sich mit Sicherheit nicht ein.

Ouwens Beine bewegten sich wie von selbst den Hügel hinauf. Als das Licht erlosch, beschleunigte er seine Schritte. Er würde nicht zu seinem Vater zurückkehren, ohne die Antwort auf dieses Rätsel gefunden zu haben.

Ihr ›halbes‹ Haus sah in der Dunkelheit eher wie der Eingang zur Unterwelt als eine menschliche Behausung aus. Jeder im Dorf hatte seinem Vater nach dem Einsturz Hilfe angeboten, doch er hatte sie nicht angenommen. Stur, wie Mattes nun einmal war, ließ er sich auch nicht von seinem Sohn umstimmen.

»Wenn das Haus zur Hälfte stehen bleiben will, hat es wohl seinen Grund. Wer bin ich, das infrage zu stellen?« Ouwen wusste, dass sein Vater seine Meinung nicht ändern würde. Er war genauso störrisch wie der alte Esel von Eldor Rath. Die Geschichte des dickköpfigen Maultieres hatte ihn als Kind oft zum Lachen gebracht. Seine Mutter hatte sie ihm erzählt.

Seine Augen blieben an den dunklen Umrissen der Gräber hängen, die unweit ihres Hauses lagen. Er war oft dort. Zwischen den alten Weiden und dem wilden Wein, der sich um die verwitterten Grabsteine rankte, fühlte er sich sicher. Dorthin verfolgten ihn keine Schatten und auch keine dunklen Träume.

Als er zu ihrem Haus hinübersah, tauchte das blaue Licht plötzlich wieder auf. Er konnte deutlich das Flackern einer kleinen Flamme am hinteren, eingestürzten Teil des Langhauses erkennen. Es schien fast, als würde es in der Luft schweben.

»Was …« Doch Ouwen kam nicht dazu, seinen Gedanken zu vollenden. Die Frau in dem hellen Gewand trat hinter den Mauern hervor und kniete sich in der Nähe des Gartens auf den Boden. »Warte!«, rief er und begann zu rennen. Nach ein paar Schritten stolperte er über eine Baumwurzel, die aus dem matschigen Boden ragte. Ouwen versuchte, den Sturz mit seinen Händen abzufangen, aber sein Körper schrammte schmerzhaft über die harten Wurzeln. Leise stöhnend richtete er sich auf.

Eine Erinnerung schoss durch seinen Kopf. Als Kind war er oft gestürzt. Er war lieber auf Bäume geklettert und steile Abhänge hinuntergerannt, anstatt zu Hause bei der Hausarbeit zu helfen. Seine Mutter hatte ihn mehr als einmal nach seinen Ausflügen pflegen müssen. Er erinnerte sich an das Gefühl ihrer warmen Hand auf seiner Wange und an ihre sanfte Stimme, die ihn getröstet hatte.

Etwas Weiches streifte plötzlich sein Gesicht.

Ouwen. Es klang fast wie ein Seufzen.

Verwirrt hob er den Kopf und lauschte in die Dunkelheit, doch es blieb still, bis auf das leise Wispern der Zweige. Sein Blick wanderte über die Anhöhe. Es war niemand zu sehen.

Ouwen lief zu ihrem Haus und kniete sich an der Stelle, an der die Frau zuletzt gewesen war, auf den feuchten Boden. Ohne dass er wusste, warum er es tat, wühlten seine Hände in der kalten Erde, schoben Steine beiseite und ertasteten schließlich ein kleines Bündel, fest verschnürt in eine alte Lederhaut. Zögernd grub er es aus und löste den Knoten. Ein länglicher, dunkel glänzender Stein kam zum Vorschein.

Ouwen ließ ihn in seine Hand gleiten. Isiras Agtstein … Er lehnte sich überrascht zurück. Seine Mutter hatte ihn immer an einem Lederband um ihren Hals getragen, bis zu ihrem Tod.

Warum war der Anhänger hier am Haus vergraben? Er hatte geglaubt, dass sein Vater ihn zu Isira ins Grab gelegt hatte. Nachdenklich strich er mit dem Daumen über den Talisman. Die Oberfläche des schwarzen Bernsteins schimmerte dunkel und fühlte sich ungewöhnlich warm an. Die Schwärze der Nacht begann ihn einzuhüllen, aber er spürte keine Furcht. Wenn es wirklich seine Mutter gewesen war, die ihn hierhergeführt hatte – warum hatte sie gewollt, dass er den Anhänger fand?

Ein seltsames Kribbeln kroch über seinen Nacken. Er wusste, dass jemand hinter ihm stand, ohne es erklären zu können, doch als er sich umwandte, war niemand zu sehen. Seine Hand schloss sich um den Talisman. Wer oder was auch immer hier gewesen war, war fort.

Ouwen griff unter sein Hemd und zog die kleine, hölzerne Schnitzerei eines Vogels hervor, die an einem Lederband befestigt war. Behutsam löste er den Knoten und knüpfte stattdessen den Stein seiner Mutter an das Band. Danach bedeckte er das Loch im Boden wieder mit Erde und lief den Hügel hinab Richtung Festplatz.

Den Talisman trug er verborgen unter seinem Hemd. Wie hätte er seinem Vater erklären sollen, wo und vor allem wie er ihn gefunden hatte? Es würde sein Geheimnis bleiben. Seines und das seiner Mutter.

KAPITEL 4

Eine schwere, warme Hand legte sich auf seine Schulter. Ouwen wandte den Kopf und sah seinen Vater an. Mattes stand neben ihm und lachte. Es war eine gute Jagd gewesen und ein heißer Tag. Die Sonne war bereits untergegangen und fahles Zwielicht überzog das Tal.

Die grauen Rauchsäulen, die von Askaleth in den Himmel aufstiegen, waren schon von Weitem zu sehen. Er ließ die erbeuteten Hasen und Wildenten, die er mit Schnüren zusammengebunden hatte, auf den Boden fallen und begann zu rennen. Sein Vater rief ihm etwas nach, das er nicht verstand, doch er blieb nicht stehen.

Ouwen stieß die Tür ihres Langhauses auf und rief nach seiner Mutter. Dichter, schwarzer Qualm drang zwischen den Balken hervor und nahm ihm die Sicht.

Mattes tauchte neben ihm auf und hielt ihn am Arm zurück. »Hol Erde, damit wir das Feuer ersticken können!« Sein Atem ging schwer. »Der Fluss ist zu weit entfernt. Beeil dich! Ich werde sie finden.«

Ouwen nickte und lief zu ihrem kleinen Garten hinter dem Haus. Er griff sich einen der Körbe, die seine Mutter geflochten hatte, fiel auf die Knie und begann, mit den Händen die feuchte Erde hineinzuschaufeln. Seine Finger fuhren panisch durch den weichen Boden, zerstörten die akkuraten Saatreihen und einen Pfotenabdruck, der zu groß war, um von den Hunden aus dem Dorf stammen zu können.

Er stützte sich am Boden ab und lief zurück zum Haus. Der Rauch brannte in seinen Augen, als er die Erde in die Flammen schüttete, die sich bereits gierig durch das Stroh und Gebälk fraßen. Ouwen hielt seinen Ärmel vor den Mund und sah, wie Mattes aus dem Haus wankte, Isiras leblosen Körper fest an sich gepresst.

In diesem Moment gaben die Dachbalken nach. Der Korb glitt aus seinen Händen, aber er bemerkte es nicht, genauso wenig, wie er den Schmerz spürte, als ein schweres Holzstück seine Schulter traf.

Seine Augen waren auf seinen Vater gerichtet, der vor dem Haus kniete, im Arm seine tote Frau.

Asche hatte sein rotbraunes Haar grau gefärbt.

Sie waren zu spät gekommen.

Ouwen lag in seinem Bett und starrte an die Decke. Die Morgensonne schien durch die geöffnete Fensterklappe und ließ den Staub in seinem Zimmer tanzen. Nachdenklich tastete er nach dem Anhänger unter seinem Hemd. Der Albtraum der vergangenen Nacht hatte ein Gefühl von Leere in ihm hinterlassen. Er konnte noch immer die Hitze des Feuers spüren und den beißenden Rauch auf seiner Zunge schmecken.

In den vergangenen Monaten hatte er oft von dem Brand geträumt, doch zum ersten Mal seit seine Albträume begonnen hatten, erinnerte er sich an den seltsamen Pfotenabdruck. Er versuchte, den Gedanken abzuschütteln, aber es gelang ihm nicht. Was für ein Tier hatte damals diese Spuren in ihrem Garten hinterlassen?

Ouwen schlug die Bettdecke zur Seite und lief zu dem kleinen Tisch neben dem Fenster, auf dem eine Schale mit Wasser stand. Nachdem er sich den kalten Inhalt ins Gesicht gespritzt hatte, zog er sich an und ging in den Wohnraum, wo sein Vater bereits mit dem Frühstück auf ihn wartete.

Mattes war gewohnt schweigsam und verschwand nach dem Essen in der Viehhütte neben ihrem Haus. Ouwen sah ihm unschlüssig nach. Es schien so einfach, zu ihm zu gehen und zu erzählen, was in den vergangenen Tagen geschehen war. Und doch konnte er es nicht. Er hatte Angst, dass sich alles ändern würde, wenn sein Vater erfuhr, dass seine Träume nicht verschwunden waren.

Er ging zur Feuerstelle, über der zwei Schafsfelle an einer langen Schnur trockneten und griff nach dem Korb, in dem sie die Holzscheite aufbewahrten. Er konnte nicht erklären, was bei der Winterzeremonie geschehen war, aber er war dankbar, dass er das Amulett gefunden hatte. Es fühlte sich an, als wäre ein Teil seiner Mutter bei ihm. Gedankenversunken sah er in die Flammen. Es gab Legenden … Geschichten über Ahnengeister, die in den heiligen Nächten aus der Anderen Welt erschienen. Doch niemand, den er kannte, hatte schon einmal einen Geist gesehen – außer ihm. Ouwen nahm einen Scheit und warf ihn so heftig in das Feuer, dass Funken aufstoben. Was stimmte nicht mit ihm? Er musste herausfinden, was mit ihm passierte, bevor er endgültig den Verstand verlor. Er griff nach seiner Ledertasche, die ihm sein Vater genäht hatte, zog eines der Felle von der Schnur und ging in die Vorratskammer, wo ein Großteil ihrer Getreide- und Fleischvorräte lagerte. Auf einem der Wandregale standen Krüge mit Bier und Honigwein, die Mattes gegen ein paar Kaninchenfelle eingetauscht hatte.

Ouwen nahm einen der mit Wachs verschlossenen Tonkrüge und steckte ihn ebenfalls ein. Er hatte seine Entscheidung getroffen. Er würde Alba um Rat fragen. Sie lebte außerhalb der Siedlung und kam nur zu besonderen Zeremonien, wie der des großen Feuers, ins Dorf, doch sie gehörte seit vielen Jahren zum Ältestenrat von Askaleth. Die Dorfbewohner waren schon immer zu ihr gegangen, um Rat oder Hilfe zu erbitten.

Alba war weit über die Siedlung hinaus als Heilerin bekannt, aber jeder wusste, dass sie sich nicht nur mit der Heilkraft der Pflanzen auskannte. Ouwen war sich nicht sicher, ob alle Geschichten wahr waren, die man sich über sie erzählte, doch Mattes schätzte Alba und er vertraute dem Urteil seines Vaters. Wenn er mit jemandem über die seltsamen Dinge reden konnte, die um ihn herum geschahen, dann war es die Seherin.

Er umschloss den Agtstein mit der Hand. Für einen kurzen Moment sah er wieder das Gesicht seiner Mutter vor sich, die ihm leise etwas zuflüsterte.

Albas Haus lag eine halbe Fußstunde entfernt vom Dorf, unweit des Waldes. Als die Hütte in sein Blickfeld kam, blieb Ouwen zögernd stehen. Das letzte Mal, als er in ihrem Haus gewesen war, hatte er wie ein ängstliches Tier in der Ecke gekauert. Damals war er noch ein Kind gewesen. Seine Mutter war sehr krank und brauchte Medizin, deshalb hatte ihn Mattes mitgenommen und die gefangenen Hasen für die Bezahlung tragen lassen.

Er erinnerte sich noch gut daran, wie er sich vor der Seherin gefürchtet hatte, und wie der Wind flüsternd durch die Ritzen der rissigen Wände gestrichen war, als wollte er Ouwen seine Geheimnisse erzählen.

Abwägend blickte er zu dem kleinen, altersgrauen Holzhaus, dann lief er weiter, vorbei an kahlen Büschen und Kräuterbeeten, in denen nur noch braune Stümpfe standen. Ouwen blieb vor der Hütte stehen und fuhr sich nervös über das Gesicht. Was, wenn sie ihn wieder fortschickte? Er streckte die Hand aus und klopfte an die Tür. Aus dem Inneren der Hütte drangen Geräusche von Flügelschlägen und leises Krächzen. Er runzelte die Stirn. Hielt die Alte Vögel in ihrem Haus?

Das Gesicht der Frau, die ihm kurz darauf die Tür öffnete, war durchzogen von feinen, tiefen Linien. Sie glichen schmalen Wasserrinnen eines fast ausgetrockneten Flussbettes. Aber sie hatte die schönsten dunkelblauen Augen, die Ouwen je gesehen hatte. Er wich dem prüfenden Blick der Seherin aus und senkte den Kopf.

»Ich brauche deinen Rat«, sagte er.

Alba betrachtete ihn einen Moment schweigend.

»Du kannst hereinkommen«, erwiderte sie. »Aber ich weiß nicht, ob du hier findest, was du suchst – Sohn des Mattes.« Sie ging beiseite und ließ ihn eintreten.

Im Haus war es dunkel, bis auf ein kleines Feuer, das in der Herdstelle brannte. Alle Fensterläden der Holzhütte waren geschlossen, obwohl es erst Mittagszeit war.

Ouwen blickte sich um. Nirgendwo war ein Käfig oder auch nur die Spur eines Vogels zu sehen.

»Setz dich.« Alba schöpfte aus einem Topf, der über dem Feuer hing, dampfendes, heißes Wasser in einen Becher, dann griff sie in ein kleines Gefäß, das auf einem Regal über ihr stand und nahm ein paar Kräuter heraus.

Ouwen setzte sich an den altersschwachen Tisch und blickte angespannt auf das rissige Holz. Was sollte – was konnte – er Alba erzählen? Er lehnte sich zurück. Vielleicht war es falsch, dass er hergekommen war. Auf dem Weg zur Hütte hatte er mehr als einmal überlegt, wieder umzukehren. Und doch war er hier. Die Tür wurde geöffnet und eine junge Frau kam herein, ihre blonden Haare hingen ihr wirr ins Gesicht. Schnaufend stellte sie einen vollen Kübel mit Wasser ab.

Ouwen betrachtete sie neugierig. Man sah Albas Nichte nur selten im Dorf. Das Mädchen lebte seit ihrer Geburt bei der Seherin, doch sie blieb meist für sich. Selbst bei der Feuerzeremonie war sie nicht dabei gewesen.

Alba bemerkte seinen Blick. »Aerion, kümmere dich bitte um die neuen Vorräte.« Sie nickte in Richtung einer der Zimmertüren. Die junge Frau zögerte kurz, trug dann den schweren Kübel zur Herdstelle und verschwand, ohne ein Wort zu sprechen, im Nebenzimmer.

Etwas Wasser war auf den Boden gespritzt, aber Alba beachtete es nicht weiter. Stattdessen richtete sie ihre nächsten Worte an Ouwen.

»Warum bist du hierhergekommen?« Sie griff nach einem Kerzenstummel und entzündete den Docht am Herdfeuer, dann ging sie zum Tisch und stellte die Kerze ab. Das kleine Licht flackerte unruhig bei jedem Luftzug, der durch die undichten Fensterläden drang.

Ouwen blickte unsicher zu ihr auf und suchte nach den richtigen Worten. Konnte er ihr vertrauen?

»Ich weiß nicht, wen ich sonst um Rat fragen kann«, antwortete er ehrlich. »Ich habe Albträume. Doch es ist mehr als das. Sie lassen mich nicht los, selbst am Tag nicht.« Er verschränkte seine Hände auf dem Tisch. »Ich höre und sehe manchmal Dinge, die niemand außer mir wahrnimmt. Stimmen ... und Menschen.«

Er schloss gequält die Augen und erwartete, dass die Alte ihn auslachte, aber nichts dergleichen geschah. Bis auf das Knarren der Holzdielen war nichts zu hören. Ouwen öffnete die Augen und sah, wie sie erneut einen der vielen Tonkrüge aus dem Regal zog und etwas daraus entnahm.

»Was für Dinge?«, fragte sie ruhig, ohne dabei ihre Tätigkeit zu unterbrechen.

Ouwen war von ihrer gelassenen Reaktion überrascht. Er dachte an die vergangenen Monate, die vielen Albträume und an die Toten im Atana.

»Ich sehe Bilder vor mir«, erwiderte er. «Meine Träume ... es sind keine gewöhnlichen Albträume.« *Sie verfolgen mich.* »Als ich mit meinem Vater am Atana auf der Jagd war, am Tag vor der Feuerzeremonie, hat sich das Wasser im Fluss blutrot verfärbt. Ich sah Leichen, die durch den Fluss trieben.« Die Worte kamen nur langsam über seine Lippen. »Plötzlich war wieder alles wie immer«, fuhr er leise fort. «Das Wasser im Fluss war völlig klar. Und Mattes ... er hat nichts von alldem gesehen.«

Er atmete angespannt aus. »Ich glaube, es war nur in meinem Kopf, wie die fremde Stimme, die ich vor zwei Nächten in meinem Zimmer gehört habe.«

Alba kam zu ihm und reichte ihm einen Becher. »Trink das. Es wird dir guttun.« Ein paar silberne

Strähnen hatten sich aus ihrem Haarknoten gelöst und fielen ihr lose ins Gesicht.

Ouwen verspürte keinen Durst, nahm jedoch das Gefäß und trank einen Schluck. Es schmeckte furchtbar bitter.

»Was hat sie gesagt?«, fragte die Seherin.

Er wischte sich den Mund ab und sah sie verwirrt an.

»Die Stimme. Was hat sie zu dir gesagt?«, wiederholte Alba ungeduldig ihre Frage.

Ouwen stellte den Becher auf den Tisch. Statt ihn für verrückt zu erklären, fragte sie, was diese Stimme *gesagt* hatte?

Alba lächelte und zog einen kleinen Beutel aus den Falten ihres Gewandes. Ihre zierlichen, fast faltenfreien Hände glichen denen eines jungen Mädchens. Auf die Fingerknöchel waren Zeichen tätowiert, schwarze, eigenartige Symbole, deren Bedeutung Ouwen nicht kannte.

»Ich halte dich nicht für verrückt. Manchmal geschehen Dinge, die wir nicht verstehen, aber sie geschehen nicht ohne Grund.« Sie legte den Beutel auf den Tisch.

»›Sie werden kommen‹«, antwortete Ouwen. »Die Stimme sagte … ›Gib acht, sie kommen.‹«

Alba schwieg, doch Ouwen sah, wie sich ihre Miene verdunkelte. Als sie seinen Blick bemerkte, lächelte sie.

»Du grübelst zu viel, Sohn des Mattes. Lass uns die Runen befragen. Sie sind ein weiserer Ratgeber, als ich es bin.« Mit einer geschmeidigen, schnellen Bewegung griff sie in den unscheinbaren Beutel vor sich und zog kurz danach ihre Hand wieder heraus. Zwei kleine Holzstücke fielen auf den Tisch und blieben auf der unebenen Oberfläche liegen.

Ouwen starrte auf die Symbole, die in das Holz der Runen geritzt waren. Sie schienen eine Einheit zu bilden, als würden die Stücke zusammengehören. Er hob den Blick. Albas Gesicht lag im Schatten. Im Dämmerlicht des Feuers wirkte sie jünger, ihr bleiches Haar fast blond. Einige ihrer langen Haarsträhnen berührten wie feine Spinnenfäden den Tisch. Es war seltsam, doch es kam ihm vor, als wäre sie seit seiner Kindheit kaum gealtert.

Er schüttelte unbewusst den Kopf. Das war unmöglich. Der Geruch des Tees stieg ihm unangenehm in die Nase.

»Nimm eine Rune heraus.«

Ouwen sah misstrauisch zu dem Lederbeutel. Obwohl er Alba nicht ansah, fühlte er ihren durchdringenden Blick.

»Nur mit einem von dir geworfenen Runenstein ergeben die Symbole einen Sinn. Sie bilden eine Einheit.« Die Stimme der Seherin klang seltsam rau.

Er verspürte keine Lust, der Aufforderung nachzukommen, doch seine Hand griff wie von selbst nach dem abgewetzten, kleinen Beutel. Die kieselsteingroßen Holzstücke im Inneren pulsierten warm in seiner Hand und fühlten sich fast lebendig zwischen seinen Fingern an. Erschrocken zog er seinen Arm zurück, aber Albas dünne Finger schlossen sich fest um sein Handgelenk.

»Zieh einen Stein!«

Gegen seinen Willen drängte sie ihn, seine Hand erneut in den Beutel zu stecken. Als er sie wieder herauszog, umschlossen seine Finger ein einzelnes, kleines Holzstück. Er ließ die Rune auf den Tisch fallen. Das Symbol auf der weißen Oberfläche wurde von einer tiefen Kerbe, die durch die Mitte des Holzstückes verlief, in zwei Hälften geteilt.

Alba nickte langsam. »Das ist ein Symbol für das Ufer des Kar. Du wirst auf eine lange Reise gehen.«

Ouwen blickte zweifelnd auf das kleine, unscheinbare Holzstück.

»Bist du schon einmal am Ozean gewesen?«

»Nein«, erwiderte er. *Doch ich träume davon, ihn eines Tages zu sehen.* Er presste die Lippen zusammen.

»Was hat das alles mit meinen Träumen zu tun?«, fragte er. »Ich will nicht fort. Askaleth ist mein Zuhause.«

Die Alte lachte heiser. »Unsere Entscheidungen liegen nicht immer in unserer Hand. Wir alle sind gebunden an die Fäden, die die Götter für uns spinnen.« Sie griff nach dem ledernen Beutel und nahm ein weiteres Holzstück heraus. Es war länglich und schwarz, mit abgerundeten Ecken. »Licht und Schatten«, murmelte sie und umschloss es mit ihrer Hand. Sie starrte mit leerem Blick an Ouwen vorbei, als würde sie etwas sehen, das hinter ihm lag.

Ihm wurde plötzlich kalt. Für einen Moment glaubte er, wieder leise Flügelschläge zu hören.

Alba erwachte aus ihrer Starre und ließ die Rune neben das weiße Holzstück fallen. »Du trägst eine schwere Bürde, aber ich kann dir nur das sagen, was ich in den Steinen lese. Dein Schicksal liegt nicht in Askaleth.«

Ouwen spürte das Gewicht des Agtsteins schwer um seinen Hals. »Du musst dich irren.«

Albas Blick bohrte sich in seinen. »Die Runen irren nie. Kehr nach Hause zurück, hier wirst du nicht die

Antworten finden, die du suchst.« Sie verschränkte die Finger ineinander. »Sprich mit deinem Vater über die Dinge, die geschehen sind. Er wird dich verstehen, auch wenn du das nicht glaubst.«

Ihre Stimme war dicht an seinem Ohr, obwohl die Alte am anderen Ende des Tisches saß. Ouwen konnte ihren süßlichen Atem wahrnehmen, der nach Kräutern roch.

Er wartete darauf, dass sie noch etwas sagte, doch die Seherin schwieg. Enttäuscht griff er nach der Tasche, die neben ihm auf dem Boden lag. Wenn das alles war, was sie ihm sagen konnte, hatte er genug gehört.

Er zog das Schafsfell aus der Tasche und legte es wortlos auf den Tisch, den Weinkrug stellte er daneben. Er wusste nicht, was Alba wirklich gesehen hatte, oder ob er überhaupt an ihre Prophezeiungen glauben sollte, doch er hatte eine Wahl. Niemand bestimmte über seine Entscheidungen oder über seine Zukunft – nur er selbst.

Sein Stuhl scharrte unnatürlich laut über den Holzboden, als er ihn zurückschob.

Ouwen schulterte die Tasche und wandte sich zur Tür.

»Nimm einen Rat von einer alten Frau, bevor du gehst.« Alba griff nach den Runensteinen. »Manchmal muss man jemandem vertrauen, auch wenn man ihn nicht kennt … und etwas zurücklassen, um etwas anderes zu finden.« Sie hob den Blick.

Ouwen wusste nicht, was er darauf erwidern sollte, nickte aber. Er verließ die Hütte ohne ein weiteres Wort. Der Eiswind fuhr durch seine Haare und bauschte seinen Mantel. Er genoss die Kälte, die die Müdigkeit aus seinen Gliedern und die Worte der Alten aus seinem Geist vertrieb.

Alba ließ die Runen zurück in den Beutel fallen. »Ich wünsche dir eine gute Reise, Schattenseher. Wenn die Götter es wollen, werden wir uns in der Anderen Welt wiedersehen.«

Kapitel 5

Ouwen wälzte sich im Bett, das Holz knarrte unter seinen unruhigen Bewegungen. Er stöhnte leise im Schlaf und zog die Decke beiseite, in die er eingewickelt war. Vor dem kleinen, halbrunden Fenster tanzten bläulich schimmernde Lichter, die sich langsam auf ihn zubewegten.

Weiche Federn streiften sein Gesicht. Die Vögel flogen direkt über ihm, die Luft flirrte von ihren harten Flügelschlägen. Er wollte sich aufsetzen und die Hände nach ihnen ausstrecken, aber es gelang ihm nicht. Sein Körper fühlte sich eigenartig steif an. Eines der Tiere begann sich zu verändern. Aus dem glänzenden, pechschwarzen Gefieder wuchsen Haut und lange Haare, die Augen wurden größer, menschlicher. Seltsame, dunkle Schlieren wanderten über die graue Iris.

Die Gestalt war direkt über ihm, als Ouwen die Augen aufschlug. Für einen Moment dachte er, dass er immer noch träumen würde, doch der kalte Lufthauch, der durch das geöffnete Fenster wehte, belehrte ihn eines Besseren. Es war kein Traum.

Seine Augen weiteten sich vor Furcht. Bevor er

schreien konnte, legte sich eine Hand auf seinen Mund und eine Stimme sagte leise: »Still! Hab keine Angst.«

Das Gesicht des Fremden lag unter einer Kapuze im Schatten. Ouwen wollte den Eindringling wegstoßen, aber etwas hielt ihn zurück. Es war eine schwache Erinnerung. Die Stimme des Mannes schien ihm seltsam vertraut … als kenne er sie.

Die dunkle Gestalt setzte sich neben ihn auf das Holzbett. Der Fremde war ihm so nah, dass Ouwen die Feuchtigkeit des Mantels spüren konnte, dem der Geruch von feuchter Erde anhaftete. Langsam löste sich die Hand von seinem Mund.

»Das ist kein Traum.« Halbschatten streifte seine Kapuze ab.

Ouwens Herz schlug hart gegen seine Brust. »Wer bist du?« Er starrte den Eindringling an. «Bei allen Göttern, was machst du mitten in der Nacht in unserem Haus?«

Hayden strich mit den Fingern über das raue Holz. »Du musst mit mir kommen«, erwiderte er ruhig. »Wir müssen sofort aufbrechen.«

»Was?« Ouwen stieß gepresst die Luft aus. »Bist du verrückt? Ich gehe nirgendwohin!« Er zerrte die alte Wolldecke weg, die noch immer um seine Füße gewickelt war, und setzte sich auf.

Hayden stand lautlos auf und trat zu der kleinen Fensteröffnung. Ein Windstoß fuhr unter seinen Mantel und wehte ihm die langen, schwarzen Haare ins Gesicht. Sie erinnerten Ouwen an glänzende Federn. Er musste an die Vögel aus seinem Traum denken und blinzelte überrascht. Vielleicht war das Ganze nur eine Ausgeburt seiner Fantasie und die nächtliche Ruhestörung würde sich gleich in Luft auflösen. Doch der Schatten am Fenster bewegte sich.

»Mein Name ist Hayden, aber man nennt mich auch Halbschatten.«

Ouwen versuchte, den Rest der Müdigkeit abzuschütteln und seine Gedanken zu ordnen. *Halbschatten.* Was für ein seltsamer Name. Wer war dieser Fremde? Die Holzdielen knarzten unter seinen Füßen, als er unruhig aufstand.

Der Mond schien hell durch das Fenster und ließ Haydens Gesicht aus der Dunkelheit auftauchen. Er sieht jung aus, dachte Ouwen. Er kann nicht viel älter sein als ich. Doch irgendetwas an ihm war merkwürdig. Er schien mit den Schatten im Zimmer zu verschmelzen, so, als würden sie zu ihm gehören.

Unbewusst wich Ouwen einen Schritt zurück.

»Ich weiß, wovon du träumst«, sagte sein Besucher plötzlich.

Ouwen erstarrte. Er hatte niemanden von seinen Träumen erzählt, außer seinem Vater und der alten Alba.

Hayden senkte den Kopf und seufzte. »Du musst keine Angst haben.« Er wandte sich vom Fenster ab und sah ihn an. »Ich habe dir die Träume gebracht.«

Ouwen war für einen Moment sprachlos. Dieser Mann – Hayden, Halbschatten oder wie auch immer er hieß – war tatsächlich verrückt. Und er war in ihr Haus eingebrochen. Er spürte, wie seine anfängliche Furcht in Wut umschlug. Sollte er ihn angreifen? Der Fremde wirkte nicht besonders kräftig, aber Ouwen wusste nicht, ob er vielleicht bewaffnet war.

Es war, als könnte Halbschatten seine Gedanken hören.

»Deine Träume sind real. Genau wie ich.«

Ouwen schnaubte wütend. »Ich weiß nicht, wie du in dieses Haus gekommen bist, warum du *überhaupt* hier bist. Vielleicht träume ich das alles auch nur.« Er fuhr sich durch das Haar und schloss die Augen. Als er wieder zum Fenster blickte, war Hayden noch da. Die braunen Augen des Fremden blickten ihn abwägend an. Etwas Dunkles schien sich über die Iris zu legen, es sah aus wie feine, schwarze Nebelfetzen. Aber das war nicht möglich … Ouwen griff an das Amulett, das versteckt unter seinem Hemd hing. Es pulsierte warm in seiner Hand. Seine Wut verblasste. Dieser junge Mann in dem viel zu großen Mantel sah nicht aus, als wäre er ein Dieb oder ein Mörder. Dann hätte er Ouwen wohl kaum geweckt.

Er musterte seinen Besucher, der noch immer regungslos am Fenster stand, und betrachtete Haydens bleiches Gesicht, auf dessen linker Wange eine schmale, silbrig glänzende Narbe verlief. Nachdenklich kniff er die Augen zusammen. Seine Albträume, die Nächte voll grausamer Bilder, die sich in seine Erinnerungen gebrannt hatten, konnte dieser ›Halbschatten‹ wirklich die Ursache dafür sein? Zumindest behauptete er das. Aber was hatte ein Fremder mit seinen Träumen zu tun? Das war Irrsinn!

»Dann muss ich mich wohl bei dir … bedanken.« Ouwen lachte bitter. »Für all die Albträume, die ich in den vergangenen Monaten hatte.« Bildete er sich das nur ein oder waren da tatsächlich kleine, blaue Lichter am Fenster? Er sah sich suchend nach einer Kerze um. Er war die Dunkelheit leid und wollte ein Licht anzünden, war sich jedoch nicht sicher, ob er am Abend zuvor ein Wachslicht mit in sein Zimmer genommen hatte.

Hayden strich sich über den feuchten Mantel. »Deswegen bin ich hier«, sagte er. »Die Träume, die ich bringe, sind nicht gut oder schlecht. Du träumst, weil du träumen musst.« Er schwieg abwartend, als würde er seine nächsten Worte überdenken.

»Ich träume, weil ich träumen muss?«, wiederholte Ouwen ungläubig.

»Nicht alles, was du gesehen hast, kam von mir.« Haydens Blick verdunkelte sich. »Ich war nur der Auslöser. Du hast eine besondere Gabe.« Er verbarg seine Hände in den Manteltaschen. »Deine Visionen sind mehr als nur Bilder«, fuhr er fort, bevor Ouwen etwas erwidern konnte. »Du kannst Dinge sehen, die geschehen sind, Erinnerungen, die nicht nur von dir stammen … und du kannst auch Ereignisse aus der Zukunft sehen. Es sind Schattenbilder, Träume, die weit über das hinausgehen, was normale Menschen träumen, wenn sie schlafen.«

Ouwen ballte eine Hand zur Faust. Was erzählte dieser Hayden da? Er hatte Albträume, sonst nichts!

Hayden wich seinem wütenden Blick nicht aus. »Du bist etwas Besonderes, auch wenn du mir jetzt noch nicht glaubst.« Er kam auf Ouwen zu und blieb vor ihm stehen. »Du musst mir vertrauen.«

»Ich muss überhaupt nichts!«, knurrte Ouwen. Das Blut pochte in seinen Schläfen. Alles was er wollte, war, dass der Fremde verschwand und er endlich aus diesem Albtraum erwachte!

Haydens Pupillen schienen sich zu weiten und verdrängten das Braun der Iris. »Ich bin ein Schattenläufer«, sagte er. »Ein Traumbringer. Meine Aufgabe ist es, Menschen wie dich zu finden. Menschen, die besondere Gaben … Talente haben. Ich bringe ihnen Träume, Visionen.«

Sein Blick wanderte durch das Zimmer. »Ich war in den vergangenen Wochen oft hier, in Askaleth und an eurem Haus. Du hast die Gabe zu Sehen, genau wie ich.«

Ouwen wusste nicht, was schlimmer war: die Worte des Fremden oder die Dunkelheit des Traumes zuvor, die immer noch an ihm klebte wie ein zu schwerer, nasser Umhang.

»Es sind doch nur Träume«, erwiderte er.

»Sie sind mehr als das und du weißt es.« Hayden sah ihn aus seinen merkwürdigen, dunklen Augen an. »Eines Tages wirst du nicht mehr unterscheiden können, ob das, was du siehst, Wirklichkeit ist oder nur ein Schatten. Diese Gabe könnte dich wahnsinnig machen, wenn du nicht lernst, damit umzugehen.«

Halbschatten legte ihm eine Hand auf die Schulter und Ouwen widerstand dem Impuls sie wegzuschlagen. Die Bilder, die er am Atana gesehen hatte, schossen durch seine Gedanken. Was, wenn Hayden recht hatte, wenn es nicht nur ein Traum, sondern eine fremde Erinnerung gewesen war? Er strich sich über das Gesicht.

»Du bist hier nicht mehr sicher. Sie haben deine Spur bereits aufgenommen und werden bald hier sein.« Hayden ließ seine Hand sinken. »Wir müssen gehen!«

»Was meinst du damit?« Ouwen hob den Blick.

»Die dunklen Jäger«, erwiderte sein Besucher. »Unsere Späher haben sie beobachtet.« Er trat einen Schritt zurück. »Sie haben zuerst einen anderen Auftrag ausgeführt, doch jetzt sind sie auf dem Weg nach Askaleth. Dein Vater hat ihre Zeichen in den Wäldern entdeckt. Er hat dir nichts gesagt, nicht wahr? Er fürchtet sich, davor, was es bedeuten könnte, denn er hat diese Spuren schon einmal gesehen.«

»Wovon sprichst du? Wer sind diese … Jäger?«

»Sie sind Schattenwesen«, sagte Hayden. »Geschöpfe schwarzer Magie. Manche nennen sie auch die ›dunklen Jäger‹, weil sie meist angreifen, wenn die Nacht anbricht. Sie jagen Menschen wie uns und sie ruhen nicht eher, bis sie ihre Beute haben.«

Schattenwesen, die Menschen jagten? Ouwen verschränkte die Arme vor der Brust. Das klang wie eine Gruselgeschichte, die man kleinen Kindern erzählte. Wer sagte ihm, dass Hayden nicht einfach nur verrückt war? Vielleicht war es am besten, wenn er seinen Vater aufweckte. Er machte einen Schritt auf die Tür zu, aber Halbschatten stellte sich ihm in den Weg.

»Die Männer deines Dorfes haben eine Jagd organisiert, doch es wird ihnen nichts nützen. Die Jäger lassen sich nicht jagen.«

Ouwen runzelte die Stirn. »Was für eine Jagd?«

»Ein Beschluss eures Rates. In Ulien wurde vor zwei Tagen ein Mann getötet, er hatte eine Herde Weidetiere bewacht. Sie denken, dass es ein Bär war, aber sie irren sich.«

Ouwen zögerte. Wenn in den Wäldern gefährliche Kreaturen ihr Unwesen trieben und seine Freunde nichts davon ahnten, musste er sie warnen.

»Ich werde meinen Vater wecken«, sagte er. »Der Rat muss die Wahrheit erfahren.« Er versuchte, an Hayden vorbeizulaufen.

»Er ist nicht hier.«

»Was?« Ouwen blieb stehen. »Wo ist er?«

»Es geht ihm gut.« Hayden zog etwas aus seinem Mantel und reichte es ihm. «Dein Vater ist bei Alba. Ich soll dir das hier geben.«

Zögernd griff Ouwen nach dem kleinen Holzstück. Es war eine der Runen, die die Seherin benutzt hatte, als er bei ihr gewesen war.

»Wieso ...« Er verstummte.

»Sie haben mich geschickt, damit ich dich fortbringe.«

Ouwens Finger schlossen sich um das schwarze Holzstück. In seinem Magen schien sich ein Klumpen aus Eis zu bilden.

»Uns bleibt keine Zeit für lange Erklärungen. Mach dir keine Sorgen um deinen Vater, er wird zurechtkommen. Alles, was er will, ist, dass du in Sicherheit bist.«

»Warum ist er nicht selbst gekommen, um mir das zu sagen?« Ein feiner Lufthauch, wie von einem Flügelschlag, streifte Ouwens Arm, als Halbschattens Hand nach ihm griff.

»Du wirst alles erfahren, wenn wir unterwegs sind.« Hayden warf einen Blick zum Fenster. »Wir müssen gehen!«

»Und die dunklen Jäger? Wenn der Rat nichts von ihnen weiß, sind die Männer in Gefahr.«

»Sie sind nur an dir interessiert«, erwiderte Halbschatten. »Vertrau mir, du musst mit mir kommen!«

Ouwen senkte den Blick. »Wieso sollte ich dir vertrauen?« Doch er kannte die Antwort auf seine Frage bereits. Das Holzstück in seiner Hand schien sich zu erwärmen. Er erinnerte sich gut an Albas Worte: »*Manch-*

mal muss man jemandem vertrauen, auch wenn man ihn nicht kennt.«. Sie hatte gewusst, dass Hayden in dieser Nacht zu ihm kommen würde.

Er schloss die Augen.

Halbschattens kalte Hand ließ seinen Arm nicht los. Winzige, blaue Lichter tanzten um Ouwens Handgelenk, das Hayden fest umklammert hielt.

Die Stimme des Schattenläufers klang sanft, als er leise antwortete: »Weil du weißt, dass meine Worte wahr sind.«

Es war still. Auch der Wind war verstummt und hüllte sich in Schweigen. Graue Nebelschwaden stiegen vom feuchten Boden auf und wanden sich um die Beine der Wölfe, die langsam aus den Schatten des Waldes traten.

Arkan hob den Kopf. Er konnte die Angst der Menschen riechen. Der weiße Wolf sog den vertrauten Geruch ein, der zusammen mit dem Rauch des Kamins zu ihnen hinüberwehte. Das Leittier knurrte leise und lief auf das Licht zu, das einsam in der Finsternis leuchtete.

Es gab keine Warnung, bevor sie angriffen. Im Haus wurde hastig ein Riegel vor die Tür geschoben, doch die Fluchtwege waren versperrt. Einige der Wölfe sprangen auf das Dach, das Stroh raschelte leise unter ihren Pfoten. Sie scharrten unruhig, bis sie eine Stelle fanden, die leicht unter ihrem Kratzen nachgab. Der Rest des Rudels umrundete die Hütte auf der Suche nach einer anderen Schwachstelle.

Durch die Ritzen der geschlossenen Fensterläden drang schwacher Lichtschein. Aerion, die allein in Albas Hütte zurückgeblieben war, kniete vor dem Kamin und warf neue Holzscheite in die Flammen. Ihr

Blick fuhr zur Decke, als das Scharren auf dem Dach lauter wurde. Grauer Staub rieselte vor ihrem Gesicht auf den Boden. Es würde nicht lange dauern, bevor das altersschwache Dach nachgab.

Der Ärmel ihres Kleides war hochgerutscht und entblößte ein dunkles Mal, das sich über die Haut ihres rechten Armes wand. Im Schein der Flammen wirkte es fast lebendig, als würde es seine Form verändern.

Draußen stieß Arkan ein warnendes Knurren aus. Der alte Wolf sprang zu seinen Gefährten auf das Dach und begann die Strohabdeckung zu durchbrechen. Er sah nicht, wie ein Vogel durch die dunklen Wolken zu ihnen herabstieß, aber er spürte den Schmerz, als das Tier seine scharfen Krallen tief in sein Fleisch bohrte. Der Schattenwolf heulte wütend auf. Sie hatten also einen Wächter. Es würde ihnen nichts nützen.

Er schüttelte das Tier ab und schnappte nach ihm, doch der Vogel wich geschickt seinen Zähnen aus und flog krächzend davon. Als Arkan den Kopf wandte, sah er ein Licht am Feldrand aufleuchten. Jemand hatte eine Fackel angezündet. Kurz darauf erglühte ein zweites Feuer.

Witternd zog er seine Lefzen hoch. Der Wind hatte gedreht. Er roch frisches Blut, der süße Duft kroch lockend mit dem Eiswind über die kahlen Felder.

Dann hörte er die Stimme. Sie rief ihn.

Das Leittier zögerte nicht, sondern sprang in die Dunkelheit. Das Rudel folgte ihm.

Alba ließ das kleine Messer sinken, mit dem sie sich in die Hand geritzt hatte. Es hatte seinen Zweck erfüllt. Sie kamen.

Sie warf einen Blick zu Mattes, der einen Pfeil aus seinem Köcher zog, dann wandte sie sich um und begann die Feuer zu legen. Sie mussten sich beeilen.

Die dunklen Jäger würden bald hier sein.

KAPITEL 6

Nordinger Wälder. In derselben Nacht

Der Wald schien keinen Anfang und kein Ende zu haben. Ouwen stapfte erschöpft durch die Dunkelheit, immer in Sichtweite des Fremden, der ihn mitten in der Nacht aus dem Schlaf gerissen hatte. Er zog sich die Kapuze tiefer in die Stirn. Obwohl der Mantel aus dickem Rehleder bestand, spürte er die Kälte mit jeder Faser seines Körpers. Hier in den Wäldern boten die Bäume zumindest etwas Schutz vor den Eiswinden, die an den Ästen der alten Tannen und Birken rüttelten, aber die Müdigkeit lähmte ihn.

Missmutig blickte er auf seine Füße. Seine Schuhe waren durchnässt und voll Schlamm. Der Boden auf den Feldern, die sie überquert hatten, war durch den Regen der vergangenen Tage und den Neuschnee völlig aufgeweicht worden. Der Frost ließ seine Zehen im feuchten Leder langsam zu Eis erstarren. Sein Blick fiel auf Hayden, der ein paar Schritte vor ihm lief. Seit sie vor einigen Stunden aufgebrochen waren, hatte sich sein Begleiter in Schweigen gehüllt. Er schien keine Rast zu brauchen, während Ouwens Beine immer schwerer wurden.

Ein lautes Krächzen durchdrang die Stille. Ouwen wandte den Kopf, konnte jedoch nichts erkennen.

Seine Gedanken wanderten zu seinem Vater. Er hoffte, dass es ihm gut ging, aber er war auch enttäuscht von Mattes. Weshalb war er nicht selbst gekommen, um mit ihm zu sprechen, sondern hatte diesen Fremden, diesen *Schattenläufer*, geschickt?

Er senkte den Kopf und rieb seine steif gefrorenen Finger. Seine Fellfäustlinge lagen noch immer in Askaleth, neben seinem Bett. Er hatte vergessen, sie mitzunehmen, genauso wie er nicht daran gedacht hatte, wenigstens *eines* der frisch gegerbten Schafsfelle einzustecken, bevor sie aufgebrochen waren.

»Ich bin ein verdammter Narr«, murmelte er. Doch so seltsam es auch war: In dem Moment, als Hayden seinen Arm berührt hatte, hatte er gewusst, dass er mit ihm gehen würde – dass dieser Fremde vielleicht die Antwort auf seine Fragen war. Er zog den Gurt seiner Tasche fester um die Schulter und lief langsam weiter. Als er dachte, er könnte keinen Schritt mehr gehen, tauchte sein Begleiter plötzlich an seiner Seite auf.

»Lass uns hier rasten und für ein paar Stunden ausruhen. Es ist zu gefährlich, den Fluss nachts zu überqueren.«

Ouwen lehnte sich an einen Baum. Sein Gefühl sagte ihm, er würde auf eine Frage wie ›Wohin gehen wir eigentlich?‹ im Moment keine Antwort bekommen.

»Ich werde Holz für ein Feuer sammeln«, sagte er, ohne Hayden dabei anzusehen, und griff nach dem kleinen Handbeil, das an seinem Gürtel hing.

Hayden schüttelte den Kopf. »Das Licht wäre in der Dunkelheit zu weit zu sehen.«

Ouwen hob den Blick und sah Hayden entgeistert an. »Ein Feuer schützt uns aber nicht nur vor der Kälte, sondern auch vor wilden Tieren!« Er verschränkte die Arme. Anscheinend war er nicht der Einzige, der den Verstand verloren hatte. Im Winter – und dazu noch nachts – im Wald auf dem eisigen Boden schlafen zu wollen, ohne die Wärme eines Feuers, konnte den Tod bedeuten.

»Die Wesen, vor denen wir geflohen sind, würden uns dadurch nur schneller finden«, erwiderte Hayden.

Ouwens Hand glitt an seine Ledertasche. Darin befanden sich neben einer Wolldecke und Kleidung zum Wechseln nur ein paar Kerzen und etwas Essen. Er schüttelte den Kopf. Warum nur hatte er das verdammte Fell nicht eingesteckt?

»Wir werden erfrieren«, brummte er.

»Nein, das werden wir nicht.« Hayden griff in eine Tasche seines Mantels und zog etwas hervor, aber Ouwen konnte nicht genau erkennen, was es war. Es sah aus wie ein kleiner Lederbeutel, in dem man Kräuter oder Münzen aufbewahrte. Er sah skeptisch zu, wie Halbschatten zu zwei dicht beieinander stehenden Bäumen ging und sich auf den Boden kniete.

Wollte er etwa einen Unterstand bauen? Der Boden war zu aufgeweicht und feucht, genau wie die kahlen Zweige, die der Wind heruntergerissen hatte. Wenn das ihr Schutz gegen die Kälte sein sollte, würde er sich lieber in seine dünne, aber dafür trockene Decke wickeln.

Er seufzte. Sie würden die Nacht vor Kälte kein Auge zumachen. Gerade, als er Hayden fragen wollte, ob er Hilfe bräuchte, sah er sie wieder: seltsame, kleine blaue Lichter, die neben Halbschatten in der Luft zu schweben schienen. Sein Herz begann schneller zu schlagen.

Er hatte sie schon einmal in dieser Nacht gesehen, in ihrem Haus.

Er trat einen Schritt dichter an Halbschatten heran. Sein Begleiter hatte ihm den Rücken zugewandt und flüsterte Worte, die Ouwen nicht verstand. Als Hayden aufstand und sich zu ihm umwandte, verschwanden die Lichter plötzlich.

Helles Mondlicht fiel durch die Baumkronen und brachte das Eis, das auf den Ästen lag, zum funkeln. Aber Ouwen hatte keinen Blick dafür. Verwirrt starrte er auf den Unterstand, der aus dem Nichts erschienen war.

»Das sollte für heute Nacht genügen.« Hayden grinste und schlug eine Stoffbahn zurück, die sich als Eingang zu einem Zelt entpuppte.

Ouwen kniff die Augen zusammen, doch als er sie wieder öffnete, war das Zelt noch da. Wie hatte Halbschatten in so kurzer Zeit einen Unterstand errichten können?

»Auf jeden Fall besser als der kalte Boden.« Hayden machte eine einladende Geste.

Ouwen war zu müde, um Zweifel an der Stabilität oder Echtheit des Gebildes anzumerken, ging darauf zu und trat hinein. Es war wesentlich geräumiger als die Unterstände, welche er mit Mattes oft im Wald errichtet hatte. Und es war warm. Überrascht streckte er die Hand aus, um nach der Wärmequelle zu suchen. Die Zeltwand, die er im ersten Moment für den Stoff einer Decke gehalten hatte, bestand aus einem dichten Fell. Auch der Boden war mit einem großen Fell ausgelegt. Es fühlte sich an, als hätte es gerade noch über einem Ofen gehangen.

Er ließ die Hand sinken und setzte sich. Wie war das möglich? Hayden trug kaum Gepäck bei sich. Wie hatte er all das tragen können, ohne dass Ouwen es bemerkt hatte?

Ein schwacher Duft von Kräutern stieg in seine Nase. Seltsam, dachte er benommen, vielleicht träume ich ja bereits. Dann schlief er erschöpft ein.

Siedlung Askaleth. In derselben Nacht

Es war ein ungleicher Kampf, den sie ausfechten würden. Die dunklen Jäger waren in der Überzahl. In Ulien hatte er die Spuren von mindestens einem halben Dutzend Tiere gefunden und sie waren unglaublich stark. Er hatte gesehen, was sie mit den Schafen der Nachbarsiedlung getan hatten.

Mattes ließ den Blick über den Waldrand schweifen und zog die Armbrust von der Schulter. Die Wölfe würden bald hier sein, Albas Späher irrten nie.

Nach seiner Rückkehr aus Ulien war er als Erstes zu der Seherin gegangen. Sie war der einzige Mensch, der wusste, wie seine Frau wirklich gestorben war. Alba war seine letzte Verbindung zu Isira und zu ihrer Vergangenheit.

Sie war nicht überrascht gewesen, ihn zu sehen. Ihr Wächter hatte ihr bereits berichtet, dass Schattenwölfe durch die Nordinger Wälder streiften, und sie wusste, dass es nur eine Frage der Zeit war, bis sie nach Askaleth kommen würden, um ihren Auftrag zu beenden.

»Sie sind auf dem Weg zu mir … aber sie suchen

auch nach einem Jungen.« Die Alte hatte ihn aus ihren dunkelblauen Augen wissend angeblickt. »Einem Jungen, der ungewöhnliche Träume hat.«

In diesem Moment hatte ihn jede Hoffnung verlassen. Die Angst um seinen Sohn war ein Teil von ihm gewesen, seit die Wesen ihm seine Frau genommen hatten. Fünf Jahre waren seit Isiras Tod vergangen und er hatte jeden Tag zu den Göttern gebetet, dass die dunklen Jäger niemals zurückkehren würden. »Ouwen muss Askaleth verlassen. Hier ist er nicht länger sicher.« Alba hatte nach ihren Runensteinen gegriffen. »Ich habe einen Freund um Hilfe gebeten. Er wird den Jungen fortbringen.«

»Er ist noch so jung.«

»Er ist fast achtzehn, genau wie Aerion. Sie sind keine Kinder mehr.«

Mattes wusste, dass sie recht hatte. Ouwen konnte nicht in Askaleth bleiben, solange die Jäger seine Spur verfolgten.

Er hatte dem Ältestenrat des Dorfes von dem Angriff bei Ulien berichtet und sie in ihrer Vermutung bestärkt, dass es wahrscheinlich ein Bär oder tollwütige Hunde gewesen waren. Sie hatten entschieden, eine Jagd auszurichten und die Tiere zu töten, bevor sie weiteren Schaden anrichteten.

Er konnte den Ältesten nicht die Wahrheit erzählen, damit hätte er das Leben von vielen Unschuldigen aufs Spiel gesetzt. Außerdem gab es Geheimnisse, die gewahrt werden mussten. Zu viele Menschen hätten Fragen gestellt, wenn er von den Schattenwesen berichtet hätte, und er war nicht bereit, ihnen die Antworten zu geben.

Alba hatte ihre Raben mit Botschaften ausgeschickt und Mattes hatte seine eigenen Vorkehrungen getroffen. Er war nach Askaleth gegangen, um ein paar der Söldner zu verpflichten, die ihren Dienst für den König in der Siedlung verrichteten und vor lauter Langeweile schon anfingen, fett zu werden. Mattes' Bericht von blutrünstigen Bestien, die auf dem Weg in das Dorf waren, und vor allem ein prall gefüllter Beutel mit Münzen überzeugten sie, ihnen zu helfen.

Zwei Tage waren seitdem vergangen. Zwei Tage, an denen er mit sich gerungen hatte, Ouwen die Wahrheit zu erzählen. Doch er konnte es nicht.

Mattes hob den Blick. An diesem Abend war zum ersten Mal Schnee gefallen und bedeckte die kahlen Felder und das Flechtwerk, unter dem die frisch ausgehobenen Gruben lagen. Mit Anbruch der Dunkelheit waren auch die letzten, verräterischen Spuren ihrer Arbeit verschwunden. Jeder Muskel seines Körpers schmerzte nach den Anstrengungen der vergangenen Tage, er spürte jeden einzelnen Holzpfahl, den er angespitzt und in der Erde versenkt hatte, aber es war getan. Seine Finger schlossen sich um den Griff seiner Armbrust. *Sollen sie kommen.*

Ein grimmiger Zug legte sich um seine Mundwinkel. Er hoffte, dass ihr Plan aufging, aber er machte sich keine Illusionen. Es waren keine gewöhnlichen Wölfe, die sie jagten, sondern Schattenwesen. Alles, was sie hier taten, war nichts weiter als ein Ablenkungsmanöver, um Zeit zu schinden. Genügend Zeit, damit sein Sohn fliehen konnte.

Er sah zu Albas Hütte, die am anderen Ende des großen Brachfeldes lag. Der Schein des Feuers, der durch die geschlossenen Fensterläden fiel, war nur ein schwacher Lichtschimmer in der Finsternis. In Gedanken versunken griff er nach seinem Köcher. Die Jäger hatten besondere Kräfte, aber sie waren nicht unverwundbar. Vielleicht würden die Fallen ihren Zweck erfüllen, doch er verließ sich lieber auf seine Waffe, die ihm seit vielen Jahren treue Dienste leistete. Er war ein guter Schütze, seine Pfeile brachten den sicheren Tod. In dieser Nacht würden sie den Schattenwesen den Tod bringen.

Er ging zu Alba, die bereits auf ihn wartete. Die Eisnacht hüllte alles in eine schwarze Stille, aber sie wussten, dass die Ruhe trügerisch war. Alba gab ihm ihre brennende Fackel und hielt eine zweite ans Feuer, bis der mit Pech getränkte Stoff hell aufloderte. Ein schmales Rinnsal Blut lief an ihrem Arm hinunter und tropfte auf den Boden.

Mattes sah die Entschlossenheit in ihrem Blick und noch etwas anderes, das er nicht verstand, aber es blieb keine Zeit, um Fragen zu stellen. Das Heulen eines Schattenwolfes ließ ihm das Blut in den Adern gefrieren. Sie kamen.

Er lief mit Alba auf den Fluss zu, der sich am Rand der Felder entlangschlängelte, dabei steckten sie die Strohballen in Brand, die die Männer auf dem Brachfeld verteilt hatten. Dunkler, qualmender Rauch stieg in den Himmel, als sich die Flammen hungrig durch ihre Beute fraßen. Mattes warf die Fackel auf einen aufgeschichteten Holzhaufen, den sie in der Nähe der ersten Falle errichtet hatten, und nickte Alba zu. Es dauerte nicht lange, bis die Flammen emporloderten. Sie warfen dunkle Schatten auf die Gesichter der Söldner, die bei der Wolfsgrube auf sie gewartet hatten. Das Feuer verschaffte ihnen eine bessere Sicht in dieser finsteren Nacht, in der sich selbst der Mond hinter dichten Wolken verbarg. Es fehlte nur noch ein Köder, der die Jäger in Richtung der Fallen treiben würde. Angespannt sah er in die Flammen. Würde ihr Plan aufgehen?

Der erste Angriff kam aus dem Nichts. Einer der Männer, der ein paar Schritte hinter Mattes stand, wurde von den Füßen gerissen. Ein riesiger, schwarzer Wolf drückte den alten Söldner zu Boden und zerfetzte seine Kehle, bevor dieser auch nur schreien konnte. Das Schwert in der Hand des Mannes fiel nutzlos in den Schnee.

Mattes hob die Armbrust und schoss, aber der Wolf war genauso schnell wieder in der Dunkelheit verschwunden, wie er gekommen war. Er blickte sich suchend um, außer dem Rauch der Flammen war nichts zu sehen, doch er wusste, dass die Wölfe sie eingekreist hatten. Sie spielten mit ihnen.

Er presste seine Kiefer so fest aufeinander, dass es schmerzte. Er hasste diese Wesen, genauso wie er die dunkle Magie hasste, die ihnen anscheinend ihre Kräfte verlieh.

Sverrin, einer der beiden Söldner, die direkt hinter der Wolfsgrube standen, warf brüllend einen Speer in die Richtung, in die das Tier gelaufen war. Die Waffe verschwand im Dunst des Rauchs, ohne ihr Ziel zu treffen.

»Du willst mich! Also komm und hol deinen Preis.« Alba trat in den Schein des Feuers.

Mattes wandte überrascht den Kopf. Warum redete sie mit den Schattenwesen, als würden sie sie verstehen? Stirnrunzelnd legte er einen neuen Pfeil ein und spannte die Sehne. Er würde nicht zulassen, dass die Jäger Alba verletzten. Außer dem kleinen Messer, das an ihrem Gürtel hing, war sie nicht bewaffnet. Sie hatte alle anderen Waffen abgelehnt, obwohl Mattes sie gedrängt hatte, zu ihrem Schutz ein Kurzschwert zu tragen. Als die Rauchschwaden vor ihm dünner wurden, sah er sie. Das Rudel stand nicht weit entfernt neben einem der brennenden Heuhaufen. Warum griffen sie nicht an?

Er zielte auf eines der Tiere und betete zu den Göttern, dass der Pfeil sein Ziel nicht verfehlen würde.

Das Geräusch von brechenden Knochen zerriss die Stille. Mattes fuhr herum und starrte entsetzt auf den grauen Wolf, der hinter ihnen erschienen war und Sverrins Bein gepackt hielt. Der Mann schlug schreiend um sich und versuchte verzweifelt, mit der Waffe in seiner Hand das Tier zu treffen. Mattes zögerte nicht, sondern schoss. Er griff nach einem neuen Pfeil, aber der Schattenwolf hatte den Söldner bereits aus seinem Sichtfeld gezerrt und war hinter einer dichten Wand aus Rauch verschwunden. Kurz darauf verstummten Sverrins Schreie.

Erschüttert ließ er den Arm sinken. Der Wolf hatte keinerlei Regungen gezeigt, obwohl er das Tier getroffen haben musste. Fühlten diese Wesen keinen Schmerz?

Arndor, der verbliebene Söldner, der mit schreckensstarrem Gesicht neben ihm stand, wandte sich um und floh.

Mattes ließ ihn gehen. Es war egal, ob der Mann blieb oder davonlief. Er sah zu den Wölfen, deren dunkle Umrisse sich drohend in dem Rauch abzeichneten. Die unnatürlich glühenden Augen leuchteten wie Dämonenlichter in dem grauen Dunst. Sein letzter Funken Zuversicht war erloschen. Das waren keine Tiere aus Fleisch und Blut, die er jagen und töten konnte. Diese Wesen waren nicht so dumm, in eine von Menschen geschaffene Falle zu tappen.

Er sah nicht, wie Alba in einen kleinen Beutel griff, der an ihrer Hüfte hing, und etwas in den brennenden Holzhaufen neben ihr warf. Der plötzliche, grelle Lichtschein blendete ihn und er bedeckte sein Gesicht mit dem Arm, als ein Hitzeschwall ihn traf. Das Feuer war förmlich explodiert, aber genauso schnell, wie sie in den blauschwarzen Nachthimmel gewachsen waren, verebbten die Flammen auch wieder. Und Alba war verschwunden.

Sein Blick glitt unruhig über das Feld. Wo war sie?

Die Wölfe waren vor dem Feuer zurückgewichen. Als die Flammen kleiner wurden, kamen sie langsam wieder näher. Eines der Tiere stieß seinen schaurigen Ruf laut in die Nacht hinaus. Es war ein großer, weißer Wolf. Er lief an der verdeckten Grube vorbei in Richtung des Flusses. Die anderen Jäger folgten ihm. Sie beachteten den Mann mit der Armbrust nicht länger, ihre Aufmerksamkeit war auf etwas anderes gerichtet.

Mattes sah ihnen nach, wie sie in der Dunkelheit verschwanden. Dann begann er zu rennen.

Bleib zurück! Du kannst nichts tun.

Albas Stimme schien aus dem Nichts zu kommen. Mattes blieb abrupt stehen und wandte sich um, aber es war niemand zu sehen.

Es ist zu spät. Lass mich gehen.

»Nein …« Mattes schüttelte den Kopf. »Nein, Alba!

Ich werde dich nicht allein in den Tod gehen lassen.« Er hörte ihr heiseres Lachen.

Auf dich wartet eine andere Bestimmung, erwiderte sie durch ihre Gedanken. *Geh und erfülle meinen letzten Wunsch, wie du es versprochen hast. Wache über sie, wie du über Ouwen gewacht hast.*

Mattes schwieg. Er hatte nicht vergessen, worum sie ihn einige Stunden zuvor, als sie in ihrer Hütte gewesen waren, gebeten hatte.

Kehre um, es ist zu spät … Leb wohl, mein alter Freund.

Das Rauschen des Windes wurde stärker. Der Eiswind riss an Mattes' Haaren und peitschte über die Felder, wo er die hell lodernden Strohballen glühende Funken in den Himmel spien ließ. Mattes sank auf die Knie und rammte seine Armbrust in die Erde, bevor er sein Gesicht in den Händen vergrub.

Als Aaron zum Sprung ansetzte, faltete Alba ihre Finger ineinander. Sie fühlte keine Angst, sie hatte den Tod nie gefürchtet. Nur einen Schritt hinter ihr lag die getarnte Wolfsfalle mit den angespitzten Pfählen. Sie würde die Reise in die Andere Welt nicht alleine antreten.

Der Wächter, der über ihnen kreiste, stieß einen Warnschrei aus. Sie schickte ihrem treuen Begleiter einen stummen Gruß. Er hatte viele Jahre über sie gewacht, aber er konnte sie nicht retten. Sie wusste, dass ihr Schicksal besiegelt war.

Die dichten Wolken hatten sich aufgelöst. Der Mond schien hell auf die Wölfe herab, die sie eingekreist hatten.

Die alte Seherin nahm aus den Augenwinkeln eine Bewegung wahr und wandte den Kopf.

Corax stieß vom Himmel herab. Die Krallen des Wächters streiften Aarons Fell, doch der Wolf sprang zur Seite und schnappte wütend nach dem krähenartigen Vogel. Ein dunkles Grollen drang aus seiner Kehle. Er senkte den Kopf und lief auf Alba zu. Als seine Pfoten auf die Abdeckung der Grube traten, gaben die dünnen Zweige knirschend unter seinem Gewicht nach. Schnee wirbelte auf und ein klagendes Heulen ertönte, als der Wolf in die Tiefe stürzte und sich die spitzen Pfähle durch seinen Körper bohrten.

Der furchtbare Schmerzensschrei, der kurz darauf zu hören war, ließ Alba die Augen schließen. Er war menschlich.

Der weiße Wolf und Ethel, eine junge Fähe, die gemeinsam mit Aaron als Erste die Frau eingeholt hatten, liefen zur Grube.

Arkan wandte den Kopf und starrte Alba hasserfüllt an.

Das ist dein Ende, Weib.

Alba wandte den Blick nicht ab. *Ich habe auf dich gewartet, weißer Schatten,* erwiderte sie durch ihre Gedanken.

Der Leitwolf gab keine Antwort, stattdessen kam die Fähe auf sie zu. Ein Pfeil aus Mattes' Bogen steckte tief im Fleisch ihres Beins. Dunkles Blut lief an ihrem Hinterlauf hinab.

Alba blickte die Wölfin an. Sie konnte das Braun erkennen, wo einst menschliche Augen gewesen waren und spürte Mitleid mit diesem Geschöpf.

»Makamah-ez«, flüsterte sie und hob kurz die rechte Hand. »Dein Geist soll erwachen!«

Die Wölfin blieb stehen und zog witternd die Lefzen hoch. Sie konnte den Herzschlag der Alten hören und roch den Gestank, den nur Menschen verströmten. Ethel verstand nicht, was die Frau gesagt hatte, aber sie würde sie töten, wie es ihr Arkan befohlen hatte. Sie *wollte* sie töten, ihr den Kopf abreißen und sie bezahlen lassen für den Tod ihres Bruders, der durchbohrt von Pfählen in der Falle lag. Die Muskeln unter ihrem Fell zuckten. Die Wunde an ihrer Flanke brannte wie Feuer, doch sie würde sich beweisen und ihren Platz im Rudel behaupten.

Als sie zum Sprung ansetzte, verspürte die Wölfin plötzlich einen stechenden Schmerz in ihrem Kopf, der immer stärker wurde. Sie wich winselnd zurück, aber der Schmerz verschwand nicht.

Fremde Stimmen schienen in ihrem Kopf zu flüstern, Bilder von Orten, die sie längst vergessen hatte, tauchten vor ihrem inneren Auge auf und sie erinnerte sich. Die Augen der Fähe weiteten sich, das dunkle Braun verdrängte für einen Moment den rot glühenden Pupillenrand.

Sie konnte sich an alles erinnern.

Arkan sprang an ihre Seite und biss warnend in Ethels Flanke, aber die Wölfin rührte sich nicht. Der nächste Angriff des Leittieres warf die Fähe auf die Seite, wo sie blutend liegen blieb.

Der weiße Wolf ließ von ihr ab und kam langsam auf Alba zu. *Deine Zeit ist vorbei, Hexenweib.*

Alba schloss die Augen. Sie wusste, es würde schnell gehen.

KAPITEL 7

Nordinger Wälder. Einen Tag später

Die Frau kniete am Rand des Felsvorsprungs. Unter ihr erstreckte sich der Wald und der Schwarze See im Tal, der seinen Namen von dem Gebirge erhalten hatte, aus dessen Quellen er gespeist wurde. Eine Schneeschicht hatte sich auf seiner erstarrten Oberfläche gesammelt und war zu kleinen Hügeln angewachsen. Es wirkte friedlich und sicher, aber sie wusste, dass der Weg über das Eis gefährlich war. Vorsichtig strich sie über ihren Bauch, der sich, verborgen unter dem Mantel aus schwerem Fell, nach vorne wölbte und griff dann nach dem Messer, das neben ihr auf den Steinen lag.

Der Schnitt war nicht tief. Als Blut über ihr Handgelenk lief, tauchte sie einen Finger hinein und malte eine Linie auf ihre Stirn, die bis auf den Nasenrücken verlief. Ihre langen Haare fielen nach vorn und verdeckten ihr Gesicht, während sie um Beistand für ihre Reise betete.

Ein Lederband mit einem Anhänger rutschte aus der Öffnung ihres Mantels auf ihre Brust. Der schwarze Bernstein schien das Licht der Sonne in sich aufzunehmen und schmolz langsam in sich zusammen. Aus der dunklen, weichen Masse begannen Krallen, Haut und lange Federn zu wachsen, bis Ouwen in die Augen eines Vogels blickte, die ihn anstarrten.

Ouwen schlug die Augen auf und sah sich verwirrt um. Es dauerte einen Moment, bis er sich erinnerte, wo er war. Die aufgeklappte Felldecke am Eingang ließ etwas Tageslicht in das Innere des Unterstandes – Haydens Unterstand. Neugierig strich er über das fast rein weiße Fell der Zeltwand. Es fühlte sich dicker an als die Felle der Schafe, welche sein Vater gerne als Decken benutzte.

Ouwen griff nach dem Wasserschlauch und trat gebückt ins Freie, um nicht gegen die Decke zu stoßen. In der Nacht war erneut Schnee gefallen und hatte ihren kleinen Unterstand bedeckt. Wenn man nicht direkt davor stand, war das Zelt kaum zwischen den Bäumen zu entdecken. Er wandte sich suchend um, doch Hayden war nirgendwo zu sehen. Kein Laut drang aus dem dichten Wald an sein Ohr. Es schien, als hätte der Winter jedes Geräusch unter einer dicken Schicht Eis begraben.

Er fuhr sich über die Augen. Der Traum der vergangenen Nacht war kaum mehr als eine verschwommene Erinnerung, bis auf … Ouwen zog den Anhänger unter seinem Hemd hervor und betrachtete nachdenklich den Bernstein.

Sein Magen begann zu knurren und lenkte seine Gedanken auf etwas anderes. »Du weckst noch den ganzen Wald auf.« Er klopfte auf seinen Bauch und sah zum Unterstand. In seiner Reisetasche befanden sich etwas getrocknetes Fleisch, Brot und Käse, doch der Proviant musste für die nächsten Tage reichen. Vielleicht sollte er seine Schleuder holen, die noch mit seinen anderen Sachen im Zelt lag, und versuchen, ein Kaninchen oder ein Eichhörnchen in den umliegenden Büschen aufzustöbern. Er wusste nicht, wann Halbschatten zurückkehren würde, aber – selbst wenn er nichts fangen würde – alles wäre besser, als auf ihn zu warten.

Ouwen lief zum Zelt und schlug das Fell am Eingang zurück. Als er ein leises Räuspern hinter sich hörte, wandte er sich um. Es war Hayden. Die halblangen Haare hingen ihm wirr ins Gesicht, an seinem Mantel klebten Eis und Schnee. Er sah aus, als ob er die Nacht draußen verbracht hätte.

Ouwen hob fragend eine Braue.

»Hungrig?«, fragte Hayden und grinste ihn an.

Ouwen nickte. »Und wie.« Seine Augen weiteten sich erstaunt, als er die Jagdbeute sah, die von Haydens Schulter hing. Es waren zwei fette Kaninchen. Um diese Jahreszeit war die Jagd nicht einfach, es brauchte mehr als nur etwas Glück, um gleich zwei Tiere zu erbeuten.

Hayden ließ die Tiere auf den Boden fallen und begann, einige Zweige in der Nähe ihres Zeltes übereinanderzuschichten.

Ouwen warf einen skeptischen Blick auf den Ästehaufen. Es würde lange dauern, bis sie mit dem feuchten Holz ein Feuer entzünden konnten.

»Kann ich helfen?«, fragte er und trat näher.

Halbschatten griff in den kleinen Beutel, der um seinen Hals hing und streute etwas von dem blauen Sand auf das Holz. »Makamah-ez, feridou!«

Noch bevor Ouwen fragen konnte, was diese Worte bedeuteten, züngelten plötzlich blaurote Flammen aus den Holzscheiten. Erschrocken stolperte er zurück. Hatte sich das Feuer etwa von selbst entzündet?

»Wie hast du das gemacht?«, flüsterte er.

Hayden steckte den Beutel wieder unter sein Hemd. »Ich kenne die Worte, die Feuer entfachen können.«

Ouwen blickte ihn fassungslos an. *Worte, die Feuer entfachen können?* »Was meinst du damit? Wie …«, er schüttelte den Kopf. »Das ist unmöglich.«

Hayden hielt seine Hand in das Feuer. Die Flammen krochen über seine Haut und hüllten seine Hand vollständig ein, schienen ihn aber nicht zu verbrennen.

»Es ist genauso möglich, wie Dinge in seinen Träumen vorherzusehen«, erwiderte er.

Ouwens Hand glitt an sein Amulett. »Aber das ist Zauberei!«

»Ja«, sagte Halbschatten gelassen. »Das ist es.« Und dann lächelte er, als hätte er gerade das schönste Kompliment der Welt bekommen.

»Du besitzt besondere Kräfte?« Ouwen starrte auf Halbschattens Hand, die unverletzt schien. Er hatte erlebt, wie Alba aus ihren Runen las und wusste um ihre außergewöhnlichen Heilkräfte, doch Feuer mit Worten entzünden zu können, seine Hand *hineinzutauchen,* ohne dass sie verbrannte … war etwas anderes. Er strich sich nervös ein paar Haarsträhnen aus dem Gesicht.

»Die Gabe fällt bei jedem Menschen anders aus«, antwortete Hayden. »Ich bin ein Seher. Und ein Traumbringer.« Er zog seine Hand aus den Flammen. Sie war völlig unversehrt. »Doch wie die meisten habe auch ich noch andere *Talente.*«

Ouwen schwieg. Es gab Legenden über Menschen, die die Elemente beherrschen konnten. Er hatte geglaubt, es wären nur Märchen, die man sich in langen Nächten während der Eismonde erzählte. Sein Blick wanderte zu den durchscheinenden Lichtern, die über dem Feuer schwebten.

»Die Magie ist ein Teil von mir. Die Gabe kann ge-

fährlich sein, aber ich nutze sie nicht für das … Dunkle.«
Halbschatten griff nach einem der Felle.

Ouwen sah in die seltsamen, blauroten Flammen, die hell aus den Holzscheiten loderten. Die Inrir existierten also wirklich. Er kniff die Brauen zusammen.

»Ich weiß, was man sich erzählt. Aber nicht alles Magische ist schlecht.«

Ouwen senkte den Blick. Er war mit einer anderen Wahrheit aufgewachsen. Die alten Gaben waren den dreizehn Göttern vorbehalten. Hexerei war verboten, so sagte es das Gesetz.

Halbschatten seufzte. »Nicht die Gabe ist gut oder schlecht … es liegt an den Menschen, was sie daraus machen.«

Ouwen dachte an den Jungen aus Ahwan. Was, wenn er gar nicht verrückt gewesen war, sondern nur ungewöhnliche Träume gehabt hatte, so wie er selbst? Nein, *anders* zu sein, war nichts Gutes, sondern etwas Gefährliches.

»Fürchte nicht, was du bist.«

Ouwen wandte stirnrunzelnd den Kopf. Wieso wusste sein Begleiter, was er dachte?

Hayden schenkte ihm ein schiefes Lächeln. »Wir sollten etwas essen, mit hungrigem Magen denkt es sich schlecht.« Er zog die Schnur mit den Hasen zu sich heran. »Hol uns etwas von dem Hartbrot, das im Zelt in meiner Tasche liegt«, sagte er, ohne aufzublicken. »Und bring auch noch eines der Felle mit, es ist kalt.«

Ouwen nickte, doch seine Füße schienen festgefroren zu sein. In seinem Kopf schwirrten unzählige Fragen und er wusste nicht, ob ihm die Antworten, falls er sie überhaupt bekommen würde, gefallen würden. In was war er da nur hineingeraten?

Er zwang sich, zu ihrem Unterstand zu gehen. In den vergangenen Monaten hatte er sich davor gefürchtet, über das zu reden, was mit ihm geschah. Doch das war nicht die ganze Wahrheit. Er hatte Angst gehabt, dass man ihn fortbrachte, wie den Jungen aus der Nachbarsiedlung. Nachdem Gerüchte laut geworden waren, dass Caleb den Verstand verloren hatte, waren Soldaten des Königs gekommen und hatten ihn und seinen Bruder mitgenommen. Sie waren nie zurückgekehrt.

Als Ouwen kurz darauf zu Hayden zurücklief, hingen die beiden Kaninchen schon an Spießen über dem Feuer. Er legte das Fell etwas entfernt von den Flammen ab, damit keine Funken überspringen konnten, und setzte sich.

»Du sagtest, man nennt dich auch Halbschatten.« Ouwen hob den Blick. »Das ist ein merkwürdiger Name. Schatten …«, er zögerte kurz. »Wie diese Schattenwesen?«

Hayden spannte die Schultern an. »Mit den dunklen Jägern habe ich nichts zu schaffen. Aber unsere Magie hat denselben Ursprung.« Er beugte sich vor und drehte die Spieße langsam über der Feuerstelle. »Bevor ich zu einem Wanderer wurde, hieß ich nur Hayden. Doch wenn man so lange die Dunkelheit zum Reisen nutzt, wird man leicht selbst zu einem ihrer Schatten, oder zumindest zu einem halben.« Er grinste erneut, doch das Lächeln erreichte seine Augen nicht.

Ouwen lehnte sich mit dem Rücken an einen Baum. »Gibt es noch mehr, die so sind wie du?«

»Die Gabe des Sehens ist sehr selten. Du bist der

Erste seit langer Zeit, den ich gefunden habe. Die wenigen Menschen mit besonderen Fähigkeiten, die ich kenne, leben verstreut. Einige, so wie ich, wandern durch das Land auf der Suche nach anderen, die unsere Gabe teilen.« Die Flammen, die auf den Holzscheiten tanzten, begannen ihre Farbe zu wechseln und färbten sich purpurrot.

Ein Schatten fiel auf Ouwens Gesicht. Überrascht hob er den Kopf. Der Himmel über ihren Köpfen hatte sich verdunkelt. Die schweren Wolken, die sich vor die Sonne schoben, ließen vergessen, dass es mitten am Tag war.

»Die Überlieferung sagt, die *Inrir* wurden den Menschen einst von den Göttern geschenkt. Außergewöhnliche Fähigkeiten, Talente, die es ihnen erlaubten, die Welt der Götter zu betreten.« Hayden strich mit der Hand durch die Flammen. »Es gibt alte Überlieferungen, die davon handeln, doch vieles ist auch vergessen.« Das Feuer loderte hell auf und änderte erneut die Farbe. »Nicht jeder, in dessen Adern das alte Blut fließt, wird erwählt. Und die Gaben sind unterschiedlich stark. Deshalb verteile ich Träume, Visionen, die wahr werden und manchmal nur Schatten bleiben.« Er sah Ouwen an. »Ich bin ein Seher, aber ich kann auch spüren, wenn jemand die Gabe in sich trägt.«

»So wie ich.« Ouwen konnte die Wärme des Agtsteins fühlen, die sich langsam in seinem Körper ausbreitete.

»Ja. Es gibt nicht mehr viele, die so sind wie wir.«

»Vielleicht verschwinden meine Träume wieder. Vielleicht … bin ich nicht derjenige, den du gesucht hast.«

»Ich weiß, dass es dir Angst macht. Doch ich war mir schon in der ersten Nacht sicher, als ich an eurem Haus stand und du begonnen hast, zu träumen. Du hast die Gabe, genau wie ich.«

»Ich verstehe das nicht«, murmelte Ouwen. »Diese Träume, wozu sind sie gut? Die meisten davon sind einfach nur …«

»Furcht einflößend? Ja, das sind sie.« Hayden zog das Schafsfell enger um seine Schultern. »Aber sie sind auch ein Tor zu etwas Größerem, das dich weit über das hinaushebt, als das du geboren wurdest.« Auf seiner Stirn bildete sich eine steile Falte. »Ich kenne nicht alle Träume, die du hattest. Deine Gabe wurde nur von mir erweckt.«

»Sehe ich die Dinge … wie die alte Alba?«

»Nein. Sie nutzt andere Mittel wie ihre Runensteine. Du kannst wirklich sehen, was in der Zukunft geschieht … was geschehen *könnte*. Und du kannst in die Vergangenheit blicken, so, als würdest du es durch die Augen von jemand anderem sehen. Es ist eine sehr seltene, eine mächtige Fähigkeit.«

»Ich will diese Gabe aber nicht!«, stieß Ouwen hervor. »Ich möchte mich nicht vor meinen Träumen fürchten müssen.«

Haydens Blick verdunkelte sich. »Wir alle sind gebunden an die Fäden, die die Götter für uns spinnen.«

Ouwen runzelte die Stirn. Er hatte diese Worte schon einmal gehört.

Hayden griff nach dem Spieß und drehte ihn über den Flammen. »Wünschst du dir nicht manchmal mehr? Wie die Welt hinter eurer Siedlung zu sehen?«

»Meine Zukunft liegt in Askaleth«, erwiderte Ouwen abweisend.

»Wieso bist du dir da so sicher?«

Ouwens graue Augen blitzten wütend. »Es ist mein Zuhause! Mein Vater braucht mich.«

»Dein Vater wird es verstehen, wenn du einen anderen Weg wählst.«

Ouwen antwortete nicht. Mattes hatte immer von ihrer gemeinsamen Zukunft in Askaleth gesprochen. Würde er seinen Sohn verachten, so wie er alles andere Magische auch verachtete? Ihm war plötzlich kalt, trotz des Feuers, an dem sie saßen.

Sein Blick glitt zu den Baumkronen hinauf. Es erschien ihm seltsam unwirklich, hier im Wald zu sitzen und über Magie zu sprechen, mit diesem Fremden, den er kaum kannte.

Hayden hatte den Spieß vom Feuer genommen und damit begonnen, die mittlerweile gare Kruste des Fleisches mit einem kleinen Messer zu lösen.

»Die Welt ist heute eine andere«, sagte er und hielt zögernd inne. »Mein Vater gehörte einst zum Großen Rat am Königshof. Die Menschen, die mit der Gabe gesegnet waren, wurden geschätzt – nicht gefürchtet. Er erzog mich in dem Wissen, dass ich die freie Wahl hatte. Die Inrir waren keine Last, sie waren ein Geschenk.«

Ouwen wandte den Kopf. »Der Große Rat?«, wiederholte er überrascht.

»Ich weiß, was man sich darüber erzählt. Doch das ist eine Lüge.« Hayden warf den Holzspieß zurück ins Feuer. »Der Rat trug keine Schuld an dem Tod von König Ahrsus.«

Ouwen musterte ihn nachdenklich. »Dein Vater, war er so wie du?«

»Er war der begabteste Seher, den ich kannte, und

ein weiserer Lehrer, als ich es je sein werde.« Hayden griff nach seinem Becher. »Mein Vater hat mich gelehrt, wie ich die Visionen einsetzen und kontrollieren kann. Er wusste auch, dass viele Menschen diese Macht missbrauchen wollen.« Er trank einen Schluck und wischte sich über den Mund. »Wir träumen nicht nur und haben Visionen, Ouwen – wir können diese Bilder auch anderen Menschen in ihre Köpfe pflanzen, und es spielt keine Rolle, ob das, was sie dann sehen, Trugbilder sind, oder ob es wahr ist. Es ist möglich, die Entscheidungen anderer zu beeinflussen … sie sogar in den Tod zu schicken.« Hayden wandte den Blick zum Wald. »Diese Gabe ist eine gefährliche Waffe, die nicht in die falschen Hände fallen darf.«

Ouwen sah wieder die Toten vom Atana vor sich und verschränkte seine Hände ineinander.

»Das ist nicht meine Welt«, sagte er leise.

»Doch, das ist sie«, erwiderte Halbschatten. »Warum fürchtest du dich so sehr vor dem, was ich bin und was du bist? Du hast die Wahl. Niemand zwingt dich, mir länger zu folgen.«

»Ich bin mit dir gegangen, weil ich dir geglaubt habe«, antwortete Ouwen zögernd. »Ich … vertraue dir.«

Seit sie von Askaleth aufgebrochen waren, hatte er an seiner Entscheidung gezweifelt. Doch er wusste, dass Hayden ihn nicht anlog, weder über die Schattenwesen, die sie verfolgten, noch über die Inrir.

»Es liegt an dir, was du mit dieser Gabe anfangen wirst.« Hayden blickte ihn an. »Aber du kannst vor deiner Bestimmung nicht davonlaufen. Du hast es genauso im Blut wie ich.«

Ouwens Gesicht wurde blass. »Was meinst du damit? Ich habe keinen magischen Vater!«

»Es kann nur durch das Blut weitergegeben werden«, erwiderte Hayden ruhig. »Du hast es von deiner Mutter geerbt.«

Seine Mutter? Die Geschichten, die ihm Isira erzählt hatte, als er noch klein gewesen war, schossen durch Ouwens Kopf. Märchen voller Magie …

»Hast du dich nie gewundert, dass es niemanden mehr aus ihrer Familie gab?«

»Nein. Sie hat erzählt, sie wären in einem der Nordkriege umgekommen.« Ouwen presste die Lippen zusammen. Warum hätte er daran zweifeln sollen? »Was weißt du über meine Mutter?«, fragte er.

»Sie war eine von uns. Und sie war eine Omar, eine Priesterin.«

Ouwen erinnerte sich dunkel, diesen Namen schon einmal gehört zu haben. »Eine Omar?«

»Es geschieht nicht oft, nur einmal alle paar Dekaden, dass jemand zur Omar, zur Hüterin des Wissens, berufen wird. Die Erwählten besitzen besondere, mächtige Kräfte. Es heißt, auch nach dem Tod sind ihre Seelen an das Gelübde gebunden. Ihre Geister sollen für immer über uns wachen.« Hayden schwieg, als er Ouwens verletzten Blick sah. »Es tut mir leid. Von einem Fremden die Geheimnisse seiner Familie zu erfahren, ist nicht leicht.« Er warf ein paar Zweige in die Flammen. »Als Isiras Familie getötet wurde, floh sie. Wir wussten lange nicht, dass sie überlebt hatte. Sie fand eine neue Heimat in Askaleth.«

»Warum habe ich nie etwas davon erfahren?«

»Das geschah lange, bevor du geboren wurdest.

Deine Mutter hat ihre Herkunft geheim gehalten. Sie musste es. Es ist gefährlich, über die Inrir zu sprechen. Damals und heute noch viel mehr.«

Halbschattens Worte waren kein Trost für Ouwen.

»Ich weiß, es ist schwer zu verstehen, aber sie wollte dich nur beschützen. Dein Vater will das auch heute noch, aber ihm ist klar geworden, dass er es nicht kann, so wie er deine Mutter nicht beschützen konnte. Deine Gabe ist erwacht, wie bei den meisten, wenn sie erwachsen werden. Dein Vater hat das lange Zeit verdrängt, aber er kann es nicht ändern, genauso wenig wie den neuen Krieg, der an den Grenzen tobt.« Hayden trank den Becher leer und stellte ihn neben sich auf den Boden.

»Ich kann auf mich selbst aufpassen«, erwiderte Ouwen gereizt. »Und an dem Tod meiner Mutter trägt nicht mein Vater die Schuld, sondern die Männer, die unsere Siedlung damals überfallen haben.«

Hayden sah ihn nachdenklich an. »Das ist das, was dir dein Vater erzählt hat. Doch es ist nicht die ganze Wahrheit.«

Ouwens Miene versteinerte. »Was meinst du damit?«

»Die Schattenjäger haben deine Mutter getötet.«

»Aber … es waren Menschen, die unsere Siedlung überfallen haben.«

»Ja, aber deine Mutter haben sie nicht getötet. Sie konnten es nicht, da sie bereits tot war. Sie haben nur euer Haus in Brand gesteckt.«

»Warum?«, flüsterte Ouwen tonlos.

»Weil Isira die Gabe besaß und sie auf alle Jagd machen, die so sind wie wir.«

»Weshalb haben sie dann mich und meinen Vater damals nicht auch umgebracht?«

»Du warst fast noch ein Kind, deine Gabe war noch nicht erwacht.« Haydens Stimme klang, als würde sie aus weiter Ferne kommen. »Sie töten nicht wahllos, auch wenn sie Monster sind.«

Ouwen sprang auf und ging zu einer der Tannen, neben denen sie ihr Lager aufgeschlagen hatten. Seine Finger gruben sich in die harte Rinde. Er versuchte sich an die Nacht zu erinnern, in der seine Mutter gestorben war. Sein Vater hatte den Leichnam, kurz nachdem er Isira aus dem Haus geholt hatte, mit seinem Mantel bedeckt.

Er hat es gewusst. Und doch hatte Mattes seinem Sohn nichts gesagt.

»Du hättest nichts tun können. Selbst wenn dir dein Vater die Wahrheit früher erzählt hätte. Es hätte nichts geändert.«

Ouwen wandte sich nicht zu ihm um. Er war wütend, dass sein Begleiter anscheinend seine Gedanken wie ein offenes Buch lesen konnte. Er strich sich durch die Haare. Hatte Mattes vielleicht gehofft, sein Sohn hätte die Inrir nicht geerbt?

»Er wollte dich nur beschützen.« Hayden spießte ein Stück Fleisch mit dem Messer auf. »Versuch, etwas zu essen. Wir müssen noch vor Einbruch der Nacht auf der anderen Seite des Flusses sein.«

Ouwen wusste, dass es keinen Sinn hatte, mit Hayden zu diskutieren und kehrte widerstrebend zum Feuerplatz zurück. Das gebratene Fleisch roch köstlich, aber er war nicht mehr hungrig.

»Reisen wir zu deinem Vater?«, fragte er.

Hayden schüttelte den Kopf. »Nein, wir folgen weiter dem Adaja.« Er wich Ouwens fragendem Blick aus und begann Schnee auf das Feuer zu schütten. »Ich kann dir das Ziel unserer Reise noch nicht verraten, es ist sicherer so.« Er griff nach den Kaninchen und zog ein Leinentuch aus seiner Tasche. »Mein Vater starb vor langer Zeit. Er hat die alten Götter ebenso verehrt, wie den König, dem er gedient hat.« Hayden stand auf und begann ihre Sachen zusammenzupacken. »Lass uns aufbrechen, wir sollten keine Zeit verlieren«, sagte er und stapfte zum Unterstand.

Ouwen blickte ihm nach und dachte an Mattes, der wie viele andere Menschen im Land ebenfalls noch immer den Kreis der Dreizehn verehrte, obwohl die Tempel für den einäugigen Gott Atorh die alten Götterhäuser längst verdrängt hatten. In einer kleinen Siedlung wie Askaleth, weit entfernt von Esgar, der Königsstadt im Osten, war das jedoch nicht von Bedeutung.

Die Menschen hatten schon immer an das geglaubt, woran sie glauben wollten.

KAPITEL 8

Ouwens Blick schweifte über den Fluss. Auf dem Wasser des Adaja trieben ein paar Eisstücke träge mit der Strömung dahin, als würde sich der Winter nicht entscheiden können, ob er den Fluss endgültig erstarren lassen sollte. Erschöpft ließ er seine Tasche zu Boden gleiten und sah zu seinem Begleiter, der ein paar Schritte vor ihm am steinigen Flussufer stehen geblieben war. Sie hatten während des langen Fußmarsches kaum miteinander gesprochen.

»Das Wasser ist nur knietief, aber wir müssen trotzdem vorsichtig sein.« Hayden kam auf ihn zugelaufen und musterte Ouwens Kleidung. »Zieh den Mantel aus und pack ihn zu deinen Sachen. Er würde nur nass werden.«

»Heißt das etwa, wir müssen *da* durchwaten?« Ouwen schaute auf das wenig einladende, eisige Wasser. »Gibt es keinen anderen Weg?« Er sah Hayden stirnrunzelnd an.

»Nein. Wir müssen auf die andere Seite. Hier ist eine gute Stelle, um den Fluss zu überqueren. Hinter der Biegung wird der Adaja wieder breiter.« Hayden wartete Ouwens Erwiderung nicht ab und begann seinen Mantel aufzuknöpfen.

Ouwen seufzte, zog seinen Rehfellmantel ebenfalls aus und band ihn mit dem anderen Gepäck auf seinem Rücken fest. Dann watete er hinter Halbschatten in den Fluss.

Hayden hatte recht gehabt – der Adaja war an dieser Stelle nicht besonders tief, aber die Kälte fraß sich durch Ouwens Lederschuhe bis in seine Knochen und ließ seine Lippen blau anlaufen, bevor er die ersten zwei Schritte zurückgelegt hatte.

Er biss die Zähne zusammen und lief weiter. Die Strömung war nicht so stark wie im Frühjahr, wenn alle Zuläufe Wasser brachten und der frisch geschmolzene Schnee den Adaja auf die doppelte Breite anschwellen ließ.

In der Mitte des Flussbettes ragten einige Findlinge aus dem Wasser. Als er sich an einem der bemoosten Steine abstützen wollte, rutschte seine Hand an der feuchten Oberfläche ab und er verlor das Gleichgewicht.

Ouwen schwankte und fiel mit dem Oberkörper gegen den Stein. Seine Finger krallten sich in das Moos, während er verzweifelt versuchte, nicht abzurutschen.

»Wenn du Steine umarmen willst, such dir besser einen an Land.« Hayden packte ihn an der Schulter und zog ihn auf die Füße.

Ouwen schnaufte durch die Nase. Er hatte weder Lust nähere Bekanntschaft mit dem Findling zu schließen, noch an diesem Tag ein Eisbad zu nehmen. Als er das Funkeln in den Augen seines Begleiters sah, musste er widerwillig grinsen. So wie er an dem Felsen hing, bot er mit Sicherheit einen ganz besonderen Anblick.

Hayden stützte ihn, bis er wieder sicheren Halt gefunden hatte, dann wandte er sich um und lief auf das

Ufer zu. Als Ouwen etwas später mit unsicheren Schritten an Land stolperte, waren nicht nur seine Füße völlig steif gefroren. Zitternd löste er seinen Mantel aus dem Bündel und setzte sich neben das Feuer, das Hayden bereits entzündet hatte.

»Du musst deine nassen Schuhe ausziehen, sie werden bis zum Abend trocknen.« Halbschatten deutete in Richtung seiner Stiefel, die in der Nähe der Flammen standen.

Ouwen zerrte die durchweichten Lederschuhe von seinen Füßen und wickelte sich in eines der Felle.

»Hier, das wird dir guttun.« Hayden drückte ihm einen Becher mit einer heißen Flüssigkeit in die Hand, die nach Kräutern roch. Eigentlich mochte Ouwen keinen Tee, doch in diesem Moment hätte er alles getrunken, solange es nur heiß war. Er nahm einen Schluck und verzog angewidert das Gesicht. Es schmeckte fast so furchtbar, wie das Gebräu, das er bei der alten Seherin getrunken hatte.

Hayden lachte und reichte ihm ein Stück kaltes Kaninchenfleisch. »Wir bleiben heute Nacht hier.« Seine Augen wanderten über das Flussufer. »Sobald es morgen hell wird, musst du aufbrechen. Ein paar Stunden in Richtung Norden liegt ein Unterschlupf, eine kleine Höhle mitten im Gebirgskamm. Dort kannst du eine Weile bleiben.«

Ouwen ließ die Hand mit dem Becher sinken. »Heißt das, du wirst nicht mit mir kommen?«

Hayden nickte. »Ich muss für einige Tage fort. Aber du wirst nicht allein sein, mein Freund bleibt bei dir.«

»Dein … Freund?« Ouwen blickte ihn unsicher an. »Werden wir ihn hier treffen?«

»Er hat die Freiheit, zu kommen und zu gehen, wie es ihm beliebt.« Hayden sah zu den dichten Baumkronen der Kiefern empor, deren Äste leise im Wind rauschten. »Die letzten Tage hat er uns bereits begleitet.«

»Es war doch niemand bei uns!«

»Vielleicht nur nicht dort, wo du es erwartet hättest«, erwiderte Hayden und stieß einen leisen Pfiff aus.

Ouwen folgte seinem Blick und hörte ein heiseres Krächzen, kurz darauf sah er einen schwarzen Vogel am Himmel kreisen, der sich langsam zu ihnen herabließ. Sein Begleiter streckte den Arm aus und das Tier ließ sich flügelschlagend darauf nieder.

»Darf ich dir Elox vorstellen?« Halbschatten streichelte über das glänzende, schwarze Gefieder.

Ouwen starrte den Vogel an. Das Tier ähnelte den großen Saatkrähen, die im Frühjahr zu Dutzenden die Felder Askaleths heimsuchten, doch seine Flügel waren viel zu lang und zu knochig für seinen Körper, genau wie sein großer Schnabel. Nachdenklich zog er die Brauen zusammen. Er hatte das seltsame Gefühl, das Tier schon einmal gesehen zu haben.

»Was ist das für ein Vogel?«, fragte er.

»Ein Novâl.« Hayden lächelte. »Er begleitet mich schon sehr lange. Nachdem ich dich gefunden hatte, hat mir Elox geholfen, dich im Auge zu behalten.«

Ouwen wandte überrascht den Kopf. Hatte das Tier ihn etwa beobachtet? Die Vorstellung machte ihn nervös.

»Es gibt nicht mehr viele seiner Art.« Hayden strich gedankenversunken über das dunkle Gefieder. »Einige von ihnen werden als Wächter ausgebildet. Ihre Fähigkeiten sind für uns von unschätzbarem Wert.« Er sah

Ouwen an. »Ihr müsst mit dem ersten Sonnenlicht aufbrechen. Geh nach Norden, der Wächter wird dir den Weg zeigen. Wenn du Hilfe brauchst, sende Elox nach mir aus. Er wird mich finden.«

Ouwen nickte, doch der Gedanke, ohne Hayden weiterzureisen, gefiel ihm nicht. Er senkte den Kopf, um seine Enttäuschung zu verbergen.

»Wieso kann ich nicht mit dir kommen?«

Halbschattens Stimme klang bedauernd, als er antwortete: »Du musst so schnell wie möglich die Zuflucht erreichen. Die dunklen Jäger haben bereits unsere Spur aufgenommen.« Er hob den Arm an und nickte Elox zu.

Der Wächter breitete seine Flügel aus und stieg krächzend in die Luft.

Ouwen griff nach einem Ast, der neben ihm lag und warf ihn in das Feuer. »Wohin wirst du gehen?«

Hayden wandte den Blick von dem Vogel, der über ihnen kreiste. »Ich werde jemanden aufsuchen, der uns vielleicht helfen kann. Unsere Wege werden sich nur für eine kurze Zeit trennen, das verspreche ich dir.«

Er fuhr mit seiner Hand durch die blauroten Flammen, die daraufhin hell aufloderten. »Der Ort, zu dem dich Elox bringen wird, ist sicher. Er wird beschützt. Wir Wanderer finden dort oft Unterschlupf.« In seinen dunklen Augen glomm der Widerschein des Feuers. »Entferne dich nicht zu weit von der Zuflucht und achte auf deine Visionen. Erzähle mir davon, wenn ich wieder zurück bin.« Hayden zog den kleinen Beutel unter seinem Hemd hervor und erhob sich. »Ich werde dir nach meiner Rückkehr Übungen zeigen, wie du deinen Geist vor den Bildern verschließen kannst, die du siehst. Wir sind Träger der Inrir, aber wir können auch lernen, unser inneres Auge nur dann zu öffnen, wenn wir es wollen.«

Er lief zu ein paar windschiefen Kiefern, die in der Nähe des Ufers standen.

Ouwen hörte, wie er leise etwas flüsterte. Winzige, blaue Lichter erschienen und wurden mit dem Eiswind zu den Wipfeln emporgetragen, wo sie die schneebedeckten Zweige der Bäume zum Leuchten brachten.

Er senkte den Blick und blinzelte überrascht, als er ihren Unterstand aufgebaut zwischen den Baumwurzeln entdeckte. »Irgendwann musst du mir zeigen, wie das geht«, murmelte er.

Hayden steckte den Beutel zurück in sein Hemd und setzte sich wieder ans Feuer. »Nimm noch einen Schluck Tee, bevor er kalt wird. Die Nacht ist eisig.«

»Um nichts auf der Welt.« Ouwen sah auf den Becher in seiner Hand. Was würde er für einen guten Tropfen heißen Met geben, anstatt dieses widerliche Kräutergebräu trinken zu müssen!

Hayden lachte leise, aber sein Blick wurde ernst, als er Ouwen ansah. »Versprich mir, dass du nie ein Feuer in der Nacht anzündest.«

Ouwen nickte resigniert. »Es wäre aber eine gute Abwehr gegen nächtliche Räuber«, wandte er ein. »Ich weiß, dass du von den Schattenjägern sprichst, aber es gibt hier schließlich auch …« Er blickte in den Wald. »Bären und andere Tiere, die verdammt hungrig werden können.«

Als er wieder zu Hayden sah, verstummte er. Die Schatten des Feuers verzerrten das Gesicht seines Begleiters zu einer dunklen Fratze.

»Nicht alle Tiere fürchten Feuer. Hier in den alten

Nordinger Wäldern sind Flammen etwas Magisches, das andere Magie, vor allem Dunkle, anzieht.« Hayden lehnte sich zurück und die bedrohlichen Schatten verschwanden. »Außerdem ist so ein Feuer in der Nacht über weite Strecken zu sehen«, fuhr er fort. »Du wärst ein ...«

»Gefundenes Fressen?«, unterbrach Ouwen ihn.

»Ja, aber ein reichlich zähes«, antwortete Hayden und schenkte sich neuen Tee ein.

Ouwen erwiderte sein Lächeln. Seine Fantasie hatte ihm anscheinend einen Streich gespielt. Haydens Gesicht sah völlig normal aus. Er kippte den mittlerweile kalten Rest des Tees in den Schnee.

»Eines noch«, sagte Hayden beiläufig. »Bevor ich gehe, sollten wir die Kleidung tauschen. Dein Mantel ist nicht für Reisen bei diesem Wetter gemacht.«

Ouwen zögerte. »Und was ist mit dir? Oder macht dir die Kälte plötzlich nichts mehr aus?«

»Mach dir keine Gedanken um mich, ich komme zurecht.« Eine einzelne, blaue Flamme tanzte über Haydens Ärmel und legte sich wie ein glühender Ring um seinen Arm.

Ouwen sah gebannt zu, wie das seltsame Feuer langsam verlosch und nickte langsam. »Das sehe ich.«

Sein Blick wurde nachdenklich. Hayden beherrschte nicht nur das Feuer oder konnte Dinge aus dem Nichts entstehen lassen, sondern schien auch die Dunkelheit anzuziehen ... als wäre sie ein Teil von ihm.

Halbschatten war wirklich ein passender Name für ihn.

»Es wird Zeit, dass wir dir einen neuen Wintermantel machen.« Hayden nahm einen Schluck aus seinem Becher. »Sobald ich wieder zurück bin, mein Freund.«

KAPITEL 9

Als Ouwen am nächsten Morgen aufwachte, war Hayden fort. Und auch der Unterstand war verschwunden.

Er strich sich verschlafen ein paar Haare aus der Stirn und sah an sich hinab. Jemand hatte ihn mit einem Schafsfell zugedeckt. Und dieser *Jemand* hatte ihm anscheinend auch einige andere Sachen dagelassen. Neben seiner Tasche lagen ein Bündel mit zusammengeschnürten Decken und ein paar Fäustlinge, außerdem ein Leinentuch, in das ein Teil des Kaninchenfleisches eingewickelt war, und ein kleiner Beutel, der – wenn ihn seine Nase nicht täuschte – die gleichen Kräuter enthielt, die Halbschatten am Abend zuvor für ihren Tee verwendet hatte.

Ouwen warf ihn zurück auf den Stapel und griff stattdessen nach Schneeschuhen, die halb verdeckt unter den Fellen lagen. Sein Vater benutzte bei seinen Bergwanderungen ein von ihm selbst gefertigtes Paar aus Stroh und Gras, doch diese Schuhe hier waren wesentlich größer und feiner gearbeitet. Neugierig betrachtete er das dichte Flechtwerk, das fast zweimal so lang wie sein Fuß war und an den Seiten von schmalen

Leisten zusammengehalten wurde. Wie war es möglich gewesen, es so in Form zu biegen, ohne dass das Holz entzweibrach? Er würde Hayden danach fragen, wenn er zurückkehrte.

Ein Gedanke schoss durch seinen Kopf. Hatte Hayden die Schneeschuhe die ganze Zeit dabeigehabt? Oder war es wie mit dem Unterstand – konnte er sich Dinge nach Belieben herbeiwünschen?

Ouwen packte seine Sachen zusammen und streifte sich die Fäustlinge über, die Hayden ihm überlassen hatte. Dann probierte er die Schneeschuhe an. Seine ersten Schritte fielen ungelenk aus, es war lange her, dass er die Schneeläufer seines Vaters getragen hatte. Ouwen hatte nie eigene besessen, aber er hatte auch noch nie im Winter so weite Strecken zurücklegen müssen. Als sein Gepäck zur Seite rutschte, konnte er nur mit Mühe sein Gleichgewicht halten. Fluchend griff er nach dem Gurt, der seine Sachen auf dem Rücken zusammenhielt und befestigte ihn neu auf seinen Schultern.

Er lief Richtung Norden, wie es Hayden gewollt hatte, und hielt dabei nach Elox Ausschau. Das Tier würde sich mit Sicherheit irgendwann bemerkbar machen. Der Vogel war ihm unheimlich, aber wenn Halbschatten ihm vertraute, würde auch er sich an ihn gewöhnen. Irgendwann.

Er kam schneller voran, als erwartet. Die Flechtschuhe waren von großem Vorteil, da er trotz des schweren Gepäcks kaum im Schnee einsank. Wahrscheinlich würde er die Höhle noch vor dem Mittag erreichen – wenn er sie denn finden würde. Ouwen blieb stehen und ließ seinen Blick über die Bäume schweifen, die ihre kahlen Äste weit in den fahlgrauen Himmel hineinstreckten. Er wusste nicht, wohin sie gehen würden, wenn Hayden zurückkehrte, doch der Weg, den sie bisher genommen hatten, führte in Richtung des Gebirges. Sein Vater hatte ihm von den alten Handelsrouten erzählt, die die Länder im Westen mit der Königsstadt im Osten verbanden. Im Winter waren die schmalen Bergpässe von Schnee und Eis versperrt. Es war unmöglich, sie zu überqueren.

Seine Hand wanderte an den Anhänger an seinem Hals, während er langsam weiterlief. Wann würde er nach Askaleth zurückkehren können? Er war noch immer wütend auf seinen Vater, doch er hoffte, dass es ihm gut ging und sie sich bald wiedersehen würden.

Nach einer Weile lichtete sich der Wald. Ouwen schob die Kapuze von Haydens Mantel zurück und strich sich gedankenversunken über das Gesicht. Der Wächtervogel hatte sich immer noch nicht blicken lassen und er war unsicher, ob er wirklich in die richtige Richtung lief.

Er nahm sein Bündel vom Rücken und setzte sich auf eines der Felle. Es war klirrend kalt, trotz der vereinzelten Sonnenstrahlen, die die Wolkendecke durchbrachen, aber es hatte keinen Sinn, ein Feuer zu machen. Er wollte sich nur kurz ausruhen.

Ouwen streifte sich die Fäustlinge ab und wickelte das gebratene Fleisch aus dem Leinen. Es schmeckte fast besser als am Tag zuvor. Stirnrunzelnd begutachtete er die Vorräte, die ihm noch blieben, sie würden höchstens für zwei weitere Tage reichen. Er steckte das Essen zurück in die Tasche und sah sich um. Die Lichtung, an deren Rand er haltgemacht hatte, war nicht besonders groß. Eine dicke Schneeschicht bedeckte den

Boden und die Sträucher, die wie übergroße Pilze aus dem Boden wucherten. Zumindest würde er genug zu trinken haben, dachte Ouwen und verzog den Mund. Schnee zum Schmelzen gab es schließlich genug.

Er griff nach seinem Lederschlauch und hob den Kopf, als ein lauter Vogelschrei über die Lichtung hallte. Elox kreiste nicht weit entfernt von ihm über den Baumwipfeln. Die dunkle Silhouette des Tieres war unverwechselbar.

»Hier bist du also ...« Ouwen schulterte das Gepäck und lief in seine Richtung. Als der Wächter vom Himmel herabstieß, beschleunigte er seine Schritte. Falls das Tier etwas jagte, konnte er vielleicht auch einen Anteil der Beute bekommen. Er tastete nach der Schleuder, die griffbereit an seiner Hüfte hing und blieb stehen. Der Vogel hockte nicht weit von ihm entfernt auf etwas, das im Schnee lag. Das Beutetier bewegte sich nicht. Ouwen konnte nicht erkennen, was es war, ein paar Sträucher versperrten seine Sicht.

Er ging näher heran. Immer wieder hackte Elox mit seinem spitzen Schnabel auf seine Beute ein. Als der Wächter seine großen, ausgebreiteten Schwingen zusammenfaltete, erkannte Ouwen schließlich den Kopf des Tieres, der bis dahin verdeckt gewesen war.

Er wich einen Schritt zurück. Es war ein Wolf.

Das Tier blutete aus mehreren Wunden an seinem Körper, das Fell an seiner Brust war aufgerissen und hing in Fetzen. Ouwen starrte ungläubig zu Elox, der auf der Schulter des Tieres saß. Wie konnte ein Vogel einen Wolf töten? Oder hatte er nur das tote Tier entdeckt und wollte sich am Aas satt fressen?

Der Wächter wandte den Kopf und blickte ihn an,

seine langen, gebogenen Krallen steckten tief im Fleisch seiner Beute. Elox' Schnabel war rot vom Blut des Tieres.

Ouwen fragte sich, ob er einfach weitergehen und dieses düstere Bild von Tod und Sterben hinter sich lassen sollte. Es war ihm einfach zuwider, mit anzusehen, wie der Vogel sich satt fraß, doch er konnte den Blick nicht abwenden. Er hatte noch nie einen ausgewachsenen Wolf von Nahem gesehen. Den meisten Dorfbewohnern waren sie verhasst. In den langen, harten Wintern, wenn es kaum mehr Wild gab, kamen die Wölfe nah an die Siedlung heran und rissen das Vieh. Die Tiere galten als unerbittliche Jäger und es gab Geschichten, in denen sie nicht mehr waren als blutrünstige Bestien, die durch die Wälder streiften. Ouwen fürchtete sich weder vor den Jägern noch hasste er sie. Als er ein Junge gewesen war, hatte sein Vater ihn einmal mit zu einer Wolfshöhle genommen. Er erinnerte sich an die Jungtiere, die vor ihrem Bau gespielt hatten. Es waren nur Tiere, keine Monster.

Er wandte den Blick ab und lief weiter. Er würde die Höhle finden, auch ohne die Hilfe von Haydens eigenartigem Vogelfreund. Aus den Augenwinkeln nahm er eine Bewegung wahr. Es war nicht Elox, der ihn immer noch beobachtete, es war der Wolf. Die Läufe des Tieres zuckten schwach.

Ouwen blieb stehen. Er lebte also noch. Vorsichtig ließ er sein Gepäck auf den Boden gleiten und griff nach der Schleuder. Es wäre das Beste, wenn er dem Ganzen ein Ende machen würde. Sein Vater hatte ihm beigebracht, kein Lebewesen unnötig leiden zu lassen. Ein gezielter Schuss und das Tier würde nichts mehr spüren. Er suchte in seinen Taschen nach den Steinen, die er für die Jagd gesammelt hatte und zog zwei davon heraus. Der Wächter krächzte heiser und putzte seinen Schnabel am Gefieder.

Ouwen zögerte. Auch wenn er Halbschattens Gefährten nicht besonders mochte, wollte er ihn doch nicht verletzen. Er ließ seine Hand mit der Waffe sinken und winkte ungeduldig, um den Vogel zu verscheuchen.

Elox starrte ihn aus seinen dunklen Augen an, ohne eine Reaktion zu zeigen.

Ouwen begann ihn noch weniger zu mögen. »Hör zu, Vogel«, sagte er verärgert. »Auch wenn es dir nicht passt, ich werde den Wolf töten. Flieg weg, damit ich dich nicht verletze. Und wenn ich fertig bin, komm von mir aus wieder und bring zu Ende, was du angefangen hast.«

Er legte einen der Steine in den weichen, breiten Lederriemen. Ob Elox nun wegfliegen würde oder nicht ... er würde schießen. Doch der rabenähnliche Vogel stieß ein wütendes Krächzen aus und flog davon.

Ouwen war es egal, ob seine Worte oder etwas anderes der Grund dafür waren. Er hob die Waffe und zielte auf den Kopf des Wolfes. Das Krächzen über ihm wurde leiser und vermischte sich mit dem Raunen des Windes.

In diesem Moment öffnete der Wolf die Augen und blickte ihn an. Seine Iriden schienen blutunterlaufen zu sein, aber Ouwen konnte ein dunkles Braun erkennen, das durch das Rot hindurchschimmerte.

Keine Furcht lag in diesen seltsamen Augen, kein Hass, auf den Menschen, der ihn töten wollte. Nur Neugier.

KAPITEL 10

Esgar, Königsburg. Acht Monate zuvor

Sie wollte sterben. Das Mädchen lag auf dem Boden, das Gesicht auf die schmutzigen Steine gepresst. Ihr dünner Körper bestand nur noch aus Schmerz.

Sie wusste nicht, wie lange sie schon hier war. Es gab keine Tage, nur Dunkelheit. Die Schwärze war wie ein kühles Tuch, in das sie sich wickelte, um zu vergessen.

Die anderen waren fort. Sie hatten einen nach dem anderen geholt. Frauen, Männer, Sklaven – und Diebe, so wie sie. Niemand war zurückgekehrt.

Als sich die Klappe in der Tür hinter ihr öffnete, bewegte sie sich nicht. Etwas wurde hindurchgeschoben, sie hörte das Schaben des Geschirrs, doch ihr Körper weigerte sich, aufzustehen.

Ja, sie hatte gestohlen, aus Angst, dass ihre Mutter, die im Fieber lag, sterben würde. Und sie hatte versagt.

Die Strafe kam einem Todesurteil gleich. Fünfzehn Stockhiebe von den Wachen, die sie auf dem Markt entdeckt hatten, ein langsames Dahinsiechen in diesem dreckigen Loch, und die bittere Gewissheit, dass sie ihrer Mutter nicht hatte helfen können.

Sie würde sie nie wiedersehen. Der Atem kam gepresst aus Isbells Lungen, als sie leise anfing zu weinen.

Die Männer, die am nächsten Tag kamen und sie holten, sprachen nicht mit ihr. Sie trugen Gewänder mit dem blaugrauen Königsemblem, aber das Mädchen erwachte nur kurz aus ihrem erschöpften Dämmerschlaf und bemerkte es nicht.

Der Raum, in den man sie brachte, war – verglichen mit dem dunklen Verlies – ein Prunksaal. An den Wänden hingen schwere, bestickte Teppiche, die ebenso von der Position ihres Besitzers zeugten, wie die kostbaren Möbelstücke aus schwarzem Ebenholz.

Hinter einem zierlichen Tisch in der Nähe des Fensters saß ein älterer Mann. Den Kopf auf seine Hand gestützt, blickte er nachdenklich auf einige Papiere, die vor ihm ausgebreitet lagen. Seine Kleidung war schlicht, aber von ausgewählter Qualität.

»Bringt sie zu mir«, sagte er mit ruhiger Stimme, ohne aufzublicken.

Der größere der beiden Männer, der Isbell getragen hatte, legte das Mädchen auf dem mit frischer Spreu bedeckten Boden ab.

»Sie ist bewusstlos, Sire.«

Der Mann tauchte eine Feder in ein kleines Glas, strich die Tinte ohne Eile am Rand ab und schrieb eine Notiz.

Die Soldaten wurden nervös. Der Erste Berater des Königs war für seine Ungeduld bekannt und dass das Mädchen noch schlief, war mit Sicherheit nichts, was den Mann erfreute.

»Sie ist zäh.« Balian blickte aus seinen wässrigen, kleinen Augen abschätzend auf das schmutzige Bündel herab. »Viele hätten diese Tortur nicht überlebt.«

Er wandte den Kopf und kniff die Augen zusammen,

als ob ihn das Licht, das durch die geöffneten Fenster schien, schmerzen würde. Der Berater hob die Hand und winkte eine junge Bedienstete heran, die mit gesenktem Blick in einer Ecke gestanden hatte.

»Schließ die Vorhänge und lass mich allein.« Er reichte ihr seinen leeren Becher, damit sie ihn nachfüllte und sah nachdenklich auf das bewusstlose Mädchen herab. »Schafft sie zu Uriel.« Er nickte den beiden Wachen zu. Dann wandte er sich ab, scheinbar froh, die lästige Angelegenheit weitergereicht zu haben und begann wieder in seinen Büchern zu blättern.

Der Geruch war unangenehm. Isbell wälzte sich unruhig hin und her und wollte weiterschlafen, aber die stechenden Dämpfe kratzten in ihrem Hals.

Sie öffnete die Augen und hob den Kopf. Es war dunkel, bis auf den schwachen Schein eines Feuers, das nicht weit entfernt von ihr in einem steinernen Kamin brannte. Verwirrt blickte sie sich um. Wo war sie?

Der Saal, in dem sie sich befand, wurde von vier großen Säulen an den Seiten begrenzt, die mit kunstvollen Schnitzereien und Figuren verziert waren. Das Mädchen blickte ehrfürchtig an ihnen empor. Es wirkte fast, als würden riesige Wurzeln aus Stein in den Himmel ragen. War dies vielleicht einer der Tempel, die für den zweigesichtigen Gott Atorh errichtet worden waren?

Isbell versuchte aufzustehen, aber ihr Körper war schwach. Erschöpft lehnte sie sich an die kalte Steinwand. Ihre Finger strichen über den rauen Stoff der Decke, in die sie eingewickelt war. Man hatte sie, während sie schlief, aus dem Verlies hierhergebracht. Doch warum?

Ihr Blick blieb an dem großen Tisch haften, der in der Nähe des Kamins stand. Die Gefäße darauf schienen vor Kurzem benutzt worden zu sein. Hölzerne, deckenhohe Regale reihten sich dahinter an den Wänden, mit Tongefäßen in allen Formen und Größen.

Isbell schob das Stroh beiseite, das den Boden bedeckte, und griff nach der Schüssel, die neben ihr stand. Der Dampf, der aus dem Gefäß aufstieg, schien die Quelle des seltsamen Geruchs zu sein. Als ein leises Klacken ertönte, hob sie den Blick.

Die große Flügeltür neben dem Kamin wurde geöffnet und eine Frau trat herein.

»Du bist aufgewacht, gut.« Die Frau lächelte sie an und deutete auf die Schüssel in Isbells Hand. »Trink, es wird dich stärken. Wenn du alles getrunken hast, gebe ich dir etwas zu essen.«

Das Mädchen blickte zögernd auf das Gefäß. »Wo … bin ich?«, fragte sie und ließ die Hand sinken.

Die Frau griff nach einem Korb mit Brennholz und legte ein paar Holzscheite im Kamin nach. »Du bist in Sicherheit«, erwiderte sie, ohne sich umzudrehen.

In Sicherheit. Zum ersten Mal, seit man sie eingesperrt hatte, fühlte Isbell Hoffnung in sich aufsteigen.

»Bin ich frei?« Ihre Augen blickten unsicher zu der Fremden.

»Du musst nicht mehr in das Verlies zurück.« Die Frau deutete auf einen Kübel, der neben dem Feuer stand. »Hier ist warmes Wasser für dich. Wasch dich, du bist voll Schmutz.« Sie ging zu Isbell und stellte den Kübel ab, dann lief sie zurück zum Feuer und begann in einem kleinen Topf zu rühren, der über den Flammen hing.

Isbell stiegen vor Erleichterung Tränen in die Augen. Aus welchem Grund man sie auch hierhergebracht hatte, es konnte nicht schlimmer sein als die Wochen, die sie zuvor im eiskalten Kerker verbracht hatte. Vielleicht hatte man sie ausgewählt, um als Dienstmädchen auf der Burg zu dienen. Ihre Hände umschlossen den Rand des Holzkübels. Sie würde alles tun, um nie wieder zurück in das dunkle Loch zu müssen. Schon allein beim Gedanken daran wurde ihr kalt.

Sie schob das Gefäß dichter zu sich heran. Wasser war in den vergangenen Wochen zu kostbar gewesen, um es zum Waschen zu benutzen. Sie war froh gewesen, wenn sie genug bekommen konnte, um ihren Durst zu löschen. Niemand hatte in dem Verlies auch nur einen Gedanken an Sauberkeit verschwendet und mit der Zeit gewöhnte sie sich an den Dreck und auch an das Leid. Sie dachte an den Mann, der tagelang neben ihr gelegen hatte, bevor sie den Leichnam fortbrachten. Vielleicht konnte sie auch den Geruch von Tod abwaschen, der an ihr haftete, genau wie die dunklen Erinnerungen.

Isbell tauchte ihre Hände in den Kübel, es war angenehm warm. Erleichtert wusch sie ihr Gesicht und genoss das Gefühl des reinigenden Wassers auf ihrer Haut. Wie gern hätte sie die verschmutzten Sachen ausgezogen, aber sie hatte nichts anderes als die Kleidung, die sie am Leib trug. Sie strich verlegen über das vor Dreck starrende, abgetragene Kleid, das einmal ihrer Mutter gehört hatte.

»Du kannst es ausziehen.« Die Frau nickte ihr aufmunternd zu. »Ich werde es für dich waschen lassen.«

Isbell blickte unschlüssig auf das fleckige Gewand, zog es sich nach einem Moment des Überlegens über den Kopf und legte es neben sich auf den Boden. Es war eisig, trotz des Feuers im Kamin, und sie begann in ihrem fadenscheinigen Unterkleid zu frieren. Zitternd schob sie ihre nackten Füße unter die Decke und begann dann, ihre Arme zu reinigen.

Die Frau brachte ihr ein Tuch, mit dem sie sich trocknen konnte und ließ sich neben ihr auf den Boden nieder. Ihre langen, blonden Haare waren kunstvoll zu Zöpfen geflochten und auf ihrem Hinterkopf festgesteckt.

Isbell faltete das Leinen auseinander, dabei fiel ein kleiner Kamm heraus. Behutsam nahm sie ihn in die Hand. Die filigranen Figuren, die in das weiße Horn geschnitzt waren, wirkten fast lebendig und schienen sie anzublicken.

»Hast du große Schmerzen?« Die Frau nahm ihr den Kamm aus der Hand und begann Isbells braune Haare zu entwirren. Ihr Blick glitt forschend über den Körper des Mädchens.

Die Wärme des Feuers erhitzte Isbells Gesicht. Sie wusste, dass ihr Körper mit Schrammen und hässlichen, blauen Flecken übersät war und senkte beschämt den Kopf. Doch außer, dass sie sich schwach fühlte, fehlte ihr nichts. Die Menschen in dem dunklen Loch hatten ihr nichts getan, sie waren zu sehr mit sich selbst und ihrer Angst beschäftigt gewesen.

»Nein«, erwiderte sie leise und versteckte ihre wunden Hände unter dem Kleidersaum. »Mir fehlt nichts.«

Ein Lächeln huschte über das Gesicht der Frau. Das Mädchen war tatsächlich zäher, als es aussah.

Zufrieden legte sie den Kamm beiseite. Die goldene Schlange, die sich um den schwarzen Edelstein ihres Ringes wand, funkelte im Schein der Flammen.

»Du solltest etwas essen, du bist bestimmt hungrig.« Sie erhob sich und ging zum Tisch. Der Stoff ihres Kleides raschelte leise. Vorsichtig füllte sie etwas von dem Inhalt des irdenen Topfes in eine Schale und reichte es dem Mädchen. »Hier, du musst wieder zu Kräften kommen.«

Noch nie hatte Isbell etwas lieber getan. Sie fischte einige Fleischstücke mit den Fingern aus der dickflüssigen Suppe und schlürfte den Sud gierig hinunter. Es schmeckte köstlich.

»Werde ich für Euch arbeiten dürfen?« Sie wischte sich die Hände an ihrem fadenscheinigen Hemd ab. »Ich kann jede Arbeit erledigen, die Ihr wünscht.« Sie biss sich auf die Lippe. »Darf ich kurz nach meiner Mutter sehen? Sie war krank, als ich … fortging.«

»Du solltest jetzt schlafen, Kind. Schlaf und vergesse.« Die Frau warf ein neues Holzscheit in das lodernde Feuer.

Das Mädchen gab sich mit der Antwort vorerst zufrieden. Sie war erschöpft und wenn der neue Tag anbrach, konnte sie vielleicht endlich nach Hause gehen. Der Rest der Brühe schmeckte leicht bitter, aber sie trank sie hungrig aus und stellte die leere Schale auf den Boden.

Fest eingewickelt in eine Decke schloss sie die Augen. Zum ersten Mal seit langer Zeit fürchtete sich Isbell nicht davor, einzuschlafen.

Müdigkeit senkte sich wie ein schweres Gewicht auf ihre Glieder und sie versank in Dunkelheit.

Ihre Mutter beugte sich zu ihr hinab und strich über ihren Kopf. Isbell konnte nicht verstehen, was sie ihr zuflüsterte, denn der Traum löste sich plötzlich in grauen Nebel auf.

Ein scharfer, brennender Schmerz fuhr durch ihre Eingeweide und breitete sich wie Feuer in ihrem ganzen Körper aus. Sie stöhnte leise und versuchte sich aufzurichten, doch vor ihren Augen begann alles zu verschwimmen. Zitternd sank sie zurück auf den Boden.

Was geschieht mit mir? Isbell hob den Kopf und wollte um Hilfe bitten, aber kein Wort kam über ihre trockenen Lippen. Ihr Schädel drohte zu zerspringen. Sie presste die Hände vor das Gesicht und rollte sich zusammen. Die qualvollen Laute, welche seltsam fremd in ihren Ohren hallten, schienen aus ihrer eigenen Kehle zu kommen.

Ihre Gedanken begannen ihr zu entgleiten. Jede Erinnerung aus ihrer Vergangenheit verlor an Bedeutung, nichts zählte mehr außer dem Schmerz, der sie innerlich zu zerreißen drohte. Ich will nicht sterben, dachte sie verzweifelt und flüsterte leise ein Gebet, doch es dauerte nicht lange und sie sehnte den Tod als Erlösung herbei. Als eine weitere, starke Hitzewelle ihren Körper durchfuhr, bäumte sie sich entsetzt auf. Es fühlte sich an, als würde sie brennen. Jeder einzelne Knochen, jede Faser ihres Körpers schien in Flammen zu stehen.

Die Blutgefäße in ihren Augen weiteten sich, das helle Braun ihrer Iris verschwand und wich einem tiefdunklen Rot. Aus ihren Fingern, die sich krampfhaft im Stroh festklammerten, wuchsen Krallen, die mit einem hässlichen Geräusch Kratzspuren auf dem Stein hinterließen.

Der mürbe Stoff ihres Hemdes zerriss, Fell spross aus ihrer Haut und begann ihren Hals und ihre Glieder zu bedecken.

Isbell legte den Kopf in den Nacken und schrie. Ein

unmenschliches Jaulen drang aus ihrer Kehle und prallte als dunkles Echo von den Wänden der Halle zurück, aber es gab nichts, das ihre Verwandlung noch hätte aufhalten können.

Der Mann, der das Mädchen einige Stunden zuvor in den großen Saal gebracht hatte, senkte den Blick, als er die Schreie hörte.

Hargard beschleunigte seine Schritte. Er hatte die Befehle nie hinterfragt, doch die Aufgabe, die ihm vor einigen Monaten zugeteilt worden war, gefiel ihm nicht. Er war seinem König treu ergeben und würde sein Leben opfern, wenn er seinen Herrn damit schützen konnte – aber das hier war eine schmutzige Angelegenheit, die er am liebsten jemand anderem überlassen hätte. Was auch immer dort mit den Gefangenen geschah, die er überbrachte, er wollte nichts davon wissen.

Er lief den gewundenen Gang entlang und verließ das Gewölbe durch eines der Haupttore.

Das leise Winseln, das kurz darauf aus dem Kellerverlies nach oben drang, hörte er nicht mehr.

Das Erste, was die Wölfin sah, als sie den Kopf hob, waren die roten Augen am anderen Ende der Halle. Die Verbindung zu ihren Brüdern und Schwestern war stark, der Ruf des Blutes überlagerte alles andere. Sie konnte spüren, dass sie auf sie warteten.

Die blonde Frau nahm einen Strick aus dem Korb, der unter dem Tisch stand und kam langsam auf sie zu. Die Fähe winselte ängstlich, aber sie musste der Frau gehorchen.

»Du bist eine Schöne, nicht wahr?« Uriel strich über

ihr graues Fell. »Ruhig, gleich geht es hinaus.« Sie band eine Schlinge um den Hals des Tieres und zog fest zu.

Es wurde Zeit, sie konnten nicht länger warten.

Die Fähe wehrte sich nicht. Sie hatte bereits vergessen, dass sie ein Mensch gewesen war. Ihre dunkelrot umrandeten Pupillen blickten starr auf den Mann, der neben dem Leitwolf am Eingang der Halle stand.

Die Wölfin hob den Kopf, und, als wenn sie nie etwas anderes in ihrem Leben getan hätte, stieß Isbell ein leises Heulen aus.

Esgar, Königsgemächer. Zur selben Zeit

Der König lag auf dem Bett und streckte seine schmutzigen Stiefel einem der Diener entgegen.

»Met, aber schnell!«, knurrte er.

Eine Magd kam mit gesenktem Kopf näher und goss aus einer Karaffe Honigwein in einen Becher.

Ehgien stützte sich mit seinen dicken, beringten Fingern an der Bettkante ab und sah verärgert zu seinem Besuch, der ihm den Rücken zugewandt hatte. Der Jagdausflug, von dem er gerade zurückgekehrt war, war äußerst zufriedenstellend gewesen. Er hatte eine fette Wildsau und dazu einen Hirsch erlegt, doch seine gute Laune war seit dem Besuch des Beraters verflogen.

»Was ist mit den verdammten Grenzposten?«, fragte er. »Wieso haben wir keine Verstärkung geschickt?«

Balian setzte eine gespielt gelassene Miene auf und wandte sich um. »Das haben wir«, erwiderte er. «Aber uns gehen die Männer aus. Es gibt einfach zu viele

Brandherde, die wir nicht alle gleichzeitig bekämpfen können. Und die Söldner verlangen Gold, genau wie unsere Bündnispartner. Gold, das uns, wie Ihr wisst, ebenfalls langsam ausgeht.« Er verschränkte die Hände.

»Unsere Spione berichten, dass Eure Schwester vorhat, aus dem Norden anzugreifen. Sie wird Schiffe entsenden, sobald ihre Flotte vollständig ist. Es ist nur ein kleiner Preis, wenn wir einige Siedlungen an den Grenzen opfern. Wir müssen alle verfügbaren Truppen an die Nordküste senden.«

Ehgien entriss dem Diener seinen Stiefel und schleuderte ihn an die Wand, wo er von einem der kostbaren Wandbehänge abprallte.

»Ich hätte sie töten sollen, als ich dazu noch die Gelegenheit hatte!«

Seine älteste Schwester Muriel hatte vor Jahren den König von Vahranger und Herrscher der Nordinseln geehelicht. Nach dessen Tod hatte sie nicht nur die Krone und damit den Thron übernommen, sondern auch die Befehlsgewalt über eine fast dreißig Schiffe fassende Flotte erhalten. Das Friedensbündnis mit den Inseln, von jeher zerbrechlich, war mit dem Tod König Godfrieds endgültig erloschen. Muriel hatte gefordert, dass ihr Bruder die Grenzgebiete verlassen und die Inseln, die seiner Krone unterstanden, zurück an ihr Reich geben sollte.

Doch das würde er niemals tun. Er brauchte die Steuereinnahmen, die ihm die Nordinseln brachten. Muriel wusste das. Es ging ihr nicht um die Inseln, sie waren nur ein Vorwand. Sie wollte ihn provozieren, herausfordern. Seine Schwester wollte diesen Krieg, denn sie hasste ihn.

Ehgien fluchte ungehalten und stand vom Bett auf. Der Gedanke, dass seine Schwester über eine größere Flotte als er selbst verfügte, machte ihn rasend. Sein Blick fiel auf seinen Diener.

»Verschwinde! Lass uns allein.« Der Zorn trieb ihm die Röte ins Gesicht.

Der Mann nickte untergeben und wandte sich ab. Die Magd wollte ihm folgen, doch Ehgien hielt sie zurück.

»Warte! Gib mir den Met.« Er griff nach dem vollen Becher und trank in gierigen Zügen. Ein Teil des Honigweins floss seinen Bart hinab, doch es kümmerte ihn nicht. »Sammelt meine Hauskrieger und benachrichtigt die Fürsten, dass wir mehr Männer brauchen. Von mir aus sollen sie die Bauern von den Feldern holen und ihnen Mistgabeln in die Hände drücken.« Er blickte Balian aus rot geränderten Augen an. »Versetzt die Truppen in Marschbereitschaft und setzt die Läufer ein, wenn es an der Zeit ist.« Er rülpste und starrte zur Tür. »Wo bleibt Uriel?«, bellte er ungehalten.

Balian betrachtete Ehgien abwägend. Es war nicht der erste Wutanfall des Königs, den er miterlebte. Ehgien war für sein Temperament bekannt.

»Es gibt einen Neuzugang«, erwiderte er mit ruhiger Stimme. »Sie bringt ihn zum Rudel.«

»Ah, nun gut.« Ehgien nahm einen weiteren Schluck und strich sich über das fleckige Gewand. Sein massiger Körper zeigte seine Vorliebe für reichhaltiges Essen und gute Weine. »Was ist mit den Sehern, die wir haben?«, fragte er. »Sind sie bereit?«

Der Berater zögerte mit seiner Antwort. »Nicht alle haben voll entwickelte Fähigkeiten, aber sie werden ihre Kräfte für Euch einsetzen«, sagte er mit einem leichten Nicken.

»Und die anderen, von denen du berichtet hast?«

Balian zog fragend eine Augenbraue hoch. »Nun, sie sind tot«, erwiderte er gelassen. »Es gab keinen Neuzugang seit mehr als zwölf Monden.« Er ging zu einem der Sessel und setzte sich. Seine knochigen Finger strichen nachdenklich über den kostbaren Stoff. »Neue Meldungen sind selten, wie Ihr wisst. Allerdings ...« Seine kleinen, dunklen Augen fixierten Ehgien, der immer noch neben dem Bett stand und sich an einem der Bettpfosten abstützte. Anscheinend hatte er bereits auf dem Rückweg zur Burg dem Wein zugesprochen.

Balian runzelte missbilligend die Stirn. Er wusste, es brachte nichts, mit dem König in dieser Stimmung zu diskutieren.

»Es gibt Gerüchte über einen Jungen nordwestlich des großen Gebirges, der vielleicht die Inrir in sich trägt. Ich werde meine Männer darauf ansetzen.« Er zog ein besticktes Taschentuch aus seiner Jacke und tupfte sich die Stirn ab. In den Königsgemächern war es sehr warm. Ehgien mochte es, wenn die Feuer in den Kaminen hell brannten, selbst im Sommer. Und niemand wollte, dass der König unzufrieden war.

»Da ist noch etwas«, fuhr er fort. »Einer der Seher hat in einem Traum etwas Ungewöhnliches gesehen ... einen Geist.«

»Einen *Geist*?« Ehgien blickte ihn spöttisch an.

»Nun ja, die Beschreibung ähnelt jemanden, den wir kennen, besser gesagt, kannten.« Balian lehnte sich zurück. »Wir dachten allerdings, sie sei tot.«

Der König schnippte mit den Fingern und die Magd

kam zitternd näher, um ihm erneut nachzuschenken. »Von wem sprichst du?«

Balian winkte dem Mädchen und ließ sich ebenfalls Wein einschenken. »Wir benötigen deine Dienste fürs Erste nicht mehr.« Er nickte der Dienerin zu.

Die Magd knickste erleichtert und schloss leise die Flügeltüren hinter sich.

»Ich rede von einer alten Freundin Eures Bruders.« Balian nahm einen Schluck Wein und blickte den König über den goldenen Becherrand hinweg an. »Die Lehrmeisterin der letzten Omar.«

Ehgien ließ die Hand sinken. »Nun, ich dachte, dass die Schatten der Vergangenheit längst ausgelöscht wären.« Er warf Balian einen kurzen Blick zu. »Ihr wisst, was Ihr zu tun habt, wenn Ihr das Weib findet.«

Der Berater ließ sich Zeit mit seiner Antwort und schwenkte den köstlichen Wein in dem goldenen Gefäß.

»Wir wissen nicht, wo sie sich aufhält. Noch nicht.« Er blickte auf. »Was ist mit dem Jungen? Es kann sein, dass er ein Seher ist. Der erste seit langer Zeit.«

Der König warf seinen leeren Becher achtlos auf das mit bestickten Kissen geschmückte Bett. Ein paar Tropfen perlten heraus und hinterließen Flecken auf den seidenen Bezügen.

»Findet ihn und macht ihm ein Angebot«, erwiderte er. »Wenn der Junge ablehnt, tötet ihn. Das Risiko, dass er sich gegen uns stellt, ist zu groß.«

Ehgien wandte sich zur Tür. »Und jetzt entschuldigt mich«, sagte er ungeduldig, ohne Balian noch einmal anzublicken. »Ich will meinen Anteil an dem erlegten Wild, bevor meine maßlosen Krieger sich die Bäuche ohne mich vollgeschlagen haben.«

Der Berater verzog abschätzig die Mundwinkel und erhob sich ebenfalls. Er würde nicht den Fehler machen und einen hungrigen, schlecht gelaunten König aufhalten. Nach einer leichten Verbeugung verließ er Ehgiens Gemächer. Er musste mit Uriel sprechen.

KAPITEL 11

Nordinger Wälder. Gegenwart

Ouwen ließ den Arm sinken. Er brachte es nicht über sich, zu schießen. Vielleicht würde sich das Tier wieder erholen, wenn er es einfach in Ruhe ließ. Doch er glaubte nicht daran, seine Wunden bluteten zu stark.

Er hob den Kopf. Elox kreiste über ihnen und schien zu beobachten, was er tat. Wahrscheinlich wartete der Vogel nur darauf, dass er ihm seine Beute überließ. Nachdenklich blickte er zu dem verletzten Wolf. Er würde sich die Wunden genauer ansehen und dann entscheiden, was zu tun war. Die glühenden Augen folgten jedem seiner Schritte, als er sich langsam näherte. Das dunkle Rot der Iris erinnerte Ouwen an die Farbe von Blut und an etwas anderes … etwas, das er in einem seiner Träume gesehen hatte.

Vorsichtig tastete er nach dem Messer an seinem Gürtel. Falls das Tier ihn angriff, wollte er nicht unvorbereitet sein. Seine Finger schlossen sich um den Griff der Klinge, während er sich langsam auf die Knie sinken ließ.

Es war ein außergewöhnlich großes Tier, wahrscheinlich ein Weibchen. Die Wölfin wirkte abgemagert, sie hatte anscheinend lange nicht mehr genügend zu fressen gehabt.

Angespannt musterte er ihre Wunden. Elox hatte am Nacken und an der Brust ganze Arbeit geleistet, doch die schweren Verletzungen an den Hinterläufen sahen nicht aus, als würden sie von einem Schnabel oder Krallen stammen. Solche Bissspuren hinterließen gewöhnlich nur größere Tiere an ihrer Beute. Er hatte mehr als einmal ein gerissenes Schaf mit ähnlichen Wunden gesehen. Ouwen blickte beunruhigt zum Waldrand. Hatten Wölfe ihre Artgenossin angegriffen? Vielleicht war es ein Revierkampf gewesen und die Tiere waren noch in der Nähe. Er konnte im Schnee jedoch keine anderen Spuren als seine eigenen und die der Fähe entdecken.

Der Brustkorb der Wölfin hob und senkte sich in unregelmäßigen Atemzügen. Sie schien sehr geschwächt zu sein, aber er war sich nicht sicher, ob sie wirklich tödlich verletzt war. Vielleicht hatte sie einfach nur entkräftet aufgegeben.

Ohne darüber nachzudenken, streckte er die Hand aus. »Ruhig … alles wird gut. Ich tue dir nichts.«

Die Fähe hatte die Augen geschlossen und reagierte nicht, als er seine Hand vorsichtig auf ihre Seite legte. Ouwen spürte, wie ihr Herzschlag schwach unter seinen Fingern pulsierte und strich über das dichte, hellgraue Fell. Es fühlte sich anders an, als er erwartet hatte, weich und lebendig. Was sollte er jetzt tun? Er konnte sie von ihren Leiden erlösen, aber wenn die Wunden versorgt würden, bestand die Chance, dass die Wölfin überlebte. Allein, ohne ihr Rudel, würde sie sterben. Es gab auch ohne Elox genügend Jäger, die nur auf solch eine Gelegenheit warteten.

Das Tier bewegte sich unruhig und drehte sich. In diesem Moment sah Ouwen den Pfeilschaft, der aus der Hüfte der Wölfin ragte. Er war abgebrochen, doch der Hauptteil des Holzpfeils steckte noch in der Wunde. Warmes Blut lief über ihr Fell und sickerte langsam in den Schnee.

Er fluchte leise. Also hatte ein Mensch sie verwundet!

Sein Blick blieb an dem Maul der Fähe hängen, aus dem die scharfen Reißzähne hervorblitzten. Er lehnte sich zurück und strich sich Schnee aus dem Gesicht. Was seine Mutter wohl gesagt hätte, wenn er einen verletzten Wolf mit nach Hause gebracht hätte? Wahrscheinlich hätte sie ihn für verrückt erklärt – genau wie Mattes.

Als Ouwen aufstand, hatte er seine Entscheidung getroffen. Er würde die Fähe mit zur Höhle nehmen. Die Zuflucht konnte nicht mehr weit entfernt sein.

»Anscheinend bin ich tatsächlich verrückt.« Das hier war schließlich kein kleiner Vogel oder niedliches Kaninchen, sondern ein ausgewachsenes Raubtier, doch er würde den Wolf nicht zurücklassen. Wenn ein Mensch ihm seine Verletzungen zugefügt hatte, konnte er diese Schuld vielleicht zumindest zu einem Teil begleichen. Seine Mutter hatte ihm beigebracht, wie man Wunden versorgte.

Ouwen suchte aus seinem Gepäck eines der Seile heraus und zerschnitt es in einzelne Stücke, dann lief er zu ein paar Tannen, die in der Nähe wuchsen und begann einen der kleineren, jüngeren Bäume mit seinem Beil zu fällen. Er flachte die Form des Stamms mit der Klinge ab und band die abgehackten, buschigen Zweige an den unteren Teil, um die Liegefläche zu verbreitern.

Die Wölfin rührte sich nicht, als Ouwen sich wieder neben sie kniete und ihr mit einem der kurzen Seilstücke die Schnauze zuband. Selbst als er sie vorsichtig auf die Arme hob und auf die provisorische Trage legte, blieben ihre Augen geschlossen.

Ouwen war erstaunt, wie leicht sie war, trotz ihrer Größe. Er schnürte sein Bündel auf dem Rücken fest und wandte sich nach Elox um. Der Wächter hatte sich auf einem Baum in ihrer Nähe niedergelassen. Würde Haydens Freund ihm helfen? »Du musst mir den Weg zeigen!«, rief er dem Vogel zu. »Bring uns zur Höhle.« Leiser fügte er hinzu: »Bitte ...«

Als sich der Wächter in die Lüfte erhob und krächzend davonflog, hob Ouwen die Trage an und folgte ihm.

Es hatte wieder angefangen zu schneien. Ouwen stapfte mit gesenktem Kopf vorwärts, sein Atem ging schwer. Das zusätzliche Gewicht zu seinem Gepäck von dem verletzten Tier auf der Trage lastete schwer auf seinen Schultern und ließ ihn bei jedem Schritt tief in die Schneewehen einsinken. Nach einer Weile lichtete sich der Wald und der Boden unter seinen Füßen wurde steiniger.

Entkräftet setzte er die Trage ab und trat an den Rand des Felsplateaus, das vor ihnen lag.

Die Sonne begann bereits hinter den Felsen zu versinken, am Horizont zeigten sich erste, blassrote Streifen. Nicht mehr lange und die Dämmerung brach an, und tauchte alles in Dunkelheit und Schatten. Er sah auf das Tal hinab und den kleinen See, auf dessen Oberfläche sich Eis zu bilden begann. Es kam ihm seltsam bekannt vor.

Elox kreiste über ihm und ließ sich ein paar Schritte entfernt auf einem Hügel aus Geröll und Steinen nieder, der aus dem Schnee ragte.

»Ist es hier?«, fragte Ouwen, ohne sich nach dem Vogel umzudrehen. An dem steilen Abhang war kein Weg zu erkennen, der hinunterführte, aber es musste einen Grund geben, warum der Wächter sie hierhergeführt hatte. Lag der Eingang der Höhle unter dem Schnee verborgen?

Elox starrte ihn aus seinen kleinen, schwarzen Augen an, erhob sich in die Luft und flog zu einer Reihe von schmal gewachsenen Weidenbäumen, die von Sträuchern umwuchert am Rand des Felsabhangs standen. Der Wächter landete auf einem der kahlen Äste und krächzte heiser.

Ouwen folgte ihm und schob die dornigen Zweige beiseite, die sich um den Stamm des Baumes wanden. Dahinter lag ein enger Durchlass, doch er konnte nicht erkennen, wohin der Weg führte. Entschlossen zwängte er sich durch die dichte Hecke. Schnee rieselte herab, die Dornen bohrten sich in seinen Mantel und rissen an dem Fell, wie spitze, scharfe Klauen. Als der Agtstein unter seinem Hemd zu glühen begann, blieb Ouwen stehen und wich erschrocken zurück. Direkt vor seinen Füßen tat sich der Abgrund auf. Die Sträucher wucherten bis über die Felskante, noch ein weiterer Schritt und er wäre ins Leere getreten.

»Bei den Göttern ...« Sein Herz hämmerte gegen seine Brust. Er tastete nach dem Anhänger und sah sich um. Nicht weit von ihm ragten ein paar in den Stein gehauene Stufen aus dem Dickicht hervor, die hinunter in das Tal zu führen schienen. Er schob die Sträucher beiseite und folgte dem Weg, der über einem schneebedeckten, schmalen Felssims endete.

Ouwens Blick schweifte über den bereits im Schatten liegenden Felsvorsprung. Der Pfad schien eine Sackgasse zu sein, der Sims verlief nur wenige Schritte an der Felswand entlang und endete abrupt vor einem großen, massiven Steinblock. Er wollte gerade kehrtmachen, als er den Ruf des Wächters hörte.

Elox kam über den Abhang auf ihn zugeflogen. Der Vogel stieß erneut sein eigentümliches Krächzen aus und verschwand hinter dem Felsblock am Ende des Vorsprungs.

Ouwen folgte ihm zögernd. Der Felssims war eben, aber durch Schnee und Eis gefährlich rutschig geworden und er hatte Mühe, auf dem glatten Untergrund nicht den Halt zu verlieren. Als er den großen Felsblock umrundete, sah er es endlich: Der Eingang zur Höhle lag gut versteckt dahinter. Erleichtert blickte er sich um. Die Zuflucht war größer, als er erwartet hatte, sie reichte tief in den Fels hinein. In der Nähe des Eingangs lagen Reste einer alten Feuerstelle, es schien jedoch schon lange niemand mehr hier gewesen zu sein.

Seine Augen wanderten an den grauen Felsen empor. Hayden hatte recht, die Zuflucht war gut geschützt – auch ohne Magie. Niemand würde vermuten, dass sich mitten in der steilen Felswand eine Höhle befand.

Er wandte sich um und lief den Weg zurück, den er gekommen war. In den nächsten Tagen würde er noch genügend Zeit haben, sich in Ruhe umzusehen.

Es kostete ihn viel Kraft, die Wölfin über die schmalen Stufen hinunter zur Höhle zu tragen. Danach holte er seine Sachen. Ouwen war dankbar, nicht auch noch Feuerholz sammeln zu müssen, stattdessen nutzte er das Brennholz, das er in der Höhle fand. Jemand hatte es zusammen mit etwas Trockenfleisch und Zunder für andere Wanderer zurückgelassen. Es dauerte nicht lange, bis die ersten, kleinen Flammen aus der alten Feuerstelle züngelten. Erschöpft lehnte er sich an die Felswand. Der lange Fußmarsch mit dem Tier hatte seine Kräfte aufgezehrt, aber ihm blieb nur noch wenig Zeit, bevor es Nacht wurde. Er warf einen besorgten Blick zu der Wölfin, die noch immer schlief. Er musste den Pfeil entfernen, der aus ihrer Seite ragte, und die verschmutzten Wunden säubern.

Ouwen begann in seinem Gepäck nach den Gefäßen zu suchen, die ihm Hayden mitgegeben hatte, nahm einen kleinen Topf heraus und erhitzte etwas Schnee, dann legte er die Fähe auf ein Fell in die Nähe des Feuers. Das Seil, das er um ihre Schnauze gewickelt hatte, saß noch immer straff, doch er band zur Sicherheit zusätzlich die Vorder- und Hinterläufe des Tieres zusammen. Als er den Holzpfeil vorsichtig aus ihrem Fleisch zog und die Wunde auswusch, winselte die Wölfin, doch sie erwachte nicht.

Ouwen drehte die blutige Pfeilspitze, die zum Glück nicht zerbrochen war, nachdenklich zwischen den Fingern und zog dann sein Hemd aus der Hose, um den Saum als Verband zu nutzen.

Nach Anbruch der Dunkelheit löschte er das Feuer und wickelte sich in die mitgebrachten Felle.

Wenn die Fähe erwachte, konnte er versuchen, ihr etwas zu fressen zu geben. Dann würde er sehen, wie kräftig sie war. Und wie willensstark.

Mit dem Rücken an die Felsen gelehnt, fiel er in einen unruhigen Schlaf.

KAPITEL 12

Sein schmerzerfülltes Heulen zerriss die Dunkelheit. Die spitzen Holzpfähle hatten seinen Körper beim Fall durchbohrt, aber sein Herz schlug noch.

Der Mann blickte in den Himmel und hob die Hand. Die Sterne schienen so nah zu sein, dass er sie fast berühren konnte. Blut lief an seinem nackten Körper entlang und rann langsam an den Pfählen hinab.

Seine schwarzen Pupillen weiteten sich und ließen das Rot der Iris in ein dunkles Blau übergehen. Für einen kurzen Moment wurde alles klar und er erinnerte sich. Die Hetzjagd durch den Wald, die Spur, die sie bis zum Rand der Siedlung verfolgt hatten und der Geruch von Feuer. Er fühlte keine Trauer, nur Erleichterung.

Er war frei. Als er das Rudel rufen hörte, lächelte er. Er musste nicht mehr antworten.

Der Mond brach durch die Wolken und warf sein kaltes Licht auf die Tiere, die als Erstes die Wolfsgrube erreichten. Sie sahen ihren Bruder in der Falle liegen, die für sie errichtet worden war, aber die Schattenwölfe fühlten kein Mitleid. Nur Zorn.

Das Leittier wandte den Kopf und zog knurrend die Lefzen hoch. Ouwen hörte die Stimme des weißen Wolfs in seinen Gedanken, während das Tier langsam auf ihn zukam.

Deine Zeit ist vorbei.

Ouwen schlug die Augen auf. Es war eisig und er fror. Die Sonne war noch nicht aufgegangen, aber die erste Morgenröte zeigte sich bereits als heller Schimmer am Horizont. Er fuhr sich durch die halblangen Haare, die ihm ins Gesicht hingen und setzte sich auf.

Der Traum der vergangenen Nacht begann bereits zu verblassen. Er erinnerte sich nur noch an einzelne, seltsame Bilder, die jedoch keinen Sinn ergaben. Plötzlich überkam ihn das Gefühl, beobachtet zu werden. Ouwen wandte den Kopf und begegnete dem Blick der Wölfin, die ihn aus ihren blutunterlaufenen Augen anstarrte. Sie lag noch immer auf dem Fell, wo er sie am Abend zuvor hingelegt hatte.

Er hielt dem Blick stand. Sie jagte ihm keine Angst ein, auch wenn diese Augen etwas Unnatürliches hatten.

»Was soll ich jetzt mit dir machen?«, fragte er leise.

Die Fähe brauchte dringend etwas zu fressen, damit sie wieder zu Kräften kam, genau wie er selbst. Sein Magen knurrte bereits. Er seufzte, zwei hungrige Raubtiere, eingepfercht in einer Höhle ohne ausreichend Vorräte – das war mit Sicherheit nicht die beste Idee, die er je gehabt hatte. Ouwen griff nach seinem Becher, in dem noch ein Rest Wasser vom Vorabend war, und trank ihn leer. Vielleicht war es das Klügste, mit einfacheren Dingen zu beginnen. Er stellte das Gefäß beiseite und stand auf. Sein Rücken war völlig steif, anscheinend hatte er die ganze Nacht an die harte Felswand gelehnt geschlafen. Etwas Bewegung würde ihm guttun und ihn aufwärmen. Er begann Brennholz zusammenzuschichten und versuchte mit dem angespitzten Stab, den er zum Feuermachen benutzte, etwas Moos zum Glühen zu bringen, aber seine Finger waren von der Kälte ganz verfroren.

Wie viel einfacher wäre es, die Flammen mithilfe von Haydens Magie zu entzünden! Doch er bereute sofort den Gedanken. Schließlich waren die Inrir der Grund, warum er hier war und nicht mehr in Askaleth. Außerdem, auch wenn er es gewollt hätte, er wusste nicht, wie Hayden seine Kräfte benutzte. Und er würde ganz bestimmt nicht versuchen, mit dem Feuer zu *sprechen*.

Ouwen blickte auf den Stab in seiner Hand und verzog den Mund. Er war bisher auch gut ohne Magie ausgekommen.

Nachdem die ersten, kleinen Flammen brannten, nahm er ein paar Stücke des gebratenen Fleisches aus seinem Beutel und erhitzte sie zusammen mit etwas Schnee. Als die Brühe anfing zu kochen, füllte er einen Teil davon in seinen Becher und goss den Rest in eine Schale, die er zwischen den Sachen in der Höhle entdeckt hatte.

Wenn die Wölfin zuließ, dass er ihr Futter gab, konnte er vielleicht ihre Wunden untersuchen.

Die Fähe hatte sich, seitdem er aufgestanden war, nicht gerührt, doch er spürte, dass sie jeden seiner Schritte beobachtete. Ihre zusammengebundenen Läufe zuckten nervös, als er sich ihr mit der Fleischbrühe in der Hand näherte.

»Ich will dir nichts tun.« Ouwen ging in die Hocke

und stellte die Schale auf den Boden. Abschätzend blickte er zu der Wölfin. Sie schien ruhig zu bleiben, obwohl er nur eine Armlänge entfernt neben ihr saß. Es war ungewöhnlich für ein wildes Tier, kein Drohverhalten zu zeigen. Aber was wusste er schon von Wölfen? Vielleicht war sie einfach zu schwach.

Er begutachtete die Verbände, die er am Vortag angelegt hatte. Sie sahen noch sauber aus, doch die Stricke saßen zu eng und schnürten in das Fleisch der Fähe. Anscheinend hatte sie sich in der Nacht bewegt und die Seile waren dadurch verrutscht. Ouwen zog die Stirn in Falten. Er wollte die Wölfin nicht unnötig quälen, sie war schließlich nicht seine Gefangene. Aber er konnte sie auch nicht einfach losbinden. Das Risiko war zu groß. Er senkte den Blick. Sie musste etwas fressen! Wenn sie sich wieder erholen sollte, durfte er sie nicht noch einen Tag mit gefesseltem Maul am Boden liegen lassen.

Zögernd streckte er die Hand nach ihr aus. Die Fähe beobachtete ihn misstrauisch, blieb aber ruhig, als er sie berührte.

Ouwen strich über ihren Rücken. Wenn sie keine Angst vor ihm hatte, brauchte er sich auch nicht zu fürchten. Er konnte ihren Herzschlag fühlen, der wild gegen die mageren Rippen pochte, und fasste einen Entschluss.

»Du musst hungrig sein«, sagte er leise. »Ich werde deine Fesseln entfernen, damit du fressen kannst.« Er griff nach der Schale und zog sie dichter heran.

Die Wölfin musste den verführerischen Duft längst gewittert haben, sie begann unruhig mit den Läufen zu zappeln. Ouwen schob seine Bedenken beiseite und begann den Strick zu lösen, der um ihre Schnauze gebunden war. Angespannt sah er in die Augen der Jägerin. Nun würde sich zeigen, was ihr wichtiger war: Angst vor dem Menschen, mit dem sie unfreiwillig diese Höhle teilte, oder ihr Hunger.

Als sich das Seil löste, hob die Wölfin den Kopf und winselte leise.

Ouwen schob ihr vorsichtig die Schale entgegen. Es war nicht bequem, doch sie konnte sie im Liegen erreichen. Ein Teil der Brühe schwappte auf den Boden, aber die Fähe schaffte es, die Schale leer zu saufen. Ihre Flanken zitterten vor Anstrengung.

Er blickte auf das Seil, mit dem ihre Hinterläufe zusammengebunden waren. Bei jeder Bewegung schien es tiefer in ihr Fleisch zu schneiden. Ouwen griff danach, um es zu lockern, dabei berührte er unabsichtlich die Wunde an ihrer Flanke.

Die Wölfin knurrte warnend. Hastig zog er seine Hand zurück und brachte etwas Abstand zwischen sich und die Jägerin. Kurz darauf beruhigte sie sich wieder, ihr Kopf sackte erschöpft zu Boden.

Ouwen stieß erleichtert die Luft aus und strich sich eine Haarsträhne hinter das Ohr. Was tat er hier eigentlich? Sie war kein Hund, sondern ein Wolf – der ihn jederzeit angreifen konnte, trotz seiner Verletzungen.

Er griff nach dem Amulett, die Wärme des Steins beruhigte ihn.

Die Wölfin rührte sich nicht. Ihre Augen waren geöffnet und sahen ihn abwartend an.

Ouwen beugte sich zögernd vor und griff erneut nach dem Strick. »Ich muss tatsächlich wahnsinnig sein«, murmelte er. Die Läufe der Fähe zuckten leicht, aber sie blieb liegen. »Alles wird gut … ich binde dich los.«

Behutsam knüpfte er das Seil auf und löste auch den Strick, der um die Vorderläufe gebunden war, dann stand er auf und trat ein paar Schritte zurück. Ouwen blickte sich nervös um. Er machte sich nichts vor, in diesem Moment hätte er einem Angriff nicht viel entgegenzusetzen. Sein Messer lag noch an der Feuerstelle, wo er es am Vorabend zuletzt benutzt hatte. Er presste die Kiefer aufeinander und nahm einen der Äste aus dem Korb, den er bisher nicht für das Feuer gebraucht hatte, ohne die Fähe aus den Augen zu lassen. Wieso hatte er gleich *alle* Fesseln der Wölfin gelöst? Die Fähe hatte ihn bisher nicht angegriffen, aber sie war ein wildes Tier und er nur ein Mensch.

Ein ziemlich dummer Mensch.

Die Wölfin versuchte aufzustehen, die Verletzungen und tagelanger Hunger hatten sie geschwächt. Doch sie besaß einen starken Willen. Nach dem ersten, missglückten Versuch probierte sie es erneut und dieses Mal schaffte sie es, auf den Beinen zu bleiben.

Ihre Größe überraschte Ouwen. Er hatte die Fähe zwar getragen, aber aufgerichtet wirkte sie wesentlich beeindruckender. Er warf einen kurzen Blick in Richtung des Eingangs und versuchte zu schätzen, wie schnell er den Felsvorsprung erreichen konnte. Dafür hätte er jedoch zurückweichen müssen, und er wusste, dass es unklug war, vor einem Raubtier Schwäche zu zeigen.

Die Fähe kam langsam auf ihn zugelaufen, ihre Hinterläufe zitterten. Ouwen umklammerte den Ast und wappnete sich für einen Angriff, aber die Wölfin musterte ihn nur abwägend.

Vielleicht würde sie einfach fortlaufen. Vielleicht bedeutete das aber auch nichts, und das Tier sparte sich seine letzten Kräfte für einen gezielten Sprung auf, um seine Kehle herauszureißen. Die Bilder vergangener Träume stürmten auf ihn ein und er sah wieder den weißen Wolf vor sich. Er hatte genau dieselben, eigenartigen Augen gehabt wie diese junge Fähe.

Die Wölfin blieb stehen, ihre Iriden glühten drohend. Ihr Blick war jedoch nicht auf Ouwen gerichtet, sondern auf etwas hinter ihm. Sie hatte den Wächter entdeckt, der am Eingang auf den Felsen saß und sie beobachtete.

Die Fähe fletschte die Zähne und lief auf den Felsvorsprung zu. Elox schien das jedoch nicht zu kümmern. Der Vogel saß auf einem der großen Steine und putzte sich scheinbar gelangweilt das dunkle Gefieder.

Ouwen kniff die Augen zusammen. Warum reagierte das Tier nicht? Er ließ den Ast fallen, lief zu seiner Tasche und suchte nach der Schleuder, die irgendwo zwischen seinen Sachen liegen musste. Er hatte nicht vor, auf den Wächter zu schießen, aber wenn der Vogel nicht von allein wegflog, würde er einen Stein zur Warnung einsetzen. Elox war ein seltsames Tier, doch er wollte nicht, dass die Fähe ihn verletzte. Als er die Waffe endlich gefunden hatte, hallte plötzlich der dunkle Schrei des Wächters durch die Höhle.

Ouwen riss den Kopf herum. Die Wölfin lag nicht weit vom Eingang entfernt auf dem Boden. Anscheinend hatten ihre Beine wieder nachgegeben. Elox hatte seine knochigen Flügel ausgebreitet und stieg krächzend in die Luft, doch er griff die Jägerin nicht an. Nach einem weiteren Schrei aus seiner Kehle war der Vogel verschwunden.

Ouwen blickte ihm nach, bevor er zu der verletzten Fähe lief. Seine Schleuder behielt er zur Sicherheit in der Hand.

Vorsichtig kniete er sich neben sie. Der Eiswind blies unablässig Schneeflocken in die Höhle, die sich wie ein zweites, weißes Fell auf ihren Körper legten.

Die Wölfin öffnete die Augen und sah ihn an. Hinter der roten Iris schimmerte ein warmes, dunkles Braun. Ouwen konnte darin keine Furcht erkennen, nur Schmerz. Ihre Wunden hatten wieder angefangen zu bluten, die Verbände begannen sich langsam rot zu färben.

»Bleib liegen. Du brauchst Ruhe.« Seine Hand strich beruhigend über ihr Fell. »Ich werde deine Wunden neu verbinden, danach wirst du dich besser fühlen.« Die Wölfin reagierte nicht, aber er sah es als eine Art Einverständnis und ging zur Feuerstelle, um Schnee zum Schmelzen aufzusetzen. Er musste etwas tun, bevor sie zu viel Blut verlor. Sein Blick fiel auf sein Gepäck und er erinnerte sich an die Kräuter, die Halbschatten ihm hinterlassen hatte. Ouwen zog den kleinen Beutel zwischen seinen Sachen hervor und knüpfte das Lederband auf. Ein feiner Geruch von Kamille und Salbei stieg in seine Nase. Seine Mutter hatte beides oft als Medizin verwendet.

Er nahm eine Handvoll der getrockneten Blätter und ließ sie in das siedende Wasser fallen. Es konnte nicht schaden, die Wunden mit dem Sud zu säubern. Sie waren also doch zu etwas nützlich, dachte er und lächelte zum ersten Mal, seit Halbschatten ihn verlassen hatte.

KAPITEL 13

Esgar, Königsburg. Acht Monate zuvor

Kein einziger Sonnenstrahl drang in das Gewölbe. Es lag zu tief unter der Erde, verborgen in den Katakomben der Burg, die vor langer Zeit von Menschen angelegt worden waren.

Das Rudel lag auf dem Boden eines alten Kerkerraums. Sie brauchten nur wenig Licht, ihre Augen konnten auch in der Dunkelheit sehen. Einige Tiere schliefen auf den mit Stroh bedeckten Steinen, aber die meisten waren wach. Sie warteten. Die Nacht war angebrochen und die Wölfe wurden langsam unruhig.

Als Gain das Gewölbe betrat, knurrten zwei der älteren Tiere warnend. Sie gehorchten ihm, weil es ihnen befohlen worden war, doch sie mochten den Menschen nicht. Er war schwach und dumm, aber die Peitsche an seinem Gürtel war eine Waffe, die er einzusetzen wusste. Mehr als einmal hatten sie die harten Riemen zu spüren bekommen.

Die Schritte des Mannes kamen näher. Die Wölfe konnten den sauren Schweiß riechen, der an seiner Kleidung klebte und seine Furcht verriet. Sie würden ihm nichts tun, das Rudel wartete bereits auf ihn. Arkan würde Gain begleiten und wenn er zurückkehrte, konnte das Rudel endlich wieder laufen. Und jagen.

Die schrillen Laute aus dem Saal, der am anderen Ende des gewundenen Ganges lag, waren verstummt, und Aaron, der Rangzweite im Rudel, hob den Kopf und heulte leise.

»Still, du Bastard!« Gain griff nervös nach dem Schlüsselbund, das an seinem Gürtel hing. Seine Finger glitten suchend über die Schlüssel, bis er den richtigen gefunden hatte. Er öffnete das Gitter einen Spaltbreit und leuchtete mit der Fackel in das Verlies.

Die Wölfe fürchteten weder das Feuer noch Gain. Der alte Leitwolf lief an dem Wärter vorbei, ohne den Mann eines Blickes zu würdigen. Arkan hätte ihn mühelos in Stücke reißen können, aber sie durften dem Menschen nichts tun. Sie wussten, dass die Frau in der Nähe war, der sie Gehorsam schuldeten.

Gain hielt den Wolf mit der Fackel auf Abstand. Er traute diesen Monstern nicht. Wenn es nach ihm gegangen wäre, würde er die Tiere an die Kette legen, doch sein Herr hätte das nicht zugelassen. Und Gain gehorchte seinem Herrn, wenn auch widerwillig.

Hastig schloss er die anderen Tiere wieder ein und folgte dem weißen Wolf, der den spärlich beleuchteten Gang entlanglief und vor dem Eingang zur großen Halle stehen blieb. Gain steckte die Fackel in eine Halterung an der Wand und griff erneut nach seinem Schlüsselbund. Die Holztür knarrte, als er sie öffnete und den Saal betrat.

Der Leitwolf blieb an der Türschwelle stehen. Die Iriden seiner Augen waren blutunterlaufen.

Der Wärter umrundete die große Säule am Eingang

und ging auf die Frau zu, die auf dem Steinboden der Götterhalle kniete. Neben ihr lag ein grauer Wolf.

Uriel blickte auf und schenkte Gain ein Lächeln. Die junge Fähe neben ihr begann zu winseln. »Ruhig, meine Hübsche. Sie kommen, um dich zu holen.« Gedankenverloren streichelte sie das Fell des Tieres. »Hier ist etwas Neues für seine Sammlung, ein wunderhübsches Weibchen.«

Als sie den großen Wolf entdeckte, der im Schatten am Eingang des Saales wartete, hielt sie in der Bewegung inne. Der Blick ihrer Augen, die die Farbe von Kornblumen hatten, wurde eisig. »Wie ich sehe, bist du nicht allein.« Ihre Finger griffen fest in das Fell der Wölfin, die daraufhin wieder winselte.

»Ein Befehl des Beraters«, erwiderte Gain und versuchte dabei nicht zu gehässig zu klingen. Er wusste, dass sie den weißen Wolf hasste. Arkan hatte sie nach seiner Verwandlung verletzt. Nur ein einziger Biss, doch er war tief gewesen und hatte eine Narbe an Uriels Hand hinterlassen. Sie hätte das Tier damals getötet, wenn die Befehle des Königs nicht anders gelautet hätten. Aus irgendeinem Grund, den Gain nicht verstand, hing sein Herr anscheinend an diesem alten Wolf.

Uriel strich ein paar Falten ihres Kleides glatt. »Bring das neue Prachtstück in den Pferch. Sie ist folgsam … nicht wahr Ethel?« Sie warf einen Seitenblick auf die Wölfin. »Sie wird dir keine Schwierigkeiten bereiten.«

Gain starrte die Wölfin an, um deren Hals ein Seil gebunden war. »Warum gebt Ihr ihnen Namen?« Er spuckte zerkauten Tabak auf den Boden und wischte sich den Speichelrest mit der schmutzigen Hand ab. »Es sind nur dreckige Tiere.«

Uriel verzog angewidert ihren Mund. »Alles verdient einen Namen«, erwiderte sie ruhig. »Selbst ein Schattenwolf.« Sie zog ein kleines Stoffbündel aus einer Tasche ihres Gewandes und reichte es ihm. »Mach sie bereit, es gibt einen neuen Auftrag.« Sie erhob sich und verließ ohne ein weiteres Wort die Halle. Ihr langes, seidenes Kleid bauschte sich bei jedem ihrer Schritte elegant um ihren Körper.

Gain blickte ihr nach. Er musste zugeben, dass er den König um seine junge Gespielin beneidete. Sie war ein Prachtexemplar von einem Weib. Und ein Miststück dazu, er traute ihr keine Handbreit über den Weg.

Er steckte das Stoffbündel in seine Hose und riss hart an dem Seil, an dem die Wölfin festgebunden war. Die Fähe senkte unterwürfig den Kopf und folgte ihm. Ihre Demutsbezeugung galt jedoch nicht dem Wärter, sondern dem alten Leitwolf, der am Eingang auf sie wartete. Gain wusste, dass sie ihm gehorchen würde, was auch immer geschah. Nur aus diesem Grund hatte der Wärter ihn hierhergebracht. Er schnalzte nervös mit der Zunge und nahm die Fackel aus der Halterung an der Tür, dann wandte er sich dem Kerker zu.

»Macht Platz, ihr Biester«, zischte er und öffnete das schmiedeeiserne Gittertor.

Die Wölfe wichen ohne Eile zurück, doch sie achteten auf jeden seiner Schritte. Ihre Augen leuchteten hell in der Dunkelheit.

»Hier ist ein neues Mitglied für eure Familie.« Gain verzog höhnisch das Gesicht und band das Seil der Wölfin an einem alten Eisenhaken fest, der an der Wand hing. Früher waren dort die Ketten von Gefangenen befestigt worden, Häftlinge, die man einer *gesonderten* Behandlung unterzogen hatte, wie es sein Herr nannte. Seit ein paar Jahren hatte man jedoch eine andere Verwendung für diese Kerkerzelle gefunden.

Die Fähe jaulte leise, was Gain nicht weiter kümmerte. Er musste sich beeilen, der Meister würde später kommen und das Tier begutachten, so wie er es immer tat, wenn sie Zuwachs bekamen.

»Heute Abend dürft ihr wieder laufen«, sagte er und wandte sich um. »Nehmt die Spur auf und kommt erst wieder, wenn die Jagd zu Ende ist.« Sein Blick fiel auf die Wölfin. In dieser Nacht würde sie noch nicht mit dem Rudel laufen, doch ihre Zeit würde kommen.

Gain warf den Stofffetzen achtlos in den Raum und ging zu einer kleinen Luke, die in den Boden eingelassen war. Er öffnete die schwere Klappe, die durch einen massiven, eisernen Riegel gehalten wurde, und ließ sie auf den Boden fallen. Froh, den Auftrag hinter sich gebracht zu haben, lief er zurück zur Tür und hielt dabei die Tiere mit der Fackel auf Abstand.

Schweißperlen tropften von seiner Stirn, als er die Gittertür hinter sich schloss und das Schlüsselbund wieder an seinem Gürtel befestigte. Diese Dämonenbrut war ihm einfach unheimlich. Gain nahm etwas Tabak aus seinem Beutel, stopfte es sich in den Mund und ging erleichtert zu der schmalen Treppe, die aus dem Gewölbe hinausführte. Es war ihm egal, wen oder was diese Bestien jagten. Er befolgte nur seine Befehle und sein Herr wartete auf die Nachricht, dass alles bereit war.

Die Wölfe beachteten ihn längst nicht mehr. Das Leittier hatte den Geruch des Menschen, der an dem Stoffrest klebte, gewittert, und lief zu der geöffneten

Klappe. Der weiße Wolf kroch in den schmalen Schacht hinunter, der das Burggewölbe mit der Außenwelt verband. Der dunkle Tunnel führte bis an den Waldrand hinter der Stadt. Das Rudel folgte ihm.

Die Wölfin blieb allein im Kerker zurück. Kälte und Finsternis hüllten sie ein, aber sie hatte ihre Furcht vor der Dunkelheit längst vergessen, genau wie ihren menschlichen Namen.

Sie spürte keine Angst mehr, nur den Wunsch, mit ihrem Rudel zu laufen. Und zu jagen.

KAPITEL 14

Die Zuflucht, Nordinger Wälder. Gegenwart

Ouwen legte das Schnitzmesser beiseite und sah zu der Wölfin, die zusammengerollt in der Nähe der Feuerstelle schlief. Drei Tage waren vergangen, seit sie ihre ersten Gehversuche gewagt hatte. Er wusste nicht, ob es an den Kräutern lag, mit denen er ihre Verletzungen behandelt hatte, oder an etwas anderem, doch ihre Wunden heilten bereits. Er war froh, dass es ihr besser ging, aber die rasche Genesung der Fähe war genauso ungewöhnlich wie ihr Verhalten. Die Wölfin hatte sich nur wenig in der Höhle bewegt, seit er ihre Fesseln gelöst hatte und auch keine Anstalten gemacht, diese zu verlassen.

War sie vielleicht ein Mischling, ein Wolfshund, und hatte bei Menschen gelebt, bevor sie verletzt wurde? Die Fähe schien ihn jedenfalls nicht als Bedrohung zu empfinden und seine Anwesenheit zu akzeptieren.

Ouwen betrachtete ihr graues Fell, das sich in gleichmäßigem Rhythmus hob und senkte. Er hatte angefangen, sich an seine seltsame Gefährtin zu gewöhnen. Wann bekam man schon die Gelegenheit, sich mit solch einer Jägerin einen Schlafplatz zu teilen? Der Gedanke, welches Gesicht sein Vater wohl machen würde, wenn er seinen Sohn jetzt sehen könnte, ließ ihn schmunzeln.

Er stellte die kleine Schale, an der er gerade schnitzte, auf den Boden und blickte auf die bereits fertigen Löffel und Gabeln. Seit ihrer Ankunft in der Höhle hatte er die Zeit genutzt und damit begonnen, neues Essgeschirr anzufertigen. Er wusste nicht, wie lange sie in der Zuflucht bleiben würden, aber es war besser gewesen, als seine Zeit mit Nichtstun zu vergeuden. Ouwen ließ seinen Kopf gegen die Steinwand sinken. Nach dem langen Marsch durch die Kälte war er anfangs dankbar gewesen für die Wärme und Sicherheit, welche die Zuflucht bot, doch er war es nicht gewohnt, tagelang irgendwo zu sitzen, ohne sich viel zu bewegen. Er hatte die Höhle nur zweimal kurz verlassen, um neues Feuerholz zu sammeln. In seinen Gedanken wanderte er oft über die weiten Ebenen von Askaleth, doch die Erinnerungen ließen auch die Sehnsucht nach seinem Zuhause wachsen.

Er stand auf und trat auf das Felsplateau. Der Wind kam von Norden und trieb die Wolken über den eisgrauen Himmel, er brachte den Geruch von frischem Schnee und Kälte mit sich. Sein Blick schweifte über das kleine Tal, das am Fuß der bewaldeten Schlucht lag. Außer dem Raunen des Eiswindes war nichts zu hören, als hätte der Winter alles Leben verstummen lassen. Hayden hatte ihn zwar gebeten, sich nicht weit von der Höhle zu entfernen, doch er konnte es nicht länger aufschieben, auf die Jagd zu gehen. Sie brauchten dringend neue Vorräte. Vor zwei Tagen war ihm ein Schneehase beim Holzsammeln über den Weg gelaufen, aber das Fleisch war längst verbraucht. Den letzten Rest hatte er am Morgen der Wölfin gegeben.

Ouwen warf einen Blick zu der Fähe, die noch zu

schlafen schien. Sie würden beide verhungern, wenn er nicht bald etwas Essbares beschaffte.

Er trat dichter an den Abhang heran. Die grauen Wände der Felsschlucht ragten wie die Türme einer Festung vor ihm auf. Würde die Wölfin noch hier sein, wenn er zurückkehrte? Er schüttelte den Kopf. Sie war ein Wolf … ein Raubtier und kein Hund! Wenn sie die Höhle verlassen wollte, brauchte sie dazu nicht seine Erlaubnis.

Der Gedanke, dass die Fähe vielleicht bald zu ihren Artgenossen zurückkehren würde, bedrückte ihn. Er wusste, dass es verrückt war, doch etwas in ihm wünschte sich, sie würde noch eine Weile hier in der Zuflucht bleiben – bei ihm.

Ouwen senkte den Blick. Seine Heimat war weit entfernt, genau wie die Menschen, die ihm etwas bedeuteten. Die Gesellschaft der Wölfin spendete ihm einen gewissen Trost, auch wenn ihre Pupillen, die in der Nacht wie Feuerringe zu glühen schienen, ihm immer noch Kopfzerbrechen bereiteten.

Seit dem Zwischenfall mit Elox hatte sich die Wölfin ruhig verhalten, doch sie hielt Abstand zu ihm. Der Wächter war bisher nicht zurückgekehrt, was Ouwen allerdings nicht weiter kümmerte. Er kam auch ohne Haydens Vogelfreund zurecht.

Als er sich umwandte, um seine Sachen für die Jagd zu holen, stand plötzlich die Fähe vor ihm. Überrascht blieb er stehen. Er hatte nicht gehört, wie sie aufgestanden und zum Höhleneingang gelaufen war.

Die Wölfin ließ etwas aus ihrem Maul auf den Boden fallen und setzte sich auf ihre Hinterläufe. Ouwen starrte verwirrt auf seine Schleuder, er hatte sie gerade holen wollen.

Mit ihren aufgestellten Ohren wirkte die Fähe fast wie ein Hund, der spielen wollte, doch er schob den Gedanken sofort beiseite. Als er keine Anstalten machte, seine Schleuder aufzuheben, nahm die Wölfin sie wieder ins Maul und lief an ihm vorbei. Auf dem Felsvorsprung blieb sie kurz stehen, fast als würde sie auf ihn warten, bevor sie hinter dem breiten Felsen verschwand.

Ouwen blickte ihr verdutzt hinterher. Anscheinend würde er nicht allein auf die Jagd gehen.

Er beeilte sich und holte den Mantel, den Hayden ihm überlassen hatte, steckte sein Messer ein und folgte der Fähe.

Von dem schmalen Felssims führte kein Weg den Abhang hinunter, sondern nur die schmalen Treppen hinauf, die er bei ihrer Ankunft entdeckt hatte. Die Wölfin sprang die in den Stein gehauenen Stufen ohne Schwierigkeiten empor, während Ouwen seine Mühe hatte, auf den glatten Steinen nicht den Halt zu verlieren.

Auf dem Felsplateau angekommen hob er die Schleuder auf, die die Fähe fallen gelassen hatte und begann nach frischen Spuren zu suchen. Der Schnee unter seinen Füßen knirschte wie altes Laub und erinnerte ihn daran, dass die Eismonde ihre Herrschaft über Aehdland längst begonnen hatten. Es würde nicht leicht werden, überhaupt etwas Essbares zu finden, aber sein Vater hatte ihm beigebracht, auch bei schlechtesten Bedingungen alle Möglichkeiten auszuschöpfen. Er wusste, wo er im Winter essbare Flechten finden und wie er kleinere Tiere aufspüren konnte, die sich oft in ihren Höhlen versteckt hielten.

Das leise Knurren der Fähe riss ihn aus seinen Überlegungen. Doch ihre Aufmerksamkeit galt nicht ihm, sie schien etwas im Wald vor ihnen zu wittern, das er nicht sehen konnte. Hatte sie eine Fährte aufgenommen?

Die Wölfin wandte kurz den Kopf in seine Richtung und lief dann auf den Waldrand zu, dessen knorrige Bäume ein Eisgewand trugen.

Ouwen deutete es als ein Zeichen, dass er ihr folgen sollte und zögerte nicht.

KAPITEL 15

Esgar, Königsburg. Acht Monate zuvor

Balian ließ ein paar Münzen in die Hände des Wärters fallen. Der Mann machte seine Sache gut und die Silberstücke würden dafür sorgen, dass er sich auch weiterhin auf seine Verschwiegenheit verlassen konnte.

Gain verneigte sich und steckte das Geld in seine schmutzige Hosentasche, bevor er sich umwandte und den Weg zurücklief, den sie gekommen waren.

Der Berater hatte sein Augenmerk bereits auf etwas anderes gerichtet. Er stand vor dem Eisengitter, hinter dem das Rudel seinen Schlafplatz hatte.

Die Tiere waren fort. Er selbst hatte Gain den neuen Auftrag erteilt. Nur ein Wolf war zurückgeblieben, das neue Weibchen, das Uriel auf den Namen Ethel getauft hatte. Die Wölfin schlief, zumindest schien es so. Er sah, wie sich das Fell in langsamen Atemzügen hob und senkte.

»Wieso bist du noch am Leben?«, murmelte Balian und blickte das Tier neugierig an. Er war überrascht gewesen, als er die Nachricht erhalten hatte. Ausgerechnet dieses schwache, abgemagerte Kind!

Die Gefängniszellen waren voll, aber die meisten der Menschen, die er der Hexe in den vergangenen Monaten gebracht hatte, überlebten die Prozedur nicht. Die Verwandlung gelang nur selten, niemand kannte den Grund. Als ihm die Männer das Mädchen vor ein paar Tagen aus dem Verlies brachten, hatte er nicht damit gerechnet, dass sie es überstehen würde.

Die an den Grenzen aufflammenden Kämpfe machten es notwendig, dass sie ihre Truppen verstärken mussten. Genauso wie ihren Vorrat an vierbeinigen Untergebenen, die auf seine Befehle hörten. Trotz ihrer außergewöhnlichen Kräfte waren auch die Wolfsläufer sterblich, wie alle anderen Tiere. Es war jedoch nicht einfach, sie zu töten. Sie waren sehr widerstandsfähig, genau wie dieses kleine Mädchen.

Seine Augen glitten über das graue Fell der Fähe. Er ertappte sich bei dem Gedanken, herausfinden zu wollen, wie es sich wohl anfühlte, und trat dichter an das Gitter. Der Gedanke, dass dort eigentlich ein Mensch, eine junge Frau lag, erregte ihn. Balian befeuchtete seine trockenen Lippen mit der Zunge. Er war fasziniert von der Vorstellung, dass es Magie war, die die Schattenwölfe zu dem machten, was sie waren, genauso wie es Magie war, die sie an seine Befehle band. Er selbst war kein Träger der Inrir, doch er hatte andere, sehr nützliche Talente. Und er besaß die Macht, jene zu lenken, die ihre besonderen Kräfte für ihn einsetzten. Sein Mund verzog sich zu einem Lächeln. Die Läufer waren stark, stärker als es ein Mensch je sein konnte. Er hatte gesehen, was sie mit ihrer Kraft auszurichten vermochten. Meistens brachte Gain den Tieren Abfälle und Fleischreste, doch nach manchen, besonderen Aufträgen belohnten sie das Rudel auch mit lebenden Tieren.

Oder mit Menschen.

Vorsichtig schob er seine von dünnen, blauen Adern durchzogene Hand durch die Eisenstäbe. Die Wölfin schlief in der Nähe der Tür und er war kurz davor, der Versuchung, sie zu berühren, nachzugeben.

Als er das helle Lachen hörte, das aus dem großen Saal herüberklang, zog er seinen Arm zurück.

Verwirrt blickte er auf seine Hand. Was tat er hier? Er war gekommen, um mit Uriel zu sprechen und nicht, um seine Zeit mit unnützen Spielereien zu verschwenden.

Der Berater schlug seinen Umhang zurück und lief zu der mit Eisen beschlagenen großen Eichentür, die zur Kapelle führte. Er sah nicht mehr, dass die Fähe ihre Augen geöffnet hatte. Sie glühten warnend in der Dunkelheit.

Uriel stand neben dem großen Tisch in der Halle und strich bewundernd über den Stoff ihres neuen Kleides.

Balian lächelte amüsiert. Das kostbare Gewand mit den aufwendigen Stickereien war eine kleine Aufmerksamkeit von ihm gewesen. Das Mädchen erfüllte ihre Aufgabe zu seiner Zufriedenheit und er befriedigte gerne ihre kleinen, eitlen Wünsche, egal, wie kostspielig sie waren. Wie alle Frauen liebte sie hübsche Kleider, genauso wie Schmuck, doch die Geliebte des Königs hatte auch eine Vorliebe für ungewöhnliche Zerstreuungen. Sein Lächeln wurde breiter. Er ließ sie manchmal zusehen, wenn er die Gefangenen einer Befragung unterzog oder sie die Wölfe mit lebendem Fraß fütterten. Wer konnte schon einer schönen Frau etwas abschlagen?

»Das Kleid steht Euch ausgezeichnet.« Balian nahm die schmale Hand, die sie ihm entgegenstreckte, und küsste sie.

»Und Ihr seid, wie immer, sehr großzügig.« Sie schenkte ihm ein Lächeln. »Kann ich Euch etwas anbieten?«

Balian nickte. »Wein wäre eine gute Wahl.« Er setzte sich auf einen der Stühle und sah ihr zu, wie sie ihm mit einer eleganten Bewegung aus einer Karaffe einschenkte.

Sein Blick blieb an den Kräutern haften, die neben ihnen auf dem Tisch lagen. Er erinnerte sich noch gut an ihre erste Begegnung. Es war ein Zufall gewesen, der ihn zu ihr geführt hatte. Einer seiner Männer war bei einem Jagdausflug schwer verletzt worden. Auf der Suche nach Hilfe wurden sie zu der Heilerin eines kleinen Dorfes geschickt. Die Frau hatte eine Gehilfin, die noch ein halbes Kind war, doch Uriels Anmut hatte ihn in den Bann gezogen.

Das Mädchen hatte nicht nur den Mann versorgt und seine Wunden behandelt, sondern auch die Chance ergriffen und vor Balian ihre Gabe demonstriert. Ein Vogel, der leblos auf dem Tisch gelegen hatte, wurde von ihr durch einen Zauber zu neuem Leben erweckt. Sie war damit ein hohes Risiko eingegangen. In diesen Zeiten wurde Magie schnell als Ketzerei abgetan. Wer nicht den Schutz des Königs genoss, hatte sein Leben verwirkt.

Balian nippte an dem Wein. Er schmeckte ausgezeichnet, anscheinend war es einer der besseren Hausweine Ehgiens.

»Kommt Ihr mit Euren Studien voran?«, fragte er und betrachtete Uriels feingliedrige Finger, die sie im Schoß verschränkt hielt.

»Das Buch, das Ihr mir gegeben habt, scheint vielversprechend zu sein«, erwiderte sie. «Aber ich habe noch nichts Neues entdeckt.«

Balian kräuselte seinen Mund. »Nun, ich hoffe, dass es bald bessere Erfolge geben wird.« Der scharfe Ton strafte sein Lächeln Lüge.

»Ich werde Euch berichten, sobald ich etwas finde.« Uriel senkte den Blick.

Er nickte, in Gedanken versunken. »Natürlich.«

Sie saß so dicht neben ihm, dass er die Wärme spüren konnte, die ihr Körper ausstrahlte. Ihr Parfüm duftete nach Blumen und trug noch eine andere, dunklere Note. Leider fehlte ihm die Zeit, herauszufinden, was es war.

Uriel griff nach dem Weinkrug und schenkte ihm nach, dabei streifte ihr Arm, scheinbar unbeabsichtigt, Balians Hand.

Sein Blick wanderte zu ihren Lippen. Er musste zugeben, dass er bereits bei ihrer ersten Begegnung fasziniert gewesen war. Ihr besonderes Talent hatte ihn dabei genauso überzeugt, wie ihre Hartnäckigkeit.

Ihr Lächeln zeigte ihm, dass sie seine Gedanken erriet.

»Ihr wart bereits im Pferch?«, fragte sie beiläufig.

»Ja, ich habe sie gesehen.« Er lehnte sich zurück. »Es ist erstaunlich, dass das Mädchen überlebt hat.«

Uriel zupfte eine Falte ihres Gewandes glatt. »Sie ist ein zähes kleines Ding.«

Balian trank einen Schluck Wein. Es war nicht wichtig, warum das Mädchen die Prozedur überlebt hatte. Für ihn zählte nur eines: Dass die Person, die diese Verwandlung vollbracht hatte, in seinen Diensten stand.

»Entschuldigt mich für einen Moment. Ich möchte nicht, dass die Flammen verlöschen.« Uriel erhob sich und schob ihren Stuhl zurück.

Balian sah, wie sie zum Kamin lief, um ein paar neue Scheite nachzulegen. Ihr Haar schimmerte golden im Schein der Flammen. Er kannte niemanden, dessen Gabe so stark war und der sie so machtvoll einzusetzen wusste, wie diese junge Frau. Niemand wusste, wer Uriels leibliche Eltern waren, nur dass ihre Mutter, wohl um die Schande eines unehelichen Kindes zu verbergen, sie als Neugeborenes fortgegeben hatte.

Sie war ein Bastard, ohne jedes Vermögen, doch mit so viel Schönheit und Talent gesegnet, dass es eine Schande gewesen wäre, sie in der dreckigen Bauernkate zurückzulassen.

Er blickte zu den großen, steinernen Säulen. Uriels Gemächer lagen im Südtrakt der Burg, aber sie zog es vor, einen großen Teil ihrer Zeit in dem alten Gewölbesaal zu verbringen, wo sie ungestört war. Vor langer Zeit war das hier ein Ort gewesen, an dem die dreizehn Götter angerufen wurden, doch der König hatte bereits vor vielen Jahren eine neue Kapelle errichtet. Der alte Göttersaal hatte den hohen Ansprüchen der Priester nicht genügt, er lag zu abgeschieden in den dunklen Katakomben und es gab zu viele Symbole auf den Säulen, die ihren Anstoß erregten. Balian kniff die Brauen zusammen. Es war ihm egal, ob die Menschen den Einäugigen anbeteten, oder auch seinen zwölf Geschwistern Opfergaben brachten. Doch Ehgien hatte ein Gelübde abgelegt und war der festen Überzeugung, nur Atorh, der Gott der Toten und der Lebenden, könne ihm die Macht schenken, die er sich wünschte. Er hatte dem Zweigesichtigen neue Tempel im Land geweiht und zum alleinigen Hüter der Krone ernannt.

Balian lächelte spöttisch. Der König war ein Narr,

wenn auch ein Narr, der Macht besaß. Doch Macht war etwas, das genau wie Sand zwischen den Fingern sehr schnell verrinnen konnte.

Seine Augen schweiften durch den Saal. Die alte Kapelle war perfekt für Uriel und ihre kleinen Experimente. Und Uriel war perfekt für den König, ein reizvolles Spielzeug für einen Mann, der von Frauen schnell gelangweilt war und der schon lange nicht mehr das Bett mit seiner Ehefrau teilte.

Er strich nachdenklich über den Siegelring an seiner Hand und wandte den Kopf, als die Hexe auf ihn zukam. Sie war auch perfekt für ihn, weil ihre Gabe größer war als die der alten Omar.

»Leider bleibt mir im Moment nicht mehr Zeit, aber ich möchte, dass Ihr mir bald berichtet, wie sich das neue Weibchen entwickelt.« Der Berater stand auf und musterte ihr von den Flammen erhitztes Gesicht.

Uriel nickte. »Natürlich.«

Er umschlang ihre schmalen Finger mit der Hand. »Nun, bis dahin, meine Schöne.« Er spürte, wie ihre Hand leicht zitterte, als seine Lippen zärtlich über ihre Haut strichen, und verließ zufrieden lächelnd den Saal. Uriel war *sein* Werkzeug. Die schöne Hexe war an ihn gebunden, ihm verpflichtet, aus Dankbarkeit dafür, dass er ihr Leben verschont und sie am Hof eingeführt hatte. Gebunden auch durch einen Bluteid, den sie auf ihn geschworen hatte. Eine Tatsache, die er sie nie vergessen lassen würde.

Sie würde ihm helfen, seine Pläne zu verwirklichen, ob sie es nun wollte oder nicht.

KAPITEL 16

Nordinger Wälder. Gegenwart

Seine Beine versanken knietief im Schnee. Ouwen versuchte die Wölfin nicht aus den Augen zu verlieren, sie lief schneller, als er es erwartet hatte. Kälte und Eis schienen ihr nichts auszumachen, während er nur langsam vorankam. Er hatte die Schneeläufer in der Höhle zurückgelassen und bereute bereits seine unbedachte Entscheidung. In dem Waldstück, das sie durchquerten, standen die Bäume dicht beieinander, als wären ihre Lebensadern miteinander verbunden. Die Kronen der alten Eichen und Tannen reichten weit in den Himmel hinein.

Die Wölfin blieb immer wieder stehen, um sicherzugehen, dass er ihr folgte, dann lief sie erneut voran, mit geschmeidigen, kraftvollen Bewegungen.

Ouwen zog einen Stein für die Schleuder aus der Tasche. Falls sie ein Beutetier entdeckten, wollte er bereit sein. Vielleicht hatten sie Glück und konnten ein, zwei Kaninchen oder ein fettes Schneehuhn erlegen.

Sie hatten das kleine Waldstück fast durchquert, als er eine Bewegung zwischen den Bäumen wahrnahm. Zuerst war nur das Geweih zu sehen, dann trat das Tier in seiner ganzen Pracht auf die Lichtung, die vor ihnen lag.

Es war ein Tamir, ein Riesenhirsch.

Ouwen lief vorsichtig näher heran und blieb neben dem breiten Stamm einer Eiche stehen. Der Wind stand günstig, der Hirschbock würde ihn nicht wittern. Er blickte angespannt zu dem äsenden Tier. Mit einer Schulterhöhe von über sechs Fuß war es ein ausgewachsenes, stattliches Exemplar. Das Fleisch würde für viele Tage reichen, falls es ihm gelang, den Bock zu erlegen. Er schloss seine Finger um den Griff der Schleuder, diese Gelegenheit durfte er nicht verstreichen lassen. Tamire lebten tief in den Wäldern und nur selten gelang es einem Jäger, eines der scheuen Tiere zu erlegen. Stirnrunzelnd blickte er auf die Waffe in seiner Hand. Die Armbrust seines Vaters wäre eine bessere Wahl, aber er musste sein Glück mit den Wurfsteinen versuchen. Er konnte den Hirschbock mit einem einzelnen Schuss vielleicht nicht töten, aber ihn verwunden und damit schwächen.

Er sah sich nach der Wölfin um. Zusammen hätten sie eine reelle Chance, das Tier zu erlegen. Die Fähe war jedoch nirgendwo zu entdecken.

Ouwen musterte abschätzend das prächtige, fünffach verzweigte Geweih des Tamirs, das an den Enden in große Schaufeln überging. Der Bock schaufelte damit mühelos den tiefen Schnee auf der Lichtung beiseite, um nach Gras und Flechten zu suchen.

Es war nicht ungefährlich, diese Tiere zu jagen. Das Geweih eines ausgewachsenen Männchens konnte einen Mann mühelos töten, genauso wie einen Wolf. Doch würde die Wölfin überhaupt mit ihm gemeinsam jagen? Sein Blick wurde unsicher. Nur weil sie ihn hierhergeführt hatte, bedeutete das nicht, dass die Fähe ihn auch als gleichberechtigt betrachtete, als … Teil ihres Rudels. Vielleicht beanspruchte sie den Hirsch als ihre eigene Beute. Kopfschüttelnd strich er sich Schnee aus dem Gesicht. Er, Teil eines Wolfsrudels! Er wusste ja noch nicht einmal, wo die Fähe gerade war oder ob sie nicht doch noch ihre Meinung ändern würde und ihn demnächst selbst als Beute betrachtete.

Ouwen wandte überrascht den Kopf, als der dunkle Schatten der Wölfin neben ihm auftauchte. Jeder Muskel ihres angespannten Körpers verriet, dass sie bereit war. Ihre rot geränderten Augen blickten ihn abwartend an. Als er begriff, dass sie auf ein Zeichen von ihm wartete, begann sein Herz schneller zu schlagen. Er würde tatsächlich zusammen mit einem Wolf jagen!

Ouwen legte den Stein in die breite Lederschlaufe der Schleuder und konzentrierte sich ganz auf ihre Jagdbeute. Es war nicht einfach, ein Tier aus dieser Distanz mit einem Wurfstein zu treffen, selbst für einen geübten Jäger.

Er hatte nur einen einzigen Versuch.

Die Wölfin fletschte die Zähne und preschte vorwärts. Ouwen zögerte nur einen kurzen Moment, bevor er schoss, aber es war bereits zu spät. Der Hirschbock war aufgeschreckt davongesprungen.

Verärgert blickte er der Wölfin nach. Wieso hatte sie nicht gewartet? Der Tamir musste die Bewegung gesehen oder sie gewittert haben.

Das laute Knacken von zerbrechenden Zweigen ließ ihn herumfahren. Nur ein paar Schritte entfernt von ihm brach eine dunkle Gestalt aus dem Dickicht zwischen den Bäumen hervor. Entsetzt wich er einen Schritt zurück.

Es war ein riesiger Braunbär.

Das Tier brüllte und setzte dem Hirschbock nach, dessen Geruch ihn hierher gelockt hatte. Trotz seiner Körpermasse bewegte er sich erstaunlich schnell. Noch bevor der Riesenhirsch das Ende der Lichtung erreichte, hatte der Bär ihn eingeholt und schlug seine riesigen Pranken in die Seite des Tamirs. Die gewaltige Kraft des Jägers riss den Bock zu Boden.

Ouwen konnte den Blick nicht abwenden. In diesem Moment spielte es keine Rolle, dass der Bär ihm seine Beute nahm. Er war fasziniert von der Kraft und Stärke, die dieses mächtige Raubtier direkt vor seinen Augen demonstrierte in einem altbekannten Spiel um Leben und Tod. Für einen kurzen Augenblick hatte er die Wölfin vergessen, die mit ihm jagte, doch der Fähe war es nicht egal, dass ihr jemand die Beute, die sie bis hierher verfolgt hatte, streitig machen wollte. Sie griff in dem Moment an, als der Braunbär ein weiteres Mal seine schweren Klauen in das Fleisch des Hirsches schlug.

Die Schattenwölfin sprang den Jäger von der Seite an und verbiss sich in seine Flanke, aber dem Bär gelang es, sie abzuschütteln. Er ließ von dem Hirsch ab und schlug mit seiner Pranke stattdessen nach seiner Angreiferin. Die Wölfin schaffte es nicht, schnell genug auszuweichen und bekam seine Kraft zu spüren. Die Wucht des Aufpralls warf sie zu Boden, wo sie einen Moment liegen blieb, bevor sie zähnefletschend wieder auf die Beine kam. Die frisch verheilte Wunde an ihrer Seite war aufgerissen, Blut lief an ihren Hinterläufen hinab.

Der Braunbär riss sein Maul auf und stellte sich auf die Hinterbeine. Es war sein Revier und seine Beute, die er verteidigte.

Die Wölfin umkreiste den mächtigen Gegner, bereit für einen neuen Angriff. Ein wütendes Grollen kroch aus ihrer Kehle.

Währenddessen war der Hirschbock wieder auf die Beine gekommen und schleppte sich schwer verletzt weiter. Tiefe Wunden klafften auf seinem Rücken und an den Hinterbeinen. Er würde nicht entkommen, egal welcher seiner Verfolger den Kampf gewinnen würde.

Ouwen beachtete ihn nicht. Seine ganze Aufmerksamkeit galt den beiden Raubtieren, die kurz davor waren, sich gegenseitig zu zerfleischen. Ohne lange darüber nachzudenken, rannte er los und hob gleichzeitig die Schleuder, um zu schießen.

Es war eine einzige, schnelle Bewegung.

Der Bär brüllte auf, als er getroffen wurde. Ouwen hatte auf den Kopf gezielt, aber das Tier hatte sich zu schnell bewegt. Der Stein hatte den Jäger an der Schulter gestreift und seine Wut noch vergrößert. Er wandte sich zu dem neuen, menschlichen Angreifer um und ging auf ihn los.

Ouwen starrte auf das Tier, das auf ihn zugelaufen kam und blieb stehen. Sein Herz raste, während er hektisch in seiner Hose nach neuen Wurfsteinen suchte. Er zog zwei der flachen Steine heraus und legte sie zusammen in die Schleuder. Die Geschosse trafen den Bären am Kopf, doch der lief weiter, als handele es sich nur um Insektenstiche. Sein Zorn war größer als der Schmerz.

Ouwen wusste, dass es keinen Sinn hatte, wegzulaufen. Das Tier war zu nah. Und zu schnell. Er sah sich um, doch weder ein Ast noch etwas anderes, das er als Waffe hätte benutzen können, waren greifbar. Entschlossen zog er das kleine Messer aus seinem Gürtel. Wenn die Götter entschieden hatten, dass er heute starb, musste er sein Schicksal annehmen. Aber er würde nicht kampflos aufgeben. Der schwarze Agtstein unter seinem Hemd begann sich zu erwärmen.

Er sah die Wölfin nicht kommen. Sie sprang den Braunbären von der Seite an, kurz bevor er Ouwen erreichte, und schnappte nach seiner Gurgel.

Warmes Blut spritzte in den Schnee, als sie ihm mit einer einzigen, schnellen Bewegung die Kehle aufriss. Das mächtige Tier stockte mitten in seiner Bewegung und fiel auf die Seite. Ein roter Strom ergoss sich aus der aufgerissenen Gurgel, aber die Wölfin ließ nicht von ihm ab. Wieder und wieder schlug sie ihre Fänge in sein Fleisch, bis der letzte Lebensfunke des Jägers erloschen war.

Ouwen starrte fassungslos auf das riesige Tier, dessen Blut den Boden durchtränkte. Die Götter hatten ihre Wahl getroffen. Er griff nach dem Talisman an seinem Hals und dankte ihnen stumm für sein Leben.

Als der Braunbär sich nicht mehr rührte, ließ die Fähe endlich von ihm ab. Blut tropfte von ihrem Maul und färbte ihr hellgraues Fell dunkel. Ihre Läufe zitterten, als sie sich neben dem toten Jäger im Schnee niederließ.

Ouwens Gedanken rasten, genau wie sein Herz, das nicht zur Ruhe kam. Wenn die Wölfin nicht eingegriffen hätte, wäre er jetzt vermutlich tot. Sie hatte ihn gerettet. Doch warum?

Die Schattenwölfin sah ihn abwartend an und wandte dann den Kopf in die Richtung, in die der Hirsch gelaufen war.

Sein Blick wanderte über die Lichtung. Er hatte das Tier ganz vergessen. Im Schnee waren deutlich seine Hufabdrücke zu sehen und das Blut seiner Wunden, das sich darin sammelte. Ouwen steckte das Messer zurück an seinen Gürtel und lief zu den Bäumen, hinter denen der Hirschbock verschwunden war. Sie mussten zu Ende bringen, was sie begonnen hatten. Er konnte die Augen der Wölfin in seinem Rücken spüren, die jedem seiner Schritte folgten. War sie vielleicht nur ihrem Instinkt gefolgt, indem sie ihren Jagdkonkurrenten getötet hatte? Doch er glaubte nicht daran. Sie hatte ihn auf die Jagd begleitet, was bewies, dass sie ihn akzeptierte – als wären sie ein Rudel.

Er blieb abrupt stehen. War das der Grund, warum sie den Bären angegriffen hatte?

Ouwen hob den Kopf und entdeckte den Hirschbock, der neben einem Gebüsch im Schnee lag. Seine Hand glitt in seine Tasche und zog einen Wurfstein heraus. Das Tier würde nicht länger leiden müssen. Erleichtert, dass sie nun genug Fleisch für die kommenden Wochen hatten, dankte er im Stillen dem Geist des Tieres für sein Opfer. Sein Tod war nicht sinnlos.

Er wandte sich um und sah zu der Wölfin, die noch immer auf der Lichtung neben dem toten Bären saß.

Ich verdanke dir mein Leben.

Er schloss für einen Moment die Augen und atmete aus, dann legte er den Stein in die Schleuder und schoss.

KAPITEL 17

Esgar, Königsburg. Acht Monate zuvor

Balian stand hinter der Palisade des Nordturms und blickte auf die Gefangenen, die mit zusammengebundenen Händen über den Burghof geführt wurden. Der Galgen war bereits am vergangenen Abend auf einem Hügel vor den Burgmauern errichtet worden. Über dem drohend aufragenden Holzgerüst wehte das Banner des Einäugigen.

Seit Stunden strömten die Menschen aus der Stadt auf den Hügel, um sich die besten Plätze zu sichern. Händler verkauften Wein und Essen an die Wartenden. Eine Hinrichtung war ein besonderes Ereignis, das niemand verpassen wollte.

Der Berater zog die Schnüre seines Umhangs fester zusammen. Es war kalt und selbst der kostbare Pelzmantel wärmte nicht ausreichend, doch er hatte nicht vor, während der gesamten Urteilsvollstreckung auf dem Turm zu bleiben. Das Schauspiel gehörte dem Pöbel. Und er sollte seinen Spaß haben.

Die letzte Ernte war schlecht ausgefallen, der schnell einbrechende Winter hatte viele Bauern überrascht. Die Hinrichtung war eine willkommene Abwechslung von ihren Sorgen, den Schulden und ihrer Armut, und legte

Zeugnis ab von der Gerechtigkeit ihres Königs, der keine Diebe und Mörder in ihrer Mitte duldete.

Auf Balians Gesicht erschien ein schmales Lächeln. Das Volk dürstete nach Blut und er gab es ihnen. Er selbst hatte dem König die Urteile zur Unterzeichnung gebracht und die Auswahl unter den Gefangenen für den heutigen Tag getroffen. Ein Dutzend Männer und Frauen – Diebe, entlaufene Sklaven und verschuldete Bauern, die ihren Tribut an den König nicht hatten aufbringen können. Niemand würde diese Menschen vermissen. Balian hatte sichergestellt, dass die Verurteilten aus weiter entfernten Teilen ihres Reiches stammten. In gewisser Weise erlöste er sie von einem weitaus schlimmeren Schicksal. In den dunklen Kerkerräumen der Burg hätte sich ihr Ende nur quälend lange hinausgezögert, sie wären verhungert oder durch Krankheiten zugrunde gegangen. Der heutige Tod war eine Erlösung, die sie begrüßen sollten.

Er betrachtete die Menge, die fröhlich feierte. Auf sein Anraten hin würden Soldaten im Namen des Königs und seines Beschützers Atorh nach der Hinrichtung Brot an die Menschen verteilen. Eine mildtätige Geste ihres gütigen Herrschers, der die belohnte, die ihn und seine Gesetze achteten.

Auf dem Richtplatz hatte man bereits mit der Vollstreckung der Todesurteile begonnen. Die meisten der Gefangenen würden durch den Strick sterben, doch für einige war das Beil vorgesehen. Balian trat näher an die Palisade heran. Der Henker legte gerade einem der Gefangenen ein Seil um den Hals. Es war ein älterer Mann, der ohne Widerstand den Kopf senkte. Balian war zu weit entfernt, um Genaues zu erkennen, doch er stellte sich vor, wie sich die Furcht auf dem alten, faltigen Gesicht abzeichnete.

»Nahrung für den Zweigesichtigen«, murmelte er.

Der Scharfrichter zog den Gefangenen unter dem Johlen der Menge am Strick über den Querbalken des Galgens hoch. Der Mann zappelte hilflos um Halt suchend in der Luft, aber das Seil gab nicht nach. Ein Schuh rutschte ihm vom Fuß und blieb auf der grob gezimmerten Holzkonstruktion liegen, während seine Kehle langsam zugeschnürt wurde. Kein Laut kam über seine Lippen, sein Mund war mit einem Knebel fest verschlossen.

Als die Menge begann, nach mehr Blut zu rufen, wandte der Berater sich ab und verließ die Palisade. Es warteten wichtigere Aufgaben auf ihn.

KAPITEL 18

Die Zuflucht, Nordinger Wälder. Gegenwart

Ouwen wandte den Kopf. Die Wölfin hatte sich von ihrem Platz erhoben und starrte mit zurückgezogenen Lefzen in Richtung des Höhleneingangs. Er folgte ihrem Blick, außer den nackten Felsen, deren dunkle Konturen sich durch den dichten Schneefall abzeichneten, war jedoch nicht viel zu erkennen. Die Sonne war bereits untergegangen. Er hatte das Feuer gelöscht, die verglühenden Holzscheite, neben denen er saß, strahlten immer noch einen Rest Wärme aus, aber die Schatten der Nacht hüllten ihn und seine Wolfsgefährtin fast vollständig ein.

Ein dunkles Grollen stieg aus der Kehle der Wölfin. Ouwen tastete nach der Schleuder in seiner Tasche. Die Waffe war noch dort, wo er sie nach der Jagd vor ein paar Tagen hingesteckt hatte. Erleichtert nahm er sie an sich und griff dann nach dem Messer, das neben dem Feuerplatz in der Erde steckte. Er wischte die Klinge an seiner Hose sauber und trat an die Seite der Wölfin.

Der Nachtwind blies unablässig weiße Flocken auf den Felsvorsprung, wo sie kleine Hügel bildeten.

Ouwen zog einen flachen Stein aus seiner Hosentasche. Was auch immer dort draußen war, er war bereit.

Leise, durch den Eiswind gedämpfte Geräusche drangen zu ihnen herein und schienen näher zu kommen. Die Fähe bleckte die Zähne und senkte angriffsbereit den Kopf. Er strich über ihren Rücken und blickte in die Dunkelheit, ohne etwas zu sehen. Hatten die Jäger ihn gefunden? Furcht überkam ihn, aber er verdrängte das Gefühl und legte den Stein in die Lederschlaufe.

Durch den kalten Vorhang aus Schnee schob sich ein schwarzer Umriss, der dem Körper eines Tieres ähnelte.

Ouwens Puls raste, der Schädel des Wesens befand sich auf fast gleicher Höhe wie sein Kopf. Die monströse Kreatur betrat die Höhle und starrte ihn aus schwarzen, leeren Augenhöhlen an. Er wich einen Schritt zurück.

Fahles Mondlicht fiel auf das Fell des Wesens und ließ seine Konturen, die einem riesigen, aufgerichteten Braunbären ähnelten, aus der Dunkelheit auftauchen.

Verfolgte ihn der Geist des getöteten Jägers?

Ouwen schickte ein Stoßgebet zu den Göttern, zielte auf den Kopf der Kreatur und schoss. Im selben Moment griff die Fähe den Eindringling an, doch ihr Sprung wurde von einem langen Stab abgewehrt, der die Wölfin hart gegen die Felswand warf. Das Bärenwesen wich Ouwens Wurfstein geschickt mit einer schnellen Drehung aus, dabei rutschte sein Kopf seltsam verdreht nach hinten und gab den Blick auf ein menschliches Gesicht frei.

Ouwen ließ die Hand sinken und sah verblüfft zu der Gestalt, die vor ihm stand. Es war eine Frau.

Über ihre Schultern fiel ein hüftlanges Fell, das mit Schnüren am Hals zusammengehalten wurde und in dem Schädel eines Braunbären endete. Er konnte im Mondlicht seltsame Tätowierungen erkennen, die quer über ihre Wangen verliefen. Er zog das Messer hervor. Wer auch immer diese Fremde war – er würde nicht kampflos aufgeben.

Die Frau erwiderte seinen Blick, machte jedoch keinerlei Anstalten, ihn anzugreifen. Ihre Hände umschlossen den Griff des Langstabs.

Das Grollen der Fähe durchbrach das Schweigen und erinnerte Ouwen daran, dass sie nicht allein waren. Die Wölfin kam mit gesträubtem Fell auf ihn zu und blieb an seiner Seite stehen. Ihre Augen waren drohend auf die Fremde gerichtet. Der Schlag schien sie nicht schwer verletzt zu haben. Ouwen wollte sie beruhigen, aber er wusste nicht wie.

Tu nichts! Es war nur ein schwacher Gedanke, den er unbewusst aussandte, doch die Fähe schien ihn zu verstehen. Sie zog sich knurrend zurück.

Er hatte keine Zeit darüber nachzudenken, warum sie es tat. Hinter der Frau trat eine weitere Gestalt in die Höhle.

»Wie ich sehe, habt ihr euch schon kennengelernt«, sagte eine spöttische Stimme, die Ouwen mehr als vertraut war. »Das ist Edevind … eine Freundin von mir.«

Ouwen seufzte. Hayden war endlich zurückgekehrt.

Das Feuer, das Hayden mit seinem Zaubersand entzündet hatte, wärmte Ouwens Gesicht. Er warf einen kurzen Blick zu der Frau, die in der Nähe des Höhleneingangs auf einem Lager aus Fellen schlief. Sie hatte seit ihrer Ankunft kein einziges Wort mit ihm gesprochen. Obwohl sie nicht der Geist war, für den er sie zuerst gehalten hatte, wies sie doch eine verblüffende Ähnlichkeit mit einem mürrischen Bären auf.

Ouwen hinterfragte nicht, warum Hayden trotz seines nächtlichen Feuerverbots einige Holzscheite entzündet hatte, sondern hielt seine Hände über die leuchtenden Flammen. Die Kälte der Winternacht war wie ein Parasit unter seine Haut gekrochen und lähmte ihn, genau wie die Nachrichten, die ihm sein Freund überbracht hatte.

Die Schattenläufer hatten sein Dorf angegriffen. Ihm wurde übel bei dem Gedanken daran, welcher Gefahr er die Menschen ausgesetzt hatte. Er hätte den Rat warnen müssen.

»Es ist nicht deine Schuld«, sagte Hayden, der wie immer seine Gedanken zu erraten schien. Das Feuer schlug knisternd Funken, als ein großer Holzscheit in der Glut auseinanderbrach.

Ouwen hob den Blick. »Was ist im Dorf geschehen? Du musst mir die Wahrheit sagen, wurde jemand verletzt?«

»Deinem Vater geht es gut«, erwiderte Hayden ausweichend.

Ouwen war erleichtert, doch etwas an der Art, wie Hayden bei seiner Antwort gezögert hatte, beunruhigte ihn.

»Sie sind fort.« Hayden griff nach einem neuen Holzscheit und legte ihn ins Feuer. »Und sie werden nicht nach Askaleth zurückkehren.«

Ouwen sah zu der Wölfin, die sich in den hinteren, unzugänglicheren Teil der Höhle zurückgezogen hatte, der von den Flammen nicht beleuchtet wurde. Von dort aus beobachtete sie wachsam, was um sie herum geschah.

»Es war richtig, dass du gegangen bist.« Hayden

warf einige Blätter seiner Kräutermischung in einen Becher und füllte ihn mit heißem Wasser auf. »Dein Vater will, dass du in Sicherheit bist. Und ich glaubte auch, dass du hier sicher sein würdest, bis mich vor einigen Tagen die Nachricht erreicht hat, dass du diese ... Jägerin mit in die Zuflucht gebracht hast.« Er runzelte die Brauen. »Ich muss sagen, dass ich ziemlich überrascht war, als ich von deiner außergewöhnlichen Gefährtin erfahren habe.«

»Ich hatte nicht geplant, einen Wolf mit in die Höhle zu bringen«, erwiderte Ouwen und verzog das Gesicht.

Hayden schwenkte den Inhalt seines Bechers. »Nun, ich war jedenfalls froh zu hören, dass du doch kein Wolfsfutter geworden bist, wie ich zuerst befürchtet hatte. Elox hat uns berichtet, seitdem ihr die Zuflucht erreicht habt. Er hat euch beide im Auge behalten.« Er nahm einen Schluck von dem Kräutertee. »Es ist schon seltsam. Wer hätte gedacht, dass aus der Jägerin einmal eine Reisegefährtin werden würde?«

»Du kannst mit dem Vogel sprechen?«, hakte Ouwen nach.

»Ich kann mich mit Elox über unsere Gedanken austauschen. Es ist eine der besonderen Gaben, die ich habe. Ich glaube, sie ist dir bereits aufgefallen.« Haydens Mundwinkel verzogen sich zu einem Lächeln. »Der Vogel gehört zu den Wächtern, die ausgesandt werden, Menschen wie dich zu finden. Er begleitet mich bereits, seit ich ein Junge war. Ich kann durch ihn Botschaften schicken und seine scharfen Augen und Ohren spüren Dinge auf, die mir sonst verborgen bleiben.«

Halbschatten blickte Ouwen nachdenklich an.

»Einige, wie die Omar, haben eine noch stärkere Verbindung zu ihren Wächtern«, fuhr er fort. »Es ist ihnen möglich, die Körper der Novâl zu benutzen, für eine kurze Zeit. Dieser Seelenwechsel erfordert jedoch viel Können und Kraft.«

»Ein Seelen … wechsel?« Ouwen strich sich seine wirren, dunklen Haare zurück. Dass Hayden mit dem seltsamen Vogel über seine Gedanken kommunizieren konnte, war eine Sache – aber ein Seelentausch mit einem Tier? Die Vorstellung war einfach unglaublich. Und beängstigend.

Er blickte in die Flammen, die mittlerweile in derselben Farbe leuchteten wie der Sand, den Hayden bei sich trug. Wie würde es sich wohl anfühlen, im Körper eines Vogels durch die Lüfte fliegen zu können? Frei und unabhängig, nur den Gesetzen des Windes folgend? Ouwens Haut begann an der Stelle, an der der schwarze Bernstein sie berührte, sanft zu kribbeln, doch er war zu sehr in seine Gedanken vertieft, um es zu bemerken. Unruhig strich er sich über das Gesicht. Seit er Hayden begegnet war, gab es mehr Fragen als Antworten. Sein Blick wanderte zu der schlafenden Fremden, die noch immer in ihren merkwürdigen Bärenpelz gehüllt war.

»Edevind und ich sind alte Weggefährten. Sie hat auch *besondere* Talente.« Halbschatten trank einen weiteren Schluck Tee.

»Ist sie diejenige, die du treffen wolltest?«

Hayden nickte. »Sie hat mir geholfen, die Jäger auf eine falsche Fährte zu locken. Sie sind der Spur gefolgt, die wir gelegt haben und dem Geruch, der an deiner Kleidung haftete.«

Ouwen wandte den Kopf. »Deshalb wolltest du also meinen Mantel.«

»Die Schattenjäger sind nicht leicht zu täuschen.« Hayden blickte in Richtung der Fähe, die sie von ihrem Lager aus noch immer beobachtete. »Aber es sind letztendlich Wölfe, die ihren Instinkten folgen.«

Ouwen erstarrte. »Sie sind Wölfe?«

»Ja.« Hayden legte die Stirn in Falten. »Ich dachte, du wüsstest es.«

»Du hast von Geisterwesen gesprochen, als wir in Askaleth aufgebrochen sind. Ich habe mir etwas … Magisches darunter vorgestellt.«

»Das sind sie auch«, erwiderte Hayden. »Sie haben die Gestalt von Tieren – Wölfen – angenommen.« Er seufzte. »Eigentlich müsstest du mehr als ich über sie wissen, schließlich hast du dich mit einem von ihnen angefreundet. Ich konnte derlei engen Begegnungen bislang zum Glück ausweichen.« Er lachte trocken.

»Das kann nicht sein«, murmelte Ouwen, als er begriff, was Hayden meinte. Die Wölfin, die er gepflegt hatte, mit der er die vergangene Woche auf engstem Raum in der Höhle verbracht hatte, gehörte zu jenen Schattenwesen, die ihn gejagt hatten? Er wandte den Kopf und suchte nach der Fähe, doch die roten Augen waren verschwunden.

Kalte Wut strömte durch seine Adern und überdeckte für einen Moment jedes andere Gefühl. Diese Wesen hatten seine Mutter getötet. Ouwens Finger drückten schmerzhaft in sein Fleisch, als er sie zusammenballte.

»Es scheint, wir beide haben uns einiges zu erzählen, mein Freund. Und ich muss mich bei dir entschuldigen.

Ich hätte dir vor meinem Aufbruch noch einige Dinge erklären sollen.«

Ouwen presste die Lippen zusammen. Wieso hatte er nicht bemerkt, was die Wölfin war? Und warum hatte sie ihn nicht angegriffen?

Hayden goss heißes Wasser in seinen Becher nach und reichte ihm das Gefäß. »Hier, das wird dich wärmen.«

Ouwen nahm zögernd den Becher und trank einen Schluck. Es schmeckte wie erwartet scheußlich.

»Ich bin neugierig, erzähl mir von ihr. Warum hast du sie mit zur Höhle gebracht?« Hayden lehnte sich gegen die Felswand.

Ouwen versuchte seine Gedanken zu ordnen, bevor er antwortete. »Ich habe sie im Wald gefunden, auf einer kleinen Lichtung. Sie war schwer verletzt.«

Seine Stirn umwölkte sich, als er an die Begegnung dachte. »Elox war dabei, sie anzugreifen.« Er gab Hayden den Becher zurück. »In ihrer Seite steckte ein Pfeil, jemand hatte sie angeschossen. Ich dachte, sie hätte vielleicht eine Chance, wenn ich sie mitnehmen würde.«

Ich dachte, sie wäre nur ein verletztes Tier.

»Ich konnte sie nicht einfach zurücklassen. Hätte ich es nur getan«, schloss er bitter und schüttelte den Kopf. Ein Junge, der einen schwer verletzten Wolf durch den Wald trug, um ihn zu retten. Er wusste selbst, wie verrückt das klang.

»Ich weiß nicht, weshalb die Wölfin allein dort war, doch dass sie ohne ihr Rudel gelaufen ist, muss einen Grund haben. Sie sind keine Einzelgänger.«

Ouwen warf Hayden einen wütenden Blick zu.

»Hätte ich gewusst, dass sie zu ihnen gehört, hätte ich sie auf der Lichtung liegen lassen! Ich hätte sie …« Er verstummte.

»Nichts geschieht ohne Grund«, unterbrach Hayden seine Gedanken. »Ich glaube nicht an Zufälle. Die Götter haben gewollt, dass sich eure Wege kreuzen und wir müssen auf ihr Urteil vertrauen.« Er musterte Ouwen. »Sie hat dir nichts getan, seit ihr euch begegnet seid, oder? Wenn sie es gewollt hätte, wärst du längst tot und wir säßen hier nicht zusammen. Vielleicht wurde sie von ihrem Rudel verstoßen, vielleicht hat sie es auch aus freien Stücken verlassen. Wichtig ist nur: Sie scheint dir zu vertrauen und dich als ebenbürtig zu akzeptieren. Wir sollten abwarten, was die Götter noch mit euch vorhaben.«

Er trank den Becher aus und stellte ihn neben sich auf den Boden. »Hinter den meisten Übeln stecken Menschen. Bei diesen Wesen ist es nicht anders. Die Wölfe folgen einem fremden Willen und führen Befehle aus, die man ihnen gegeben hat. Nur, dass die Menschen, die ihnen die Befehle geben, viel mehr Macht besitzen als Normalsterbliche.«

Ouwen blickte ihn zweifelnd an. »Woher weißt du das alles?«

»Ich habe meine Quellen«, erwiderte Halbschatten. »Die Schattenläufer sind keine gewöhnlichen Wölfe. Sie sind eine Waffe, gefährlicher und effizienter, als es ein Schwert je sein könnte. Eine Armee, die keine Fragen stellt.« Er zögerte kurz, bevor er weitersprach. »Ich habe dir erzählt, dass unsere Gabe begehrt ist. Die Wölfe werden geschickt, um Menschen wie uns zu finden.«

»Warum? Und von wem?«

»Woher die Schattenwölfe kamen, war lange ein Geheimnis.« Hayden verschränkte seine Hände. »Sie wurden zuerst an den Grenzen gesehen, es gab Berichte von ihren Überfällen auf feindliche Heere. Aber wir wussten, dass sie nicht nur die Krieger unserer Feinde jagten. Vor einigen Monaten erhielten wir dann die Gewissheit, dass sie aus Esgar stammen, von der Königsburg.«

»Was meinst du damit? Sprichst du etwa von König Ehgien?«

In Askaleth nannte man ihn auch nach all den Jahren immer noch den ›neuen König‹. Die Bauern mochten ihn nicht, da die Gerüchte nie verstummt waren, dass er eine Mitschuld am Tod seines Bruders trug. Doch es gab noch einen anderen Grund. Ehgien hatte in den vergangenen Jahren zu viele Kriege geführt, um die Grenzen des Reiches zu erweitern. Die Geduld der Menschen war erschöpft. Sie sehnten sich nach Frieden.

»Magie war immer ein Teil von Esgar. Ein Teil unserer Welt. Die Träger der Inrir wurden verehrt, wie mein Vater auch. Ihre Kräfte wurden eingesetzt, um das Reich zu schützen. Seit Ehgiens Machtergreifung hat sich vieles verändert. Menschen verschwanden ... oder wurden getötet. Nach König Ahrsus' Tod wurde jegliche Form von Magie streng bestraft, außer sie unterstand der Gewalt der Krone. Die meisten Menschen haben mittlerweile vergessen, dass die Gaben einst wirklich existierten.« Hayden hob den Blick. »Ehgien verdammt die alte Magie als Ketzertum, genau wie er die Macht der Dreizehn verleugnet, aber wir wissen, dass er ihre Kräfte weiterhin nutzt. Er missbraucht die

Inrir für seine Zwecke. Die Schattenwölfe sind nichts weiter als Marionetten, die an seinen Fäden hängen.«

Ouwen schüttelte ungläubig den Kopf. Zu akzeptieren, dass magische Wolfswesen in seiner Welt existierten war schwierig genug, aber zu hören, dass diese mörderischen Bestien von ihrem eigenen König geschickt wurden, um Menschen wie ihn zu töten …

»Ich verstehe das nicht«, sagte er. »Wie kann Ehgien das tun? Wieso weiß niemand davon?«

»Was in der Königsburg vorgeht, wissen nur wenige Menschen. Und die, die es wissen, stehen auf der Seite des Königs.«

Ouwen senkte nachdenklich den Blick. Er wusste nicht besonders viel über den Königshof, nur, dass Ehgien keinen Sohn hatte und bisher kein offizieller Thronfolger ernannt worden war. Es ging das Gerücht, dass einer seiner Berater vielleicht der nächste Regent werden könne.

»Seine Tochter wurde vor einigen Monaten vermählt, oder?«

Hayden nickte.

»Ist sie sein einziges Kind?«

»Sein einzig legitimes. Ehgien hat in den vergangenen Jahren mehr Bastarde gezeugt, als er Jagdhunde in seinem Stall hat.«

Ouwen kniff die Augen zusammen. »Ist Ehgien … ist er ein Magier?«

Hayden lachte zynisch. »Nein, er hat nur genügend Macht, die um sich zu scharen, die die Inrir für ihn einsetzen können.« »Wieso lässt er mich jagen? Du sagtest, ich wäre wie du, aber ich spüre nichts davon!«

»Vielleicht braucht es noch etwas Zeit, doch die

Visionen, die du hast, beweisen es. Die Magie fließt in dir.« Die Flammen warfen dunkle Schatten auf Haydens Gesicht. »Menschen wie du sind der Grund, warum ich durch das Land reise, immer auf der Suche nach denen, die nicht wissen, wer sie in Wirklichkeit sind.« Sein Blick wurde hart. »In all den Jahren bin ich selbst zu einem Schattenläufer geworden. Ein Traumbringer, der durch die Dunkelheit streift ... ein Fremder ohne Heimat.« Er zwang sich zu einem Lächeln. »Es wird Zeit, dass ich dir etwas gebe.«

Hayden griff in seinen Mantel und zog ein längliches Paket hervor, das in eine Lederhaut gewickelt war.

»Dein Vater hat es mir für dich mitgegeben.«

Bevor Ouwen Fragen stellen konnte, drückte ihm Hayden das Geschenk in die Hand. »Los, öffne es!«

Ouwen konnte einen schweren Gegenstand fühlen, der in die weich gegerbte Haut eingeschlagen war. Vorsichtig wickelte er das Paket aus. Als das glänzende Metall einer Klinge zum Vorschein kam, sog er überrascht die Luft ein.

Er ließ die Lederhaut auf den Boden fallen und nahm das Schwert ehrfürchtig in die Hand. Eine solche Waffe kostete mehr, als ein Bauer in seinem Leben verdienen konnte.

»Wem gehört dieses Schwert? Mein Vater besitzt keine Waffen, außer seiner Armbrust.« Ouwen hob das Kurzschwert leicht an. Die Waffe war schwer, aber sie lag gut in der Hand. Der Griff war aus einem seltsamen, hellen Material gearbeitet, das weder Holz noch Stein zu sein schien.

»Es ist seit Langem im Besitz deiner Familie. Das Heft besteht aus dem Horn eines Tieres, das in einem weit entfernten Land im Süden lebt.« Hayden beobachtete ihn aus halb geschlossenen Augen. »Es ist sehr selten.«

Ouwen strich zögernd über das kühle Metall. Die schmale Klinge schimmerte in einem dunklen Silber und wies keinerlei Unebenheiten auf. Auf dem Schwertgriff waren seltsame Zeichen eingraviert, die Runensymbolen glichen.

»Wieso schickt mir mein Vater ein Schwert?«, fragte er.

»Weil du eines brauchen wirst«, antwortete Halbschatten. »Du weißt deine Schleuder gut einzusetzen, aber an den Grenzen gibt es Krieg und wir werden den Söldnern auf dem Weg zur Küste vielleicht nicht immer ausweichen können. Im Nahkampf benötigst du eine Waffe, die eine größere Schlagkraft hat, als deine Wurfschleuder.«

»Das heißt also, wir kehren nicht nach Askaleth zurück?«

»Nein. Ich werde dich an einen Ort bringen, an dem du sicherer bist.«

Ouwen legte die Waffe behutsam auf den Boden. »Wirst du mir sagen, wohin?«

»Wir gehen nach Norden und werden dort eines der Schiffe besteigen, die zu den Inseln fahren.«

»Wir verlassen Aehdland?« Ouwen hob ungläubig den Blick.

»Ja, es ist der einzige Weg.«

Ouwens Hand glitt unruhig an das Lederband, welches sich unter seinem Hemd abzeichnete. Der Gedanke, bald ein Schiff zu besteigen, erschien ihm längst nicht mehr so verlockend wie noch vor einigen Monaten. Für wie lange würde er seine Heimat verlassen müssen?

Seine Augen wanderten zu der Waffe, die vor ihm lag. »Woher hat mein Vater dieses Schwert? Ich habe es noch nie zuvor gesehen.«

»Es gehörte deiner Mutter. Dein Vater hat es nach ihrem Tod für dich aufbewahrt.«

Ouwen schüttelte den Kopf. Er konnte sich Isira nur schwer mit einer Waffe in der Hand vorstellen, doch er hätte auch nie geglaubt, dass sie eine Omar, eine Priesterin mit außergewöhnlichen Fähigkeiten, gewesen war, wenn Hayden es ihm nicht erzählt hätte.

Halbschatten musterte das Schwert. »Es ist viele Jahre im Besitz ihrer Familie gewesen. Und es war immer für dich bestimmt.«

Ouwen wusste nicht, was er erwidern sollte. »Ich bin kein Kämpfer«, sagte er schließlich. »Ich habe noch niemals ein Schwert in der Hand gehalten.«

»Ich habe dir eine gute Lehrerin mitgebracht, die dir alles beibringen wird, was du wissen musst.«

Ouwen sah, wie Hayden zu Edevind blickte und runzelte die Stirn. »Warum unterweist du mich nicht?«

»Glaube mir, Edevind ist eine viel bessere Lehrerin. Sie gebraucht ihren Stab wie eine dritte Hand.« Hayden schenkte ihm ein selbstironisches Lächeln. »Ich kämpfe lieber mit anderen Waffen.« Das Feuer wechselte seine Farbe und wuchs in die Höhe, während er leise einige Worte murmelte. »Nimm das Geschenk an, die Götter werden dir den Weg weisen. Genauso wie sie dich eines Tages zurück zu deinem Vater führen werden.«

Wann wird das sein? Ouwen sprach die Frage nicht laut aus, doch der Zweifel nagte an ihm. Er blickte in die Flammen, die seltsame, zuckende Gebilde an die Wand der Höhle warfen. Es schien fast, als würden sie zu einer Melodie tanzen, die nicht für seine Ohren bestimmt war.

Ein einzelner, grauer Schatten löste sich von den anderen. Seine Form begann sich zu verändern, wuchs in die Höhe und nahm den Umriss eines Mannes an.

Ouwen wandte sich verwirrt um, aber es war niemand zu sehen. Er warf Hayden einen fragenden Blick zu, doch der starrte wie in Trance in das Feuer. Der Schatten begann sich zu bewegen und lief an der kalten Steinwand entlang, als würde er die Höhle durchqueren. Ein zweiter, kleinerer Schatten gesellte sich zu dem des Mannes. Etwas an der Art, wie er sich bewegte, schien Ouwen seltsam vertraut.

Die beiden Gefährten liefen bis zum Ausgang der Höhle und verschwanden in der Dunkelheit der Nacht.

Das Feuer flackerte unruhig und wurde kleiner, bis nur noch ein paar glühende Holzscheite zurückblieben.

Hayden zog den Kragen seines Mantels zusammen, den Ouwen ihm zurückgegeben hatte. »Du solltest auch schlafen, der Tag bricht bald an. Im Morgengrauen wirst du mit den Übungen beginnen. Sobald der Schneesturm vorüber ist, werden wir zur Küste aufbrechen.«

Ouwen blickte in die erlöschende Glut. War das, was er gerade gesehen hatte, real gewesen? Er hob den Kopf, doch Hayden hatte bereits die Augen geschlossen.

In Gedanken versunken stand er auf und ging zu seinem Schlafplatz. Er konnte spüren, dass die Fähe ihn aus ihrem Versteck heraus beobachtete, widerstand aber dem Impuls, sich nach ihr umzudrehen. Er hatte vielleicht keinen Einfluss auf die seltsamen Dinge, die um ihn herum geschahen, aber sehr wohl auf seine Entscheidungen.

Das vertraute Gefühl des schwarzen Agtsteins auf seiner Haut beruhigte ihn und verdrängte die Leere, die er in sich spürte. Erschöpft wickelte er sich in die Felle und versank in einen traumlosen Schlaf.

KAPITEL 19

Die Zuflucht, Nordinger Wälder. Gegenwart

Die Eiswinde, die von den Bergkämmen im Norden herüberzogen, brachten graue Wolken und neue Kälte mit sich.

Ouwen fror, trotz des dicken Fells, das er sich um seine Schultern gelegt hatte. Er stieg die verschneiten Stufen zum Felsplateau hinauf und sah zu Edevind, die mit ihrem Langstab in der Hand vor ihm lief.

Als er noch klein war, hatte er sich manchmal mit den Jungen aus dem Dorf geprügelt – meist nur aus Spaß, aber er hatte noch nie gegen eine Frau gekämpft. Haydens Gefährtin schien mit dem seltsamen Stock gut umgehen zu können, aber er fand es trotzdem nicht richtig, dass er sich mit ihr schlagen sollte.

Auf dem Plateau angekommen, wickelte er umständlich langsam das Schwert aus der Lederhaut, um den Moment hinauszuzögern. Er wollte nicht kämpfen. Er hatte noch nie kämpfen wollen. Die Söldner, denen er in Askaleth in den vergangenen Jahren begegnet war, hatten oft von ihren Schlachten erzählt, doch Ouwen hatten ihre Geschichten nicht interessiert. Seit dem gewaltsamen Tod seiner Mutter hatte er nur einen Wunsch verspürt: Er wollte die Welt bereisen wie sein Onkel und als Händler über die Meere segeln.

Edevind legte ihren Umhang ab und stützte sich auf den Langstab. Das lange dunkle Haar fiel ihr offen über die Schultern. Sie trug nur ein dünnes Leinenhemd über der Hose, aber die Kälte schien ihr nichts auszumachen.

Ihr Teint war dunkler als der der meisten Menschen, die Ouwen kannte. Sie schien einige Jahre älter als Hayden zu sein, aber ihr Gesicht hatte etwas Zeitloses. Hohe Wangenknochen bildeten den Rahmen für die exotischen Zeichen, welche auf beiden Gesichtshälften bis an die Schläfen tätowiert waren. Er würde sie fragen, was sie bedeuteten, sobald sich eine passende Gelegenheit bot.

Edevind zog fragend eine Augenbraue hoch. Sie hatte bemerkt, dass er sie musterte. Ohne Vorwarnung hob sie ihren Stab und machte einen schnellen Ausfallschritt nach vorn auf ihn zu, bevor sie mit einem der Stockenden hart zuschlug.

Ouwen stolperte einen Schritt zurück, hob sein Schwert aber noch rechtzeitig, um den Schlag abzufangen. Die Wucht des Aufpralls war stärker, als er erwartet hatte. Diese Frau hatte Kräfte wie ein Mann.

Edevind ließ kopfschüttelnd den Stab sinken. »Versuch es erneut!«

Dieses Mal erfolgte der Angriff von der Seite und Ouwen reagierte schneller. Doch sein Schlag fiel nicht stark genug aus, da er das Gewicht des Schwertes falsch einschätzte.

Edevind nutzte seine Schwäche und stieß ihm eines der Stabenden schmerzhaft in die Seite.

Ouwen stieß gepresst die Luft aus. Ein lautes Knurren drang an sein Ohr und ließ ihn überrascht den Kopf heben.

Die Fähe stand am Rand des Felsplateaus und beobachtete sie. Er hatte nicht bemerkt, dass sie ihnen gefolgt war. Seit dem vergangenen Abend hatte sie sich ihm nicht mehr genähert. Seit er wusste, *was* sie war.

Wütend wandte er den Blick ab und sah aus den Augenwinkeln, wie Hayden ebenfalls das Plateau betrat. Sein Freund lief zu ein paar hochgewachsenen Birken, die in der Nähe standen und lehnte sich an einen der Stämme.

Noch ein Beobachter mehr, den er nicht brauchte. Ouwen ignorierte beide und hielt sich schnaufend seine schmerzende Seite.

Edevind trat hinter ihn und korrigierte seine Armstellung. »Du führst das Schwert falsch. Du musst dein Gleichgewicht besser ausbalancieren und deine ganze Kraft in den Schlag legen, ohne dabei auf dein Hinterteil zu fallen. Im Zweikampf bekommst du nur eine Chance. Nutze sie!«

Sie ließ ihn einige Übungsschläge ausführen. »Du darfst deinen Gegner niemals aus den Augen verlieren. Jede Schwäche, die du zeigst, wird er zu seinen Gunsten ausnutzen.« Sie stellte sich vor ihn in Angriffsposition. »Und jetzt greif mich an!«

Ouwen hob das Schwert, doch er zögerte einen Augenblick zu lange. Edevind wartete seinen Angriff nicht ab, sondern stürzte auf ihn zu und stieß den Stab nach ihm.

Er schaffte es auszuweichen, aber der Gewalt des darauffolgenden Schlags hatte er nichts entgegenzusetzen.

Edevind warf sich auf ihn und er landete keuchend rücklings im Schnee. Das Ganze war so schnell geschehen, dass er einen Moment verblüfft in den grauen Himmel über ihm blickte, bevor er begriff, was passiert war.

Ouwen hörte Haydens leises Lachen, gefolgt vom wütenden Knurren der Wölfin und spürte, wie sich seine Wangen rot verfärbten. Er biss die Zähne zusammen und richtete sich auf. Seine Finger tasteten nach dem Schwert, er hatte es beim Sturz fallen lassen. Doch er konnte es nicht finden.

Edevind streckte ihm grinsend ihre Hand entgegen. »Lektion zwei: Lass niemals dein Schwert los! Es ist das Einzige, was zwischen dir und dem Tod steht.«

Ouwen ergriff zögernd ihre Hand. Edevind half ihm auf die Beine und reichte ihm seine Waffe.

»Unterschätze nie die Kraft deines Gegners, egal, wer es ist. Muskeln und Körperkraft deines Angreifers werden dir nicht verraten, wie geschickt er seine Waffe führt.« Sie tippte ihm gegen die Brust. »Letztendlich reicht ein einziger, kurzer Moment, dir eine Klinge ins Herz zu stoßen.«

Ouwen nickte entmutigt und klopfte sich Schnee von der Kleidung.

»Ich sollte es dir zum Anfang nicht so schwermachen.« Edevind begann die Ärmel ihres Hemdes aufzukrempeln. »Vielleicht brauchst du einfach nur etwas mehr … Motivation.« Ein leichtes Lächeln umspielte ihre Lippen. »Vergiss einfach, wer ich bin. Kämpfe, als wäre ich ein Mann.« Sie griff nach dem Langstab, der neben ihr im Schnee steckte. Ihre Pupillen schienen sich zu weiten, seltsame, dunkle Schlieren zogen über ihre Augen und tauchten die hellen Iriden in ein schmutziges Braun.

Die dunkle Farbe ihrer Haare verblasste und nahm einen silbernen Grauton an. Für einen kurzen Moment verkrampften sich ihre Hände, dann begann sich auch ihr Körper zu verändern. Edevinds Tätowierungen verschwanden und wichen härteren, markanten Zügen.

Ouwen starrte auf die Bartstoppeln, die auf dem kräftigen Kinn des Mannes sprossen, und trat unwillkürlich einen Schritt zurück. Obwohl er es mit eigenen Augen sah, konnte er es nicht glauben, doch der Fremde, dessen Gestalt seine Lehrmeisterin angenommen hatte, gönnte ihm keine Atempause.

Der Mann stürzte sich schreiend auf ihn und stieß den Langstab gegen Ouwens Brust.

Entsetzt hob er das Schwert, um den Angriff abzuwehren, aber seine Kraft reichte nicht aus. Der fremde Angreifer drängte ihn ohne große Mühe weiter zurück.

»Mehr hast du nicht zu bieten? Fang endlich an zu kämpfen!« Der Mann verzog seinen Mund zu einem breiten, spöttischen Grinsen.

Ouwen presste die Kiefer zusammen und wich nicht zurück, als der Mann einen weiteren, kräftigen Hieb ausführte. Er legte all die Wut und Verzweiflung der letzten Wochen in seine Gegenschläge und schaffte es schließlich, seinen Angreifer zurückzudrängen.

»Dein Schüler lernt schnell.« Hayden war hinter den grauhaarigen Fremden getreten.

Ouwen ließ den Schwertarm sinken und sah ungläubig zu den beiden Männern. Sein Angreifer schien – im Gegensatz zu ihm – keineswegs außer

Atem zu sein. Der Mann lachte und stieß den Stab in den Schnee, dabei entblößte er eine Reihe kantiger, großer Zähne. Ouwen fand, dass es etwas Drohendes hatte. Der Fremde wirkte wie ein Raubtier, das kurz vor dem nächsten Angriff stand.

Er versuchte zu begreifen, was gerade geschehen war. Sein Blick wanderte über den muskulösen, kräftigen Körper seines Angreifers. Dieser Mann konnte unmöglich Edevind sein!

Der Fremde hielt seinem Blick stand. Sein Gesicht war vom Wetter gegerbt und zeigte bereits tiefe Falten, aber seine dunklen Augen blitzten voller Energie. Die kurze, breite Nase saß etwas schief in dem kantigen Gesicht. Anscheinend war sie bereits mehrmals gebrochen gewesen.

»Dein Freund braucht wirklich nur etwas mehr Motivation.« Der Mann zwinkerte Hayden zu. »Ich denke, er ist bereit für eine weitere Lektion. Du solltest besser die Wölfin im Auge behalten.«

Hayden nickte und lief zu der Fähe, die noch immer am Rand des Felsplateaus stand.

Ouwen sah ihm stirnrunzelnd nach. »Was für eine Lektion?«, fragte er und wandte den Kopf. »Wer … *was* … bist du?« Seine Finger umklammerten den Griff seines Schwertes. »Ihr solltet mich nicht wie ein Kind behandeln, denn das bin ich nicht.« Er fürchtete sich weder vor dem Fremden noch vor dem, was dieser vorhatte. Er wollte Antworten.

»Nein, das ist wahr«, erwiderte der Grauhaarige ruhig. »Doch dadurch, dass wir dich gerade erst gefunden haben, fehlt es dir an Wissen. Und an Übung. Unsere Lektionen mögen ungewöhnlich sein, aber du musst schnell lernen, denn wir haben keine Zeit, verlorene Jahre aufzuholen.«

»Wer bist du?«, wiederholte Ouwen seine Frage.

Der Mann verschränkte die behaarten Arme vor der Brust. »Ein Wandler.« Er lächelte, als er Ouwens verwirrten Blick sah. »Wir können unsere menschliche Gestalt wechseln, je nachdem wieweit unsere Fähigkeiten ausgebildet sind.«

Ouwen sah ihn ungläubig an und warf einen fragenden Blick zu Hayden, der ihm zunickte.

»Ich kann neben anderen menschlichen Gestalten auch die Form meines Geisttieres annehmen.« Der Mann machte einen Schritt auf ihn zu.

Ouwen zwang sich, stehen zu bleiben. »Deines … was?«

»Ich dachte, Hayden hätte dir erzählt, dass ich ihm geholfen habe, deine Verfolger abzulenken. Ein ganz besonderer Spaß … Sie hätten mich fast für einen von ihnen gehalten.« Der Gestaltwandler hob belustigt die Brauen. »Als Kind erhielt ich ein Geisttier, das mich beschützen sollte. Meine Eltern wussten nicht, dass meine Gabe es mir erlauben würde, auch die Form eines Tieres anzunehmen. Glaub mir, es war auch für mich eine Überraschung, zumindest beim ersten Mal.«

Er begann, sein Hemd aufzuknöpfen und ließ es neben sich in den Schnee fallen. Dann streifte er seine Fellbeinlinge ab.

»Was tust du da?« Ouwen wusste nicht, wie er reagieren sollte und sah erneut zu Hayden, der entspannt an einer der Birken lehnte. Die Wölfin lag neben ihm im Schnee. Ihre roten Augen bohrten sich in Ouwens Herz. Er konnte spüren, dass sie Angst hatte.

Die Stimme des Fremden riss ihn aus seinen Gedanken.

»Nun ja, Kleidung ist diesem Fall eher hinderlich. Und ich möchte die Sachen ungern zerreißen.« Der Mann lächelte schuldbewusst. Etwas in der Art, wie er das letzte Wort betont hatte, ließ Ouwen aufhorchen. Was hatte er vor? Würde er sich wieder verwandeln?

»Steck dein Schwert weg, du wirst es nicht brauchen. Nimm stattdessen meinen Stab, du kannst damit sehr gut Abwehrschläge trainieren.«

Ouwen blickte ihn unschlüssig an, aber der Wandler, inzwischen nur noch mit einem Lendenschurz bekleidet, warf ihm kurzerhand den Langstab zu. Ouwen fing ihn geschickt mit der linken Hand auf.

»Was ist das für eine Lektion?«, fragte er.

»Die Schattenjäger sind keine Menschen«, erwiderte der Fremde. »Du musst lernen, wie man mit etwas fertig wird, das keine menschlichen Schwächen hat.«

Ouwen zögerte einen Moment und legte dann sein Schwert neben sich in den Schnee.

Ein harter Ruck ging plötzlich durch den Körper des Wandlers. Der Mann bog den Rücken durch und presste die Kiefer zusammen, als hätte er starke Schmerzen, dann sackte er auf die Knie. Ouwen konnte sehen, wie sich die Rippen des Fremden unnatürlich durch die Haut abzeichneten. Sie schienen sich zu bewegen, doch das konnte nicht sein …

Der Fremde grub die Hände in den eisigen Schnee und blickte ihn aus seinen dunklen Augen an.

»Verteidige dich gut, denn ich werde dich nicht schonen.«

Ouwen umfasste den Stab mit beiden Händen. Sein

Herz begann gegen seine Brust zu trommeln, als er aus der Kehle des Mannes ein drohendes Knurren vernahm.

Der Körper des Wandlers schien zu schrumpfen. Dunkles Fell begann die menschliche Haut zu überdecken, aus den muskulösen Gliedern wurden kräftige Hinterläufe und Pfoten. Der Schädel wurde schmaler und länger, bis sich scharfe Reißzähne aus dem breiten Unterkiefer schoben.

Ouwen war wie erstarrt. Fassungslos blickte er auf das Wesen, in das sich der Mann verwandelt hatte.

Es war ein großer, schwarzer Wolf.

Es gab keine Schonfrist. Das Tier griff ihn im selben Moment an, in dem die Verwandlung vollzogen war.

Ouwen hob den Stab und schlug mit aller Kraft, die er aufbringen konnte, zu. Er traf das Tier mitten im Sprung. Der Wolf fiel auf die Seite, kam aber sofort wieder auf die Beine. Das Tier schüttelte sich den Schnee aus dem Fell und legte knurrend die Ohren an.

Ouwen wich vorsichtig einen Schritt zurück und ließ den Wandler dabei nicht aus den Augen.

Der Wolf fletschte die Lefzen und lief auf ihn zu. Als er sprang, versuchte Ouwen ihn mit dem Stab abzuwehren, aber die Wucht des Angriffs ließ ihn straucheln.

Er verlor das Gleichgewicht und landete mit dem Rücken im Schnee. Nur der Langstab trennte ihn noch von den messerscharfen Zähnen des Tieres. Sein Maul war so nah, dass Ouwen den fauligen Atem riechen konnte.

Verzweifelt versuchte er, das Tier abzuschütteln. Schnee rieselte auf sein Gesicht und in seine Augen, und für einen kurzen Moment lähmte ihn die Angst, doch dann erinnerte er sich, dass es nur eine Übung war. Das Training mit einem Gestaltwandler, das er nie gewollt hatte.

Der Zorn, der ihn durchströmte, gab ihm neue Stärke. Er drückte den Langstab mit aller Kraft, die er aufbringen konnte, dem Wolf entgegen und schaffte es, sich auf die Seite zu rollen. Als das Tier erneut nach seiner Kehle schnappte, stieß ihm Ouwen ein Stabende hart in die Flanke. Der Wolf jaulte auf und fiel in den Schnee.

Ouwen holte erneut aus, aber sein Schlag wurde von unerwarteter Seite abgewehrt.

»Ich denke, das genügt für den ersten Tag. Du hast dich gut geschlagen.« Hayden hielt den Langstab mit seiner Hand fest. Ouwen blickte ihn verärgert an, doch das Gefühl verschwand, als er seinem Freund in die Augen sah.

Der schwarze Wolf sprang vom Boden auf und schüttelte sich. Er schien nicht verletzt zu sein. Ouwen konnte noch immer nicht glauben, dass ein Mensch – ein Gestaltwandler – vor ihm stand. Er senkte den Kopf. Die Welt, in der er bislang gelebt hatte, existierte nicht mehr. Sie war voller Geheimnisse und Furcht einflößender, magischer Kreaturen.

Hayden ließ den Stab los. »Genug für heute, lasst uns zurückgehen. Wir sollten uns aufwärmen. Ich weiß nicht, wie es euch geht, aber mir würde das gefallen.« Er verzog den Mund zu seinem typischen schiefen Lächeln. »Wir haben noch genügend Fleisch von deiner Jagd, aber wir brauchen neues Feuerholz.« Er sah Ouwen auffordernd an, der aus seiner Starre erwachte und langsam nickte.

»Hier in der Nähe ist genug zu finden. Aber es wird nass sein.« Ouwen blickte zur Seite und sah, dass die Fähe immer noch an ihrem Platz lag, ohne sich zu rühren.

»Ich habe sie mit einem Zauber beruhigt, sonst hätte sie Edevind wohl in Stücke gerissen.«

Hayden lächelte noch immer, doch Ouwen sah den Ernst in seinen Augen.

»Geht es ihr gut?«, fragte er leise.

Halbschatten nickte und rieb seine Finger an seinem Mantel, an denen immer noch etwas blauer Sand haftete.

»Sie konnte sich eine Weile nur nicht bewegen. Aber der Bann ist jetzt gebrochen.« Er nahm Ouwen den Stab ab. »Dein Schwert kannst du ebenfalls bei mir lassen, ich nehme es mit zurück. Und, mach dir keine Gedanken um das Holz … wir werden es schon zum Brennen bekommen.« Er grinste zuversichtlich.

Ouwen klopfte sich schweigend den Schnee von der Jacke. Vom Kampf taten ihm alle Muskeln weh und er hoffte, dass es Edevind ähnlich ging. Er wandte sich ab und stapfte auf den Waldrand zu. Schattenwölfe, Magier … Wandler, die sich in ihre Geistwesen verwandeln konnten – was kam als Nächstes?

Am Rand seines Gesichtsfeldes nahm er eine flüchtige Bewegung wahr. Es war die Wölfin, die ihm wie ein Schatten folgte. Ouwen ignorierte sie und lief weiter. Wieso hatte ihm Hayden nicht gesagt, dass Edevind ihre Gestalt verändern konnte? Er wäre besser vorbereitet gewesen und hätte …

Ouwen schüttelte den Kopf und blieb stehen. Es hätte nichts geändert. Er musste widerwillig zugeben, dass der Überraschungseffekt ihn davon abgehalten hatte, zu viel nachzudenken. Er hatte einfach reagiert und gekämpft.

Sein Blick wanderte zu dem Waldstück, das vor ihm lag. Die Strahlen der Wintersonne, die durch die Wolken brachen, wärmten sein Gesicht und ließen die quälenden Gedanken für einen Moment verschwinden.

Ouwen versenkte seine Hände in den Manteltaschen und lief weiter. Er konnte nicht ändern, was in den vergangenen Tagen geschehen war, genauso wenig wie er ändern konnte, was seiner Mutter passiert war.

Und ich kann nicht ändern, was die Wölfin ist.

Der Wind rauschte durch die Bäume, als würde er Ouwen begrüßen, und wirbelte Schneeflocken durch die Luft, die wie winzige, weiße Blütenblätter zu Boden segelten.

Ouwen sammelte ein paar dünne Äste und Zweige vom Boden und schichtete sie zu einem Stapel auf seinen Armen. Er wusste, dass die Wölfin ihn beobachtete. Sie hielt jedoch Abstand und lief ein paar Schritte entfernt hinter ihm.

Nach allem, was er von Hayden erfahren hatte, hätte er die Fähe hassen müssen, doch er tat es nicht. Halbschatten hatte recht. Sie kannten nicht den Grund, warum die Wölfin alleine gewesen war, als er sie verletzt im Wald gefunden hatte. Die Fähe war noch ein sehr junges Tier – sie konnte nicht dabei gewesen sein, als seine Mutter vor fünf Jahren von den Schattenwesen getötet wurde.

Ouwen griff an sein Amulett und wandte sich zu der Jägerin um. Seit ihrer ersten Begegnung hatte sie sich immer wieder beschützend vor ihn gestellt. Sie hatte ihr Leben riskiert, um seines zu retten. Er fühlte sich auf eine seltsame Weise mit dieser Kreatur verbunden. Vielleicht war es wirklich der Wille der Götter, dass sie einen Teil ihres Weges gemeinsam gehen sollten. Er senkte den Blick und lief weiter.

Es war an der Zeit, dass er seine eigenen Entschlüsse traf und nicht nur den Pfad beschritt, den andere für ihn vorherbestimmt hatten.

Er sah nicht mehr, dass der schwarze Wolf, mit dem er auf dem Plateau gekämpft hatte, wieder Edevinds Gestalt annahm, und dass Hayden ihm und der Schattenwölfin noch nachblickte, bis der Wald sie verschluckt hatte.

Nordinger Wälder. Einige Tage zuvor

Der Wolf hob den Kopf und zog witternd die Lefzen hoch.

Seine Pfoten zerdrückten die modrigen Blätter, welche der Wind heruntergerissen hatte, und die nun einen dichten Teppich aus totem Laub auf dem Waldboden bildeten.

Er war dem Geruch des Menschen bis hierher gefolgt und hatte sein Ziel fast erreicht. Die Spur war unverwechselbar und ragte zwischen all den anderen Gerüchen, die den Wald in der Nacht mit Leben füllten, wie ein Leuchtfeuer hervor.

Seine Augen fingen das kalte Licht ein, das der Mond herabsandte und fixierten den Mann, der mit dem Rücken gegen einen Baum lehnte. Vorsichtig lief er näher.

Ein zweiter, schwächerer Duft wehte zu ihm herüber. Eine fremde Spur. Der Jäger wandte den Kopf und versuchte die Schwärze, die ihn umgab, mit seinen Sinnen zu durchdringen. Doch der Mann war allein.

Er hatte Wort gehalten.

»Komm ruhig näher, ich beiße nicht.« Die Augen des Mannes funkelten belustigt.

Der Wolf knurrte leise und trat aus den Schatten. Der Wind fuhr durch sein Fell und strich über die silbernen Narben, die seine Flanke bedeckten.

»Ich bin froh, dich zu sehen. Auch wenn du mich ganz schön lange hast warten lassen.« Hayden zog den Mantel von seinen Schultern und warf ihn in Richtung des Wolfes. »Hier, damit du dir nicht noch mehr als deine Pfoten abfrierst.«

Ein Zittern lief durch den Körper des Tieres. Seine Pupillen weiteten sich, das dichte, schwarze Fell wich dunkler Haut und einer menschlichen Gestalt, die sich langsam aufrichtete.

Die Frau erhob sich und griff nach dem Mantel.

Hayden verschränkte die Arme. »Du hast also meine Botschaft bekommen.«

»Dein Vogel ist schwerlich zu übersehen.« Edevind knöpfte den Mantel zu und strich sich ein paar Haare aus der Stirn. »Wer ist der Junge? Ist er es wert, dass ich meinen Hals für ihn riskiere?«

»Er ist der erste Seher seit langer Zeit.«

»Aber das ist nicht der Grund, warum du mich gerufen hast.«

»Nein. Ich brauche deine Hilfe.«

»Wer hätte das gedacht … Und wem wollen wir das Fell *abziehen*?«

»Niemanden. Es geht nicht um einen Kampf. Ich brauche deine anderen Fähigkeiten, die Kräfte deines Geisttieres.«

Die Gestaltwandlerin hob eine Braue. »Ah … und was soll mein vierbeiniger Freund für dich tun?«

»Wir werden verfolgt. Du könntest uns helfen, sie auf eine falsche Spur zu locken.«

»Sie?«

»Die dunklen Jäger.«

Edevind schnaufte. »Du erwartest ernsthaft, dass ich das Rudel suche?«

»Ich erwarte es nicht. Ich bitte dich, uns zu helfen.«

Die Wandlerin musterte sein Gesicht. »Es ist immer noch wegen dieses anderen Jungen, oder? Du konntest ihn nicht retten, *Schattenläufer*! Und weder du noch ich tragen die Schuld daran.«

»Nein«, erwiderte Hayden. »Aber ich kann dafür sorgen, dass mit Ouwen nicht dasselbe geschieht, wie mit Caleb. Hätten wir früher von ihm erfahren … Wäre ich früher dort gewesen …« Er presste die Kiefer zusammen.

Seine Augen bohrten sich in die der Gestaltwandlerin. »Hilf mir, Ouwen in Sicherheit zu bringen!«

»Er kann nicht ewig davonlaufen. Und das weißt du.«

»Das ist wahr. Aber er braucht Zeit. Zeit, die wir ihm verschaffen können, denn er weiß noch nicht, wozu er fähig ist.«

Edevind hob den Ärmel des Mantels an die Nase und roch daran. »Ist das sein Geruch?«

»Ja, du kannst die Witterung annehmen und die Jäger dadurch täuschen.«

Edevind wiegte den Kopf, als könnte sie sich nicht entscheiden. »Ein gewagter Plan, mein Freund.«

»Ich weiß, dass ich viel von dir verlange. Aber eine andere Möglichkeit bleibt uns nicht.«

»Eine andere *Möglichkeit*? Es geht hier um meinen Hals, nicht um deinen.«

»Wenn ich mit dir tauschen könnte, würde ich es tun.« Er kam auf sie zu. »Wir dürfen nicht zulassen, dass seine Kräfte Ehgien in die Hände fallen. Der Junge trägt den Agtstein seiner Mutter bei sich und damit auch ein Siegel der Omar.«

Edevind hob den Blick. Es war Schnee gefallen in dieser Nacht. Die mächtigen Kronen der Bäume, deren dicht verflochtene Äste sich wie ein lebendiges Dach über ihren Köpfen spannten, hielten die Eiskristalle gefangen und weigerten sich, ihre Beute freizugeben.

»Nun gut«, sagte sie leise. »Ich habe ihre Spuren vor zwei Tagen in den Wäldern entdeckt und werde die Fährte aufnehmen.«

Hayden seufzte erleichtert. »Ich danke dir. Elox wird dich begleiten. Falls … etwas geschieht, schicke ihn zu mir.«

»Keine Angst, *wenn* mir etwas passiert, schicke ich dir eine ganz persönliche Botschaft.« Edevind verzog den Mund und Hayden lachte.

»Wollen wir hoffen, dass es dazu nicht kommt. Wir treffen uns in drei Tagen bei der Zuflucht.« Sein Blick verdunkelte sich. »Gib auf dich acht.«

»Was sollte mir schon passieren? Ich laufe heute Nacht mit meinen Brüdern.« Edevind hob den Kopf an und stieß ein leises Heulen aus. Als sie Haydens Stirnrunzeln sah, verdrehte sie die Augen. »Mach dir keine

Gedanken um mich. Ich werde vorsichtig sein.« Sie nickte ihm zu. »Bis in drei Tagen, mein Freund.« Sie ließ den Mantel zu Boden fallen, ohne sich darum zu kümmern, dass Hayden sie noch immer anblickte, und wandte sich um.

Während sie auf die Bäume zulief, veränderte sich ihr Körper. Die Wandlerin fiel auf die Knie und stützte sich mit den Händen auf der feuchten Erde ab, bis aus Fingern Klauen und aus den nackten, schmutzigen Zehen Pfoten wurden, die lautlos über den Waldboden liefen, einer neuen Spur entgegen.

Hayden hob den Mantel vom Boden und sah dem Wolf nach, dessen unscharfe Umrisse in der Nacht verschwanden.

»Mögen die Dreizehn dich beschützen und sicher durch die Schatten geleiten.« Seine Hand fuhr durch die Luft und malte ein Zeichen, das die Form eines Kreises hatte.

Der Ring leuchtete hell auf und verblasste kurz darauf wieder, bis nichts außer Dunkelheit zurückblieb.

KAPITEL 20

Die Zuflucht, Nordinger Wälder. Gegenwart

Ouwen blickte bedauernd auf das Hirschleder. Er würde es in der Zuflucht zurücklassen müssen, auch wenn es ihn fast einen halben Tag gekostet hatte, die Haut weich und geschmeidig zu schaben. Durch den starken Schneefall der vergangenen Tage hatten sie wertvolle Zeit verloren, jedes zusätzliche Gepäckstück würde ihre Reise nur verlangsamen. Und niemand von ihnen wusste, welche Hindernisse noch auf ihrem Weg lagen. Er strich über das Fell des Bären, das neben der Hirschhaut auf dem Boden lag. Eigentlich hatte er es seinem Vater schenken wollen, doch es sah nicht so aus, als würde er bald nach Askaleth zurückkehren. Das Fell war eine gute Tauschware und zu kostbar, um es hierzulassen.

Und es war mit zu vielen Erinnerungen verbunden.

Er packte es zu seinen anderen Sachen, während Edevind und Hayden das restliche Fleisch des Tamirs, das sie am vergangenen Tag geräuchert hatten, als Reiseproviant verstauten. Einen kleinen Teil ihrer Vorräte ließen sie in der Höhle zurück für andere Wanderer, die während der Eismonde hier Zuflucht suchten. Bevor sie aufbrachen, wickelte Ouwen die Hirschhaut in ein altes Tuch, um sie gegen die Witterung zu schützen, und legte sie ebenfalls in eine der Felsnischen.

Seine Augen wanderten durch die Höhle. In den vergangenen Tagen hatte er immer wieder leises Flügelschlagen gehört, das aus den hinteren, verwinkelten Gängen zu kommen schien. Er hatte die Tiere nie gesehen, wahrscheinlich waren es Waldfledermäuse, die in der Höhle ihren Winterschlaf hielten. Sein Blick wurde nachdenklich. Er hatte seinen Vorsatz, die Gänge zu erkunden, nie wahr gemacht und hoffte, dies eines Tages nachholen zu können.

Der frisch gefallene Schnee, durch den sie sich kämpfen mussten, war zu kleinen Hügeln angewachsen, doch sie kamen mit den Flechtschuhen an ihren Füßen gut voran.

Hayden wusste, dass die schmalen Bergpfade durch den Winter unpassierbar geworden waren. Er hatte jedoch nicht vor, einen der bekannten Handelswege zu nutzen, die über das Gebirge bis zur Küste führten, sondern wollte sie auf einer anderen, sicheren Route nach Ragohn führen.

»Es ist besser, wenn wir die Ortschaften meiden. Die Menschen werden es nicht verstehen, wenn sie die Wölfin sehen. Sie würden sich fürchten, vor dem Tier und auch vor uns.«

Ouwen sah zu der Wölfin, die über die verschneite Ebene hechtete. Die Fähe stoppte abrupt und begann ein Loch in den Schnee zu graben. Anscheinend jagte sie ein Beutetier, das in seinem Bau verschwunden war. Er war dankbar, dass weder Hayden noch Edevind Einspruch dagegen erhoben hatten, dass die Wölfin sie begleitete. Ihre Reise wurde durch die Anwesenheit der Jägerin nicht einfacher und sie nahmen damit ein großes Risiko auf sich. Im Moment verhielt sich die Fähe ihnen gegenüber zwar friedlich, doch Ouwen konnte nicht einschätzen, ob sie Hayden und Edevind genauso als Teil ihres Rudels akzeptiert hatte, wie ihn.

Die Wölfin knurrte und versuchte immer noch, das Tier aus seinem Bau zu graben. Ouwen musste grinsen, als er sah, wie sie sich dabei über und über mit Schneematsch bespritzte.

Am Nachmittag legten sie eine kurze Rast ein. Nachdem sie sich ausgeruht hatten, liefen sie weiter, bis sich der Himmel rot zu färben begann und die Sonne am Horizont versank.

Als Hayden ihr Nachtmahl zubereitete, ging Ouwen zu ihm. »Folgen sie uns?«, fragte er.

Die Frage schien Hayden nicht zu überraschen. »Die Schattenjäger? Elox fliegt immer wieder fort, um sie auszuspähen. Sie sind der falschen Fährte gefolgt, die Edevind gelegt hat und haben unsere Spur verloren.« Sein Blick wanderte in die Ferne. »Der Wächter hat beobachtet, wie sie Richtung Osten liefen. Vielleicht haben sie neue Befehle erhalten.«

Ouwen sah stirnrunzelnd zu der Wölfin. »Was geschieht mit ihr, wenn sie uns finden?«

Hayden wandte den Kopf und nickte Edevind zu, die ein paar Schritte entfernt unter einer Tanne saß. Sie würde in der Nacht die erste Wache übernehmen. Die Wölfin lag in ihrer Nähe und schien zu schlafen, aber er spürte, genau wie Ouwen, dass sie wach war und sie beobachtete.

»Ich weiß es nicht«, erwiderte er schließlich. »Doch

sie hat sich entschieden, bei dir zu bleiben und folgt dir. Deshalb war ich mir auch bereits in der Zuflucht sicher, dass sie keine Bedrohung für uns darstellt.« Er nahm eine der vollen Schüsseln und erhob sich. »Lass uns im Zelt weiterreden, die Nacht ist kalt.«

Ouwen griff nach seiner Essensration und duckte sich unter dem niedrigen Eingang hindurch. Jedes Mal, wenn er Haydens Reisezelt betrat, war er aufs Neue erstaunt, wie geräumig der von außen klein wirkende Unterstand in Wirklichkeit war. Er setzte sich auf eines der weichen Felle. Seine Muskeln schmerzten noch immer von den Kampfübungen. Seufzend stellte er die Schale neben sich und rieb seinen Arm, der mit blauen Flecken übersät war.

»Ich bin mir sicher, dass du eines Tages das Schwert deiner Mutter genauso gut führen wirst wie deine Schleuder.« Hayden holte etwas von dem Sand aus seinem Beutel und blies ihn in die Luft, wo er sich zu zwei kleinen, blauen Flammen formte, die an die Decke des Zeltes schwebten und dort sanft leuchteten.

»Du hast mir bisher nicht gesagt, warum wir an die Küste reisen.« Ouwen hob den Blick. »Wieso Ragohn?«

»Ich habe in der Hafenstadt Freunde, die uns aufnehmen werden. Wir können dort bleiben, bis du ...« Hayden zögerte, als ob er seine nächsten Worte abwägen würde. » ... weiterreisen kannst.«

Etwas in seiner Stimme ließ Ouwen aufhorchen, aber bevor er eine weitere Frage stellen konnte, kam ihm Hayden zuvor. »Wir haben nicht immer die freie Wahl bei unseren Entscheidungen. Eines Tages wirst du nach Askaleth zurückkehren, aber noch nicht jetzt.« Haydens Blick glitt zu dem schwarzen Anhänger, der um Ouwens Hals hing. »Wir können nicht rückgängig machen, was in der Vergangenheit geschehen ist, aber wir können die Pfade, die uns die Götter vorherbestimmt haben, gemeinsam gehen.«

Er reichte Ouwen den Wasserschlauch. »Was auch immer deine Zukunft dir bringen wird, du bist nicht allein.«

Ouwen nahm den Lederschlauch und trank einen Schluck. Er war dankbar, dass er in Halbschatten einen Freund gefunden hatte.

»Kannst du mir mehr über die Inrir erzählen?« Er wischte sich den Mund ab. »Warum haben meine Träume erst vor ein paar Monaten begonnen?«

Hayden zuckte mit den Schultern. »Manche Menschen erkennen schon als Kind, dass sie besondere Fähigkeiten haben. Bei anderen erwacht die Gabe erst, wenn sie zum Mann oder zur Frau reifen, so wie bei dir. Die Gabe des Sehers fällt bei jedem Erwählten unterschiedlich stark aus, aber fast alle besitzen die Kraft des Gedankenlesens.« Er lächelte, als er Ouwens überraschten Blick sah. »Ich bin mir sicher, dass auch du dieses Talent besitzt. Vielleicht ist es nur etwas anders, als du es dir vorstellst.«

Ouwen zog eine Braue hoch. Wie *anders* sollte er es sich denn vorstellen? In diesem Moment konnte er Haydens Gedanken jedenfalls nicht lesen, um eine Antwort darauf zu finden.

»Hast du in den vergangenen Monaten nie seltsame Dinge wahrgenommen, vielleicht Stimmen gehört, die niemand außer dir hören konnte?« Hayden steckte sich ein Stück einer undefinierbar aussehenden Wurzel in den Mund und kaute darauf herum.

Seltsame Dinge … Ouwen senkte den Blick. Er erinnerte sich an mehr als eine Gelegenheit, auch an jene Sturmnacht, in der die fremde Stimme zu ihm gesprochen hatte.

Wenn er sich das Ganze nicht eingebildet hatte, wessen Stimme war es dann, die er damals in ihrem Haus gehört hatte? Oder war es eine Vision gewesen, eine Warnung vor den Schattenjägern?

Plötzlich kam ihm die Wölfin in den Sinn und die Art, wie sie auf ihn reagierte, obwohl er ihr keine lauten Befehle gab. Als würde sie seine Gedanken kennen. Umgekehrt hatte auch er oft gespürt, nein *gewusst*, was sie empfand.

Die Erkenntnis machte ihn für einen Moment sprachlos.

Hayden griff nach seiner Schüssel und begann zu essen. Er nickte in Richtung von Ouwens Essensration.

»Du solltest dich auch stärken, es war ein langer Tag.«

Ouwen legte den Lederschlauch neben sich auf die weichen Felle. Die Gedanken in seinem Kopf überschlugen sich. Konnte die Fähe wirklich verstehen, was er dachte?

Hayden nahm einen Bissen von dem geräucherten Fleisch und wischte sich die Finger an seinem Mantel ab.

»Während der Reise werden wir an deinen Fähigkeiten arbeiten. Du musst lernen, die Gabe zu beherrschen, sonst wird sie dich irgendwann zerstören.« Er musterte Ouwen. »Am Anfang geschieht es unbewusst, man merkt nicht, dass man die Gedanken von jemandem liest, sondern spürt einfach, was geschehen wird, was jemand möchte … oder ob jemand lügt. Ich werde dir Übungen zeigen, die deine Konzentration verstärken. Edevind wird mit dir weiter den Schwertkampf trainieren. Auch wenn du es nicht so siehst, ich finde, du hast dich beim letzten Mal tapfer geschlagen. Es ist nicht einfach, gegen eine Wandlerin zu bestehen.«

»Die meiste Zeit wusste ich nicht einmal genau, was ich tue«, erwiderte Ouwen. »Und die Verwandlungen …« Er schüttelte den Kopf. »Ich kann immer noch nicht fassen, dass sie einfach so ihre Gestalt wechseln kann.«

»Du hast nicht aufgegeben, selbst als du am Boden lagst und es so aussah, als würde sie dich in ihrer Wolfsgestalt besiegen – das ist es, was zählt.« Hayden streckte sich auf den Fellen aus. »Lass uns jetzt schlafen, bei Tagesanbruch müssen wir weiter.«

Ouwen hörte ihn leise Worte murmeln, woraufhin die blauen Flammen langsam verloschen. Obwohl er nach dem anstrengenden Marsch sehr müde war, konnte er nicht einschlafen.

Seine Gedanken kreisten um die Wölfin. Morgen früh würde er ausprobieren, ob es stimmte, was er vermutete.

Als er am nächsten Morgen erwachte, lag Halbschatten nicht mehr neben ihm. Ouwen setzte sich auf und schob den Fellvorhang beiseite. Sein Blick fiel auf die Tannen, neben denen sie ihr Lager aufgeschlagen hatten. Die immergrünen Äste neigten sich unter der Last des Schnees bis zur Erde.

Er griff sich seinen Mantel und trat gebückt aus dem Zelt.

»Endlich ausgeschlafen?«

Ouwen wandte sich um und sah Edevind auf sich zukommen. Die Gestaltwandlerin hielt sein Schwert in der Hand, die silberne Klinge glänzte in der kalten Wintersonne. Er musste keine Gedanken lesen können, um zu wissen, was das bedeutete.

»Hayden ist mit Elox auf einem Erkundungsgang.« Edevind reichte ihm die Waffe. »Sie werden bald zurück sein. Er meinte, dass wir beide uns bis dahin ein wenig die Zeit vertreiben sollen.« Sie zwinkerte ihm zu. »Danach wird uns das Frühstück umso besser schmecken.«

»Ich kann es kaum erwarten, seinen widerlichen Kräutertee zu trinken«, erwiderte Ouwen und verzog den Mund.

Edevind lachte. »Ich mag ihn auch nicht, aber die Nacht war verdammt kalt. Ich würde fast alles trinken, solange es heiß ist!«

Ouwen bekam ein schlechtes Gewissen. Er hatte für einen Moment vergessen, dass Edevind die halbe Nacht draußen in der Kälte verbracht hatte, um Wache zu halten. Sie musste völlig durchgefroren sein.

Die Wandlerin ließ sich jedoch nichts anmerken und lief zu ihrem Lagerplatz, um ihren seltsamen Langstab zu holen, den sie immer bei sich trug.

»Bereit für eine neue Lektion?«, fragte sie.

Ouwen nickte und versuchte sich an die Hinweise zu erinnern, die sie ihm gegeben hatte. Er hob seinen Schwertarm leicht an und verlagerte sein Gewicht gleichmäßig auf beide Beine. Sie begannen einige der Kampftechniken, die sie bereits geübt hatten, zu wiederholen. Mittlerweile fiel es ihm leichter, das schwere Metall seines Schwertes auszubalancieren, ohne dabei das Gleichgewicht zu verlieren. Die ersten Schläge der Wandlerin konnte er gut abwehren, aber er wusste, dass sie Edevind nur zum Aufwärmen dienten. Ihr Stab war wie eine Verlängerung ihres Arms. Trotz seiner Länge setzte sie ihn so geschickt ein, dass Ouwen all seine Konzentration und Kraft benötigte, ihre Angriffe erwidern zu können. Edevind war eine erfahrene Kämpferin und zeigte ihm deutlich seine Schwächen. Mit jeder Übung, in der er unterlag, schwand seine Hoffnung mehr, sie jemals besiegen zu können. Ouwen blickte zu der Wandlerin, die sich auf einen neuen Angriff vorbereitete. Der Gedanke, den Anforderungen, die Hayden und Edevind an ihn stellten, vielleicht niemals genügen zu können, lähmte ihn. Als er die Schwerthand hob, um einen weiteren Schlag seiner Lehrerin abzuwehren, wünschte er – nur ein einziges Mal – die Oberhand gewinnen zu können. Was hatte Edevind gesagt? ›Im Kampf sind alle Mittel erlaubt.‹ Es kam nicht darauf an, wie viel Muskelkraft jemand besaß oder wie viel Erfahrung.

Er sah sich um, konnte jedoch nichts entdecken, was ihm im Zweikampf helfen würde. Er dachte an die Wölfin und malte sich aus, wie es wäre, wieder mit ihr zusammen zu kämpfen. Wenn sie die Wandlerin von zwei Seiten angriffen, würde das seine mangelnde Erfahrung im Zweikampf zumindest zu einem Teil ausgleichen. Der Gedanke war verlockend, aber es war keine Option. Er musste mit seinen eigenen Kräften den Kampf für sich entscheiden.

Ouwen konzentrierte sich auf den Schlagabtausch, als er plötzlich das vertraute, dunkle Knurren der Wölfin hörte. Überrascht wandte er den Kopf. Die Fähe kam auf sie zugelaufen und entblößte drohend ihre Fänge. Er spürte, dass sie angreifen wollte, doch sie würde ihm nichts tun.

Sie wollte Edevind verletzen.

»Bei den Göttern …« Edevind war seinem Blick gefolgt und hob abwehrend den Stab, als die Wölfin sprang. Die Wucht des Angriffs ließ die Gestaltwandlerin straucheln.

Sie stolperte mit schreckensstarrem Gesicht rückwärts.

Nein! Ouwen wusste nicht, ob er laut gerufen hatte oder ob es nur ein Gedanke gewesen war. Ein grollendes Knurren war die einzige Antwort, die er bekam, aber er fühlte, dass die Wölfin ihn verstand. Sie ließ von Edevind ab, blieb jedoch mit gesträubtem Nackenfell vor ihr stehen. Speichel tropfte aus ihrem geöffneten Maul.

Ouwen blickte sie entsetzt an. War die Wölfin wirklich gekommen, nur weil er an sie gedacht hatte? Nein, er hatte sich *gewünscht*, dass sie kam und dass sie an seiner Seite kämpfte.

Edevind sah abschätzend von der Jägerin zu ihm. »Es scheint fast so, als würde sich deine pelzige Gefährtin Sorgen um dich machen.«

»Es tut mir leid«, erwiderte Ouwen. Er fuhr sich durch die dunklen Haare. »Ich weiß nicht, wie das geschehen konnte … aber ich glaube, ich habe sie gerufen.«

Die Wandlerin blickte zu der immer noch kampfbereit wirkenden Wölfin. »Du solltest in Zukunft mit deinen Wünschen vielleicht ein wenig vorsichtiger sein.«

Ouwen senkte schuldbewusst den Blick. Edevind hatte allen Grund, wütend zu sein. Er sah zu der Fähe, die ihre Drohhaltung aufgegeben hatte und leise winselte. Sie schien zu spüren, dass etwas falsch an ihrem Angriff gewesen war und auf ein Zeichen von ihm zu warten.

Ouwen seufzte. Die Wölfin traf keine Schuld. Er allein trug die Verantwortung für das, was geschehen war. Doch wie sollte er ihr das verständlich machen?

Edevind kam zu ihm, ohne die Jägerin dabei aus den Augen zu lassen und legte Ouwen die Hand auf die Schulter.

»Die Inrir sind anfangs nicht leicht zu kontrollieren. Du musst dir immer bewusst sein, was die Macht deiner Gedanken vermag.« Sie warf einen Blick zu der Wölfin. »Auch deine Wünsche haben Einfluss auf dein Umfeld.«

Ouwen nickte zögernd. »Es war kein direkter Befehl, den ich ihr gegeben habe«, erwiderte er.

»Nun … das ist doch beruhigend!« Die Gestaltwandlerin grinste und trat einen Schritt zurück. »Ich bin mir sicher, dass du es bald beherrschen wirst.«

Ouwen schwieg. Hayden hatte recht, er musste lernen, diese Gabe zu kontrollieren. Aber wie sollte er das tun, wenn er noch nicht einmal genau wusste, *was* er getan hatte? Hatte seine Erinnerung an den Kampf mit dem Bären ausgereicht, dass die Wölfin ihn wieder beschützen wollte?

Er sah zu der Fähe. *Edevind ist nicht unser Feind. Es besteht keine Gefahr.*

Die Wölfin rührte sich nicht. Ouwen versuchte erneut, ihr die Botschaft über seine Gedanken zu schicken, doch zu vieles schoss gleichzeitig durch seinen Kopf.

Er spannte den Kiefer an. Er würde nicht zulassen, dass sie Edevind erneut angriff, oder dass die Wölfin vielleicht selbst verletzt wurde, nur weil er seine Gedanken nicht unter Kontrolle hatte.

Es besteht keine Gefahr. Zieh dich zurück!

Die Wölfin starrte ihn einen Moment abwartend an, dann wandte sie sich ab und lief davon. Er sah ihr verblüfft hinterher, bis Edevinds Stimme ihn aus seinen Gedanken riss. »Ich finde, wir haben uns ein Frühstück wirklich redlich verdient.« Sie lief zu dem Zelt, neben dem Hayden bereits am frühen Morgen Holz für ein kleines Feuer aufgeschichtet hatte.

Ouwen folgte ihr und setzte sich auf eines der Felle, die neben der Feuerstelle lagen.

Die Wandlerin nickte in Richtung eines kleinen Beutels. »Nimm dir etwas von dem getrockneten Fleisch. Wir haben noch genügend Zeit, uns auszuruhen, bevor wir aufbrechen.« Sie begann, mit Feuersteinen Glut zu entfachen. »Und grübele nicht so viel.« Edevind hob den Blick und lächelte.

Ouwen nahm sich etwas von dem Fleisch, aber er schmeckte kaum etwas. Unruhig sah er sich nach der Wölfin um und entdeckte sie zwischen einigen Bäumen, wo sie sich niedergelassen hatte. Seine Träume, oder Visionen wie Hayden sie nannte, waren wie dunkle, zerrissene Erinnerungen, deren Bilder ihm nach dem Erwachen bereits entglitten. Er wusste nicht, was sie bedeuteten, oder wie er sie kontrollieren sollte. Sich mit der Wölfin über seine Gedanken verständigen zu können, war dagegen … überwältigend.

Gedankenverloren betrachtete er die Fähe, die zu schlafen schien. Es war ein tröstendes Gefühl, zu wissen, dass er tatsächlich etwas von der magischen Gabe in sich trug, die alle in ihm vermuteten.

Als sie ihr Frühstück beendet hatten, kehrte Hayden zurück. Er nahm dankbar den dampfenden Becher an, den Edevind ihm reichte und setzte sich zu ihnen an das Feuer.

»Wie ich sehe, wisst ihr endlich meinen Tee zu schätzen.« Er nippte lächelnd an dem Getränk.

Edevind schnaufte durch die Nase. »Ich schätze an ihm, dass er warm ist. Sobald wir Ragohn erreichen, werde ich ein langes, heißes Bad nehmen. Ich habe das Gefühl, nur noch aus Eis zu bestehen.« Sie sah Hayden aus zusammengekniffenen Augen an. »Ich will hoffen, dass es bei den Mönchen mehr als nur Wasser mit Kräutern zu trinken gibt.«

»Guttorm ist für seinen ausgezeichneten Met bekannt.« Hayden lehnte sich zurück. »Er wird uns im Kloster aufnehmen, bis wir eines der Schiffe nehmen können, die die Nordküste verlassen. Ich vertraue ihm.«

Er nahm sich etwas von dem getrockneten Fleisch. »Wie waren eure Übungen heute Morgen?«

Die Wandlerin zwinkerte Ouwen zu. »Gut«, antwortete sie. »Unser Schützling hatte heute Kräfte für zwei!« Sie erzählte in knappen Sätzen, was geschehen war.

Hayden nahm einen Schluck von dem Kräutertee. »Dann ist es also so weit.« Er warf Ouwen einen nachdenklichen Blick zu. »Heute Abend werden wir mit den Übungen beginnen, von denen ich dir erzählt habe.«

Ouwen nickte ergeben. Er würde alles tun, damit

sich das, was am Morgen geschehen war, nicht noch einmal wiederholte.

»Versuch es erneut.« Hayden nickte ihm ermutigend zu.

Ouwen schloss die Augen und konzentrierte sich. Aber die Blumen, die er mithilfe der Gedankengabe erschuf und aus dem Schnee wachsen ließ, waren nur unscharfe, farblose Gebilde und lösten sich kurz darauf auf.

Er griff frustriert nach dem Wasserschlauch. In den vergangenen Tagen hatte er jede freie Minute damit verbracht, mit Edevind seine Kampftechniken zu trainieren. In den Abendstunden saß er mit Hayden zusammen und wurde in anderen Fähigkeiten unterwiesen. Sein Freund war nicht minder streng als die Gestaltwandlerin und forderte Ouwens volle Konzentration, auch wenn der Tag sich bereits dem Ende neigte und sie viele Meilen marschiert waren.

»Verlier nicht die Geduld. Denk an etwas, was du kennst, etwas, das dir vertraut ist.«

Ouwens Augen schweiften über den Hügel, an dem sie ihr Lager aufgeschlagen hatten. *Das dir vertraut ist …*

Die Anhöhe, auf der ihr halbes Haus stand, tauchte aus seiner Erinnerung auf. Er sah das hohe Gras vor sich, wie es während der Sommermonde im Wind tanzte und den wilden Wein, der die Grabstellen seiner Familie bedeckte.

Als er Haydens leises Lachen hörte, öffnete er die Augen und sah sich erstaunt um. Wo vor einem Moment noch Schnee gelegen hatte, spross nun saftiges, grünes Gras. Die dunklen Wolken über ihren Köpfen waren verschwunden, stattdessen strahlte der Himmel in einem lichten Blau – als wäre es mitten am Tag.

»Ich sagte ja, verliere nicht die Geduld.« Hayden lächelte zufrieden. »Es ist einfacher, wenn du anfangs auf Erinnerungen zurückgreifst und nur einige Details änderst.« Er hob den Blick. Die Wolken, die wie Segelschiffe über den Himmel glitten, begannen ihre Farbe zu ändern, aus dem pudrigen Weiß wurde ein mattes Blau, das schnell dunkler wurde und in ein leuchtendes Purpurrot überging.

Wind kam auf und fuhr durch das Gras, zerriss die Wolkengebilde und wirbelte sie davon. Der Himmel verdunkelte sich und ein Lichtermeer aus funkelnden Sternen erschien.

»Du kannst jedes Bild, jede deiner Vorstellungen mit anderen Menschen teilen. So wie ich.«

Das Gras, auf dem sie saßen, verschwand. Schnee begann den Boden zu bedecken und wuchs zu kleinen Hügeln an.

Haydens Augen wanderten über die Ebene. »Die meisten Menschen fürchten sich vor den Eismonden und der Dunkelheit, die sie bringen. Doch es gibt überall Schönheit, selbst im Winter.« Aus der Schneedecke neben der Feuerstelle brachen ein paar zarte, dünne Halme hervor. Die Schneeglöckchen wuchsen empor und streckten ihre weißen Köpfe dem Himmel entgegen. »Erzähl mir von deinen Träumen.« Er wandte sich Ouwen zu. »Hat sich in den vergangenen Wochen etwas geändert oder sind es immer dieselben Bilder, die du siehst?«

Ouwen griff nach einem Schafsfell und legte es sich um die Schultern. »Die meisten haben vor einigen Monaten begonnen«, erwiderte er. »Aber einige … habe ich schon länger.«

»Zeig sie mir.«

Ouwen runzelte die Stirn. »Was meinst du?«

»Ein Traum ist nicht viel anders als eine Erinnerung. Du kannst mir die Bilder zeigen, wenn du daran zurückdenkst.«

Ouwen zögerte. Etwas in ihm wollte sich nicht erinnern und darüber reden, was er gesehen hatte. Doch er vertraute Hayden. Er senkte den Blick und schloss erneut die Augen. Als er sie wieder öffnete, war der Hügel verschwunden, genauso wie der Schnee. Hüfthohes Riedgras wucherte über die Ebene, die kantigen Stängel wiegten sich im Wind, der warm über Ouwens Haut strich.

Am Horizont zog eine dunkle Wolke auf, die sich schnell näherte. Der schwarze Rauch kroch unnatürlich schnell über die Ebene, wie ein tausendarmiger, hungriger Dämon, und hinterließ verbrannte Erde, wo er das Gras berührte.

Ouwen begann zu rennen, doch bevor er ihr Haus erreichen konnte, das von dem Qualm bereits verschlungen worden war, löste sich die Erinnerung in Nebelfetzen auf.

Verwirrt sah er sich um. Seine Augen glitten suchend über die Menschen, die zum Feuerfest auf den Marktplatz zusammengekommen waren, bis er dem Blick seiner Mutter begegnete, die ihn über die Flammen hinweg beobachtete.

Ihr Gesicht verblasste und verschwand, genau wie die Menschen auf dem Platz, und Ouwen fand sich am Ufer des Atana wieder, dessen Wasser sich klar vor ihm spiegelte.

Die Kälte griff mit klammen Fingern nach ihm und fror die Zeit für einen Moment ein. Er wusste, was geschehen würde, trotzdem senkte er den Kopf und sah auf die toten, menschlichen Körper hinab, die langsam durch das eisige Wasser trieben.

Ein leises Knurren drang an sein Ohr. Ouwen wandte sich um. Am anderen Flussufer stand ein großer, weißer Wolf. Die Augen des Tieres schienen zu glühen, wie Eisen in einer Schmiedeesse. Ouwen wollte zurückweichen, aber er konnte sich nicht bewegen.

Jemand berührte ihn am Arm. Hayden war neben ihn getreten und ließ seinen Blick über den Fluss wandern.

»Ich denke, deine Träume werden dir ihre Bedeutungen deutlicher offenbaren, je älter du wirst«, sagte er leise.

Das Wasser des Atana verblasste. Die Erinnerung löste sich auf, feinem, durchsichtigem Nebel gleich, der vom Wind davongetragen wird.

Ouwen schaute auf den Schnee, der sie wieder umgab, zog den Anhänger unter seinem Hemd hervor und schloss die Finger fest um den schwarzen Stein.

KAPITEL 21

Die Eiswinde stemmten sich ihnen unnachgiebig entgegen. Ouwen gewöhnte sich allmählich daran, jeden Tag meilenweit durch eine schneeverwehte Landschaft zu wandern.

Er rief die Wölfin oft an seine Seite oder bot ihr, wenn sie rasteten, etwas von seinen Mahlzeiten an. Nicht immer folgte eine Reaktion, wenn er versuchte, sie über seine Gedanken zu erreichen. Aber mit jedem Tag, der verstrich, fiel es ihm leichter, sich ihr wortlos mitzuteilen, und er lernte auch umgekehrt ihre Signale besser zu verstehen. Die Fähe sprach nicht mit ihm, aber er begann wahrzunehmen, was sie brauchte, ob sie hungrig war oder zufrieden.

Vor einigen Wochen hätte er es noch für unmöglich gehalten, dass er einmal mit einem Tier derartig verbunden sein würde, doch es war geschehen. Und er war nicht unglücklich darüber.

Während sie der Küste immer näher kamen, veränderte sich die Landschaft. Die dichten Wälder wichen weiten, kargen Ebenen. In den Abendstunden, wenn sie ihr Lager aufschlugen, erzählte Hayden von seinen Reisen und Ouwen erfuhr, dass Halbschatten und

Edevind sich zum ersten Mal vor einigen Wintern auf einer Inselkette jenseits des Schwarzen Meeres begegnet waren.

»Diese Zeichen auf deiner Haut … haben sie eine besondere Bedeutung?« Ouwen sah die Wandlerin fragend an.

Edevind strich über die Tätowierungen. »Ich gehöre den Denaar an, der Kriegerkaste meines Volkes.« Sie ließ die Hand sinken. »Auf Saeland, meiner Heimat, erhält man die Male in einer besonderen Zeremonie, wenn man die Prüfung zur Akanê, zur Kriegerin, besteht.«

Ouwen trank einen Schluck Wasser. »Wechselst du im Kampf oft die Gestalt?«

Edevind schüttelte den Kopf. »Jeder Gestaltwechsel verbraucht Kraft, Kraft, die mir im entscheidenden Moment fehlen könnte.« Sie blickte ihn an. »Ich würde nur den Körper vor meinem Gegner wechseln, wenn es einen guten Grund dafür gäbe … denn ich müsste ihn danach töten, damit er das Geheimnis nicht preisgibt.«

»Wir müssen die Inrir schützen«, ergriff Hayden das Wort. »Genau wie uns selbst. Wenn man nicht vor die Entscheidung gestellt werden will, auf der Seite seiner Feinde zu kämpfen oder zu sterben, bleibt einem keine Wahl.«

Edevind griff nach einem Zweig und warf ihn in das Feuer. »Bei den meisten Kämpfen trete ich in der Gestalt von Namnor an, du hast ja bereits seine Bekanntschaft gemacht.« Sie grinste und entblößte dabei eine Reihe ebenmäßiger Zähne.

Ouwen erinnerte sich nur zu gut an den bärtigen Krieger mit den weißen Haaren, gegen den er angetreten war. Und verloren hatte.

»Namnor ist ein Teil von mir. Ein erfahrener Kämpfer, der nur auf seine Instinkte hört.« Edevind zog den Bärenpelz um ihre Schultern. »Wenn ich mich in ihn verwandele, zählt für mich nichts anderes mehr als der Kampf.«

»Wie fühlt es sich an, wenn du die Gestalt wechselst?« Ouwen runzelte die Stirn, als er daran dachte, wie sich ihre Rippen während der Verwandlung unter der Haut bewegt hatten. »Ist es schmerzhaft?«

Edevind sah in die Flammen. »Es ist, als würde dich ein starker Energiefluss durchströmen. Diese Energie zu beherrschen, ohne dass man sich in ihr verliert, kostet viel Kraft, vor allem wenn ich die Wolfsgestalt annehme.« Sie hob eine Braue. »Warum fragst du?«

Ouwen zuckte mit den Schultern. »Ich habe so jemanden wie dich noch nie getroffen«, erwiderte er. »Gibt es viele von euch?«

»Du meinst Wechselwesen? Nein. Diese Gabe ist sehr selten. Ich kannte nur einen einzigen Menschen, der den Gestaltwechsel ebenfalls beherrschte, doch er ist tot.«

Das Feuer knisterte leise, als der Wind in die Flammen fuhr. Ouwen glaubte zu sehen, dass die Wandlerin einen kurzen, fragenden Blick zu Hayden warf, war sich aber nicht sicher, ob es etwas zu bedeuten hatte. Er strich über das Fell der Wölfin, die neben ihm lag, und hing seinen Gedanken nach.

Am nächsten Tag wanderten sie weiter Richtung Norden, bis die Sonne tief am Himmel stand. Als sie ihren Lagerplatz in der Nähe eines Hangmoores errichteten, schlug Ouwen vor, mit seiner Schleuder auf die Jagd zu gehen.

Er war nach dem langen Marsch erschöpft, wollte jedoch noch etwas Zeit allein mit der Wölfin verbringen. Nach fast sieben Tagen Rauchfleisch als einzige Verpflegung war er es außerdem mehr als leid. Sie hatten zwar noch einen Rest getrockneter Früchte, aber das war keine wirklich befriedigende Ergänzung zu ihren Mahlzeiten.

Hayden zögerte, doch als Ouwen versprach, sich nicht weit von ihrem Lager zu entfernen, willigte er schließlich ein.

»Sei vorsichtig. Kehr zurück, bevor die Nacht einbricht.« Halbschatten blickte in den Himmel und pfiff nach Elox, der kurz darauf auf seinem Arm landete. »Halte Ausschau!« Er strich über das glänzende Gefieder des Wächters. *Und wache über Ouwen.*

Der schwarze Vogel krächzte heiser, erhob sich in die Luft und kreiste einen Moment lang über ihren Köpfen, bevor er davonflog.

Ouwen lief zu ihrem Unterstand, löste das Schwert von seinem Gürtel und steckte stattdessen seine Schleuder und einige Wurfsteine ein. Vielleicht hatte er Glück und entdeckte ein Schneehuhn oder einen Hasen. Wenn die Götter mit ihm waren, konnten sie am nächsten Morgen frisches Fleisch über dem Feuer braten und sich für die letzte Etappe ihrer Reise stärken. Selbst wenn er nur mit ein paar essbaren Wurzeln zurückkehren würde, er war dankbar für die Abwechslung in ihrer sich täglich wiederholenden Routine.

Er wandte sich zu der Wölfin um, die sich neben ein paar Büschen niedergelassen hatte. *Komm mit mir!*

Die Fähe erhob sich träge und schüttelte den Schnee aus ihrem grauen Fell.

Ouwen nickte Hayden zum Abschied zu und schlug den Weg in Richtung des kleinen Waldstückes ein, das sie kurz zuvor durchquert hatten. Die Wölfin folgte ihm.

Sie würden das Moorgebiet umgehen, dessen Ausläufer bis an den bewaldeten Hügel grenzten. Gerade im Winter konnte es für Wanderer tückisch sein, denn der sumpfige Boden war nicht sofort als solcher zu erkennen. Die Vakul, wie die Moore auch genannt wurden, waren Pfade zur Unterwelt. Ein Tor zu den Göttern. An diesen heiligen Orten wurden den Göttern Geschenke dargebracht. Gold und Silber, Waffen von besiegten Feinden, sogar Schiffe wurden Atorh und dem Kreis der Dreizehn geopfert.

Und manchmal auch mehr als das.

Ouwen zog sich fröstelnd die Fellkapuze über den Kopf. Die Krone hatte Blutopfer im ganzen Land verboten, eine Missachtung des Gesetzes wurde streng geahndet. Doch es hieß, dass in den Mooren mehr verschwand, als kostbare Metalle aufwiegen konnten.

Er blickte sich um. Der Schnee lag hier nicht so dicht wie im Landesinneren, aber die Eismonde hatten auch in den Küstenebenen das Leben erstarren lassen.

Ouwen schickte ein stummes Gebet zu Aenai, der Göttin der Jagd, während er weiterlief.

Führe meine Augen, leite meine Hand.

Als sie das Waldstück erreichten, sah er sich zwischen den Bäumen nach frischen Spuren um, doch die Hasen und Schneehühner schienen sich – entweder vor der Kälte oder vor ihnen – versteckt zu haben. Er suchte vergeblich nach ihren typischen Zeichen im Schnee. Nach einer Weile hob die Wölfin den Kopf und stieß ein leises Knurren aus.

Ouwen griff nach einem Stein für seine Schleuder und überließ der Fähe die Führung. Mit einer Schattenwölfin zu jagen, hatte eindeutig Vorteile, dachte er lächelnd.

Nach ein paar Schritten entdeckte er die frische Fährte eines Schneehasen. Seine Augen wanderten suchend über den Hügel, doch das Tier war nirgendwo zu entdecken.

Ouwen senkte den Blick und erstarrte. Im Schnee waren tiefe Abdrücke zu erkennen, menschliche Fußspuren. Nachdenklich betrachtete er die breiten Stiefelabdrücke. Es konnte noch nicht lange her sein, dass dessen Besitzer hier entlanggekommen war. Die Spur war frisch.

Er schloss seine Hand um die Schleuder und überlegte, ob er umkehren sollte. Hayden hatte ihnen erklärt, dass sie den Kontakt mit Fremden vermeiden sollten, aber ihr Lager war nicht weit entfernt. Wäre es nicht besser, zu wissen, mit wem sie es zu tun hatten?

Die Wölfin hatte die Ohren angelegt und sah in Richtung der Bäume, die vor ihnen aufragten.

»Bleib in meiner Nähe.« Ouwen folgte den Fußabdrücken bis zu einer alten Fichte, an der der Mann anscheinend Wasser gelassen hatte. Der klagende Ruf eines Waldkauzes drang an sein Ohr. Er wandte den Kopf und zögerte einen Moment, aber seine Neugier war stärker als seine Bedenken.

Die Fußspuren führten bis zu einem schmalen Pfad, der sich am Rand des Hangmoores entlangschlängelte. Ouwen folgte dem Weg äußerst vorsichtig. Schnee und Eis ließen den Weg immer wieder verschwinden. Nach einer Weile stieß er auf die Abdrücke von Hufen und Wagenrädern. Irgendetwas Schweres war hier auf einem Karren transportiert worden, die Räder hatten in der aufgeweichten Erde tiefe Spuren hinterlassen. Vielleicht war es das Fuhrwerk eines Bauern gewesen, doch er glaubte nicht daran. Wer im Winter das Moor nicht umfuhr, musste entweder dumm sein, oder einen wichtigeren Grund haben, als Waren zum Markt zu bringen. Der Hauptweg führte um das Moor herum und war sicherer, aber er bedeutete auch einen Umweg von mehreren Stunden.

In Ouwens Überlegungen drang ein tiefes Grollen, welches aus der Kehle der Wölfin kam. Anscheinend witterte sie etwas, das hinter den Bäumen lag.

»Schhhht.« Er streckte die Hand aus und versuchte sie zu beruhigen. *Wir dürfen nicht entdeckt werden.*

Er lief zu den dicht beieinander stehenden Tannen und spähte durch die schneebedeckten, herabhängenden Zweige. Nur etwa zwanzig Schritte entfernt saßen zwei Männer auf ihren Pferden. Die lauten Stimmen, die zu ihm herüber drangen, klangen nicht wie die von einfachen Bauern. Die Männer schienen mit jemandem zu streiten, der außerhalb seines Blickfeldes stand. Ouwen wandte sich nach der Fähe um, aber sie war verschwunden. Angespannt presste er die Kiefer aufeinander. Wollte sie die Fremden etwa angreifen? Sie war eine Schattenwölfin und damit unberechenbar, etwas, das er leider oft vergaß.

Aus den Augenwinkeln nahm er eine Bewegung wahr. Die Fähe kam auf ihn zugelaufen und Ouwen streckte erleichtert die Hand nach ihr aus.

»Ich schätze, du bist genauso neugierig wie ich«, murmelte er und schlich näher an die Fremden heran.

Er wusste, dass die Wölfin ihm folgen würde.

»Wie lange dauert das noch? Ich habe keine Lust, hier herumzustehen, bis die Nacht anbricht!« Der grauhaarige Reiter, der gesprochen hatte, riss hart an den Zügeln seines Pferdes. Das Tier begann nervös zu tänzeln, woraufhin er seine Peitsche zog.

Sein Kumpan, der auf dem Boden kniete, wischte sich über das verdreckte Gesicht. »Woher soll ich das wissen? Vor lauter Schlamm ist ja nichts zu sehen!«

Ouwen duckte sich zwischen ein paar Büsche und blickte beunruhigt zu den Fremden. Zwei der Männer saßen auf ihren Pferden und schienen mit Schwertern bewaffnet zu sein, ein Dritter kniete neben einem Karren im Morast. Die Hinterräder des Wagens steckten anscheinend im Schlamm fest.

»Ich habe ja gesagt, dass wir auf dem Weg bleiben sollen«, sagte der Mann am Boden. »Diese Abkürzungen bringen nur Ärger!«

Der Grauhaarige ritt zu dem Karren und schlug mit dem Knauf seiner Peitsche auf die Gitterstäbe eines großen Eisenkäfigs. »Rückt gefälligst ein Stück weg, ihr Bastarde, damit wir endlich unsere Arbeit machen können!«

Ouwen starrte zu den Menschen, die eng zusammengepfercht auf dem Wagen saßen. Er hatte solche Transporte bereits in Askaleth gesehen. Sklaven waren genau wie Gold, Bernstein oder Waffen eine begehrte Handelsware. Oft waren es Gefangene aus Kriegen, andere waren bereits unfrei geboren worden … so wie sein Großvater.

Seine Finger ballten sich zur Faust. Außer seiner Familie wusste niemand, dass sein Großvater einst ein Sklave gewesen war. Er hatte erst als erwachsener Mann die Freiheit erlangt und sich in Askaleth ein neues Leben aufgebaut.

Er musterte die beiden bewaffneten Reiter. Das waren keine Händler, sondern Söldner, die dafür bezahlt wurden, die kostbare Ware, die ihnen anvertraut worden war, sicher ans Ziel zu bringen. Sein Blick wanderte zu den im Morast versunkenden Rädern. Das Gebiet rund um das Hangmoor war tückisch, denn der grasbewachsene Boden unter dem Schnee hatte sich voll Wasser gesogen und gab oft unvermutet nach. Die Vakul nahmen sich alles, wenn man nicht achtgab und gaben nur selten ihre Beute zurück.

Die Männer hatten Glück gehabt. Es schien keine tiefe Stelle zu sein, die Räder des Wagens waren nur zur Hälfte eingesunken. Trotzdem würden sie den Karren nicht ohne Hilfe aus dem Morast bekommen, schon gar nicht mit der schweren Fracht, die sie beförderten.

Eine Fracht, die aus lebenden Menschen bestand.

Ouwen spannte die Schultern an, doch er konnte nichts für die Menschen tun. Es war nicht verboten, Sklaven wie Vieh eingesperrt zum Verkauf zu transportieren, auch wenn der Weg an einem gefährlichen Moor entlangführte. Sie waren nur eine Ware, ein Besitz. Die Krone förderte den Sklavenhandel, denn die hohen Steuerabgaben spülten Geld in die königlichen Kassen. Gold, das Ehgien dringend für seine Truppen und Kriege benötigte.

Ein paar der Gefangenen schrien ängstlich auf, als der Wagen ein Stück tiefer einsackte und dadurch zur Seite kippte.

»Verdammt!« Der jüngere der beiden Reiter stieg von seinem Pferd ab. »Warum ziehen wir das Rad nicht einfach raus?« Er ging zu dem Mann, der noch immer vor dem Karren kniete, und begutachtete mit ihm zusammen den Schaden.

»Tja … der Wagen ist viel zu schwer«, brummte sein Kumpan als Antwort. Das Hemd und die Hose des Mannes waren mittlerweile voller Dreck. Er hob den Blick und sah seine beiden Begleiter ungeduldig an. »Ihr müsst die Ware abladen, wenn ihr wollt, dass ich das heute noch repariere!«

»Dafür haben wir keine Zeit!«, erwiderte der Mann mit den ergrauten Schläfen. »Man erwartet uns noch an diesem Abend.« Sein Pferd schnaubte leise, als er es um den Karren herumführte.

»Wenn wir den Wagen nicht reparieren, können sie lange warten«, sagte der Mann am Boden verärgert, während er die Achse untersuchte. »Und auch so werde ich einige Stunden brauchen, bis wir weiterfahren können.«

»Er hat recht, Godfried«, mischte sich der jüngere Mann ein. »Mit etwas Glück ist das Rad nicht gebrochen, aber wir müssen erst einmal den Karren aus dem Schlamm ziehen, um zu sehen, wie groß der Schaden ist. Das wird ein Weilchen dauern.«

Der Mann auf dem Pferd fluchte ungehalten und riss seinen Hengst an den Zügeln herum.

»Kümmere dich um die Gefangenen, Ainar!« Er blickte den Mann an, der gerade gesprochen hatte. »Ich werde vorausreiten und mit dem Kapitän sprechen. Und ihr macht den lahmen Gäulen Beine!« Seine Stimme klang eisig. »Enttäuscht mich nicht!«

Der Angesprochene nickte, ging zu seinem Pferd und zog eine Peitsche aus der Satteltasche. Während er

Befehle zu den Menschen im Käfig bellte, ritt Godfried davon.

Ainar verlor keine Zeit, sondern öffnete eine Klappe am Gitter des Karrens und befahl den Menschen auszusteigen.

Ouwen zählte fünf Männer unterschiedlichen Alters und drei Frauen, die nacheinander aus dem Wagen kletterten. Ihre Gesichter waren schmutzig, genau wie ihre Kleidung. Die männlichen Gefangenen trugen Fußketten, was ihnen beim Aussteigen Schwierigkeiten bereitete. Als einer von ihnen stürzte und in den Morast fiel, knurrte Ainar wütend.

»Passt gefälligst auf und wartet dort drüben bei den Bäumen!« Er zerrte den Gefangenen auf die Beine.

Zwei kleine Kinder drängten sich Schutz suchend an eine ältere Frau. Der Knabe war vielleicht sieben oder acht Jahre, das Mädchen etwas jünger. Die langen Haare fielen ihr in strähnigen, rotblonden Locken über die Schultern. Als sie kurz nach dem Jungen aus dem Wagen kletterte, verfing sich ihr wadenlanger Rock an der Klappe und entblößte ihre nackten Beine.

Ouwen erstarrte. Selbst aus der Entfernung konnte er das große, längliche Muttermal an ihrem Bein erkennen.

»Bei den Göttern«, murmelte er, doch das Bild, das aus seiner Erinnerung auftauchte, ließ sich nicht wegwischen.

Er sah lange, helle Haare, die wie Flachsfäden durch das Wasser trieben. Ein totes Kind, das mit den anderen Körpern die Strömung hinabtrieb. Auf einem der nackten Beine prangte ein großes, dunkles Mal. Ein düsteres Detail seiner Vision, welches er fast vergessen hatte.

Er hatte es vergessen wollen.

Ouwen kniff die Augen zusammen. Seit er von Hayden erfahren hatte, dass seine Träume mehr waren als nur Schatten, hatte er immer wieder an die Toten vom Atana denken müssen. Sein Blick glitt über die Sklaven, die in der Nähe des Wagens im Schnee kauerten. Die Menschen trugen nur einfache Kleidung, dünne Leinenhemden und Hosen, die nicht vor dem Winterfrost schützten. Einige, wie das rothaarige Kind, besaßen keine festen Schuhe. Das Mädchen hatte sich zitternd in den Arm der alten Frau geschmiegt.

Er senkte den Kopf. Er konnte nicht einfach gehen und die Menschen ihrem Schicksal überlassen, ohne zu wissen, ob es sich um dasselbe Kind handelte.

Eine leise Stimme in seinem Inneren schalt ihn einen Narren. Was, wenn es so war? Was konnte er allein gegen zwei bewaffnete Männer ausrichten?

»Mutter, hilf mir«, flüsterte er. *Was soll ich tun?*

Er blickte auf die Schleuder in seiner Hand. Er hatte noch nie damit auf einen Menschen gezielt. Doch es blieb keine Zeit, um sein Schwert zu holen. Es dämmerte bereits, die Sonne würde bald untergehen. Seine Augen fixierten die Söldner. Nein, er war nicht hilflos. Die Fremden wussten nicht, dass sie beobachtet wurden. Er würde diesen Vorteil für sich nutzen.

Ouwen drehte sich zu der Wölfin um. »Warte hier auf mich!« Die Fähe hob knurrend die Lefzen und kam auf ihn zu. Er konnte ihren Widerstand spüren, sie wollte mit ihm gehen. Ungeduldig schüttelte er den Kopf und wiederholte in Gedanken seine Bitte: *Bleib hier, bis ich zurückkomme.*

Die Schattenjägerin senkte das Haupt. Ihre Augen schienen zu glühen, als sie ihm mit ihren Blicken folgte.

Ouwen schlich im Schutz der Bäume näher an die Fremden heran. Der Zorn auf die Männer ließ sein Herz schneller schlagen. Das Gefühl war stärker als seine Furcht.

Er hob den Arm und zielte auf den Mann, der ihm am nächsten stand. Es war der kleinere der beiden Söldner, der noch immer neben dem beschädigten Wagen kniete.

Nicht … zurück! Geh zurück …

Die Stimme schien aus dem Nichts zu kommen.

Ouwen fuhr herum. Wer hatte das gesagt? Er spürte, dass ihn jemand beobachtete, konnte aber niemanden entdecken. Gänsehaut kroch seinen Nacken hoch und ließ ihn frösteln. War es wieder nur Einbildung?

Nicht angreifen … Zurück!

Die Stimme klang seltsam, ungewöhnlich tief und rau, anders als jede Stimme, die er bisher gehört hatte. Irgendwie … nicht menschlich. Ouwen ließ seinen Arm mit der Waffe sinken und wich unsicher ein paar Schritte zurück.

Er sah sich nach der Fähe um, die im Schatten einiger Bäume auf ihn wartete, wie er es ihr aufgetragen hatte, aber er fühlte, dass sie es nicht gewesen war.

In diesem Moment erinnerte er sich. Er hatte diese Stimme schon einmal gehört – in jener Sturmnacht in Askaleth.

Ouwen hörte Flügelschlagen und hob den Kopf. Auf einem Ast über ihm saß ein Vogel. Es war Elox.

Der schwarze Vogel starrte ihn einen Moment ausdruckslos an, breitete dann seine schweren, knochigen Schwingen aus und erhob sich in die Luft.

Warte hier. Er … wird kommen.

Ouwen blickte dem davonfliegenden Wächter verblüfft nach, bis das leise Krächzen zwischen den Baumwipfeln verhallte. Auch wenn der Vogel den Namen nicht genannt hatte, wusste er genau, wer mit ›Er wird kommen‹ gemeint war.

Hayden.

Es dauerte weniger als eine halbe Stunde, bis er vertraute Schritte hörte. Ouwen nahm den Arm vom Hals der Wölfin und stand auf. Sie hatten sich in sicherer Entfernung zu den Fremden unter ein paar Bäumen niedergelassen.

»Wieso bist du nicht zu unserem Lager zurückgekehrt?« Halbschatten blieb vor ihm stehen. »Elox hat mir berichtet, dass du die Fremden angreifen wolltest.« Seine Augen schienen sich zu verdunkeln, während er sprach.

Ouwen antwortete nicht, sondern sah zu den Gefangenen. Die Sklaven kauerten dicht aneinandergedrängt auf dem nasskalten Boden, einige schienen eingeschlafen zu sein.

Hayden folgte seinem Blick. »Sie sind also der Grund, warum du noch hier bist?«

»Ja.« Ouwen wandte den Kopf. »Was geschieht mit ihnen? Wohin wird man sie bringen?«

Hayden zog die Stirn in Falten. »Wahrscheinlich werden sie verkauft, wie viele andere auch.«

»Können wir denn nichts für sie tun?«

»Wir sollten uns nicht einmischen. Je weniger Aufmerksamkeit wir erregen, desto besser.« Als er Ouwens gequälten Gesichtsausdruck sah, fügte Hayden seufzend hinzu: »Es gefällt mir genauso wenig wie dir, aber das geht uns nichts an.« Er wandte sich zum Gehen. »Wir müssen zurück, es wird bald dunkel.«

Ouwen rührte sich nicht. »Ich kann nicht«, erwiderte er.

Hayden blickte ihn verärgert an. »Was meinst du damit?«

»Ich habe sie gesehen … in einer Vision, als ich mit meinem Vater jagen war.« Ouwen versuchte die Bilderfetzen, die durch seine Gedanken rasten, zu verdrängen. »Ich dachte damals, es wäre nur ein dunkler Tagtraum. Aber ich weiß jetzt, dass es geschehen wird, Hayden.« Er hob den Kopf. »Sie werden alle sterben.« Sein Gesicht war aschfahl. »Ich kann nicht gehen. Vielleicht sind sie der Grund, warum ich hier bin.«

Hayden lehnte sich an eine der Tannen, unter denen sie standen, und verschränkte die Arme.

»Was genau hast du gesehen?«

»Leichen, die den Fluss hinuntertrieben«, erwiderte Ouwen. »Darunter auch Frauen … und Kinder.«

»Du meinst die Toten im Atana, die du mir während unserer Übungen gezeigt hast?«

Ouwen nickte. »Ich träume oft von ihnen.« Über sein Gesicht huschte ein Schatten. »Eines der Kinder hatte ein auffallendes Muttermal am Bein. Ich konnte es sehen, weil sich ihr Körper zwischen Sträuchern verfangen hatte.« Er stockte. »Dasselbe Mal, wie es das kleine Mädchen dort drüben hat.«

Hayden blickte nachdenklich in Richtung der Fremden. »Hast du in deinen Träumen gesehen, wer sie getötet hat?«

»Nein, aber ihre Wunden müssen von scharfen Klingen stammen, von einer Axt, oder einem Schwert.«

Hayden schüttelte den Kopf. »Du kannst nicht wissen, was mit ihnen geschehen wird. Ist dir in den Sinn gekommen, dass deine Vision eine ganz andere Bedeutung haben kann?«

Ouwen schwieg. Während er auf Hayden gewartet hatte, hatte er sich immer wieder diese Frage gestellt, aber er war sich sicher, dass sein Gefühl ihn nicht täuschte.

»Wir müssen weiter!« Halbschatten griff nach seinem Arm. »Selbst wenn es stimmt und du ihren Tod vorhergesehen hast, bedeutet das nicht, dass du dein Leben für sie in Gefahr bringen sollst oder unseres! Es ist zu gefährlich, hierzubleiben.«

Ouwen trat einen Schritt zurück und entzog sich ihm. »Ich will weder dich noch Edevind in Gefahr bringen. Aber ich werde nicht mit dir gehen.« Er hob entschlossen den Blick. »Du hast mir beigebracht, auf meine Träume zu achten. Wie kann es also keine Rolle spielen, was ich gesehen habe? Welchen Sinn hat diese ... Gabe, wenn ich sie nicht dafür nutzen kann, zu helfen?« Er wandte sich ab. »Seit ich dir begegnet bin, sind wir auf der Flucht. Ich bin es leid, davonzulaufen.«

Hayden seufzte. »Das, was du gesehen hast, muss nicht eintreten. Vielleicht hat sich die Zukunft dieser Menschen bereits verändert.«

»Das glaube ich nicht. Mein Gefühl sagt mir etwas anderes.«

Hayden blickte ihn prüfend an. Schließlich nickte er. »Also gut, doch ich hoffe, du bist dir der Konsequenzen bewusst, die diese Entscheidung haben kann – für uns alle.« Er wandte den Kopf. »Wir müssen näher heran. Wenn ich ihre Gedanken lesen kann, erfahre ich auch ihre Absichten. Aber wir werden Hilfe brauchen.« Er stieß einen leisen Pfiff aus. Kurz darauf waren Flügelschläge zu hören. Elox kam auf sie zugeflogen und ließ sich auf Halbschattens ausgestrecktem Arm nieder.

Ouwen starrte den Wächter unsicher an. »Der Vogel … er hat mit mir gesprochen. Elox wollte, dass ich hier auf dich warte.« Genau genommen hatte der Vogel nichts *gesagt*, sondern ihm nur seine Gedanken übermittelt. Doch war das nicht dasselbe? Er hatte die Stimme laut und deutlich gehört, genauso wie Haydens Stimme jetzt.

Eine Stimme in meinem Kopf. Er zögerte, bevor er weitersprach: »Ich glaube, ich habe ihn schon einmal zuvor gehört, in Askaleth.« Ouwen versuchte gelassener zu klingen, als er sich fühlte.

Hayden lächelte. »Ich weiß.« Er strich über das pechschwarze Gefieder des seltsam aussehenden Tieres.

»Ich verstehe das nicht. Ich habe seine Gedanken bisher nie hören können, bis auf dieses eine Mal an meinem Haus.«

»Elox wollte, dass du ihn hörst, das ist der Grund, weshalb du ihn verstehen konntest. Du bist zwar ein Träger der Inrir, aber das bedeutet nicht, dass du automatisch die Gedanken von jedem Wesen erkennen kannst.« Hayden warf einen Blick zu der Fähe, die nicht von Ouwens Seite wich. »Du wirst noch lernen, mit anderen mithilfe deiner Gedankenkraft zu kommunizieren, so wie mit deiner Wölfin.«

Ouwen runzelte die Stirn. Sie war nicht ›seine‹ Wölfin. »Sprichst du immer über deine Gedanken mit Elox?«, fragte er.

»Nicht immer. Er versteht mich auch, ohne dass ich etwas sage.« Halbschatten hob den Arm. »Du weißt, was zu tun ist, mein Freund«, murmelte er leise.

Der Wächter sah ihn aus seinen dunklen Augen wissend an und erhob sich flügelschlagend in die Lüfte.

Ouwen blickte ihm nach. Was auch immer Hayden vorhatte – er hoffte, dass es ein guter Plan war.

KAPITEL 22

Esgar, Königsburg. Acht Monate zuvor

Reeva wusste nicht, warum man nach ihr geschickt hatte. Sie hatte den Nachmittag in der Bibliothek verbracht, wie so oft in letzter Zeit. Zwischen den deckenhohen Regalen voller Pergamente und alter Manuskripte fand sie Zuflucht, vor dem Hofstaat und auch vor ihrem Vater.

Margard, die älteste Zofe ihrer Mutter, senkte den Kopf und knickste, als die Prinzessin die Gemächer der Königin betrat. Doch der beunruhigte Blick der Kammerzofe, die eine der engsten Vertrauten der Königin war, entging Reeva nicht. Ein kurzer Blick in das Zimmer, das genau wie die anderen Wohnräume im Westtrakt der Burg lag, verriet ihr den Grund. Der Raum war völlig verwüstet. Die dunklen Vorhänge der Fenster hingen halb abgerissen auf den Boden, Scherben einer Tonkaraffe vermischten sich mit verstreuten Blumen und schmutzigen Wasserpfützen.

Reeva verbarg ihr Entsetzen hinter einer Maske aus Beherrschung, als sie ihre Mutter inmitten dieses Chaos entdeckte. Eihra saß auf dem Boden und zerriss den Stoff eines bestickten Kissens. Sanft, wie dem Chaos zum Trotz, schwebten die weißen Federn langsam durch die Luft zu Boden.

»Lasst uns allein.« Reeva wandte sich an Margard. »Und schicke auch die anderen Zofen fort. Falls mein Vater später zum Essen nach uns schicken sollte, richte ihm aus, dass meine Mutter unpässlich ist.« Sie seufzte leise. »Und ich auch.«

Die Dienerin nickte und schloss die Tür hinter sich.

Eihra schleuderte das Kissen wie ein unliebsames Spielzeug fort und warf ihrer Tochter einen kurzen, schmerzerfüllten Blick zu, bevor sie aufstand und in das Nebenzimmer ging.

»Mutter!« Reeva raffte ihre Röcke und lief durch das großzügig geschnittene Gemach, durch dessen Fenster man einen herrlichen Ausblick auf den Park und den angrenzenden Wald hatte. Doch sie hatte keine Muße, das weiße Schneetreiben zu bewundern, das Esgars Ländereien seit Tagen in eine Märchenlandschaft verwandelte. Sie betrat den angrenzenden Raum und ging zu Eihra, die sich auf einer kleinen, mit Stoff bezogenen Bank niedergelassen hatte.

»Was ist geschehen?«, fragte sie leise.

Ihre Mutter antwortete nicht, sondern blickte stumm auf ihre im Schoß zusammengefalteten Hände.

Reeva setzte sich neben sie. Auf dem dunklen Gewand ihrer Mutter, dessen einziger Schmuck ein silberner Atorhanhänger war, klebten kleine, weiße Federn. Reeva begann sie mit sachten Bewegungen ihrer Hand fortzustreichen.

»Sie lügt!«, entfuhr es Eihra. »Ich glaube einfach nicht, dass es wahr ist.« Sie schlug die Hände vor ihr Gesicht.

»Von wem sprichst du, Mutter?«

Eihras Antwort war kaum mehr als ein Flüstern und sie war voller Bitterkeit. »Uriel.«

Reeva verzog das Gesicht. Sie hatte diese Antwort erwartet. Ihr Blick wanderte durch den Raum und blieb an einem der kleinen Tische in der Nähe hängen, auf dem ein Tonkrug und mehrere Becher standen. Sie stand auf und roch an dem Inhalt des Krugs. Auf ihre Lippen stahl sich ein Lächeln. Den Göttern sei Dank, es war Wein.

Sie goss etwas davon in einen Becher und kostete von der klaren, goldgelben Flüssigkeit. Es schmeckte herrlich. Wenigstens etwas, worauf sie sich bei ihrem Vater immer verlassen konnte. Er hatte den besten Weinvorrat des ganzen Landes. Sie schenkte ihrer Mutter ebenfalls einen Becher ein und reichte ihr das Gefäß.

Eihra nahm den Wein und trank zögernd einen Schluck.

Nachdem Reeva sich selbst nachgeschenkt hatte, setzte sie sich wieder auf die Bank zu ihrer Mutter. Es war kein Geheimnis, dass ihr Vater in den vergangenen Jahren zahlreiche Geliebte gehabt hatte. Niemand nahm daran Anstoß, selbst ihre Mutter nicht, da er sich fast immer diskret verhalten und ihr seine amourösen Abenteuer nicht direkt unter die Nase gehalten hatte. Seit Ehgien Uriel seine Gunst schenkte, hatte sich jedoch alles geändert. Ihr Vater hatte dieser Frau nicht nur private Gemächer in der Burg zugestanden, sondern auch einen Platz an seiner Tafel. Ihre Mutter war nun gezwungen jeden Tag der Frau ins Gesicht zu sehen, die ihr den Platz streitig machte, der von Recht her ihr gebührte. Für Eihra war es eine unerträgliche Demütigung. Eine offene, schmerzende Wunde.

»Was hat sie dieses Mal getan?« Reeva sah ihre Mutter an.

»Sie erwartet ein Kind.« Eihra blickte mit versteinerter Miene auf den Boden.

Reeva schwenkte den Inhalt ihres Bechers. Sie war überrascht. Nicht darüber, dass die Frau, mit der ihr Vater regelmäßig das Bett teilte, ein Kind erwartete. Aber Uriel weilte schon eine lange Zeit auf der Burg, Reeva hatte angenommen, dass sie kein Kind empfangen konnte – oder wollte. Ein Irrtum, wie sich nun zeigte.

»Sie sagt, es wird ein Sohn.«

Eihras geflüsterte Worte ließen Reeva aufblicken. Seit der letzten, schwierigen Schwangerschaft ihrer Mutter, die frühzeitig geendet hatte, hatte ihr Vater nicht mehr das Bett mit ihr geteilt. Die Heiler hätten ihm davon abgeraten, sagte er, aber Reeva wusste es besser. Ihr Vater war sich sicher, dass seine Frau ihm nicht den ersehnten Erben schenken würde und hatte das Interesse an ihr verloren. Ehgien hatte genügend Bastarde in den vergangenen Jahren gezeugt, die seine Macht stärken würden, wenn er sie legitimierte und ihnen Titel verlieh. Doch bisher hatte er das nicht getan. Was würde geschehen, wenn er das Kind von Uriel anerkannte, ihm vielleicht sogar die Thronfolge in Aussicht stellte? Es brauchte nicht viel Fantasie, um sich vorzustellen, wie sehr es ihre Mutter verletzen musste und wie sehr es sie ängstigte. Denn es würde auch Uriel mehr Macht verleihen.

Sie strich mit den Fingern sanft über Eihras Handfläche. Ihre Mutter hatte es nie verwunden, keine weiteren Kinder zu haben. In den vergangenen zehn Jahren hatte sie mehrere Fehlgeburten erlitten und eine Totgeburt, mehr als eine Frau verkraften konnte. Coran, wie sie den kleinen Jungen getauft hatten, ruhte nun tief unter der Erde, in ihrer steinernen Familiengruft.

Reeva zog nachdenklich die Brauen zusammen. »Wie kann sie sich so sicher sein, dass es ein Junge wird?«

Eihra blickte sie aus rot geweinten Augen an. »Sie verfügt über dunkle Kräfte, Ree«, erwiderte sie.

Reeva lächelte, als ihre Mutter ihren alten Kosenamen benutzte, doch der Gedanke, dass Eihra vielleicht recht hatte, ließ sie schaudern.

»Ich weiß es, bei den Göttern ... Diese Hexe spinnt ihr Netz schon lange um deinen Vater.«

Reeva schwieg. Ihre Mutter war verletzt und voller Zorn, aber sie war nicht die Erste, die hinter vorgehaltener Hand flüsterte, dass die Geliebte des Königs die verbotenen Künste anwandte. Reeva setzte den Becher an die Lippen und trank ihn leer. Nur wenige Menschen beherrschten die Inrir. Der Rat ihres Vaters stellte eine große Ausnahme dar. Zu ihm gehörten auch einige magisch begabte Mitglieder, die im Dienst der Krone standen. Ihr Wissen und ihre Talente bedeuteten Macht – Macht, die Ehgien nutzte, um sein Reich zu verteidigen und, wie Reeva wusste, auch, um es zu erweitern. Doch das Misstrauen gegenüber allem Übernatürlichen war in den vergangenen Jahren im Volk gewachsen. Menschen, die über besondere Fähigkeiten verfügten, gerieten schnell unter Anklage, ihre Kräfte für ihre eigenen Zwecke und gegen den König zu verwenden.

Sie blickte zu dem Wandgemälde, das neben einem steinernen Kamin hing. Es zeigte den Kreis der Dreizehn, in dessen Mitte das Auge Atorhs abgebildet war.

Reeva senkte den Kopf und strich über das halbmondförmige, schwarze Symbol auf ihrem Handgelenk. Sie trug das Zeichen seit ihrer Geburt. Ein geschlossenes Auge … Symbol des allsehenden Gottes.

Das Zeichen erinnerte sie jeden Tag daran, dass ihr Vater Atorh die Treue geschworen hatte. Dem Gott der Toten und der Lebenden. *Hüter der Weisheit.*

Sie presste die Lippen zusammen. Sein Auge war in Esgar allgegenwärtig und schien sie zu verfolgen, wo immer sie auch hinging. Es prangte über dem Eingang eines jeden Tempels und zierte seit vielen Jahren auch die Flagge ihres Hauses. Viele Gläubige trugen das Zeichen als Tätowierung auf ihren Körpern oder in Form eines Schmuckstückes bei sich, so wie ihre Mutter, die ihre Kette niemals ablegte.

Als würde Atorh Tausende Augen haben, dachte Reeva und verdeckte das Symbol auf ihrer Haut mit der Hand.

Ihrer Mutter zuliebe besuchte sie die Messen, die die Macht des Zweigesichtigen anpreisten, doch sie mochte weder die Priester, deren schwarze Gewänder sie an Leichentücher erinnerten, noch die Geschichten über Tod und menschliche Sünden, die sie erzählten, um den Menschen Furcht einzuflößen. Reevas Götter würden nie andere sein als der Kreis der Dreizehn: Aenai, Aresh, Mirhog oder Vihor, die die Elemente beherrschten, Feuer und Wasser aus dem Nichts erschufen und den Sturm zähmten.

Bei ihnen gab es mehr Raum für Dinge, die keinen Namen hatten, für helle und auch für dunkle Magie. Doch sie akzeptierte Eihras Glauben, da sie spürte, dass er ihre Mutter glücklich machte. Genauso wie ihren Vater.

Ihre Gedanken schweiften zu Uriel. Sie hatte zweifellos besondere Talente, nicht nur ihr Vater schenkte ihr Blicke voller Begehren, aber war sie wirklich Trägerin der Inrir?

Reeva hatte sich als Kind oft gewünscht, besondere Fähigkeiten zu haben, Feuer mit den Händen entzünden, Gedanken lesen oder andere Dinge tun zu können … so wie die Berater ihres Vaters. Aber alles, was sie tun konnte, war aus ihrem Versteck heraus heimlich die Versammlungen zu beobachten. Für sie waren die Inrir ein Geschenk, nichts, was man verdammen sollte.

Sie warf einen Blick auf ihre Mutter, die noch immer mit gesenktem Kopf neben ihr saß. Das Licht der Sonne, das durch das kleine, mit kostbaren Glasmalereien verzierte Fenster fiel, zeichnete bunte Lichtreflexe auf ihr Haar.

Reeva fuhr mit den Fingern über das kühle Glas. Die farbigen Symbole leuchteten, fast als wären sie lebendig und nicht nur Zeichnungen in einem zerbrechlichen, gläsernen Gemälde.

Als Kind hatte Reeva oft bewundernd davorgesessen und sich vorgestellt, wie die Götterrunen, welche die dreizehn Geschwister symbolisierten, anfingen, sich zu bewegen und zu ihr sprachen. Sie flüsterten ihr Geschichten zu, von fremden Orten und Wundern, während ihre Kindermädchen ihr von Aresh und Atorh erzählten.

Sie ergriff Eihras kalte Hand. »Ich werde nicht zulassen, dass diese Frau dich unglücklich macht.« Doch Reeva wusste, dass sie ihr Versprechen nicht halten konnte. In einigen Monaten fand bereits ihre Hochzeit statt und sie würde Esgar verlassen. Sie machte sich keine Illusionen, was ihre Ehe anbelangte. Ihren zukünftigen Gatten, dem sie seit ihrem sechsten Lebensjahr versprochen war, hatte sie bisher nur zweimal gesehen. Es war keine Liebe, die sie erwartete. Liebe war nur eine Illusion, eine Schwäche. Sie würde nicht denselben Fehler begehen wie ihre Mutter und sich in einen Mann verlieben, der ihr nicht treu sein konnte – und es auch nicht sein wollte. Sie würde heiraten, wen auch immer man für sie auswählte, doch ihr Herz gehörte nur ihr allein.

Ihre Ehe war ein vielversprechendes Bündnis für ihren Vater. Eine Allianz, die beide Länder verbinden würde und ein kalkulierter Handel, genauso wie es die Ehe ihrer Eltern vor vielen Jahren gewesen war, wie ihr Vater einmal bei einem Abendmahl betont hatte, während er dem Wein besonders gut zusprach. Ehgien war auf seine Pläne stolz gewesen, doch für Reeva hatte es sich angefühlt, als hätte er statt eines seiner Zuchtpferde seine Tochter zu einem guten Preis verkauft. Sie sah aus dem Fenster. Der Wind trieb unablässig Schneeflocken durch den Himmel, die wie zerrissene Federn zu Boden segelten und sich auf dem Burghof zu Hügeln türmten.

Sie sehnte sich danach, die Ketten, die sie an Esgar banden, hinter sich zu lassen, genau wie die Vormundschaft ihres Vaters und die Schwächen ihrer Mutter. Reeva strich sich eine der langen, braunen Haarsträhnen aus dem Gesicht, die sich aus ihrer kunstvollen Steckfrisur gelöst hatten.

Seit ihrer Kindheit war sie auf ihre Rolle vorbereitet worden, eine gute Ehefrau zu sein. Sie unterstützte ihre Mutter bei ihren zahlreichen Pflichten auf der Burg, konnte bei offiziellen Anlässen stundenlang ausharren, auch wenn ihr Körper schmerzte, und sie war geübt darin, langweilige Konversation mit noch langweiligeren Menschen zu führen. Sie hatte Erfahrung darin gesammelt, sittsam die Augen niederzuschlagen und ihre Gedanken für sich zu behalten, selbst wenn es in ihr brodelte, und sie wusste, dass es ratsamer war, den Männern bei Tisch das Wort zu überlassen und ihnen nicht zu widersprechen.

Man erwartete von ihr, bald zu heiraten und einen Erben in die Welt zu setzen, nicht eine eigene Meinung zu haben.

Sie bezweifelte, dass ihr Vater beabsichtigte, ihrem künftigen Gatten viel Macht zu verleihen. Er hatte es nur auf die Unterstützung der Truppen von König Haugard abgesehen, die ihm durch die Verbindung mit seiner Tochter sicher wären. Sein Erbe würde jemand anderes antreten. Jemand, den er leichter kontrollieren konnte.

Reeva blickte ihre Mutter an und drückte mitfühlend ihre Hand. Sie hätte sie gern beschützt, vor den Intrigen, der Ignoranz ihres Vaters und dem Klatsch am Hof, aber sie konnte es nicht. Wen auch immer Ehgien als Nachfolger bestimmte, sie würde nicht mehr hier sein, wenn er seine Wahl traf. Doch noch war sie nicht fort.

Bevor sie Esgar verließ, würde sie – für den Seelenfrieden ihrer Mutter und auch für ihren eigenen – herausfinden, ob Uriel wirklich die alte Gabe beherrschte, und ob es der Wahrheit entsprach, dass die Geliebte ihres Vaters ein Kind, einen Thronfolger erwartete.

KAPITEL 23

Hangmoor, südlich von Ragohn. Gegenwart

Der alte Mann ging gebeugt und stützte sich bei jedem Schritt auf einen langen Wanderstab. Sein zerschlissener Umhang schleifte über den modrigen Boden.

Die zwei Männer starrten den Fremden, der sich ihnen vom Wald her näherte, misstrauisch an. Als er die Hand grüßend hob, griffen die beiden zu ihren Waffen. Sie hatten genügend Erfahrungen mit Wegelagerern gesammelt, um vorsichtig zu sein. Der Alte wirkte zwar nicht gefährlich, aber in dieser Gegend hatte es bereits Überfälle gegeben und es war besser, Fremden zu misstrauen. Ragohn lag weniger als einen halben Tagesritt entfernt und die Wegelagerer wussten, dass Reisende auf dem Weg zur Hafenstadt oft wertvolle Handelsgüter mit sich führten. Und Gold.

Ainar suchte den Wald mit seinen Blicken ab. Es wurde bereits dunkel und die Kumpane des Mannes konnten irgendwo versteckt darauf warten, anzugreifen. Olafson und er trugen nicht viele Münzen bei sich, doch die Sklaven, die sie transportierten, besaßen einen großen Wert für ihren Auftraggeber. Und sie wussten, sollten sie versagen, würde die Strafe hart ausfallen.

Sein Freund machte einen Schritt auf den Fremden

zu und hob warnend sein Schwert. »Halt! Wer bist du?«

Der Mann blieb stehen. »Mein Name ist Namnor« erwiderte er. »Ich bin auf dem Weg nach Ragohn und suche einen sicheren Schlafplatz für die Nacht.« Er lächelte beschwichtigend und blickte von Olafson zu dessen Gefährten. »Ich habe euch vom Wald aus gesehen und wollte fragen, ob ich mein Lager bei euch aufschlagen kann. Es scheint mir sicherer bei Söldnern des Königs, als allein im Wald zu bleiben.«

Olafson musterte den Alten misstrauisch. »Woher willst du wissen, dass du bei uns sicherer bist? Wir könnten dir ebenso gut im Schlaf die Kehle durchschneiden.«

Namnor lächelte noch immer, doch seine braunen Augen blickten kühl und abschätzend. »Ich halte euch nicht für Diebe. Ihr tragt das Siegel der Königsburg. Hättet ihr die Schwerter und Pferde, die ihr mit euch führt, gestohlen, würdet ihr wohl kaum eine Rast machen, egal, ob euer Karren feststeckt.« Sein Blick wanderte zu dem eingesunkenen Wagen. »Ich kann euch dabei helfen, den Schaden zu beheben.« Er lehnte sich auf seinen Stab. »Ich bin Tischler, in der Hafenstadt wartet ein Auftrag auf mich.« Er deutete auf eine Tasche, die an seiner Hüfte hing. »Ich habe Werkzeug dabei.«

Olafson warf einen unentschlossenen Blick zu seinem Freund. Sie mussten so schnell wie möglich nach Ragohn gelangen, doch ihnen fehlte das, was der Fremde anscheinend hatte: das passende Werkzeug, um die Achse innerhalb kurzer Zeit reparieren zu können. Vielleicht sollten sie es auf einen Versuch ankommen lassen. Der Mann schien harmlos zu sein und sie waren zu zweit – und bewaffnet.

Ainar schien Ähnliches zu denken, denn er nickte seinem Gefährten zu. »Wir können dich nicht bezahlen«, sagte er, an den Fremden gewandt. »Aber wenn du uns hilfst, den Wagen transportfertig zu machen, kannst du die Nacht an unserem Lager verbringen und wir teilen unser Essen mit dir.«

Der alte Mann nickte. Sein halblanges, graues Haar fiel ihm strähnig ins Gesicht. »Mehr kann ein Fremder nicht verlangen. Lasst mich einen Blick auf den Wagen werfen, damit ich sehen kann, was wir benötigen.« Er kam auf die beiden zu und kniete sich, beim Karren angekommen, auf den Boden. Schweigend begutachtete er den Schaden und ignorierte die Sklaven, die in der Nähe des Gefährts saßen und ihn neugierig anstarrten. Die Männer hatten den Wagen noch nicht vollständig aus dem Schlamm gezogen, doch er konnte sehen, dass die Achse, an der die beiden mit Eisen verstärkten Hinterräder befestigt waren, fast durchgebrochen war. Dieser Karren würde nirgendwo mehr hinfahren.

Mit einem leisen Ächzen kam er wieder auf die Beine. »Wie es scheint, bin ich zur richtigen Zeit vorbeigekommen.« Er schloss seine Finger um den Wanderstab in seiner Hand. »Ihr habt Glück, ich habe alles dabei, was wir brauchen.«

Olafson nickte erleichtert und griff nach seinem Weinschlauch.

Die Sonne war mittlerweile hinter dem Hügel untergegangen und Dunkelheit überzog den Rand des Moores, an dem sie rasteten. Vom Boden stiegen feine Nebelschwaden auf, die sich wie ein Netz aus Spinnenfäden über die mit Schnee bedeckte Ebene zogen.

Ainar, der neben dem Fremden stand, sah den Schlag nicht kommen. Die Wucht des Stabes traf ihn völlig unvorbereitet. Der gezielte Hieb in seinen Magen schnürte ihm die Luft ab. Er sackte zu Boden, ein gepresstes Stöhnen entwich seiner Kehle. Bevor er nach seinem Schwert greifen konnte, traf ihn ein weiterer, harter Schlag. Das hässliche Geräusch von splitternden Knochen wurde übertönt von dem Wutschrei seines Kumpanen, der seine Waffe zog und auf den Angreifer zurannte.

Namnor erwiderte Olafsons Schlag mit voller Wucht. Sein Holzstab schien aus Eisen zu sein, die Hiebe prallten an ihm ab wie an Metall.

Der Söldner starrte ihn entsetzt an und wich einen Schritt zurück. Er hatte die Kraft des alten Mannes unterschätzt. Der Fremde, der seinen Kumpan zu Boden geschlagen und mit einem weiteren Hieb seinen Schädel zertrümmert hatte, war weder gebrechlich noch unbewaffnet, sondern schien ein erfahrener Kämpfer zu sein. Doch Olafson hatte in zu vielen Schlachten gekämpft, um sich von einem einzelnen Mann einschüchtern zu lassen. Er warf einen kurzen Blick auf seinen toten Freund, dessen glasige Augen ihn ausdruckslos ansahen. Dieses Schicksal würde ihn nicht treffen. Er würde den Alten zu Atorh in die Unterwelt schicken.

Auch als er das Gleichgewicht verlor und neben Ainar auf die Erde sank, verlor er nicht seinen Überlebenswillen. Mit einem verzweifelten Aufschrei hob er das Schwert und hieb die Klinge mit aller Kraft, die er aufbringen konnte, dem Fremden entgegen.

Namnor wich zurück, doch er war nicht schnell genug. Das Kurzschwert bohrte sich in seinen Oberschenkel.

Triumphierend zog Olafson die Waffe zurück und holte erneut aus, doch er kam zu keinem weiteren Schlag. Sein Kopf sackte auf die Schultern, bevor er auf die Seite fiel und regungslos liegen blieb. Seine Kehle war ihm mit einem einzigen, tiefen Schnitt durchtrennt worden.

Für einen Moment war kein anderer Laut zu hören, bis auf Elox, der krächzend seine Kreise über ihnen zog.

Hayden schenkte den beiden toten Männern keine weitere Beachtung. Er wischte die Klinge des Messers an seinem Mantel sauber und sah fragend zu Namnor, der sich schwer atmend auf seinen Stab stützte. Aus der Wunde am Bein des Wandlers floss Blut und färbte den Stoff seiner Hose dunkel.

»Es geht mir gut.« Der alte Krieger humpelte zu einem Baumstumpf und setzte sich.

Ouwen wollte sich bewegen, aber sein Körper gehorchte ihm nicht.

Es ist vorbei.

Haydens Worte, die er deutlich in seinen Gedanken hörte, waren kein Trost. *Wieso?*, fragte er stumm.

Wir konnten sie nicht am Leben lassen.

Ouwen blickte zu den toten Söldnern. Hatte es wirklich keinen anderen Ausweg gegeben? Was, wenn sie unschuldig gewesen waren … wenn seine Vision *falsch* gewesen war?

Er spürte, wie die Wölfin ihren Körper an seine Beine schmiegte und strich über ihr Fell. Seine Gefährten hatten gewollt, dass er mit der Fähe während des

Kampfes im Wald zurückblieb, aber er würde sich nicht länger verstecken.

»Folge mir.« Ouwen straffte die Schultern und lief auf das Lager zu. Einige der Gefangenen schrien entsetzt auf, als er in Begleitung der Schattenwölfin in den Schein des flackernden Feuers trat. Er fluchte leise und rief die Fähe an seine Seite. Er hatte für einen Moment vergessen, wie die Menschen reagieren würden, wenn sie einen Wolf sahen. Einen *riesigen* Wolf. Jetzt war es zu spät für derartige Überlegungen. Stirnrunzelnd blickte er zu den Sklaven und musterte die verängstigten, ausgemergelten Gesichter. Was würde jetzt mit den Menschen geschehen?

Hayden kam auf ihn zu. »Es gab keinen anderen Weg«, sagte er und fügte wortlos hinzu: *Sie waren schuldig.*

Er griff nach Ouwens Arm. »Ich konnte die Gedanken der Sklaven lesen, sie wollten noch in dieser Nacht versuchen zu fliehen. Es wäre ihnen nicht gelungen.« Seine Miene verdunkelte sich. *Die Männer hätten wahrscheinlich alle getötet … auch die Kinder. Du hattest recht, deine Vision hätte sich erfüllt.*

Ouwen schloss die Augen. Die Kälte, die er in seinem Inneren fühlte, strömte wie Eiswasser durch seine Adern, doch er war erleichtert.

Hayden wandte sich an die Gefangenen. »Wir wollen nichts von euch«, sagte er laut. »Ihr seid frei. Wir werden eure Fesseln lösen und ihr könnt gehen, wohin ihr wollt.«

Zwei der Männer hatten nach dem Kampf versucht zu fliehen, doch ihre Ketten hatten sie behindert. Als sie hörten, dass man sie nicht verletzen wollte, blieben sie abwartend stehen. Der Ältere der beiden ergriff das Wort.

»Wer seid ihr?«, fragte er misstrauisch.

»Niemand«, antwortete Hayden. »Nur Wanderer, die etwas gegen Sklaverei haben.« Er ging auf den Mann zu und durchschnitt seine Fesseln, dann reichte er ihm das Messer. »Den Schlüssel für die Ketten findet ihr bei den Sachen der Wachen.«

Der Mann nahm das Messer und nickte.

»Ist das ein echter Wolf?«

Ouwen starrte das kleine Mädchen an, das vorsichtig näher trat. Ihre rotblonden Haare leuchteten wie zarte Glutfäden im Licht der Flammen. Sie stand so dicht vor ihm, dass er die Farbe ihrer Augen erkennen konnte. Sie waren blau.

»Ein Wolf würde niemals mit einem Menschen reisen, mein Kind. Das ist nur ein Hund.«

Ouwen sah überrascht zu Namnor, der noch immer auf dem Baumstumpf saß und dabei war, die Wunde an seinem Bein zu verbinden.

»Er hat das Aussehen seiner Vorfahren geerbt. Seine Großmutter war eine Wölfin.« Namnor blickte das Mädchen ernst an. »Aber dieser hier ist nur ein Hund, ein *großer* Hund.« Er lachte.

Seine Stimme klang seltsam fremd in Ouwens Ohren. Edevind hatte die Gestalt des alten Kriegers angenommen, kurz bevor sie die fremden Söldner angegriffen hatte.

Das rothaarige Mädchen schwieg unschlüssig und schien zu überlegen, ob sie es wagen konnte, den seltsamen Wolfshund anzufassen.

Ouwen runzelte die Stirn, als sie einen unsicheren

Schritt auf die Wölfin zumachte. Die Fähe ließ sich von ihm berühren, doch was würde geschehen, wenn jemand anderes – jemand Fremdes – versuchte, sie anzufassen?

Eine ältere Frau trat vor, legte beschützend einen Arm um das Mädchen und zog es mit sich zu den anderen befreiten Gefangenen.

Namnor räusperte sich und warf Ouwen einen auffordernden Blick zu.

Ouwen glaubte zu verstehen, was die Wandlerin von ihm wollte und strich über das Fell der Wölfin, um zu zeigen, dass weder das Kind noch sonst jemand Angst vor dem Tier haben musste. Doch er würde es nicht darauf ankommen lassen.

»Warte, bis ich zurück bin«, sagte er laut zu ihr und fügte in Gedanken hinzu: *Bleib in unserem Versteck, bis ich dich rufe.* Er gab der Fähe ein auffälliges Zeichen mit der Hand, woraufhin sie sich in die Schatten der Bäume zurückzog.

Namnor nickte ihm unmerkbar zu. »Es wäre besser, wenn ihr Ragohn auf eurem Weg meidet«, sagte er so laut, dass ihn alle hören konnten. »Lasst die Pferde hier. Sie würden euch nur fragen, woher ihr sie habt. Wenn ihr nach Süden geht, erreicht ihr in etwa zwei Tagen eine kleine Siedlung, in der ihr Nahrung und Unterschlupf finden könnt.«

»Nicht alle von uns sind Fremde in diesem Land.« Ein Mann trat in den Schein des Feuers. Seine Kleidung starrte vor Schmutz, aber er strahlte eine Kraft und Ruhe aus, die Ouwen beeindruckte. »Man hat mich versklavt, weil ich meine Steuern nicht zahlen konnte.« Er strich sich über seine schmerzenden Handgelenke, die bis vor Kurzem noch gefesselt gewesen waren. »Ich habe mein ganzes Leben auf den Feldern gearbeitet, bis zwei schlechte Ernten alles zunichtegemacht haben. Was ist das für eine Gerechtigkeit? Was für ein König versklavt sein eigenes Volk?«

Zustimmendes Gemurmel war zu hören.

Hayden trat zu einem der Toten und nahm ihm einen kleinen Lederbeutel ab, der an seiner Hüfte hing.

»Hier, nimm dir einen Teil der Münzen.« Er warf dem Mann den Beutel zu, der ihn geschickt auffing. »Kehre zurück und kauf dich frei, wenn du willst. Es ist deine Entscheidung.« Sein Blick schweifte über die kleine Gruppe. »Gib auch den anderen etwas von dem Geld. Sie werden es brauchen.« Er nickte in Richtung der Pferde. »In den Satteltaschen findet ihr Felle und Decken, die euch wärmen werden.«

Der Mann sah ihn prüfend an, als überlege er, ob er dem Fremden trauen konnte, der gerade, ohne zu zögern, einen Mann vor seinen Augen getötet hatte. Schließlich senkte er den Blick und wandte sich ab.

Die Menschen, die nach Wochen der Gefangenschaft endlich ihre Fesseln lösen konnten, warteten nicht auf eine bessere Gelegenheit, sondern nutzten ihre neu gewonnene Freiheit. Die Nacht verschluckte sie, ohne etwas zurückzulassen.

Ouwen sah, wie sich der Mann, der mit Hayden gesprochen hatte, um die ältere Frau und die beiden Kinder kümmerte und mit ihnen zusammen das Lager verließ. Er hoffte, dass sie einen Ort finden würden, an dem sie in Sicherheit waren.

Hayden lief zu Namnor und setzte sich neben ihn auf den Baumstumpf. »Wir müssen die Toten noch heute Nacht verschwinden lassen.« Er blickte zu dem Karren. »Und auch den Wagen.«

»Wie?« Der alte Krieger verlagerte sein Gewicht auf das unverletzte Bein.

Ouwen kannte die Antwort, bevor Halbschatten sie aussprach.

»Im Moor.«

KAPITEL 24

Esgar, Königsburg. Acht Monate zuvor

Als Kind hatte sie es geliebt, in den labyrinthartigen Gängen des alten Gewölbes Verstecken zu spielen.

Reeva hatte nie Angst vor der Dunkelheit gehabt oder vor dem Alleinsein. Sie war oft stundenlang durch das Burggewölbe gestreunt, bis ihr Kindermädchen sie endlich fand.

Weder ihre Mutter noch die Erzieherinnen, unter deren Verantwortung sie seit ihrer Geburt stand, zeigten Verständnis für ihre Ausflüge, doch das kleine Mädchen ließ sich davon nicht abschrecken. Reeva war ohne Geschwister aufgewachsen und das Verbot ihrer Eltern, mit den Kindern der Dienstboten zu spielen, bestärkte sie nur in ihrer Abenteuerlust. Sie hatte sich ihre Spielgefährten einfach ausgedacht. Es gab unzählige Abenteuer zu bestehen: mit Aenai, Vihor oder ihrem Bruder Mirhog, dem Herrn des Windes, die Reeva nicht von der Seite wichen, selbst wenn sie in die finstersten Abgründe der Burg hinabstieg oder den schattenhaften Geistern hinterherjagte, die nach Anbruch der Dämmerung durch die dunklen Gänge der Burg irrten.

Sie alle waren wesentlich unterhaltsamer als ihre Lehrer, oder ihre Mutter.

Auf ihren Erkundungsgängen entdeckte sie verschlungene Wege, die tief in die Katakomben führten, alte Kammern, die nicht mehr genutzt wurden und flüsternd ihre Geschichten erzählten, und sie stieß auf etwas, das ihr einen wichtigen strategischen Vorteil verschaffte – einen geheimen Zugang zu den Gewölben.

Die unzähligen Ausflüge, die sie als Kind unternommen hatte, kamen Reeva jetzt zugute. In den Tagen nach dem Besuch bei ihrer Mutter beobachtete sie genau, was am Hof um sie herum geschah. Sie schenkte dem Klatsch mehr Gehör als sonst und nutzte die Abende, an denen sie alle in der Bibliothek oder in ihrem Zimmer vermuteten, um ihrem Vater und Uriel heimlich hinterherzuspionieren.

Ehgien verbrachte viel Zeit mit seiner Geliebten, doch das war nicht weiter ungewöhnlich. Erst nach einer Woche kam ihr der Zufall zu Hilfe. Reeva belauschte auf dem Weg zum großen Saal ein Gespräch von zwei Dienstboten, die darüber sprachen, dass Uriel Anspruch auf weitere Räume gestellt hatte. Angeblich hatte man ihr Platz in den Gewölbekellern geschaffen, für ihre umfangreichen Kräutervorräte.

Reeva senkte nachdenklich den Blick. Es war verboten, das alte Gewölbe zu betreten. Nur einige der Berater und die Wachen hatten die Befugnis dazu. Und natürlich ihr Vater.

Ein Teil des Burggewölbes wurde als Kerker genutzt, was ein wesentlicher Grund dafür war, dass niemand Unbefugtes Zutritt hatte. Es gab ein Gefängnis außerhalb der Burg, das von den städtischen Verwaltern geführt wurde, doch der König behielt sich seit Jahren das Recht vor, Gefangene in der Burgfeste einzusperren. Reeva hatte die Zellen nur einmal gesehen, damals war sie noch ein Kind gewesen. Ihr Vater hatte sie zu den Kerkern geführt und ihr erklärt, dass es für alle schlechten Taten im Leben eine harte, aber gerechte Strafe gebe. Sie hatte ihm geglaubt.

In den darauffolgenden Tagen versuchte sie Genaueres herauszufinden. Bei ihren Erkundungsgängen, die sie immer wieder in die Nähe der Gewölbezugänge führten, überraschte sie eines Abends Balian.

»Guten Abend, Lady Reeva.« Er deutete eine höfliche Verbeugung an.

Reevas Puls beschleunigte sich, als sie in das Gesicht des Beraters blickte, der plötzlich aus einem Seitengang vor ihr aufgetaucht war.

Seine kleinen, dunklen Augen musterten sie wachsam. »Was tut Ihr hier? Ich wähnte Euch um diese Zeit längst in Eurer Kammer.«

Reeva überspielte ihre Nervosität und schenkte ihm ein Lächeln. Währenddessen überlegte sie fieberhaft, was sie ihm antworten sollte. Ihre Hand tastete nach dem kleinen, in Leder gebundenen Buch, das in den Falten ihres Mantels steckte.

»Ich bin auf dem Weg in die Bibliothek«, erwiderte sie und zog den Gedichtband hervor. Ihre Vorliebe für abendliche Ausflüge in die Bibliothek ihres Vaters waren in Esgar kein Geheimnis. Allerdings lagen die Räume mit den wertvollen Manuskripten im Obergeschoss und nicht in der Nähe der Katakomben. »Ich wollte vorher noch einen Abstecher in die Gesindeküche machen. Tahira hat mir etwas von meinem Lieblingsgebäck aufgehoben.« Reeva liebte die alte Köchin, sie diente ihrem Vater schon viele Jahre.

Sie drückte das Buch an ihre Brust und blickte sich scheinbar erstaunt um. »Anscheinend war ich so in Gedanken vertieft, dass ich die richtige Abzweigung verpasst habe.«

Balian hob eine Augenbraue, erwiderte aber ihr Lächeln. »Mir scheint, mehr als eine Abzweigung, Mylady. Wenn Ihr gestattet, begleite ich Euch zurück.«

Reeva nickte dankbar und folgte ihm durch den schwach beleuchteten Korridor.

Zwei weitere Tage vergingen, ohne dass sie etwas Neues herausfand. Reeva sah aus dem Fenster der Burgküche hinaus in den Hof und schloss die Finger um das kleine, süße Gebäckstück, das die Köchin ihr gegeben hatte.

Seit dem Abend, an dem sie Balian über den Weg gelaufen war, hatte sie es nicht mehr gewagt, ihre Erkundungsgänge fortzusetzen. Sie konnte nur hoffen, dass der Berater ihr die Ausrede geglaubt hatte. Auch die Tochter des Königs durfte die Katakomben nicht ohne das Einverständnis Ehgiens betreten. Reeva wandte sich zu ihrer Freundin um, die dabei war, süße Mehlspeisen zuzubereiten, und dachte wehmütig daran, dass Tahira die schwere Arbeit nicht mehr lange verrichten konnte. Man hatte ihr Küchenhilfen und einen zweiten Koch zugeteilt, doch die alte Köchin ließ es sich nicht nehmen, die Nachspeisen für die Königsfamilie weiterhin selbst zuzubereiten. Reeva biss seufzend in das Gebäck und trat durch eine kleine Seitentür in den Hof.

Der Gedanke, dass Uriel tatsächlich Räume in den Gewölben nutzte, hatte sie in den vergangenen Tagen nicht losgelassen. Es gab zwar ungenutzte Kammern in den Katakomben, die durch ein verzweigtes Gängesystem miteinander verbunden waren, aber sie waren allesamt halb verfallen, feucht und nicht beheizbar, und hätten den Ansprüchen einer Dame von Stand damit kaum genügt.

Allerdings gab es eine Ausnahme, doch die alte Götterkapelle lag direkt neben den Kerkerzellen, dort, wo die Gefangenen eingesperrt waren, Mörder und Diebe … Warum sollte ihr Vater erlauben, dass sich seine Geliebte dort unten – so dicht bei den Ausgestoßenen – aufhielt?

Reeva strich sich eine widerspenstige Haarsträhne aus der Stirn. Sie hatte diesen Teil des Gewölbes immer gemieden, nachdem sie mit ihrem Vater dort gewesen war. Doch ihr lief die Zeit davon und es gab nur eine Möglichkeit, herauszufinden, ob die geschwätzigen Dienstboten recht hatten. Sie blickte sich um. Das Problem war nicht, in das Gewölbe zu gelangen. Sie würde durch den Geheimgang ungesehen an den Wachen vorbeischlüpfen. Aber sie musste vorher ihre Schatten loswerden.

Seit einigen Tagen folgte ihr eines der Dienstmädchen wie ein anhänglicher Schoßhund, noch nicht einmal in die Bibliothek ließ man sie allein gehen. Reeva zog die Stirn in Falten, sie kam sich vor wie ein unmündiges Kind. Auch jetzt ließ das Mädchen sie nicht aus den Augen. Sie machte sich über den Grund dieser Fürsorge keine Illusionen: Sie war eine heiratsfähige, kostbare Ware, die bald verkauft werden sollte. Und die nicht an Wert verlieren durfte, bevor der Handel abgeschlossen war. Ihr Vater hatte ihr aus diesem Grund schon vor einigen Monaten zwei Wachen zugeteilt, die sie begleiteten, sobald sie die Burg verließ, selbst für den kurzen Weg zum Markt.

Reeva raffte energisch ihre langen Röcke und überquerte den Hof. Sie würde einen Weg finden, ihre Bewacher abzuschütteln, schließlich besaß sie einen ebenso starken Willen wie ihr Vater.

Bereits einen Tag später bot sich ihr die Gelegenheit, auf die sie gewartet hatte. Ihr ›Schatten‹, ein junges Dienstmädchen namens Fariha, hatte sich wegen Unwohlseins schon seit dem Nachmittag in ihre Kammer zurückgezogen. Reeva sah es als Zeichen, ihre Pläne ebenfalls leicht abzuwandeln. Sie entschuldigte sich bei ihrer Mutter, dass sie an dem großen Festessen im Saal nicht teilnehmen würde, zu dem ihr Vater geladen hatte und schob einen Grund vor, den Eihra nicht ablehnen konnte. Ihre Mutter litt selbst oft unter plötzlich auftretenden, hartnäckigen Kopfschmerzen, vor allem an Tagen, wenn ihr Mann seiner blonden Geliebten zu viel Aufmerksamkeit schenkte. Reeva wusste, dass ihre Mutter sie gerne bei dem Essen an ihrer Seite gehabt hätte, aber sie war eine größere Hilfe für Eihra, wenn sie endlich mehr herausfand, als nur unnütze Gerüchte. Ihr Vater würde kaum bemerken, dass seine Tochter nicht anwesend war. Es war Jagdsaison, Ehgien verbrachte die meiste Zeit mit seinen Männern in den Wäldern, sofern er sich nicht seinen anderen Geschäften widmen musste. Doch diese unliebsamen Pflichten überließ er nur zu gern seinen Beratern.

Heute Abend würde es ein Fest zu Ehren Atorhs geben. Ihr Vater hatte, soweit sie gehört hatte, genügend Wild erlegt, um die ganze Stadt bewirten zu können.

Nachdem Reeva vorgegeben hatte, früh zu Bett zu gehen, wartete sie noch eine Weile, um sicher zu sein, dass niemand mehr auf dem Gang vor ihrem Zimmer unterwegs war. Die Dienstboten waren bei der Feier in der großen Halle, genau wie die Krieger ihres Vaters, die dem Met des Kochs schon seit dem Nachmittag gut zusprachen. Wenn sie Glück hatte, verließ niemand den Saal vor dem Morgengrauen. Schließlich gab es außer dem Jagderfolg auch einen Sieg zu feiern, den Ehgiens Heer an den südlichen Grenzen errungen hatte.

Sie öffnete leise die Tür ihres Zimmers und schlich hinaus. Der schwarze Kapuzenmantel, den sie über ihr Gewand gestreift hatte, verdeckte ihr Gesicht und ließ ihre Gestalt mit den Schatten verschmelzen. Reeva blickte sich vorsichtig um. Die Haupttreppe war nicht weit entfernt, aber sie würde nicht den Weg nehmen, der vom ersten Stockwerk, in dem die Zimmer ihrer Mutter und auch ihre eigene Kammer lagen, zu dem großen Saal im Erdgeschoss führten. Stattdessen lief sie in Richtung der Bibliothek. Die Räume lagen im Südflügel der Burg, weitab des Festsaals. Sie huschte durch die schmalen, finsteren Korridore. An den Wänden waren nur vereinzelt Fackeln angebracht, doch sie kannte den Weg.

Ihre Finger tasteten nach dem Buch in ihrer Manteltasche. Sie hoffte, dass sie auf dem Weg niemandem begegnen würde, falls doch, würde sie auf die Ausrede zurückgreifen, dass sie den Lederband zurückbringen wollte. Ihr Vater hatte schon früh dafür gesorgt, dass man ihr das Lesen beibrachte, da sie bereits als kleines Kind großes Interesse an seinen Schriftstücken und Büchern gezeigt hatte. Man hielt Reeva für ein wenig absonderlich, weil sie lieber Zeit mit staubigen Manuskripten verbrachte, anstatt sich mit den anderen jungen Frauen über Handarbeiten oder andere, angeblich typisch damenhafte Themen zu unterhalten. Aber das war ihr egal. Bücher hatten sie noch nie gelangweilt. Was man von der Mehrheit der Hofdamen nicht behaupten konnte.

Reeva blieb vor einer dunklen Holztür stehen, zog eine kleine Laterne hervor, die sie unter ihrem Umhang verborgen hatte und entzündete den Kerzendocht an einer Fackel. Vorsichtig schloss sie das Glas der Lampe, dann drückte sie den eisernen Türknauf der Bibliothek herunter.

Der Schein der Kerze warf flackernde Schatten in den Raum und ließ die deckenhohen Regale voller Bücher langsam aus der Dunkelheit auftauchen. Sie schloss die Tür hinter sich und betrachtete die kostbaren Lederbände und die Sammlung seltsamer Kunstobjekte, die überall verstreut standen.

Ihr Vater liebte es, Dinge zu sammeln, die einen gewissen Wert darstellten und damit seinen Reichtum und sein Ansehen vergrößerten. Reeva bedeuteten nur die Bücher etwas.

Sie widerstand dem Verlangen, hierzubleiben und ihre Schätze neu zu entdecken, stattdessen lief sie weiter bis zu einem schmalen Regal, das an einer der hinteren Wände befestigt war. Sie hatte das Geheimnis schon vor vielen Jahren entdeckt. Auf der Suche nach einem Manuskript war ihr eine kleine Vertiefung in der gemauerten Wand aufgefallen. Reeva hatte mit ihrer Hand danach getastet und damit ungewollt einen Mechanismus ausgelöst, der eine verborgene Tür hinter dem Regal öffnete. Einen geheimen Zugang zu den Gewölben, der es ihr ermöglichte, ungesehen in die Katakomben zu gelangen und zu der alten Kapelle, deren Schnitzereien und Symbole an den deckenhohen Säulen sie als Kind fasziniert hatten.

Reeva hatte niemandem von ihrer Entdeckung erzählt. Sie wusste, dass man den Gang eher zumauern würde, als ihr zu gestatten, ihn allein zu erforschen. Ihre Lippen verzogen sich zu einem Lächeln. Es gab sehr viele Verbote und Regeln auf Esgar und sie war klug genug, so zu tun, als würde sie sich an sie halten.

Sie streckte die Hand aus und schob ein paar Bücher zur Seite, deren dunkle Einbände sie vorwurfsvoll anzublicken schienen. Ihre Finger strichen über die kalte Wand und fanden schließlich die Vertiefung mit dem kleinen Riegel. Mit einem leisen Klacken öffnete sich die mechanische Verriegelung und das Regal mit den Büchern schwang zurück.

Ein kühler, muffiger Luftzug wehte ihr entgegen.

Sie starrte auf die steinernen Stufen, die tief hinab in die Dunkelheit führten. Wenn die Wachen sie im Gewölbe entdeckten, halfen ihr auch keine Ausreden mehr. Ein Teil von ihr wollte zurücklaufen und sich in ihrem Zimmer verkriechen, doch der Gedanke an ihre Mutter hielt sie zurück. Sie straffte die Schultern und trat durch die Öffnung, dann drückte sie den kleinen Hebel, der zwischen den Steinen an der Wand versteckt war, woraufhin sich die Tür mit einem dumpfen Geräusch hinter ihr schloss.

Reeva versuchte, ihren Herzschlag zu beruhigen. Es war viele Jahre her, seit sie zuletzt in dem Gewölbe gewesen war. Ihre Finger umschlossen den Griff der Laterne, doch das Kerzenlicht erhellte nur schwach die Finsternis.

»Vihor, Arras … steht mir bei.« Sie stützte sich an der

kalten Mauerwand ab, während sie langsam die Stufen hinunterstieg. Der Weg wirkte unbenutzt, über die Steine hatte sich eine dicke Schicht aus Staub und Spinnweben gelegt.

Ihr Geheimnis war also nicht entdeckt worden.

Reeva lauschte angespannt auf jedes Geräusch, ihr eigener Atem klang unnatürlich laut in ihren Ohren. Immer tiefer stieg sie hinab, bis sie den letzten Absatz der Treppe erreicht hatte. Sie blieb stehen und hielt die Lampe vor sich. Als sie ein leises Rascheln hinter sich hörte, fuhr sie erschrocken herum, aber es war nichts zu sehen. Wahrscheinlich war es nur eine der vielen Ratten, die sich in den dunklen, feuchten Gängen zu Hause fühlten.

Sie verzog angeekelt das Gesicht. Die Laterne schwankte durch ihre schnelle Bewegung und ließ die Kerze darin unruhig flackern. Hastig legte sie ihre Hand auf das Glas. Das Licht durfte auf keinen Fall erlöschen, es war das Einzige, was ihr in dem stockdunklen Gang den Weg wies.

Sie folgte dem Korridor, der weiter in das Gewölbelabyrinth führte und begann zu frösteln, hier unten war es merklich kühler. Der schmale Tunnel war vor langer Zeit in das Felsgestein geschlagen worden, welches das Fundament der Burg bildete. Nach einer Weile erreichte sie eine Mauer, vor der der Gang endete. Für jemanden, der zufällig auf den geheimen Korridor stoßen würde, sah es so aus, als wäre der Weg hier zu Ende, eine Sackgasse, die nur eine Möglichkeit zuließ: Umkehren. Reeva wusste es besser.

Sie tastete mit der freien Hand die grob behauenen Steine ab und schob ihre Finger, so weit sie konnte, in eine kleine Lücke im Mauerwerk. Als sie den Mechanismus auslöste, öffnete sich in der Wand ein schmaler Spalt.

Erleichtert trat sie einen Schritt zurück und blies die Kerze aus. Sie konnte sie nicht mitnehmen, sosehr sie es sich auch wünschte. Das Licht wäre wie ein Leuchtfeuer in den dunklen Gängen. Reeva zwängte sich durch den engen Spalt und verschloss den Eingang wieder. Das schabende Geräusch hallte durch den Gang.

Sie wandte sich nervös um. Ihre Augen bohrten sich in die Schwärze, die sie umgab. Die kalte, modrige Luft nahm ihr den Atem und für einen Moment geriet ihre Entschlusskraft erneut ins Wanken. Furcht kroch in ihr empor und ließ sie zittern, doch es war zu spät, um umzukehren.

Vorsichtig tastete sie sich den dunklen Gang entlang. Sie würde nicht zulassen, dass die Angst in ihr die Oberhand gewann. Ihr Vater hatte den Wachen zum Fest Bier ausschenken lassen, mit etwas Glück waren auch die Männer, die das Gewölbe bewachten, für die nächsten Stunden abgelenkt.

Nach ein paar Schritten machte der Korridor eine Kurve und mündete in zwei weitere Gänge. Zögernd blieb sie stehen und folgte dann dem Weg auf ihrer linken Seite. Am Ende des Korridors leuchtete schwach das Licht einer Fackel. Als sie es erreichte, beschrieb der Weg erneut eine Rechtskurve, mehrere Gänge zweigten von hier in verschiedene Richtungen ab. Wieder kam ihr zugute, dass sie als Kind oft in dem Gewölbe gespielt hatte. Es war zwar nur eine schwache Erinnerung, aber sie glaubte den Weg zu erkennen, der zu der alten Götterkapelle führte. Vor einer großen Tür aus massivem Eichenholz blieb sie schließlich stehen.

Die alten Scharniere quietschten, als sie die Tür öffnete und Reeva hielt erstarrt inne, aber die Götter schienen auf ihrer Seite zu sein. Es blieb still.

In der Kapelle brannten Fackeln an den Wänden. Reeva hielt sich in den Schatten versteckt, welche die vier großen Steinsäulen warfen. Ihre Augen glitten nervös durch den Saal. Im Moment schien niemand außer ihr hier zu sein, aber weder die Fackeln noch das Feuer, das im großen Kamin brannte, waren ohne Grund entzündet worden.

Sie würde sich kurz umsehen und dann wieder verschwinden, bevor jemand bemerkte, dass sie hier gewesen war.

Reeva schob sich die Kapuze aus der Stirn. Vieles hatte sich seit ihrem letzten Besuch verändert. Wo früher Holzbänke gestanden hatten, befand sich nun ein großer, massiver Tisch mit ein paar Stühlen. Sie blickte sich um. Nicht weit entfernt von der Feuerstelle lagen einige Felle auf dem Boden ausgebreitet, jemand hatte frisches Stroh daneben gestreut, wie für die Lagerstatt eines Tieres.

Ihre Hand strich über die kalte Oberfläche der Säule, neben der sie stand. Reeva musterte die Göttersymbole, Zeichen aus einer anderen Zeit. Die alte Kapelle wurde seit fast zwei Jahrzehnten nicht mehr genutzt. Ihr Vater hatte einen neuen Tempel in der Stadt errichten lassen, der auch für das einfache Volk zugänglich war und der, wie es die Priester gefordert hatten, nur dem zweigesichtigen Gott huldigte und nicht Bildnisse seiner Geschwister zur Schau stellte.

Sie wandte den Kopf und entdeckte ein Buch, das aufgeschlagen auf dem Tisch lag. Neugierig lief sie näher und beugte sich über die Seiten. Die Schrift war altaehdanisch, es schien um Pflanzen und ihre Wirkungen zu gehen. Fasziniert blätterte sie eine Seite um und betrachtete die detailliert gezeichneten Kräuter, bis ihr Blick auf ein in roter Tinte geschriebenes Symbol fiel.

Das sehende Auge, Atorhs Zeichen. Darunter befand sich ein weiteres Symbol in schwarzer Schrift, ein kurzer, senkrechter Strich, von dem eine Pfeilspitze abzweigte.

»Die Pfeile Aenais verfehlen niemals ihr Ziel«, murmelte sie, während ihr Finger langsam über das Zeichen glitt.

Reeva erinnerte sich noch gut daran, wie ihr Vater ihr das Symbol, als sie klein gewesen war, in der Kapelle gezeigt hatte. Die in Stein gehauenen Götterrunen bedeckten die vier großen Säulen und fanden sich als Zeichnungen auch an der gewölbten Decke wieder. Sie zog die Brauen zusammen und blätterte weiter. Auf den Buchseiten wechselten sich farbige Pflanzenzeichnungen mit Beschreibungen ihrer Heilkräfte ab. Immer wieder entdeckte sie Schriftzeichen auf den Seitenrändern, von denen ihr eines besonders ins Auge stach. Reeva suchte in ihren Erinnerungen nach seiner Bedeutung, sie wusste, sie hatte es schon einmal gesehen, doch das war vor langer Zeit gewesen. Als Kind hatte sie heimlich die Treffen ihres Vaters mit seinen Beratern belauscht und dabei einiges erfahren, was eigentlich nicht für ihre Ohren bestimmt gewesen war, darunter auch einige Erklärungen der geheimen Schriftrunen. Sie biss sich nachdenklich auf die Lippe. Kar … der geteilte Fluss. Das Zeichen symbolisierte den Übergang vom Diesseits in die Andere Welt und stand für starke Kräfte – und Magie.

Ihr Blick löste sich zögernd von den vergilbten Seiten. Wieso standen diese Zeichen an den Rändern des Buches? Es war tabu, ein Wissen, das nur den obersten Beratern zustand.

Aus dem Gang vor der Halle erklangen plötzlich Schritte, die sich schnell näherten. Reeva ließ das Buch los und lief hastig zu einer der Säulen. Nun würde sich zeigen, ob Uriel tatsächlich die alte Kapelle bewohnte. Doch die Schritte verhallten in dem benachbarten Korridor. Sie wollte gerade zurückgehen und sich die Symbole auf den Buchseiten weiter ansehen, als sie ein lang gezogenes, klagendes Heulen hörte.

Reeva erstarrte, die feinen Härchen in ihrem Nacken richteten sich auf. Sie konnte nicht bestimmen, woher das Jaulen kam, das Geräusch schien von allen Wänden des Gewölbes gleichzeitig zurückzuprallen.

Das Heulen wurde lauter und ging schließlich in ein Winseln über. Reeva stützte sich an der Steinsäule ab. Welches Tier es auch war, es schien starke Schmerzen zu haben. Ihr Blick fiel auf die mit Eisen beschlagene Tür am anderen Ende des Saals. Sie wusste, was sich dahinter befand.

Das Winseln war verstummt und einer bedrückenden Stille gewichen. Vielleicht war es einer der Jagdhunde ihres Vaters gewesen … oder ein anderes, gequältes Wesen, das ihre Hilfe brauchte. Sie sah unschlüssig zur Tür. Selbst wenn das Geräusch von dort gekommen war – was sie vermutete –, sie war sich nicht sicher, ob sie wirklich einen Blick auf das werfen wollte, was dort vor sich ging. Wahrscheinlich wäre es besser, wenn sie in ihre Kammer zurückkehrte, aber sie verwarf diesen Gedanken. Sie konnte nicht so tun, als ob sie nichts gehört hätte. Entschlossen durchquerte Reeva den Saal und blieb vor der großen Eichentür stehen. Seit wann fürchtete sie sich vor einem Geräusch? Sie holte tief Luft und griff nach dem eisernen Türknauf.

Als sie den Gang betrat, drang ein beißender Geruch in ihre Nase. Reeva presste die Hand vor den Mund und versuchte die Dunkelheit zu durchdringen, ohne etwas zu erkennen. Es war still, zu still. Sie warf einen Blick zurück in den Saal. Sollte sie umkehren? Doch ihre Neugier gewann die Oberhand. Sie folgte dem Weg, der zu den Kerkerzellen führte, bis sie plötzlich einen schwachen Lichtschein am Ende des Korridors aufleuchten sah. Das Geräusch von Schritten war zu hören, jemand kam in ihre Richtung.

Sie sah sich hektisch um. Es blieb keine Zeit, in die Kapelle zurückzukehren, die Wachen würden sie vorher entdecken.

Sie zwängte sich in eine schmale Nische in der Wand, die im Laufe der Jahre durch herausgebrochene Steine entstanden war, und zog sich die Kapuze ihres Umhangs tief ins Gesicht. Die Schritte verharrten vor einer der Kammern ganz in ihrer Nähe. Metallisches Klappern war zu hören, dann quietschten die Scharniere einer Tür.

Reeva versuchte ruhig zu atmen. Erneut waren Schritte zu vernehmen. Es klang, als ob etwas Schweres über den Boden gezogen wurde.

»Hat es wieder einen erwischt?« Gain blickte zu dem leblosen Körper, den der Wärter aus der dunklen Zelle in den Korridor schleifte. Er spürte kein Mitleid. Menschen starben nun einmal in den Gefängniszellen, wenn nicht vor Hunger oder Erschöpfung, dann durch die Hand eines anderen Menschen.

Es war nichts Ungewöhnliches. Niemand überlebte die Kerker.

Brun stieß den Toten mit dem Fuß an und schnalzte ungeduldig mit der Zunge. Es gefiel ihm augenscheinlich nicht, dass er nicht mit den anderen zusammen warmen Met trinken konnte. Und es gefiel ihm wohl noch viel weniger, dass er den Auftrag, den man ihm gegeben hatte, nicht ausführen konnte.

»Der hier ist mausetot«, sagte er. »Es wird dem Herrn nicht gefallen, wenn ich ihm die Nachricht überbringe.«

Gain verzog spöttisch den Mund. »Er muss es nicht erfahren.« Er blickte zu den zwei angeketteten Gefangenen, die in der Zelle auf dem Boden lagen. »Die beiden da wurden ebenfalls ausgewählt. Nimm stattdessen einen von ihnen. Und beeil dich!« Er spuckte zerkauten Tabak auf den Boden. »Sie wird bald hier sein.«

Brun nickte und warf einen nervös wirkenden Blick über seine Schulter, doch außer ihm und Gain war niemand in dem Gewölbegang zu sehen. Er betrat die Kammer und riss an den Ketten des Mannes, der ihm am nächsten war.

»Steh auf! Du hast Glück, man wird dir deine Fesseln abnehmen, wenn du dich vernünftig verhältst. Verstanden?« Der Wärter zerrte ihn unsanft auf die Beine.

Ein schwaches Stöhnen war zu hören. Der Mann erhob sich und stand schwankend auf, er hatte keine Kraft, sich zu wehren.

Der Gefangene, der im hinteren Teil der Kammer eingerollt am Boden lag, schlug die Augen auf. Es war ein Junge von höchstens fünfzehn Jahren.

»Wohin bringt ihr ihn?« Aus seiner Stimme sprach Furcht.

Reeva wagte es nicht, sich in ihrem Versteck zu bewegen. Ihr Herz pochte so laut, dass sie befürchtete, die Wärter könnten es hören. Wer waren diese Menschen? Welches Verbrechen hatten sie begangen, dass man sie hier unten eingesperrt hatte?

»Mach dir keine Gedanken darum.« Gain blickte den Jungen an und verzog seine Lippen zu einem dünnen Lächeln. »Man wird sich um ihn kümmern.« Er stieß den Gefangenen auf die Tür zu.

Die Ketten des Mannes schleiften klirrend über den Boden, als er aus der Zelle trat.

»Nehmt mich stattdessen! Bitte … nehmt mich!« Der Junge zog sich an den Gittern hoch.

Reeva hörte die Verzweiflung in seiner Stimme. Was ging hier vor sich? Die Zellentür wurde wieder verschlossen und schwere Schritte hallten durch den Korridor.

Sie hielt den Atem an. Die beiden Männer kamen direkt auf sie zu! Reeva zwängte sich, so weit es möglich war, in den Spalt zwischen den Wänden. Die scharfkantigen Steine drückten in ihre Haut und zerkratzten ihre Arme, aber sie spürte es kaum.

»Da lang!« Brun trieb den Mann vor sich her und schnalzte erneut mit der Zunge.

Reevas Puls raste. Sie erhaschte einen kurzen Blick auf den Gefangenen, er wirkte abgemagert. Als er den Kopf wandte und in ihre Richtung sah, erstarrte sie vor

Angst. Doch sein Blick war leer, er schien jede Hoffnung verloren zu haben.

Die Männer gingen an Reevas Versteck vorbei, ohne sie zu entdecken.

Brun öffnete die massive Eichentür, die zur Halle führte, und schob den Gefangenen grob hindurch. Der Mann stolperte über seine Ketten und blieb dann stehen. Sein Blick war auf etwas gerichtet, das sich vor ihm in der Kapelle befand.

Reeva konnte nicht erkennen, was oder wen er im Saal sah und sie wagte es nicht, die Nische zu verlassen.

Warum brachten sie den Gefangenen in die alte Kapelle? Gab es auf der anderen Seite des Göttersaals noch weitere Kerkerzellen? Einen Moment lang war sie versucht, den beiden zu folgen, doch Brun hatte bereits die Tür hinter dem Gefangenen geschlossen und kam zu der Zelle zurück.

Reeva senkte den Kopf und schickte ein stummes Gebet zu den Göttern. Ihre Bitte schien erhört zu werden. Der Wärter lief an ihr vorbei und blickte nicht zur Seite.

»Hilf mir, ihn wegzuschaffen«, knurrte Gain, der auf ihn gewartet hatte.

Sie hörte, wie die beiden Männer etwas Schweres vom Boden hievten und weggingen. Ihre Schritte verklangen in den dunklen Korridoren.

Sie bringen den Leichnam fort, dachte Reeva. Der Gedanke ließ eine Gänsehaut über ihren Körper kriechen. Vorsichtig verließ sie ihr Versteck und schlich zu der Tür, die zur Kapelle führte. Was sollte sie jetzt tun? Solange die Wachen – oder wer auch immer mit dem Gefangenen in der Kapelle war – sich dort aufhielten, konnte sie nicht auf demselben Weg zurückkehren, auf dem sie hergekommen war. Sie warf einen Blick über ihre Schulter. Wahrscheinlich war es besser, einen der anderen Korridore zu nehmen, die durch das Labyrinth der Katakomben führten, aber in diesem Teil des Gewölbes hielten sich mehr Wachen auf und das Risiko, einem der Wärter direkt in die Arme zu laufen, war ungleich größer. Reeva lehnte sich erschöpft an die kalte Mauer, ihre Abenteuerlust war endgültig versiegt. Sie sehnte sich nach der Sicherheit ihrer Kammer, ihrem vorgewärmten Bett und etwas warmem Met. Gleichzeitig schalt sie sich eine Närrin. Sie hatte den Ärger ja buchstäblich herausgefordert und musste nun mit den Konsequenzen klarkommen.

Ein Geräusch drang an ihr Ohr, es klang, als würde jemand weinen. Sie hob den Kopf und sah zu den Kerkerzellen, das Geräusch schien von dort zu kommen. Ein Teil von ihr wollte nachsehen, was es damit auf sich hatte, doch sie zögerte.

Es ging sie nichts an, was in den Kerkern geschah! Ihre Neugier hatte ihr schon genug Probleme eingehandelt. Sie sollte die Zeit, die ihr blieb, besser nutzen und einen Weg hinaus aus dem verfluchten Gewölbe suchen, bevor die Wärter zurückkamen.

Ein markerschütternder Schrei gellte durch den Korridor. Erschrocken stolperte sie rückwärts und presste ihre Hand vor den Mund.

»Es beginnt …«

Reeva wandte sich zu der Stimme um, die aus einer der Kerkerzellen kam. Es war dieselbe, männliche Stimme, die sie vorhin mit den Wärtern hatte sprechen hören.

Sie erkannte im Schein der neben der Zelle befestigten Fackel einen jungen Mann, der angekettet auf dem Boden saß. Er starrte sie mit weit aufgerissenen Augen an.

»Helfen Sie ihm! Ich flehe Sie an, er ist mein Bruder!« Er beugte sich vor und griff an das Gitter.

Reeva trat verängstigt einen Schritt zurück. »Was geschieht hier?«, wisperte sie.

»Sie töten ihn.« Der Junge presste die Hände auf die Ohren, als könnte er so die grässlichen Schreie ausblenden, die immer lauter durch den Korridor hallten.

Reeva sah voller Abscheu zur Kapelle. Folterten sie den Gefangenen? Ihre Finger strichen über das schwarze Auge auf ihrem Handgelenk. Verbrecher mussten ihre gerechte Strafe erhalten, aber sie hatte es nie ertragen können, wenn bei den öffentlichen Hinrichtungen das Ende der Menschen quälend lange hinausgezögert wurde. Aber was wusste sie schon von dem Mann in der Kapelle? Vielleicht war er ein Mörder, der anderen unbeschreibliche Qualen zugefügt hatte, genau wie der Junge in der Zelle, der sie angesprochen hatte – der sie gesehen hatte. Sie ließ die Hand sinken. Er würde es den Wachen erzählen!

»Er hat kein Verbrechen begangen.«

Die Worte des Jungen rissen sie aus ihren Gedanken.

»Mein Bruder hat nichts getan. Er wollte mich nur beschützen.«

Reeva wandte den Kopf und sah den Gefangenen zweifelnd an.

»Bitte, sie wird ihn töten …« Seine Stimme brach.

»Wer ist bei deinem Bruder in der Kapelle?« Doch sie bekam keine Antwort.

Der Junge sank zu Boden und rollte sich zusammen. Ein letzter, qualvoller Schrei hallte von den kalten Steinwänden, bis auch dieser schließlich verebbte. Dann herrschte Stille wie in einem dunklen Grab.

Reeva schloss erleichtert die Augen. Es war vorbei.

Ein Geräusch am Ende des Ganges ließ sie herumfahren. Irgendetwas bewegte sich in der Dunkelheit.

Sie drückte sich mit dem Rücken an die Wand. Aber es waren keine Schritte zu hören, stattdessen drangen eigenartige Laute aus einer der hinteren Zellen. Sie konnte deutlich das Atmen eines Tieres hören und ein leises Kratzen, als würden Pfoten über Steine schaben. Bei den Göttern, was war das? Hielten sie dort etwa Hunde?

»Die Schatten … sie sind zurück.« Der Junge stützte sich am Gitter ab und sah zu der Zelle, die am Ende des dunklen Korridors lag.

Reeva antwortete nicht. Ihr Blick war auf zwei rot glühende Augen geheftet, die in der hinteren Gewölbekammer aufleuchteten.

»Was ist das?«

Der Junge schloss die Augen. »Die Schattenwesen. Sie dienen ihnen.«

Ihr lief ein Schauer über den Rücken. Was meinte der Junge damit? Reeva wich zurück, weg von diesen unnatürlichen Augen, die jede ihrer Bewegungen verfolgten. Immer mehr glühende Augen leuchteten in der Dunkelheit auf. Sie schienen sie zu beobachten, als wüssten sie, wer Reeva war und warum sie in die Katakomben gekommen war.

Sie lehnte sich an die Gitterstäbe und versuchte ruhig zu atmen. Wahrscheinlich waren es nur irgendwelche Hunde. Doch der Schlafplatz der Jagdhunde ihres Vaters lag weit entfernt hinter den Gesindekammern auf dem Hof …

Sie sah sich nervös um. Sie sollte besser verschwinden, bevor Gain oder sein Kumpan zurückkamen. Bevor diese Kreaturen zu ihr kamen. Sie hatte schon viel zu lange gezögert.

»Geh nicht, bitte!«

Reeva wandte sich zu der Gestalt um, die zusammengekauert im Verlies saß. Für einen Moment war sie versucht, die Tür zu öffnen und den Jungen freizulassen, aber das war unmöglich. Selbst wenn sie einen Schlüssel zu seiner Zelle gehabt hätte – sie konnte es nicht tun. Es wäre Hochverrat.

»Es tut mir leid«, flüsterte sie. Sie musste von hier fort, weg von der Dunkelheit und dem Gestank des Todes, der sie einzuhüllen begann wie eine Krankheit.

Die Hand schnellte durch die Stäbe und schloss sich um ihren Arm, bevor sie reagieren konnte. Reeva schrie entsetzt auf und versuchte sich loszureißen, doch es gelang ihr nicht. Der Gefangene hielt ihren Arm fest umklammert.

»Hab keine Angst, ich will dir nichts tun.« Er drückte sich dicht an das Gitter und sah sie an.

Reevas Pupillen weiteten sich. Seltsame Bilder und Gedanken schossen durch ihren Kopf. Sie sah den Jungen und seinen Bruder, wie sie aus ihrem Dorf abgeholt wurden, sah das dunkle Loch in den Katakomben und die Menschen, die dort unten gefangen waren. Männer, Frauen und auch Kinder. Man hatte sie wie Tiere eingesperrt und später einige von ihnen hierhergebracht. Und diese Wesen waren gekommen, Kreaturen, die aus der Unterwelt zu stammen schienen.

Sie starrte fassungslos den Jungen an. Es waren seine Erinnerungen, die er mit ihr teilte. Doch sie konnte nicht nur sehen, was er gesehen hatte – sie fühlte, was er gefühlt hatte, spürte seine Furcht, seine Qualen. Reeva presste die Fingernägel in ihren Handballen, bis dieser schmerzte.

Als sich die kalten Finger von ihrem Arm lösten, taumelte sie. Halt suchend griff sie nach den Gitterstäben und sank erschöpft dagegen. Ihre Gedanken überschlugen sich. Wie war das möglich? Wer war dieser Junge?

Aus einem der angrenzenden Korridore waren Schritte zu hören, die sich schnell näherten. Sie musste weg von hier! Reeva ließ das Gitter los und hastete durch den verwinkelten Gang, fort von den Furcht einflößenden Kreaturen und dem Leid des Fremden, das ihr die Luft abschnürte. Sie bog in einen der Seitengänge ab und fand sich plötzlich in einer Sackgasse wieder. Panisch blickte sie sich um. Ihr Puls raste. Sie musste sich beruhigen, sonst fand sie nie den Weg hinaus aus diesem Labyrinth. Sie lief zurück bis zu der Stelle, an der sie abgebogen war, und entschied sich für den Korridor zu ihrer Rechten, in der Hoffnung, dass ihre Erinnerung sie diesmal nicht wieder täuschte. Es war viele Jahre her, dass ihr Vater sie auf diesem Weg zu den Kerkern mitgenommen hatte.

Reeva blickte sich immer wieder um, aber die Schritte schienen ihr nicht zu folgen. Nach einer Weile, die ihr wie eine halbe Ewigkeit vorgekommen war, sah sie am Ende des Ganges endlich eine steinerne Treppe, die von mehreren Fackeln erleuchtet wurde. Sie hatte den Ausgang erreicht. Vorsichtig schlich sie näher heran. Die Treppe führte zum Burghof und wurde streng bewacht, doch dieses Risiko musste sie eingehen. Sie wandte den Kopf, als Stimmen durch den Gang hallten und konnte sich gerade noch in einem dunklen Winkel des Gewölbeganges verstecken, bevor die Männer nur wenige Schritte entfernt von ihr in einen der angrenzenden Korridore abbogen. Es waren zwei Wachen, die anscheinend gerade ihren Rundgang machten.

Reeva stieß die Luft aus, die sie unbewusst angehalten hatte und hastete die schmalen Stufen der Treppe hinauf. Die Männer würden eine Weile beschäftigt sein, vielleicht war das ihre Chance, unentdeckt hinauszugelangen.

Sie öffnete die Tür und warf einen Blick hinaus, es war niemand zu sehen. Erleichtert trat sie in den Hof und schloss die Tür hinter sich. Der Mond schien durch die zerrissenen Wolken und tauchte die Burg in ein unwirkliches Licht. Als Reeva sich umdrehte, schien ihr Herz für einen Moment stillzustehen. Einer der Wachposten stand nicht weit entfernt mit dem Rücken zu ihr und stützte sich an der Mauer ab, anscheinend musste sich der Mann erleichtern.

Sie verlor keine Zeit und floh durch die Dunkelheit, bis sie genug Abstand zwischen sich und die Wache gebracht hatte. Kraftlos lehnte sie sich gegen das Mauerwerk des Stalls und versuchte ruhig zu atmen. Nach einer Weile beruhigte sie sich. Sie hatte großes Glück gehabt, dass man sie nicht entdeckt hatte. Reeva schüttelte den Kopf. Warum hatte sie auch zu den Kerkerräumen gehen müssen? Ihre Neugierde war schon immer ihre größte Schwäche gewesen.

Sie blickte sich wachsam um und lief dann auf das Hauptgebäude zu. Der kalte Nachtwind fuhr unter ihren Umhang und ließ sie frösteln. Es half ihr, klarer zu denken. Sie wollte vergessen, was gerade passiert war, was sie gesehen hatte, aber sie konnte es nicht.

Reeva war sich sicher, dass der Gefangene ihr die Wahrheit gezeigt hatte. Aber wie war es möglich, dass er seine Erinnerungen mit ihr teilen konnte? Er musste besondere Fähigkeiten besitzen, so wie die Berater ihres Vaters. Sie dachte an die Furcht einflößenden, rot glühenden Augen und presste die Kiefer zusammen. Wenn diese Kreaturen sie angegriffen hätten ... Sie spürte, wie ihr übel wurde.

Der Junge hatte die Wesen als *Schatten* bezeichnet. Was hatte er damit gemeint? Warum waren diese Kreaturen dort unten bei den Gefangenen? Sie wusste, dass sie die Antworten darauf nur in den Katakomben finden würde. Der Gedanke, noch einmal dorthin zurückzukehren, ließ sie zittern, aber es gab keinen anderen Weg, wenn sie herausfinden wollte, was dort unten vor sich ging. Reeva beschleunigte ihre Schritte. Sie musste noch einmal mit dem gefangenen Jungen sprechen, auch wenn sie dadurch mehr als nur ein Leben riskierte.

Mögen die Dreizehn mit mir sein.

KAPITEL 25

Hafenstadt Ragohn. Gegenwart

Es stank nach Unrat und den Exkrementen von Tieren und Menschen. Das Mädchen verzog angewidert das Gesicht, als es durch die schmale, dunkle Gasse auf den Marktplatz zulief. Trotz der frühen Morgenstunde herrschte bereits geschäftiges Treiben. Der Geruch von rohem Fleisch wehte zu ihr herüber und mischte sich mit den Ausdünstungen der Menschen, die aus allen Richtungen herbeiströmten.

Das Mädchen steckte die Hände in die Taschen ihrer Hose und schlenderte an den zahlreichen Ständen vorbei. Neugierig betrachtete sie die Waren. Auf dem Wochenmarkt wurde alles feilgeboten, von lebenden Tieren bis zu teuren Stoffen und Gewürzen. Ein paar Möwen kreisten über dem Platz und schienen sich um ihre Beute zu streiten. Sie blickte in den graublauen Himmel, der fast vergessen ließ, dass es bereits Winter war. Das Wetter schien hier an der Küste milder zu sein als in den südlichen Wäldern, aus denen sie gekommen war. Es war längst nicht so kalt und der wenige Schnee, der den Boden bedeckte und zu schmutzigen Pfützen gefror, hielt die Händler nicht davon ab, ihre Waren lautstark anzupreisen. Der frische Seewind trug neue

Gerüche zu ihrer Nase. Es duftete herrlich nach Dingen, die sie lange nicht hatte kosten können, darunter Süßspeisen und frisches Brot.

Ihr Magen begann zu knurren. Das Mädchen sah sehnsüchtig in Richtung des Bäckers, der seine Waren nicht weit entfernt auf einem Holzkarren anbot, aber sie musste erst etwas anderes erledigen.

Sie lief weiter und beobachtete unauffällig die Menschen, die sich in den schmalen Gassen zwischen den Ständen drängten. Am Hafen lag nur ein einziges Handelsschiff und in der Nähe des Marktplatzes hatte sie bisher keine Soldaten gesehen. Doch sie musste sich sicher sein, bevor sie zu den anderen zurückkehrte. Vor einem Obststand mit sehr appetitlich aussehender Ware verharrte sie einen Moment länger. Das Knurren ihres Magens wurde lauter.

Die Bäuerin, der der Obstkarren gehörte, warf einen mürrischen Blick auf das kleine, schmutzige Kind.

»Bettlern geben wir nichts!« Sie stemmte ihre Hände in die breiten Hüften.

Das Mädchen grinste und zog aus ihrer Tasche eine kleine Münze hervor. »Ich nehme ein paar Äpfel.« Sie streckte der Frau das Geld entgegen und deutete auf eine Holzstiege mit den roten Früchten. Ihr Lächeln ließ kleine Grübchen auf ihren Wangen erscheinen.

Die Frau nahm die Münze und musterte die Kleine überrascht. Das Mädchen konnte höchstens acht oder neun Jahre alt sein. Zögernd erwiderte sie das Lächeln. Wahrscheinlich war es das Kind einer der neuen Händlerinnen und brauchte einfach wieder einmal ein Bad. Sie packte ein paar Äpfel in die Tasche, die ihr das Mädchen reichte, und drückte ihr noch ein kleines Stückchen Honiggebäck in die Hand.

»Hier, damit du etwas auf die Rippen bekommst. Du bist ja furchtbar dünn!«

Die Kleine lachte und griff nach dem Gebäck. »Danke!« Ihre verstrubbelten, dunklen Locken hingen ihr ins Gesicht. »Können Sie mir sagen, wo ich das Goldene Seepferd finde?«

Die Marktverkäuferin zog die Brauen zusammen. »Die Hafenspelunke? Da sollte ein kleines Mädchen wie du nicht allein hingehen.«

Die Kleine riss erstaunt die blauen Augen auf. »Ich soll eine Nachricht von meinem Vater überbringen«, erwiderte sie. »Er wartet auf eine Schiffsladung, die noch nicht angekommen ist.«

Die Frau nickte verstehend. In den vergangenen Tagen hatten nur wenige Schiffe in Ragohn angelegt. Die Händler befürchteten, im Hafen, der in einer Fjordenge lag, festzusitzen, wenn die Eisstürme das Festland erreichten und ein Auslaufen schier unmöglich machten.

»Dann beeil dich besser. Soweit ich weiß, wohnt der Kapitän, der vor zwei Tagen angekommen ist, in der Pension über dem Seepferd. Es ist nicht weit von hier, gleich hinter dem großen Gebäude dort an der Ecke.« Sie zeigte auf ein zweistöckiges, altes Haus am Rand des Hafenbeckens und wandte sich wieder dem Kind zu. »Halt dich dort nicht zu lange auf. Es treiben sich jede Menge Gestalten im Seepferd herum, denen nicht zu trauen ist.«

Das Mädchen nickte und biss herzhaft in das süße Gebäck. Der Honig lief über ihre Finger und sie leckte sie genüsslich ab, bevor sie sich umwandte und zu dem Gebäude ging, auf das die Marktfrau gezeigt hatte.

Nachdem das Kind seine Botschaft überbracht hatte, machte es sich auf den Rückweg, zuvor erstand es allerdings noch ein paar Laibe frisch gebackenes Brot und einige der appetitlich aussehenden, süßen Backwaren, deren Duft ihm auf dem Hinweg so verführerisch in die Nase gestiegen war.

Die Sonne stand bereits hoch am Himmel, als das Mädchen ein kleines Wäldchen erreichte. Eine Weile wanderte sie zwischen den dicht stehenden, mit Moos überzogenen Baumriesen entlang, die das wenige Licht, das durch die dichten Kronen auf die Erde fiel, in fahle Grüntöne tauchten. Schließlich verließ sie den ausgetretenen Pfad und blieb vor einer großen Tanne stehen, deren Äste sich wie in einer stillen Verbeugung tief zur Erde neigten.

»Ihre Majestät.« Das Mädchen beugte grinsend den Kopf und zog zwischen den Wurzeln das Bündel mit ihren Sachen hervor, dann begann sie sich zu entkleiden. Sie presste die schmalen Lippen zusammen, um nicht mit den Zähnen zu klappern.

Über ihre Pupillen wanderten dunkle Schlieren, bis ihre Augen in völliges Schwarz getaucht waren. Ihr Körper begann sich zu verändern, wurde größer und muskulöser.

Nachdem sie ihre alte Gestalt angenommen hatte, zog Edevind ihre Kleidung an, dann schob sie etwas Schnee am Boden beiseite und zog ihren Stab hervor, den sie hier versteckt hatte. Die Gestaltwandlerin ließ ihren Blick über das Waldstück schweifen. Sie würde ihre Reisegefährten, von denen sie sich im Morgengrauen getrennt hatte, bei den Klippen einholen. Edevind nahm ohne Eile einen Brotlaib aus der Tasche und brach ein großes Stück heraus. In der Hafenstadt wimmelte es nicht wie befürchtet vor Soldaten. Für den Moment waren sie hier sicher.

Trotzdem gab es nicht nur gute Nachrichten. Sie steckte sich das weiche Brotstück in den Mund und begann genüsslich zu kauen. Es blieb noch genügend Zeit, sich den Kopf über Probleme zu zerbrechen. Und es war für alle besser, wenn sie es nicht auf leeren Magen taten.

KAPITEL 26

Esgar, Königsburg. Acht Monate zuvor

Reeva hob den Blick. Ihre Augen glitten über die dunklen Zinnen der Burg, die wie spitze, steinerne Zähne drohend in den Himmel ragten, und blieben an einem der Wachposten hängen, der auf den Burgmauern seine Runden drehte.

Sie hatte ihr Dienstmädchen unter einem Vorwand weggeschickt und die alte Köchin besucht. Sie drückte das kleine Stoffbündel an sich, das mehrere, noch warme Gebäckstücke enthielt. In Gedanken versunken stapfte sie über den Hof, den seit Tagen eine dichte Schneeschicht bedeckte, und nickte einem der Mädchen zu, das mit zwei Eimern voll Wasser in Richtung des Waschhauses lief.

In den vergangenen Tagen war sie sowohl ihrem Vater als auch ihrer Mutter ausgewichen, was nicht besonders schwierig gewesen war. Eihra war zu sehr mit ihrem eigenen Schmerz beschäftigt, als zu bemerken, dass ihre Tochter etwas vor ihr verbarg. Und ihren Vater hatte Reeva wegen seiner Geschäfte kaum zu Gesicht bekommen.

Sie blieb stehen und wickelte die Mehlspeisen aus dem Leinen, während ihr Blick unauffällig in Richtung des Stallgebäudes schweifte. Sie hatte versucht, mehr über die Gewohnheiten der beiden Wachen herauszufinden, die in den Kerkergewölben bei den Gefangenen gewesen waren, aber es war nicht einfach, Fariha und die Männer ihres Vaters, die sie fast rund um die Uhr überwachten, abzuschütteln.

Trotzdem waren ihr einige Dinge nicht entgangen, auch dass Gain einen der Berater ihres Vaters mehrmals aufgesucht hatte: Balian. Und sie hatte in Erfahrung gebracht, dass der alte Wärter, der ihrem Vater schon viele Jahre diente, eine Liebelei mit einer der Küchenmägde unterhielt.

Als sie bei Tahira gewesen war, hatte sie durch das Küchenfenster gesehen, wie Gain den Burghof betrat und war ihm gefolgt. Reeva wandte den Kopf und fixierte die gedrungene Gestalt, die sich im Schatten der Stallmauer verbarg. Der Wärter war nicht allein.

Gain presste die Taille des Mädchens, das bei ihm war, eng an sich. Die Magd kicherte, als er sich mit der anderen Hand an der Mauer abstützen musste, um nicht das Gleichgewicht zu verlieren. Anscheinend war er betrunken.

Reeva verzog angewidert das Gesicht. Die Vorstellung, von Gain angefasst zu werden, bescherte ihr eine Gänsehaut. Als der Wärter sich in ihre Richtung umdrehte, sah sie den großen Schlüsselbund, der an seiner Hüfte hing. Sie senkte unauffällig den Blick. Während der vergangenen drei Tage hatte sie beobachtet, dass er die Schlüssel immer bei sich trug und niemals ablegte.

Vielleicht gab es aber eine Ausnahme.

Als die beiden sie bemerkten, riss sich die Magd von Gain los und verschwand eilig in der Küche.

Reeva tat, als hätte sie nichts gesehen und überquerte den Hof, dabei ignorierte sie das schmierige Lächeln, das der Wärter ihr schenkte. Gain hatte ihr ungewollt eine Möglichkeit aufgezeigt, an die Schlüssel zu gelangen, an die sie zuvor nicht gedacht hatte.

Reeva behielt das Mädchen danach im Auge und bekam zwei Tage später die Gelegenheit, auf die sie gewartet hatte. Während des Abendmahls bemerkte sie, wie die Magd dem Wärter einen Schlüssel zusteckte und kurz darauf aus der großen Halle verschwand. Sie entschuldigte sich bei ihrer Mutter und schob Müdigkeit als Grund vor. Doch anstatt in ihre Kammer zurückzukehren, schlich sie sich auf den Hof. Als Reeva auf das Gebäude zulief, in dem die einfachen Mägde und Diener untergebracht waren, schlug ihr eisiger Wind entgegen und sie begann unter ihrem dünnen Umhang zu frieren.

Sie vergrub ihre Hände in den Falten des Gewandes und hastete weiter. Es würde zu viel Zeit kosten, ihren Fellmantel aus ihrer Kammer zu holen – und zu viel Aufmerksamkeit erregen.

Die Tür mit den schmiedeeisernen Beschlägen war nur angelehnt. Sie schlüpfte in den dunklen Korridor und sah sich um. Von dem schmalen Flur gingen mehrere Kammern ab, in denen die Diener nach Geschlecht getrennt untergebracht waren. Eine der vorderen Türen stand offen, schwaches Licht fiel in den Gang. Zögernd trat sie näher und wandte den Kopf. Aus einem der Zimmer war leises Stöhnen zu hören. Reeva blieb stehen, sie hatte als Kind oft genug belauscht, was zwischen Männern und Frauen vor sich ging. Als sie Gains schweres Keuchen hörte, überkam sie kurz ein Gefühl von Ekel. Es klang, als würde sich eine Wildsau im Bett wälzen.

Sie verabscheute den Mann und sie verabscheute noch mehr, was er in den Gewölben tat.

Eine leise Stimme in ihrem Inneren erinnerte sie daran, dass er nicht das einzig Verachtenswerte in Esgar war. Reeva war sich bewusst, dass die Inrir Macht bedeuteten. Was auch immer in den Kerkergewölben vor sich ging, es verstärkte die Macht Esgars. Sie biss sich auf die Lippe. Ihr Vater hatte ihr beigebracht, ihren Verstand zu nutzen, doch sie hatte zu viel von ihrer Mutter geerbt, um nicht auch auf ihr Gefühl zu hören. Sie wollte Antworten. Und es gab nur einen Menschen, der sie ihr geben konnte.

Reeva blickte sich um. Durch den Türspalt fiel etwas Licht, anscheinend hatte die Magd eine Öllampe brennen lassen. Trotzdem konnte man kaum die Hand vor Augen sehen. Sie lief auf den Tisch zu, der ein paar Schritte entfernt an der Wand stand. Vielleicht hatte sie Glück und der Wärter hatte seine Sachen abgelegt, bevor er mit dem Küchenmädchen in der Nebenkammer verschwunden war.

Plötzlich blieb ihr Fuß an etwas hängen, das auf dem Boden lag und sie stolperte, konnte sich aber an der Kante des Tisches festhalten. Reeva unterdrückte nur mühsam einen Fluch, als ihr Oberschenkel gegen das harte Holz schrammte. Ein schmerzhaftes Pochen fuhr durch ihr Bein.

Sie hob den Kopf. Aus der Schlafkammer war ein Knarren zu hören. Die darauf folgende Stille ließ ihr Herz im Schlag verharren.

»Was war das?« Gains Stimme klang wachsam.

Reeva wich einen Schritt zurück. Falls der Wärter sich entschied nachzusehen, blieb ihr nur wenig Zeit, um von hier zu verschwinden.

Leises Lachen erklang. »Da ist nichts, komm wieder her.«

Reeva konnte nicht verstehen, was das Mädchen als Nächstes sagte, doch die Geräusche, die kurz darauf an ihr Ohr drangen, ließen sie erleichtert aufatmen.

Sie ging in die Hocke und tastete nach dem Hindernis. Es waren mehrere, achtlos übereinandergeworfene Kleidungsstücke. Ein dumpfes Klirren ertönte, als sie eines der Stoffbündel anhob.

Den Göttern sei Dank. Ihre Hand zitterte, als sie über die kalten, metallenen Schlüssel strich. Welcher war der richtige? Sie zögerte einen Moment und löste die Schlüssel vorsichtig aus dem Gurt der Hose. Ihr blieb nichts anderes übrig, als das ganze Bund mitzunehmen.

Ihre Finger schlossen sich um den dunkel glänzenden Metallring, sie durfte ihn auf keinen Fall fallen lassen.

Das Stöhnen im Nebenzimmer zeigte ihr deutlich, dass Gain und die Magd noch eine Weile beschäftigt sein würden.

Reeva stand auf und lief zurück. Auf dem Burghof war niemand zu sehen. Sie zog die Kapuze tief in ihr blasses Gesicht, steckte die Schlüssel in eine Tasche ihres Gewandes und tauchte in die Dunkelheit ein.

Sie musste die Zeit nutzen, die ihr blieb.

KAPITEL 27

Esgar, Kerkergewölbe. Dieselbe Nacht

Etwas hatte ihn geweckt. Der Junge hob den Kopf, der auf dem harten Steinboden gelegen hatte. Die Gefangenen in der dunklen Zelle hatten weder Decken noch Stroh für ihre Lagerstatt bekommen und jeder Muskel seines Körpers schmerzte nach dem Aufwachen, doch er ignorierte es, genauso wie das dumpfe Ziehen in seinem Magen, das ihn seit Tagen quälte. Seit sein Bruder fort war, hatte er kaum etwas gegessen. Er wollte nicht essen. Er wollte sterben.

In dem schmalen Gang zwischen den Zellen und dem großen Saal brannte nur eine einzige Fackel. Ihr Licht war zu schwach, um die Schwärze komplett durchdringen zu können. Er starrte in die Dunkelheit, ohne etwas zu erkennen. War da nicht ein leises Scharren gewesen? Unruhig wandte er den Kopf und sah durch das Gitter, das seine Zelle von den anderen trennte, in Richtung der Treppe. Kamen sie, um ihn zu holen?

Doch es blieb still. Er stützte sich am Boden ab und lehnte sich kraftlos gegen die kalten Eisenstäbe. Plötzlich sah er sie. Die Schlüssel lagen zum Greifen nah auf dem staubigen Boden des Ganges. Der Junge starrte auf das Metallbündel, das im Licht der Fackel schwach glänzte. Hatte der Wärter sie verloren, ohne es zu merken? Konnte er wirklich so viel Glück haben? Zögernd streckte er seinen Arm durch die Gitterstäbe. Vielleicht war es nur ein Traum und er würde aufwachen, sobald er die Schlüssel berührte.

Erst als er das kühle Metall in seinen Fingern hielt, begriff er, dass es Wirklichkeit war.

Die Götter sind mit mir.

Er drückte seine Stirn für einen Moment an das Gitter und zog dann vorsichtig den Bund durch die Eisenstäbe zu sich in die Zelle. Die Gedanken in seinem Kopf überschlugen sich. Die Schlüssel würden die Ketten an seinen Füßen lösen, aber er machte sich keine Illusionen. Die Chance, den Ausgang aus dem Verlies zu finden, ohne gesehen zu werden, war gering. Es gab zu viele Wachen und er konnte sich nicht an den Weg erinnern, den sie genommen hatten, als man ihn vor einigen Wochen hierhergebracht hatte. Ihn und seinen Bruder.

Sein Magen krampfte sich zusammen, als er an Svend dachte. Sein Bruder und er waren einfache Bauern gewesen. Sie hatten die Gesetze niemals überschritten. Niemals bis auf … Er presste die Kiefer aufeinander. Es war nicht seine Schuld! Er hatte nicht darum gebeten, dass die dunkle Gabe zu ihm kam. Einige Monate lang hatte er es geschafft, es zu verheimlichen – aber nicht vor seinem Bruder. Svend hatte gemerkt, dass er Dinge vorhersehen konnte, wie den Brand des Nachbarhauses nach dem schweren Sturm, und den Tod, der mit der Fieberepidemie das Dorf heimsuchte. Er hätte es melden müssen, so wie es das Gesetz verlangte, doch er hatte es nicht getan. Er wollte nicht an den Hof und der Krone dienen, sondern bei seinem Bruder bleiben und ihr Land bestellen. Aber es war naiv gewesen, zu glauben, dass alles so bleiben würde, wie es einmal gewesen war.

Als die Wachen kamen, um ihn zu holen, hatte sich sein Bruder schützend vor ihn gestellt. So, wie er es schon immer getan hatte, seit sie kleine Jungen gewesen waren. Die Soldaten hatten ihn überwältigt und sie beide mitgenommen. Er hatte um Gnade für Svend gefleht, Reue gezeigt, aber es hatte die Wachen nicht interessiert. Man hatte sie nach Esgar gebracht und in die Dunkelheit dieses Verlieses gesperrt. Die Gnade eines schnellen Todes wäre ihm lieber gewesen, aber man hielt sie anscheinend für wertvoll genug, um sie zumindest für eine Weile am Leben zu halten.

Er blickte sich um. *Leben* konnte man das jedoch kaum nennen, was Gefangene in den Katakomben erwartete.

Als sie Svend aus dem Loch holten, hatte er nichts dagegen tun können. Der Junge ballte die freie Hand zur Faust, bis sie schmerzte.

Vergib mir, Bruder. Es ist meine Schuld. Er hatte gewusst, dass Svend nicht zurückkehren würde, genauso wenig wie die Menschen zuvor, die man zu der Hexe gebracht hatte. Wenn sie kamen und jemanden holten, bedeutete das den Tod. Und der Tod war immer noch eine bessere Wahl, als das Schicksal derjenigen, die die Prozedur überlebten. Er hatte die Gedanken des Wärters gelesen und in seine Erinnerungen geblickt.

Der Junge biss die Zähne zusammen und zog sich mühsam an den Gitterstäben hoch. Er hatte sich noch nie so schwach gefühlt und schimpfte sich selbst einen Narren, nichts von dem harten Brot angerührt zu haben, das sie den Gefangenen gaben. Er griff nach zwei der trockenen, halb verschimmelten Kanten, die auf dem Boden neben einer Schüssel lagen, und steckte sie in seine Hosentasche. Wenn es ihm gelang, hier rauszukommen, würde er etwas zu essen brauchen. Sein Blick fiel auf die große Eichentür, die am Ende des dunklen Ganges lag. Die Schreie seines Bruders waren schrecklich gewesen. Er hatte Svends Qualen spüren können, genau wie seine letzten Gedanken, die ihm gegolten hatten.

Flieh, bevor es zu spät ist!

Die Schreie waren irgendwann verebbt und einer Stille gewichen, die fast noch schwerer zu ertragen war. Er senkte den Blick und zwang sich, an etwas anderes zu denken. In den vergangenen Tagen hatte er einiges gesehen und gehört, was nicht für seine Ohren und Augen bestimmt gewesen war. Die Kreaturen, die hier hausten, waren gekommen und gegangen, ohne die Wege zu nehmen, welche die Wärter benutzten. Es musste in ihrem Verschlag einen geheimen Gang geben, der nach draußen führte. Eine andere Erklärung gab es nicht. Seine Hände umklammerten die kalten Gitterstäbe, die das Verlies von den anderen Kerkerzellen trennten. Er wusste nicht, ob die Kammer der Wesen im Moment leer war, genauso wenig wie er wusste, ob es Tag oder bereits Nacht war. Die ewig währende Finsternis des Kerkers hatte ihm jegliches Zeitgefühl geraubt. Aber er musste versuchen, den geheimen Gang zu finden.

Nachdem er seine Ketten gelöst hatte, lief er zur Tür

und probierte die größeren Schlüssel aus, bis er den richtigen fand. Er öffnete die Gittertür und trat in den Korridor. Es war nichts zu hören. Hastig lief er weiter zu der hinteren Zelle, in der die Wesen hausten, und zog an dem schweren Gitter, doch die Eisentür war verschlossen. Seine Finger glitten über die Schlüssel. Es brauchte drei Versuche, bis er endlich Glück hatte: Die alte Gittertür quietschte laut in ihren Angeln, als er sie öffnete.

Er wandte den Kopf, sein Blick suchte die Dunkelheit ab. Außer den flackernden Schatten, welche die Fackel an die steinernen Wände warf, war in dem Gang nichts zu erkennen, aber er wusste, dass er nicht allein war.

»Danke«, sagte er leise.

Reeva erstarrte. Ihr Herz begann schneller zu schlagen.

Der Junge stützte sich an dem Eisengitter ab. *Ich kann spüren, dass du hier bist.*

Reeva hörte seine Gedanken deutlich in ihrem Kopf. Ihr Puls raste. Wie war das möglich?

Der Junge wandte sich ab und betrat den Kerkerraum.

»Warte!« Reevas Stimme klang seltsam dünn in der Finsternis, die sie umgab. Sie wagte es nicht, aus ihrem Versteck hervorzukommen, doch sie konnte ihn nicht einfach gehen lassen. »Wie ist dein Name?«

Der Junge blieb stehen. »Caleb«, erwiderte er.

»Bitte … Caleb … du musst es mir sagen. Sag mir, wer bei deinem Bruder in der Kapelle war!« Reeva trat zögernd einen Schritt vor. Ihr war bewusst, dass dem Jungen die Zeit davonlief. Jeden Moment konnten Gain oder eine andere Wache kommen und ihn entdecken.

»Sie nennt sich Uriel«, sagte er, ohne sich umzudrehen. »Doch das ist nicht ihr wahrer Name.« Er schloss das Gitter hinter sich. Sein Herz schlug hart gegen seine Rippen, als er an die Hexe dachte. Sie hatte ihn vor ein paar Tagen besucht, in seiner Zelle. Ihr Gesicht hatte wie das einer Heiligen ausgesehen, aber er hatte sich davon nicht täuschen lassen. Er kannte ihr dunkles Geheimnis.

Die Luft in der Zelle war schneidend dick, es roch nach Fäulnis und alten Tierknochen, mit denen Gain die Kreaturen fütterte. Er schob das Stroh beiseite, das man im Kerker verteilt hatte, und suchte den Steinboden ab. Als er einige halb abgenagte Knochen ertastete, stieg ihm der beißende Geruch von verwesendem Fleisch in die Nase und Ekel überkam ihn, doch seine Hände fuhren weitersuchend über den Boden. Plötzlich stießen seine Finger an etwas Hartes, das zwischen den Steinen herausragte. Es war ein großer Metallring, der zu einer Holzluke gehörte. Er zog daran, doch die Klappe ließ sich nicht öffnen. Caleb tastete das rissige Holz ab, es schien kein Schloss daran befestigt zu sein. Wieso öffnete sich diese verdammte Luke dann nicht? Verzweifelt zog er erneut an dem Eisenring, bis die schwere Klappe endlich nachgab. Er wischte sich den Schweiß von der Stirn und sah in den dunklen Tunnel hinab. Erneut überkam ihn Furcht. Er wusste nicht, was ihn dort unten erwartete, ihm blieb nur die Hoffnung, dass ihn das Glück nicht verlassen würde. Vorsichtig kletterte er in den Schacht und begann durch den engen Tunnel zu kriechen.

Nachdem der Junge in dem geheimen Gang verschwunden war, löste sich Reevas Gestalt aus den Schatten.

Sie schob die Kapuze ihres Mantels zurück. Der Schein der Fackel zeichnete harte Linien auf ihrem Gesicht.

Sie ging auf den Kerker zu und schloss mit dem Schlüssel, der noch immer in der Tür steckte, die Gittertür. Als sie den kalten, eisernen Metallring in ihren Händen hielt, geriet ihre Entschlusskraft für einen Moment ins Wanken.

Sie hatte Hochverrat begangen, indem sie dem Gefangenen zur Flucht verhalf. Und sie hatte ihren Vater hintergangen.

Reeva warf einen letzten Blick in die leere Zelle und hastete zurück zu der geheimen Treppe, die zur Bibliothek führte. Es war zu spät, sich Gedanken über ihre Entscheidungen zu machen. Oder über die Konsequenzen, die ihrer Tat vielleicht folgen würden. Sie musste von hier weg, bevor jemand merkte, was geschehen war.

Ihre Finger umschlossen den Metallbund. Sie würde die Schlüssel auf dem Weg hinaus irgendwo verschwinden lassen und betete, dass Gain den Verlust erst in ein paar Stunden bemerken würde, wenn der Junge längst fort war. Mehr konnte sie im Moment nicht tun.

Es lag an den Dreizehn, darüber zu richten, ob man entdecken würde, was sie getan hatte.

KAPITEL 28

Esgar, Kerkergewölbe. Zur selben Zeit

Der Junge kroch durch den engen, dunklen Gang. Die Luft roch abgestanden und modrig. Er konnte nicht sehen, was vor ihm lag, zwang sich aber trotzdem weiter vorwärts. Alles war besser, als im Kerker zu bleiben und auf den sicheren Tod zu warten. Er wollte nicht so sterben wie sein Bruder. Doch der Tod war nicht das Schlimmste, was auf die Gefangenen wartete. Er hatte die Kreaturen gesehen und wusste, was aus ihm werden würde, wenn er die Verwandlung überlebte.

Etwas Scharfes bohrte sich in seinen Schenkel, der plötzliche, heftige Schmerz ließ ihn aufstöhnen. Als er das verletzte Bein anhob, stieß sein Kopf gegen einige aus der Decke ragende Wurzeln und Erde rieselte auf sein Gesicht. Panik stieg in ihm auf. Er wollte hier nicht sterben! Caleb versuchte, ruhig zu bleiben und tastete vorsichtig mit den Händen die sandigen Wände ab. In der Dunkelheit war nichts zu erkennen, doch der Gang wirkte intakt. Irgendjemand hatte diesen Tunnel mit großer Sorgfalt angelegt. Wenn er stabil genug war, diese Wesen hindurchzulassen, würde er über ihm auch nicht gleich zusammenbrechen. Er kroch weiter und verdrängte den pulsierenden Schmerz in seinem

Bein. Nach einer Weile ging sein Atem wieder ruhiger. Seine Hände rieben sich an den rauen Steinen auf, die aus der feuchten Erde ragten, aber er spürte es kaum.

Irgendwo am Ende dieses Tunnels gab es einen Ausgang. Es *musste* ihn geben. Er hatte gesehen, wie die Wölfe verschwanden und wieder auftauchten, ohne den Kerkerraum verlassen zu haben. Es gab keine andere Erklärung.

Er verzog das Gesicht zu einer Grimasse. Nicht, dass es wirklich Wölfe waren. Mit gewöhnlichen Tieren hatten diese Kreaturen nur wenig gemein.

Es kam ihm wie eine Ewigkeit vor, bis er endlich einen leichten, kalten Luftzug spürte. Als er den schwachen Lichtschein am Ende des Tunnels sah, bewegte er sich schneller, aber seine Anspannung ließ erst nach, als er den Ausgang erreicht hatte. Erleichtert sog er die frische Luft in seine Lungen. Das Licht des Mondes ließ den Wald, der vor ihm lag, aus der Dunkelheit auftauchen.

Caleb zögerte nicht und kroch zwischen den Sträuchern, die vor dem Tunnelausgang wuchsen, nach draußen. Die Dornen des Gestrüpps stachen in sein Fleisch und hinterließen blutige Kratzer auf seiner Haut, doch die Kälte, die ihm entgegenschlug, war schlimmer. Der Winter hatte die Welt außerhalb der Kerkerräume zu Eis gefrieren lassen. Der Wind riss an seinem dünnen Hemd und ließ ihn für einen Moment jede Hoffnung verlieren. Er machte sich keine Illusionen, ohne ausreichend Proviant und warme Kleidung würde er nicht lange durchhalten. Aber es blieb keine Zeit, um in die Stadt zu laufen und um Kleidung zu betteln. Oder sie zu stehlen.

Ein leises Rascheln durchbrach die Stille. Er riss den

Kopf herum und sah beunruhigt in Richtung des Tunnels. Verfolgten sie ihn bereits? Doch es war nichts zu sehen. Wahrscheinlich war es nur der Wind gewesen, der durch die knorrigen Äste der Bäume strich. Erleichtert orientierte er sich kurz am Stand der Sterne, die am Nachthimmel leuchteten, und lief dann in den Wald. Es war ein langer Weg, der vor ihm lag, aber er durfte jetzt nicht aufgeben. Er war es seinem Bruder schuldig.

Nach ein paar Stunden machte er neben den Wurzeln einer stämmigen Tanne Rast. Er war müde und erschöpft, trotzdem zwang er sich, wach zu bleiben. Der Schnee hatte bereits seine Kleidung durchweicht und er spürte die Kälte tief in den Knochen. Er hatte Angst, die Augen zu schließen und niemals wieder aufzuwachen.

Noch vor Sonnenaufgang stand er auf und lief weiter. Nach einer Weile begann die Wunde an seinem Bein erneut zu bluten. Er riss ein Stück Stoff aus seinem Hemd und verband sie, aber das Bein schmerzte bei jedem Schritt und er kam nur langsam voran. Als die Sonne am Horizont aufging, erreichte er den Rand einer kleinen Lichtung. Caleb humpelte an dem Stamm einer riesigen Eiche vorbei, die umgestürzt im Schnee lag. Ein Sturm musste den alten Baum vor Kurzem entwurzelt haben, die ineinander verschlungenen Wurzeln waren noch immer mit Erde bedeckt.

Er fiel auf die Knie und senkte den Kopf. Vielleicht sollte er hier bleiben und auf den Tod warten. Er würde nicht lange warten müssen. Sein Dorf war noch einige Tagesmärsche entfernt – zu weit entfernt, um es zu schaffen. Er hatte keine Kraft mehr zu fliehen.

Das Licht der Morgensonne färbte den Horizont strahlend golden. Caleb schloss lächelnd die Augen. Er war dankbar, nicht in dem dunklen Verlies sterben zu müssen.

Er war frei.

Es dauerte nicht lange, bis sie ihn eingeholt hatten.

Der Junge blickte den weißen Wolf an, der auf ihn zugelaufen kam. Diese Augen hatten ihn in seinen Träumen verfolgt.

»Ich habe auf euch gewartet«, flüsterte er.

Arkan konnte die Angst des Menschen spüren und zog knurrend seine Lefzen hoch. Das Rudel wartete auf sein Zeichen, doch er hielt sie zurück. Er würde den Jungen nicht hier auf der Lichtung töten, er zog den Schutz des Waldes vor.

Der alte Wolf senkte den Kopf, seine Augen glühten.

Lauf!, erwiderte er durch seine Gedanken.

Caleb presste die Zähne zusammen und griff nach einem dünnen Ast, der neben ihm im Schnee lag. Es würde ihm nicht viel nützen, aber es war besser als nichts. Er stützte sich am Boden ab und stand langsam auf. Es war sinnlos, kämpfen zu wollen, doch er würde vor den Schattenwesen keine Schwäche zeigen. Seine Augen glitten über die Lichtung, bis er fand, was er gesucht hatte. Er lächelte und sah zu dem wolkenverhangenen Himmel empor. Doch seine Gedanken waren auf etwas anderes gerichtet.

»Ich danke dir«, flüsterte er.

Der Wächter, der auf einer alten Eiche saß und ihn beobachtet hatte, stieß einen heiseren Warnschrei aus.

Arkan wandte den Kopf und fixierte ihn für einen Moment, dann wandte sich der Schattenwolf wieder seiner Beute zu.

Es gab kein Entkommen. Und der Junge wusste es.

Der schwarze Vogel breitete seine Schwingen aus, seine langen Krallen lösten sich von dem Ast, auf dem er gesessen hatte. Die Jagd war zu Ende, aber er würde die Botschaft überbringen, die er von dem Menschen bekommen hatte.

Esgar, Königsburg. Am selben Abend

Balian blickte auf den bewusstlosen Mann, der angekettet an der Wand hing. Gains Kopf war auf seine Brust gesackt, Blut lief über sein angeschwollenes Gesicht und seinen nackten Oberkörper. Aber es waren nicht die Schläge, die ihm sein Bewusstsein geraubt hatten.

Fasziniert betrachtete Balian die linke Hand des Mannes, der nun zwei Finger fehlten. Der Schmerz musste unerträglich gewesen sein. Aszal hatte sein Handwerk im Krieg erlernt und verstand es geschickt, einem Mann seine Geheimnisse zu entlocken, ohne ihn dabei zu töten. Doch das Verhör hatte keine neuen Informationen gebracht, was sehr enttäuschend war. Der Berater kniff seine dünnen Lippen zusammen.

Gain hatte geschworen, dass er nicht wusste, wie der Gefangene hatte fliehen können, aber Balian glaubte ihm nicht. Niemandem war es bisher gelungen, aus den Burgverliesen zu entkommen. *Es war unmöglich.*

Er starrte angewidert auf den bewusstlosen Wärter. Verschlossene Kerkertüren öffneten sich nicht von allein, genauso wenig wie es Eisenketten taten. Es gab keine Anzeichen, dass jemand gewaltsam versucht hatte, in die Kerker einzudringen, um den Gefangenen zu befreien. Doch der Junge war entkommen und dafür gab es nur eine Erklärung: Jemand musste ihm geholfen haben. Jemand, der wusste, wo sich ein geheimer Ausgang befand.

Balian drehte nachdenklich an seinem goldenen Siegelring. Dass sie die Spur des Jungen in der Zelle der Läufer gefunden hatten, war beunruhigend. Es gab nur zwei Wege, die aus den Katakomben hinausführten. Einer verlief durch das Kerkergewölbe, die Eingänge wurden von seinen Männern rund um die Uhr streng bewacht, den anderen kannten nur eine Handvoll Menschen – ihn und Gain eingeschlossen.

Seine Hand wanderte zu der verborgenen Tasche im Futter seines Mantels. Nur der Wolfswärter besaß außer ihm selbst einen Schlüssel zu dem Verlies der Läufer. Wenn Gain die Wahrheit sagte und er dem Jungen nicht geholfen hatte, bedeutete das, dass noch jemand ihr Geheimnis kannte. Aber wie hatte derjenige ungesehen an den Wachen vorbeikommen können? Und woher kannte er den geheimen Tunnel? Die Luke in der Kammer der Jäger war gut versteckt, niemand würde freiwillig das Refugium der Wölfe betreten. Nicht ohne einen guten Grund.

Balian ließ die Hand sinken. Ausgerechnet der Junge hatte entkommen müssen! Er wäre ein perfekter Läufer geworden, falls er die Verwandlung überlebt hätte. Aber das war im Moment nicht seine größte Sorge. Der Junge durfte seine Geschichte niemandem erzählen. Die Jäger hatten seine Spur am Tunnel bereits aufgenommen und verfolgten ihn. Er würde nicht entkommen. Und er würde keine zweite Chance erhalten. Es war zu gefährlich, ihn am Leben zu lassen.

Balian musterte Gains geschundenen Körper und befeuchtete seine Lippen. Der König verlangte Antworten und, bei Atorhs Gunst, er würde sie ihm liefern. Er durfte nicht zulassen, dass auch nur der Schatten eines Verdachts auf ihn selbst fiel. Der Berater senkte den Blick. Sie mussten den Verräter finden, zu vieles stand auf dem Spiel.

»Hol Wasser und weck ihn auf«, sagte er und sah Hargard an, der ihn in die Katakomben begleitet hatte.

Der Mann nickte und verschwand wortlos in den Schatten der schwach beleuchteten Gänge.

Balian ging zu Aszal und ließ sich das glühende Brenneisen geben, das dieser gerade aus der Feuerstelle gezogen hatte. Es war ärgerlich, sich selber die Finger schmutzig machen zu müssen, doch er würde herausfinden, wer dem Jungen geholfen hatte. Diese delikate Angelegenheit hatte vor seinen anderen Verpflichtungen Vorrang.

Hargard kehrte mit einem Eimer zurück und schüttete dem Bewusstlosen auf ein Zeichen des Beraters hin kaltes Wasser ins Gesicht. Als Gain die Augen aufschlug, trat Balian auf ihn zu. Er würde dem Wärter ein Angebot machen. Und den Mann töten, falls er ablehnte.

Ein leichtes Lächeln umspielte seinen Mund.

KAPITEL 29

Ragohn, Harlinger Klippen. Gegenwart

Der Nebel hüllte das Kloster in einen trüben, grauen Schleier, aus dem die zwei massiven Ecktürme wie die unförmigen Arme eines Riesen ragten.

Ouwen blickte stirnrunzelnd zu dem Gebäude, das hoch über dem Meer auf den Klippen thronte. Es wirkte alles andere als einladend. Er trat näher an den Rand des Felsüberhangs und hielt sein Gesicht in den Wind, der die salzige Gischt an die Küste trug. Wie oft hatte er sich vorgestellt, wie es sein würde, den Ozean zu sehen. Aber jetzt, wo er hier war, kreisten seine Gedanken um etwas anderes. Er fühlte eine seltsame Schwere in seinen Gliedern und in seinem Geist, die nichts mit seiner Müdigkeit zu tun hatte.

Die Gesichter der toten Söldner tauchten aus seiner Erinnerung auf und schienen ihm etwas zuzuflüstern.

Hayden hatte gesagt, dass die beiden Männer den Tod verdient hatten und er vertraute seinem Freund, doch er hatte noch nie die Mitschuld am Tod eines Menschen getragen. Die Bürde wog schwer auf seinen Schultern.

Seine Augen wanderten zum Horizont, das dunkle Blaugrau des Wassers verschmolz mit der Farbe des

Himmels und hielt seinen Blick gefangen. Er strich sich das zerzauste Haar zurück. Der aufkommende Sturm türmte das Wasser unter ihm zu wütenden Wellen auf, welche sich tosend an den steilen Klippen brachen. Der Felsabhang, auf dem er stand, war Teil einer weit ins Meer hinausragenden Kalksteinformation. Die Harlinger Felsen markierten die äußere, nördliche Grenze des Landes.

Die Grenze seiner Heimat.

Ouwen wandte sich zu seinen Gefährten um, die bereits weitergegangen waren, warf einen letzten, bedauernden Blick auf den Ozean, dessen aufgewühlte Wellen weiße Schaumkronen zur Küste trugen, und folgte ihnen. In Gedanken versunken stapfte er durch die mit gefrorenem Schnee bedeckte Heide, welche auf den kargen Felsen wuchs, und zog fröstelnd den Fellkragen seines Mantels höher. Die Eismonde hatten längst auch die Küste erreicht, doch im Moment war es ihm egal, ob Winter war oder nicht. Sein Körper sehnte sich nach Schlaf.

Nach dem Vorfall im Moor waren sie noch in der Nacht weitergereist, ohne eine Rast einzulegen. Als im Morgengrauen die ersten Häuser der Siedlung in Sichtweite kamen, war Ouwen so erschöpft gewesen, dass er sich kaum noch auf den Beinen halten konnte.

Edevind hatte sie verlassen, um in der Stadt Proviant zu besorgen und sich nach Schiffen umzuhören, aber Hayden hatte Ouwen keine Ruhe gegönnt, sondern ihn weiter entlang der felsigen Steilküste geführt, fort von Ragohn. Auf dem Weg zu dem alten Kloster waren sie an den längst abgeernteten Feldern der Siedlung vorbeigekommen und hatten ein Waldstück mit jahrhundertealten Fichten und Kiefern durchquert. Neben dem würzigen Kieferduft hatte noch etwas anderes in der Luft gelegen, das Ouwen zuerst nicht einordnen konnte, bis er die Vögel entdeckte, die kreischend über den Baumwipfeln segelten. Seemöwen.

Bei den Klippen hatten sie endlich gerastet und auf Edevinds Rückkehr gewartet. Ouwen war dankbar für das erste frische Brot seit Wochen, das die Gestaltwandlerin aus der Hafenstadt mitgebracht hatte. Der köstliche Duft des Brotlaibes erinnerte ihn an zu Hause und an eine Zeit, in der er sich noch keine Gedanken machen musste über magische Gaben und Schattenwesen.

Die Nebelschwaden wurden von dem rauen Wind davongetrieben. Er hob den Blick und sah zu dem Ven-Rah, das vor langer Zeit für die dreizehn Götter errichtet worden war. Hayden hatte nicht viel von dem Mann erzählt, zu dem sie reisten, nur, dass Guttorm bereits viele Jahre als Mönch in dem verfallenen Kloster lebte. Und dass er ihm vertraute.

Der Mann, der ihnen das Tor öffnete, verbarg seinen untersetzten Körperbau unter den weiten Falten einer fleckigen, grauen Kutte. Sein Gesicht und die breite Nase waren gerötet. Als Guttorm Hayden sah, lächelte er.

»Ich habe dich bereits erwartet, mein Freund.« Er trat zur Seite und ließ Halbschatten in den Hof eintreten, dann wandte er sich Ouwen und Edevind zu. Als er die Wölfin entdeckte, die ihnen folgte, wich er erschrocken einen Schritt zurück. »Bei den Göttern! Ist das etwa …«

Hayden grinste entschuldigend. »Es tut mir leid, ich habe vergessen zu erwähnen, dass wir noch einen weiteren, *besonderen* Gast mitbringen.«

Halbschattens Aussage veranlasste den Mönch dazu, überrascht die buschigen Brauen zu heben, die sich auf seiner Stirn zu einem breiten Balken vereinten. Sein Blick glitt zu Ouwen, der stehen geblieben war und eine Hand beschützend auf den Rücken der Fähe gelegt hatte.

»Das sehe ich«, erwiderte Guttorm und nickte Hayden zögernd zu. »Ihr könnt eintreten. Ich brenne darauf zu hören, welche Geschichten ihr mir zu erzählen habt.« Er ließ Ouwen und die Wölfin passieren, genau wie Edevind, die ihnen mit etwas Abstand folgte. Sie durchquerten den Klosterhof und betraten einen Seitentrakt des Gebäudes.

Ouwen blickte sich neugierig um. Er hatte noch nie ein so großes Ven-Rah betreten, doch nichts erinnerte daran, dass dies eine Heimstatt der Dreizehn war, ein heiliges Haus des Glaubens. Ein Großteil des Raumes nahm die Kochstelle ein, in der ein Feuer brannte. Es roch nach Holz, vergorenem Obst und Gewürzen. An den Wänden drängten sich Dutzende Gefäße in hölzernen Regalen. Einige Schalen standen auf dem Boden, sie schienen vor Kurzem benutzt worden zu sein. Insgesamt herrschte eine Unordnung, die eher an einen Stall erinnerte. Guttorm bemerkte seinen Blick und hob beschwichtigend die Hände. »Bitte entschuldigt diese … Nachlässigkeit. Wir sind gerade dabei, neuen Obstwein zuzubereiten, den wir im Dorf gegen Lebensmittel eintauschen wollen.« Er blickte missbilligend zur Tür. »Mein Gehilfe hat anscheinend die Zeit vergessen, er sollte längst wieder hier sein.« Er ging zu einem großen Tisch, neben dem ein paar Stühle und eine hölzerne Bank standen, und bat sie, sich zu setzen. »Ich werde Elrend sagen, er soll euch die Quartiere richten. Doch ruht euch erst einmal einen Moment aus.« Guttorm nahm ein paar Becher aus dem Regal und schenkte ihnen aus dem Krug ein, der auf dem Tisch stand.

Ouwen nippte dankbar an dem Getränk, der Wein war noch warm und roch wunderbar nach Kräutern. Er fror und der Met wärmte nicht nur, sondern schmeckte auch vorzüglich.

Der Mönch entschuldigte sich und verschwand durch eine Seitentür in den Hof. Kurze Zeit später kehrte er mit einem jungen Mann zurück. Der Junge hatte ein schmales, ernstes Gesicht, das von braunen Haaren umrahmt wurde. Er trug noch keinen Bartflaum und war höchstens vierzehn oder fünfzehn Jahre.

»Elrend bringt euch zu euren Kammern, sie liegen nicht weit entfernt. Er wird euch rufen, wenn das Essen fertig ist.« Guttorm sah Hayden an. »Und dann reden wir, mein alter Freund.«

Halbschatten nickte. »Wir danken dir.«

Der Mönch zog die Stirn in Falten, als er die kleine Reisegesellschaft betrachtete. »Vielleicht könnt ihr mir später auch erklären, warum ihr in Gesellschaft eines Schattenwolfes reist. Und kommt nicht auf die Idee, mir einreden zu wollen, dass das ein Hund sei. Ich bin vielleicht alt, aber ich kann sehr wohl erkennen, was direkt vor meiner Nase liegt.« Er warf einen abschätzenden Blick zu der Wölfin, die am Eingang der Küche lag. »Er kann hier nicht frei herumlaufen. Wir haben Vieh, ihr versteht … Und auch ich würde mich wohler fühlen, wenn er in einem anderen, unbewohnten Trakt des Klosters untergebracht wird.« Er sah Hayden an. »Wir haben Zellen, die man sichern kann.«

Ouwen erhob sich. »Das wird nicht nötig sein. Sie

bleibt bei mir.« Er rief die Wölfin mit einem stillen Befehl zu sich.

Guttorm verfolgte überrascht, wie sie zu Ouwen lief und sich neben ihn auf den Boden legte.

»Nun gut«, erwiderte er. »Aber ihr tragt die Verantwortung für das Tier!« Er musterte Ouwen nachdenklich. »Lasst den Wolf … ich meine *sie*«, seine Augen funkelten spöttisch, » … nicht alleine umherstreifen, verstanden?«

Ouwen nickte. »Ich gebe mein Wort, dass nichts geschehen wird.«

Guttorm wandte sich wieder Hayden zu. »Ich bewohne nur diesen Seitentrakt des Ven-Rahs, der größte Teil des Hauptgebäudes ist verfallen. Denkt daran, wenn ihr euch umseht. Nicht, dass wir euch wieder ausgraben müssen.« Er nickte ihnen kurz zu. »Und jetzt entschuldigt mich, es gibt ein paar dringende Dinge, die ich nicht länger aufschieben kann. Wir sehen uns später zum Essen.«

Er warf Hayden einen Blick zu, den Ouwen nicht einordnen konnte. Dann verschwand der Mönch und überließ sie seinem Gehilfen.

Elrend führte sie hinaus und sie durchquerten einen Teil des Kreuzganges, durch den man in den Innenhof gelangte.

»Eure Kammern liegen direkt nebeneinander.« Der Junge blieb neben einer verwitterten Säule stehen und deutete auf einige Türen, die von dem Gang abzweigten.

Ouwen betrat die einfache, saubere Kammer und lud erleichtert sein Gepäck ab.

»Ruh dich eine Weile aus. Wenn du … ihr … etwas braucht, du weißt, wo du uns findest.« Halbschatten war auf dem Gang stehen geblieben und warf einen Blick zu der Wölfin, die nicht von Ouwens Seite wich.

Ouwen nickte, doch alles, was er im Moment wollte, war schlafen. Er sah Hayden nach, der Edevind und dem Gehilfen zu zwei weiteren Kammern folgte, und wandte sich dann zu der Wölfin um, die sich nicht weit von ihm auf dem Stroh niedergelassen hatte, das in einer Ecke der Kammer lag.

»Du hattest wohl dieselbe Idee, was?« Ouwen zog eines der Felle aus seinem Gepäck und streckte sich ebenfalls auf dem Steinboden aus. Es war nicht besonders bequem, aber er hatte schon auf härteren Schlafstätten gelegen. Wenn er mit seinem Vater jagen gewesen war, hatten sie oft auf dem nackten Boden übernachtet. Der Gedanke an Mattes versetzte ihm einen Stich. Er sah zu der Fähe, deren Augen im Halbdunkel der Kammer leuchteten. Was würde sein Vater wohl sagen, wenn er wüsste, dass sein Sohn in Begleitung eines Schattenwolfes reiste?

Die Wölfin rollte sich auf ihrem Lager ein. Kurz darauf hob und senkte sich ihr Brustkorb in gleichmäßigem Rhythmus.

Ouwen wandte den Blick ab. Er wusste fast nichts über die Wölfin, nur dass sie ein Geschöpf dunkler Magie war. Eine Jägerin, die den Tod brachte. Es schien, dass jeder außer ihm Geschichten über diese Kreaturen kannte und sie fürchtete. Er starrte an die Wand der fensterlosen Zelle. Diese Wesen waren schuld am Tod seiner Mutter. Sie waren der Grund dafür, dass er Askaleth hatte verlassen müssen.

Und doch kann ich sie nicht hassen.

Was auch immer die Wölfin einmal gewesen war, bevor sie sich begegnet waren, es war Vergangenheit. Sie gehörte nicht länger zu diesen Kreaturen. Insgeheim hatte er ihr bereits vergeben, als Hayden ihm in der Zuflucht die Wahrheit über ihre Art erzählt hatte, und er vertraute ihr, fast so sehr, wie er Hayden vertraute. Ouwen spürte, wie die Müdigkeit nach ihm griff und schloss die Augen. Er sehnte sich nach Schlaf und danach, endlich zu vergessen.

Ein Gedanke schoss durch seinen Kopf. Als er die Wölfin in den Wäldern gefunden hatte, waren ihre Augen rot gewesen. Rote, unnatürliche Feuerringe ... Doch er musste sich geirrt haben, die Augen der Fähe waren braun und wirkten fast menschlich. Mit diesem beruhigenden Gedanken schlief er ein.

»Das nächste Handelsschiff verlässt erst in einigen Wochen den Hafen. Die meisten warten die Winterstürme ab.«

»Dann sind wir zu spät gekommen.« Hayden fluchte leise.

Ouwen blieb stehen. Er hatte nicht lauschen wollen, doch die Tür zur Küche war nicht verschlossen gewesen.

Guttorm wandte sich zu ihm um. »Wie ich sehe, haben wir einen weiteren hungrigen Gast, der bewirtet werden möchte. Ich hole noch etwas Wein und Brot.«

Ouwen lächelte dankbar. Er hatte lange geschlafen und war schließlich durch das Winseln der Fähe erwacht. Sie hatte Hunger, genau wie er.

Der Mönch nahm einen vollen Krug aus dem Regal und brachte ihn an den Tisch. »Nimm einen Schluck, es wird dir guttun!« Er winkte Ouwen heran. »Und probiere auch von der Wurst, wir haben sie erst letzte Woche gemacht.«

Hayden blickte nicht auf, als Ouwen sich zu ihm setzte, sondern starrte mit düsterem Blick auf den Inhalt seines Bechers, als könnte er dort sämtliche Antworten auf seine Fragen finden.

Ouwen griff nach dem Krug und schenkte sich ein. »Habt ihr vielleicht auch etwas für die Wölfin?«

Der Mönch lachte schnaufend. »Nun, ich sollte wohl dankbar sein, dass sie nicht in der Stimmung ist, jagen zu gehen, oder?« Er warf einen abschätzenden Blick zu der Fähe, die an der Türschwelle stehen geblieben war und sie beobachtete. »Ist sie wirklich so handzahm?«, fragte er.

»Das würde ich nicht sagen.« Hayden blickte auf. »An deiner Stelle würde ich ihr nicht zu nahe kommen. Sie ist immer noch eine Schattenwölfin. Und kein Hund.«

»Nein, das ist sie nicht«, sagte Ouwen etwas schärfer als beabsichtigt.

Guttorm lächelte ihn verschmitzt an. »Ich habe vielleicht etwas, das ihren Appetit zumindest vorübergehend besänftigen sollte.« Er holte eine Schüssel zwischen den Küchenabfällen hervor und stellte sie unweit des Tisches auf den Boden.

Ouwen sah, dass einige Knochen aus dem Gefäß herausragten. Es würde fürs Erste genügen, besser als die getrockneten Fleischstreifen der vergangenen Tage war es allemal. Er gab der Fähe ein kurzes Zeichen.

Die Wölfin lief zu der Schale und machte sich, ohne zu zögern, über die Fleischabfälle her.

»Du solltest aufhören, dir zu viele Sorgen zu machen, mein Freund.« Guttorm setzte sich und sah Hayden an. »Ihr seid hier sicher. Ragohn ist zu klein und zu unwichtig, um die großen Händler oder die Königsburg zu interessieren.« Der Mönch nahm einen großzügigen Schluck aus seinem Becher. »Ehgiens Aufmerksamkeit gilt anderen Dingen, zumindest im Moment.« Guttorms Augen glänzten, genauso wie sein Gesicht, das eine unnatürlich rote Farbe angenommen hatte. Es war anscheinend nicht der erste Becher Met, den er an diesem Tag getrunken hatte. Er griff nach einer dicken Scheibe Brot und biss herzhaft hinein. Ein paar Krümel fielen in seinen Bart und blieben darin hängen. Er wischte sie nachlässig mit seinem Ärmel fort. »Seine Männer haben genug damit zu tun, die Aufstände an den südlichen Grenzen zu bekämpfen. Mit etwas Glück und Gottvertrauen sind Ehgiens Wachhunde die kommenden Wochen beschäftigt.«

»Und wen willst du um das Glück bitten, das wir brauchen, mein Freund? Den Zweigesichtigen?«, fragte Hayden bitter.

»Du weißt, wem ich diene und immer dienen werde«, erwiderte der Mönch. »Ich werde dich und deine Gefährten in meine Gebete mit einschließen.« Guttorm warf einen kurzen Blick auf die Wölfin, die immer noch fraß. »Ihr alle seid meine Gäste und könnt bleiben, solange ihr möchtet.«

»Ich danke dir«, erwiderte Hayden. »Dein Angebot ist sehr großzügig, doch ich wünschte, wir hätten das Schiff nehmen können, das gestern den Hafen verlassen hat. Solange wir in Ragohn bleiben, ist niemand von uns sicher.«

»Die Pehgorn? Das Sklavenschiff?« Guttorm nippte nachdenklich an seinem Wein. »Ihr habt es nur knapp verpasst. Soweit ich weiß, war ihre Ladung nicht vollständig, aber sie konnten nicht länger warten.«

Ouwen hob den Blick und sah Hayden an. Doch Halbschatten schwieg, in seine eigenen Gedanken versunken.

Guttorm stellte seinen leeren Becher vor sich auf den Tisch. »Selbst wenn ihr Ragohn einen Tag eher erreicht hättet, die Pehgorn wäre nicht das richtige Schiff für euch gewesen. Ich traue dem Kapitän nicht, genauso wenig wie seinen Männern.«

»Was ist mit den Frachtschiffen, die nach Norden fahren?«, fragte Hayden, ohne auf seine Worte einzugehen.

»Das letzte ist bereits vor einer Woche losgesegelt. Durch die Kriegsgerüchte sind die Händler vorsichtig geworden. Sie haben Angst, dass ihre Waren in den Häfen festhängen.«

Hayden nickte nachdenklich. »Bist du dir sicher, dass es noch ein Schiff geben wird, das im Winter den Hafen verlässt?«

»Ja, das bin ich.« Guttorm lehnte sich in seinem Stuhl zurück und strich zufrieden über seinen Bauch. »Der Kapitän ist ein Freund von mir. Thyrin fürchtet sich weder vor Stürmen noch vor den Göttern. Bei ihm werdet ihr gut aufgehoben sein.« Seine Augen wanderten durch den Raum. »Thyrins Schiff wurde bei seiner letzten Reise beschädigt. Es wird noch mindestens zwei Wochen dauern, bis die Reparaturen abgeschlossen sind. Danach bricht er zu den Nordinseln auf und wird dort bis zum Frühjahr bleiben, seine Familie lebt auf einer der Inseln. Wenn ihr möchtet, kann ich ihm eine Nachricht schicken, dass er Gäste für die Reise haben wird.«

Hayden nickte. »Ich wäre dir sehr dankbar.«

»Dann wäre das ja geklärt.« Guttorm nickte Ouwen zu. »Ich habe vielleicht nicht so außergewöhnliche Freunde wie ihr, aber manchmal erfüllen auch die einfachen Methoden ihren Zweck.« Er griff in die Falten seiner Kutte und zog einen Ring heraus, an dem ein kleines Röhrchen angebracht war. »Ich bringe die Nachricht gleich auf den Weg. Wir haben hier ein paar Tauben, die wesentlich schneller darin sind, Botschaften auszutauschen, als es meine alten Beine können.« Mit diesen Worten erhob er sich und verließ die Küche.

Ouwen starrte auf sein Essen. Er wusste so gut wie nichts über das Ziel ihrer Reise.

»Dann werden wir also zu den Nordinseln fahren?«, fragte er, ohne aufzublicken.

»Es ist wichtig, dass du Ragohn so bald wie möglich verlässt.« Hayden nahm einen Schluck Wein. »Mir wäre die Pehgorn lieber gewesen, ihr Zielort war weiter südlich. Doch im Moment spielt es keine Rolle, wohin das Schiff fährt, das du besteigst. Hier bist du nicht sicher.« Er setzte seinen Becher so heftig auf den Tisch ab, dass Wein auf das helle Holz schwappte.

»Solange sie mich jagen, bin ich nirgendwo sicher.« Ouwen spannte die Schultern an. »Edevind hat mich gut unterwiesen. Ich bin bereit zu kämpfen!«

Hayden schüttelte müde lächelnd den Kopf. »Du bist besser geworden, aber es gibt noch vieles, was du lernen musst. Ich habe dich aus nur einem Grund nach Ragohn gebracht – damit du ein Schiff besteigst und

Aehdland verlässt. Du hast Verwandte, zu denen du gehen kannst. Dorthin werden wir dich bringen.«

»Was meinst du damit?« Ouwen zog die Brauen zusammen. »Es gibt niemanden mehr außer meinem Onkel.«

»Du hast eine Tante«, erwiderte Hayden. Er schien seine nächsten Worte sorgsam abzuwägen. »Sie gehört zur Familie … deiner Mutter.«

»Eine Tante?« Ouwen sah ihn entgeistert an. »Wieso erzählst du mir erst jetzt davon?«

»Es spielte keine Rolle, als wir von Askaleth aufgebrochen sind.« Hayden lehnte sich zurück. »Wir hatten keine Zeit für lange Erklärungen. Ich wollte es dir sagen, wenn wir Ragohn erreichen würden.« Er senkte den Blick. »Deine Tante weiß nicht, dass du existierst«, beantwortete er Ouwens unausgesprochene Frage. »Deine Mutter hat den Kontakt zu ihrer Familie abgebrochen, bevor du geboren wurdest. Und nach dem Tod Isiras … nun, dein Vater hatte nie das Bedürfnis zu diesem Zweig eurer Familie Kontakt aufzunehmen. Deshalb hast du sie nie kennengelernt.«

Ouwen presste die Lippen zusammen. Er würde sich wahrscheinlich nie daran gewöhnen, dass sein Freund seine Gedanken wie ein offenes Buch lesen konnte.

Hayden stand abrupt auf und schob seinen Stuhl zurück. »Da wir anscheinend noch eine Weile hier festsitzen werden, gibt es keinen Grund, unsere Lektionen noch länger aufzuschieben. Edevind wird dich in den nächsten Tagen weiter im Zweikampf unterrichten. Wenn du mit dem Essen fertig bist, findest du uns im Hof.« Er sah zu der Wölfin. »Es ist besser, wenn sie während der Kampflektionen in eurer Kammer bleibt.«

Ouwen blickte seinem Freund nach und runzelte die Stirn. Gab es noch mehr, was Halbschatten ihm bisher verschwiegen hatte? Er war sich nicht sicher, ob ihm die Antwort auf seine Frage gefallen würde.

Nachdenklich griff er nach einer der dicken Brotscheiben, die vor ihm auf einem Brett lagen. So wie es aussah, würde er seine Kräfte heute noch brauchen.

KAPITEL 30

Esgar, Königsburg. Sieben Monate zuvor

Árdis stieg vom Pferd und verzog angewidert das Gesicht, als ihr Kleid den schlammigen Boden berührte. Ihre Stute schnaubte unruhig und scharrte mit den Hufen. Gereizt winkte sie einem der Diener und übergab ihm die Zügel des Tieres. Die Reise war beschwerlich gewesen und sie hatte nicht vor, auch nur einen Schritt mehr als nötig zu gehen.

Sie sah auf ihre mit Schneematsch bespritzten Schuhe und presste die Lippen aufeinander. Auf Burg Lohleyn war der Boden stets mit frischer Spreu bedeckt. Anscheinend legte man hier jedoch keinen Wert darauf, dass sich die Gäste keine schlammigen Stiefel holten. Diese Missstände würden sich jedoch schon bald ändern.

Sie zupfte sich die Handschuhe von den Fingern, während der Mann das Tier wegführte und sah sich nach ihren Söhnen um. Ihr Blick blieb an Kjartan hängen, der sich mit seinen Männern in der Nähe der Stallungen aufhielt. Trotz der langen Reise wirkte er nicht erschöpft, selbst seine verschmutzte Kleidung tat seiner Erscheinung keinen Abbruch. Es verwunderte sie nicht, dass einige der Mägde ihm bewundernde Blicke zuwarfen. Doch ihr Sohn würde in den kommenden Tagen seine Aufmerksamkeit einer anderen Frau schenken müssen, zumindest bis zur Hochzeit. Es war ihr egal, ob er sich nach der Vermählung mit den Dienerinnen im Stroh vergnügte, solange er seinen ehelichen Pflichten nachkam und einen Erben zeugte.

Kjartan sah in ihre Richtung und nickte ihr zu. Árdis antwortete mit einem Lächeln. Ihr Sohn hegte keinerlei romantische Gefühle für seine zukünftige Braut, er hatte noch nie Interesse daran gezeigt, sich an nur eine einzige Frau zu binden. Darin ähnelte er sehr seinem Vater.

Sie verzog spöttisch die Mundwinkel. Kjartan war jedoch nicht dumm, er wusste, was auf dem Spiel stand. Die Verbindung war besiegelt und er würde seine Rolle spielen.

Als sie den Kopf wandte, entdeckte sie seinen Zwillingsbruder. Brjánn saß noch immer auf seinem Pferd und starrte vor sich auf den Sattel. Sie blickte sich stirnrunzelnd um. Wo, bei allen Göttern, war sein Diener? Seufzend drückte sie ihre Handschuhe einem der Sklaven in die Hand, die damit beschäftigt waren, ihr Gepäck in die Burg zu tragen, und lief zu ihrem Sohn. Sie hatte heute keine Kraft mehr, sich mit seinen Eigenheiten auseinanderzusetzen.

»Warum wurde mein Sohn noch nicht zu seiner Kammer geleitet?« Sie warf dem Jungen, der die Zügel des gescheckten Wallachs hielt, einen ungehaltenen Blick zu.

Der Stallbursche senkte ängstlich den Kopf. »Es tut mir leid, Mylady. Aber ihr Sohn antwortet nicht.«

Árdis unterbrach ihn mit einer ungeduldigen Handbewegung. Sie berührte Brjánn am Bein und wartete, bis er sie ansah.

Seine grauen Augen weiteten sich vor Überraschung. »Mutter.« Seine Stimme klang seltsam verzerrt, als würde ihm das Sprechen große Mühe bereiten. »Es tut mir leid, ich war in Gedanken.«

Árdis schenkte ihm ein Lächeln. Sie konnte ihm nicht lange böse sein, genauso wenig wie Kjartan, der seine Zeit in den vergangenen Wochen lieber damit vertan hatte, den zahlreichen Röcken in ihrer Burg nachzusteigen, anstatt sich auf seine Pflichten als zukünftiger Burgherr vorzubereiten – als zukünftiger *Thronfolger*.

Ihre Augen leuchteten bei dem Gedanken daran und für einen Moment vergaß sie ihre beschmutzten Schuhe und wie erschöpft sie war. Es gab einen guten Grund, warum sie trotz der Kälte die lange Reise auf sich genommen hatten.

»Es wird Zeit, Brjánn.« Árdis strich dem Pferd beruhigend über den Hals und bedeutete ihrem Sohn, dass er absteigen sollte. Er nickte und kletterte herunter.

Árdis wandte sich dem Stallburschen zu, der noch immer die Zügel des Tieres hielt und sie eingeschüchtert anblickte.

»Versorge das Pferd und kümmere dich um das Gepäck. Mein Sohn – der zukünftige Lord von Burg Lohleyn – kann nicht hören. Ich erwarte, dass seine Bedürfnisse zufriedenstellend erfüllt werden, so wie meine eigenen auch. Wendet euch an seinen Diener, wenn es Probleme gibt.«

Der Junge nickte und beeilte sich, ihrer Aufforderung nachzukommen.

»Du siehst erschöpft aus. Lass uns hineingehen.«

Árdis strich ihrem Sohn zärtlich über die Wange. Aus den Augenwinkeln sah sie den Priester auf sie zukommen, der sie auf ihrer Reise nach Esgar begleitet hatte.

»Lasst mich euren Sohn hineinbegleiten, Mylady.« Halldor lächelte unterwürfig.

Árdis musterte den Mann, dessen schmutzige, schwarze Kutte über den Boden schleifte. Seine kleinen, braunen Augen erinnerten sie an ein Nagetier. Die Blicke des Priesters huschten ständig hektisch hin und her, als würde er nie zur Ruhe kommen. Sein Anblick machte sie nervös, aber er hatte sich als sehr nützlich erwiesen. Einen Priester Atorhs auf der Burg zu haben, brachte gewisse Vorteile mit sich, doch seine Predigten waren ermüdend. Ständig ermahnte er sie, die Taubheit ihres Sohnes als eine Prüfung der Götter anzusehen. Árdis glaubte nicht daran. Sie hatte zu den Dreizehn und auch zu dem Zweigesichtigen gebetet, aber keine Antwort erhalten. Den Göttern war es egal, dass ihr Sohn nicht mehr hören konnte.

»Sorgt dafür, dass er später angemessen gekleidet ist.«

Der Priester verneigte sich. »Selbstverständlich.« Er wandte sich Brjánn zu. »Ich bringe Euch zu Eurer Kammer, Mylord.« Árdis nickte ihrem Sohn zu. »Geh mit Halldor, ich komme gleich nach.« Sie hob die Hand, um ihm zu verdeutlichen, was vom ihm erwartet wurde. Ihr Sohn konnte von den Lippen lesen, aber sie nutzte oft die Zeichensprache, die ihr vor Jahren ein Gelehrter gezeigt hatte, um sich mit Brjánn auszutauschen. Árdis' Finger glitten über die Falten ihres Umhangs, während sie den beiden nachsah.

Ihre Söhne waren ihr ganzer Stolz. Und ihre Zukunft. Brjánn und Kjartan waren Zwillingsbrüder, aber sowohl vom Aussehen als auch vom Wesen grundlegend verschieden. Brjánn, der Zweitgeborene, war ein Träumer, mit weichen Zügen und hellgrauen Augen, die sie an seinen Vater erinnerten. Mit acht Jahren hatte er bei einem Unfall sein Gehör verloren und fast auch die Fähigkeit, laufen zu können. Sie hatte ihn hingebungsvoll gepflegt und nie aufgegeben, auch wenn er seitdem manchmal in seiner eigenen Welt zu leben schien. Árdis raffte ihre Röcke und folgte ihrem Sohn in die Burg. An diesem Abend würde Kjartans Verlobung offiziell bekannt gegeben werden. Vor dem Festessen wollte sie sich den Staub der Reise mit einem heißen Bad vom Körper waschen.

Es durfte keine weiteren Verzögerungen geben. Sie würde dafür sorgen, dass dieser Abend so verlief, wie sie es schon vor Langem geplant hatte. Ihre Gedanken schweiften zu ihrem verstorbenen Gemahl. Er war schwach gewesen, unfähig, seinen Titel und seine Ländereien einzusetzen, um etwas Größeres zu erreichen. Dass sie so weit gekommen war, verdankte sie nur sich selbst, ihrer Klugheit und ihren Verbindungen.

Es gab keine Notwendigkeit, ihr Schicksal in die Hand von einem unsichtbaren Gott zu legen, selbst wenn er so mächtig war wie Atorh. Ein Lächeln umspielte ihre Lippen. Egal, durch wie viel Schlamm und Dreck sie noch waten musste, um zu bekommen, was ihnen gebührte, sie würde ihr Ziel erreichen.

Reeva stand am Fenster und blickte hinaus. Als eine ihrer Dienerinnen das Zimmer betrat, wandte sie müde den Kopf.

Das Mädchen lief zum Tisch und stellte hastig ein Tablett mit Essen ab, dann verschwand es wieder.

Reeva musterte lustlos die kleine Auswahl an Speisen, sie verspürte keinen Appetit. Die Köchin meinte es gut mit ihr, wahrscheinlich machte sich Tahira Sorgen, weil sie sich schon seit Tagen nicht mehr in der Küche hatte blicken lassen. Reeva hatte ihr Zimmer nicht mehr verlassen, seit ihr Vater ihr vor einigen Tagen seine Entscheidung mitgeteilt hatte. Sie wandte sich wieder zum Fenster um und sah auf die kleine Reisegesellschaft hinab. Ihre Tante erteilte den Dienstboten Anweisungen und die Menschen eilten geschäftig über den Hof, um ihren Befehlen Folge zu leisten. Reevas Hoffnung, auch etwas tun zu können, anstatt darauf zu warten, welchen Befehl man ihr als Nächstes gab, hatte sich längst zerschlagen. Sie war zur Untätigkeit verdammt und konnte nur darauf warten, dass man sie rief, um die Gäste zu begrüßen. Die Gäste für ihre Verlobungsfeier.

Wütend schloss sie die Fensterklappe. Ihr Vater hatte entschieden, ihre Verbindung mit König Haugard zu lösen und stattdessen einen neuen Ehegatten für sie auserkoren. Ausgerechnet auf Kjartan war seine Wahl gefallen, ihren zwei Jahre älteren Cousin. Sie ging zu dem kleinen Tischchen, auf dem eine Weinkaraffe stand und goss sich einen Becher ein. Kjartan war zweifellos gut aussehend und konnte charmant sein – was viele der Dienstmädchen nur zu gern bestätigten – aber Reeva verabscheute ihn. Doch sie hatte kein Mitspracherecht bei der Entscheidung, die für sie getroffen worden war.

Sie trank einen Schluck Wein und verzog das Gesicht. Er schmeckte sauer. Sie würde die Magd bitten, ihr neuen zu bringen. Nüchtern konnte sie den Abend auf keinen Fall überstehen. Der Gedanke, neben ihrem Cousin an der Tafel speisen zu müssen, als seine zukünftige Frau und Mutter seiner Kinder, verursachte ihr Übelkeit.

Sie ließ sich erschöpft in den Sessel fallen, der neben dem Tisch stand. Wie konnte ihr Vater nur eine Verbindung mit ihm gutheißen? Mit der Heirat würde er den rechtmäßigen Anspruch ihres Cousins auf den Thron untermauern, doch Kjartan brachte weder das nötige Verständnis für die Abläufe innerhalb des Kronrates mit, noch den Willen, ein Land zu regieren. Anscheinend hatte ihre Tante Argumente angeführt, die ihr Vater nicht ablehnen konnte.

Die Ablösesumme musste enorm sein.

Reeva starrte auf den Inhalt ihres Bechers. Kjartan war schon immer der Liebling seiner Mutter gewesen, verzogen und über jeden Zweifel erhaben und konnte grausam sein, vor allem gegenüber Menschen, die ihm unterlegen waren. Als sie jünger gewesen war, hatte sie sich vor ihm gefürchtet, mittlerweile fiel es ihr leichter, mit seiner selbstgefälligen Art umzugehen. Sie schenkte ihm die Höflichkeit, die nötig war, und ignorierte ihn ansonsten, wenn er auf Esgar weilte. Reeva goss den Rest des Weins auf den Boden, wo er eine rote Pfütze bildete. Die Hochzeit sollte bereits in drei Wochen stattfinden. Ihr Vater schien es aus ihr unbekannten Gründen sehr eilig damit zu haben. Sie schleuderte den Becher aufgebracht gegen die Wand.

Nach der Vermählung würde sie ihren Gemahl zur Burg Lohleyn begleiten, die an der westlichen Grenze lag. Ein karges, felsiges Stück Land, ohne dichte Wälder wie in ihrer Heimat, das ebenso deprimierend war, wie der Gedanke, ihren Cousin ehelichen zu müssen. Gänsehaut überzog ihre Arme und kroch in ihren Nacken, als sie daran dachte, wie er sie vor einigen Wochen auf einem der dunklen Burggänge bedrängt hatte. Sie war auf dem Weg zum großen Saal gewesen, doch Kjartan hatte ihr den Weg versperrt. Die anzüglichen Worte, die er in ihr Ohr geflüstert hatte, hatten wie eine Drohung geklungen. Wusste er damals schon von den Plänen, dass sie seine Frau werden sollte? Über ihrem Nasenrücken bildete sich eine schmale Falte, wie immer, wenn sie zu viel grübelte. Auf Burg Lohleyn würde sie den Haushalt zusammen mit ihrer Tante führen. *Árdis …* Reeva bereute, den sauren Wein nicht doch getrunken zu haben. Ihre Tante hatte nie auch nur ein freundliches Wort für sie übriggehabt, sondern sie spüren lassen, dass Reeva nur das Kind ihres jüngeren Bruders war – des Bruders, der nicht zum Regieren bestimmt gewesen war.

Sie musterte den Ring an ihrem Finger, ein Geschenk von König Haugard. Ein Mann, an die zwanzig Jahre älter als sie selbst, der sich vor allem für die politische Bedeutung ihrer Verlobung interessiert hatte. Doch er war freundlich zu ihr gewesen und hatte sie respektvoll behandelt. Reeva hatte gehofft, dass ihre Ehe glücklich verlaufen würde. Glücklich und emotionslos. Aber ihre Träume von einem Leben außerhalb der Reichweite ihrer Familie hatten sich in Luft aufgelöst. Sie stand auf und ging in das Nebenzimmer, doch anstatt sich auf das Bett zu werfen, blieb sie vor dem kleinen Erkerfenster stehen, von dem aus man den Wald sehen konnte, der hinter dem Fluss begann. Das Eis hatte Kristalle auf dem Glas gebildet, weiße, wunderschöne Gebilde, die sich mit der Zeit auflösen würden, bis nichts mehr von ihnen übrig blieb. Erschöpft lehnte sie ihre Stirn an den Fensterrahmen und schloss die Augen.

Bilder von dem Jungen aus den Katakomben tauchten in ihren Gedanken auf. Sie hatte oft an den Gefangenen denken müssen und an das, was er ihr in jener Nacht gezeigt hatte.

Es waren Wochen vergangen, seit sie in den Verliesen gewesen war. In den Tagen nach seiner Flucht war die Angst ihr ständiger Begleiter gewesen, aber niemand sprach über den Gefangenen – als wäre nichts geschehen. Vielleicht hatte sein Verschwinden keine Bedeutung ... oder man verschwieg die Flucht, um ein Geheimnis zu wahren, das schwerer wog als der Verlust eines einzelnen Gefangenen.

Sie hatte Gain beobachtet, er schien sich seine Hand bei einem Unfall verletzt zu haben, doch sie hatte Zweifel an seiner Geschichte. Reeva senkte schuldbewusst den Kopf. Sie mochte den Wärter nicht, aber sie hatte nie gewollt, dass er oder jemand anderes für das bestraft wurden, was sie getan hatte. Es war abzusehen gewesen, dass sie herausfinden würden, dass der Junge Hilfe gehabt hatte. Und dass sie einen Schuldigen suchen würden.

Sie hielt ihre Handfläche an die kalte Scheibe, es war ein starker Kontrast zu der Hitze, die in ihrem Inneren brannte. Sie bereute nicht, was sie getan hatte und hoffte, dass der Junge in Sicherheit war, weit weg von Esgar und den Schatten, die über der Burg lagen.

Ihr Blick fiel auf das Kleid, welches ihre Dienerin ihr am Morgen zurechtgelegt hatte. Man erwartete, dass sie heute Abend an der großen Tafel erschien. Es würde ein Festmahl geben, schließlich war eine Vermählung ein freudiger Anlass, der gefeiert werden musste. Reeva lächelte bitter. Sie war nichts weiter als eine Ware, die an den Meistbietenden verschachert wurde. Die Heirat mit Kjartan war Strafe genug für das, was sie getan hatte.

Sie war genauso eine Gefangene, wie es der Junge gewesen war, nur dass ihr Kerker keine Gitterstäbe brauchte.

Die Tränen liefen über ihr Gesicht, ohne dass sie es bemerkte.

Esgar, Königsburg. Dieselbe Nacht

Das Stroh raschelte leise unter ihrem Körper, bis sie den Widerstand aufgab. Der Blick des Mädchens wurde starr, ihr Kopf sackte leblos zu Boden.

Gains Gesicht, eben noch wutverzerrt, entspannte sich. Langsam nahm er seine Hände von dem Hals der Toten. Der Wärter fuhr sich mit der gesunden Hand durch das strähnige Haar. Er hatte sie nicht umbringen wollen, aber ihr Schweigen hatte ihn angestachelt.

Nervös wandte er sich um und sah zur Tür. Er war vorsichtig gewesen. In diesen Seitentrakt der Ställe kam nachts kaum jemand, das Gebäude wurde zum Lagern von Heu genutzt. Die Pferde und Schweine waren in den angrenzenden Nebengebäuden untergebracht. Außerdem war das Festessen noch in vollem Gange, die meisten Dienstboten hielten sich in der großen Halle auf, um die Gäste zu bewirten.

Er hatte den Zeitpunkt bewusst gewählt.

Gain blickte in das Gesicht des Mädchens, das sich unnatürlich bleich vom dunklen Stallboden abhob, und strich langsam mit den Fingern an ihrem Hals entlang. Ihre Haut war immer noch warm. Eine Schande, dachte er bedauernd, er hatte ihre besonderen Talente zu schätzen gewusst. Aber sie war die Einzige, die seine Schlüssel genommen haben konnte.

Er hatte den Schlüsselbund immer bei sich getragen und nie abgelegt, doch nach jener Nacht in ihrer Kammer war er verschwunden. Gain spuckte auf den Boden und wischte sich den Mund mit dem Handrücken ab. Er hatte versucht, die Wahrheit aus dem Mädchen herauszupressen ... es war ihm nicht gelungen. Seine Miene verfinsterte sich.

Sie hatten die Spuren des geflohenen Gefangenen im geheimen Tunnel entdeckt, obwohl die Kerkerzellen verschlossen gewesen waren. Es gab nur zwei Menschen, die Schlüssel zu dem Kerker der Wolfsläufer besaßen, und er war einer davon. Er starrte auf seine schwarzen, ausgebrannten Fingerstümpfe. Die Schmerzen waren unerträglich gewesen. Nach seiner Freilassung hatte er tagelang fiebernd in seiner Kammer gelegen. Die Wunden hatten sich entzündet und nur der Gnade des Ersten Beraters und dem Können des Heilers war es zu verdanken, dass er seinen Arm hatte behalten können.

Er ballte seine verkrüppelte Hand zur Faust. Er würde sie nie wieder wie früher benutzen können. Doch man hatte ihm die Freiheit geschenkt und eine zweite Chance gewährt.

Gain stand auf und schleifte die Tote hinter einige

Ballen Heu. Die Zeit lief ihm davon. Er musste einen Weg finden, sie loszuwerden – er würde seinen Herrn nicht noch einmal enttäuschen. Er warf einen abschätzenden Blick auf den Leichnam. Er konnte ihren Körper zur Abfallklappe auf dem Hügel bringen, dorthin, wo sie all den Unrat und die Abfälle brachten, der sich nicht mehr an die Schweine verfüttern ließ. Es war nicht unüblich, nachts die Klappe aufzusuchen. Der Weg war durch den Schnee matschig und glatt geworden. Es brauchte nur ein paar unvorsichtige Schritte … Man würde denken, sie hätte sich durch den Sturz das Genick gebrochen. Entschlossen lief er zur Stalltür und spähte hinaus. Es war niemand zu sehen, bis auf zwei Wachen, die am südlichen Burgtor standen. Er würde den Hauptweg zum Abfalltor umgehen und stattdessen den Pfad nehmen, der hinter den Scheunen zum Hügel hinaufführte. Er schloss die Tür und sah sich nach etwas um, das er für den Transport benutzen konnte. Es war dunkel, bis auf den schwachen Schein der Fackeln, der von außen durch die Ritzen der Holzwände fiel, aber er konnte es nicht riskieren eine Lampe zu entzünden. Schließlich fand er ein paar leere Futtersäcke und brachte sie zu der Leiche. Gain riss das grobe Leinen auseinander und wickelte das Mädchen sorgsam darin ein. Falls er jemanden begegnete, würde er behaupten, Abfälle zum Tor zu bringen. Und eigentlich war das nicht einmal eine Lüge.

Ein seltsames Geräusch drang an sein Ohr. Überrascht hob er den Kopf. Gain trat vor die aufgeschichteten Heuballen, seine Augen wanderten unruhig durch den Stall, aber es blieb still. Dann hörte er es wieder, ein leises Rascheln wie von Flügelschlägen. Er blickte nach oben und erkannte den dunklen Umriss eines Vogels, der auf einem Balken saß.

Wie war die Krähe hier hereingekommen? Er kniff die Augen zusammen. Das Tier war ziemlich groß für eine Saatkrähe, doch das konnte ihm egal sein.

Der Vogel krächzte leise und flog zu einer Stelle weiter oben im Dachfirst, bis er aus dem Blickfeld des Wärters verschwunden war.

Gain lauschte in die Dunkelheit, aber es war nichts mehr zu hören. Vorsichtig hob er die Tote vom Boden und warf sie über seine Schulter, dann lief er zur Stalltür und öffnete sie. Der Hof lag verlassen vor ihm, anscheinend waren die Wachen dabei, ihre Runde zu drehen. Das Glück schien endlich auf seiner Seite zu sein.

Der Weg zum Abfalltor war leicht zu finden. Er lief den ausgetretenen Pfad entlang und begann vor Anstrengung zu schnaufen, als der Weg steiler wurde. Das verschnürte Bündel auf seinen Schultern schien mit jedem Schritt schwerer zu werden. Am Tor angekommen, sah er sich kurz um und warf dann die Tote erleichtert auf den Boden. Gain leckte sich die Lippen, während sein Blick über den Abhang wanderte.

Er würde die Leiche nicht hier auf dem Weg liegen lassen. Es blieb genug Zeit, das Mädchen durch die Abfallklappe zu stoßen und hinunter zum Fluss zu bringen. Die Strömung würde sie bis zum Morgengrauen fort von der Stadt tragen.

Zufrieden mit sich und dieser Lösung seines Problems ging er zum Tor und versuchte, die festen Knoten zu lösen, mit denen die Seile die Gegengewichte hielten, aber er konnte die verletzte Hand noch nicht richtig einsetzen. Erst nach zwei weiteren Versuchen gelang es ihm endlich und er zog die Klappe nach oben. Der Wärter hob die Tote vom Boden und schob sie ächzend durch die Öffnung. Seine verstümmelte Hand schmerzte, aber er achtete nicht weiter darauf und kletterte ebenfalls hindurch. In der Ferne konnte er das glitzernde Wasser des Flusses erkennen, auf dessen Oberfläche sich das Licht des Mondes spiegelte.

Die Abfallklappe lag über einem abschüssigen Hang und er rollte ein Stück den Hügel hinunter, bevor er auf weichem Untergrund liegen blieb. Gain erhob sich stöhnend und sah sich nach der Leiche um. Schließlich entdeckte er sie neben einem kahlen Gebüsch. Ein Futtersack hatte sich gelockert und ihr Gesicht entblößt, die braunen Augen der Magd blickten starr in den Nachthimmel.

Der Wärter wischte sich den Schweiß vom Gesicht und fluchte leise. Es würde nicht einfach werden, ihren Körper hinunterzuschaffen, aber er hatte schon Schwierigeres getan.

Als er durch den Unrat kroch und der faulige Gestank von Abfällen und Exkrementen in seine Nase stieg, hatte er nur einen Gedanken, der ihn vorwärtstrieb: Er würde herausfinden, wer ihm das angetan hatte.

KAPITEL 31

Kloster Ragohn. Gegenwart

»Das ist ein ganz besonderer Talisman, den du trägst.«

Ouwens Hand glitt an den Agtstein. »Ich habe ihn von meiner Mutter«, erwiderte er und steckte den Anhänger zurück unter sein Hemd. Er hatte ihn seit dem Winterfest nicht mehr abgelegt.

Guttorm nickte, als hätte er diese Antwort erwartet, und ließ seinen Blick über den Hof schweifen. Er hatte Ouwen den Kräutergarten gezeigt, wo im Sommer verschiedene Heilpflanzen wuchsen.

»Ein wirklich schönes Exemplar«, sagte er und wandte sich wieder Ouwen zu. »Wusstest du, dass dem schwarzen Bernstein besondere Kräfte zugeschrieben werden? Man sagt, er schützt seinen Träger gegen dunkle Magie.« Er nickte gedankenversunken. »Es ist ein äußerst wirksamer Schutzstein. Manche glauben sogar, der Agtstein sei ein Tor zur Anderen Welt … ein Weg, um mit den Geistern Kontakt aufzunehmen.«

Ouwen ließ stirnrunzelnd die Hand sinken. Er wusste, dass der Talisman etwas Besonderes war, doch ein Tor zu der Anderen Welt?

»Hast du von deiner Mutter auch das Interesse an Heilkräutern geerbt?«

»Ja, aber mein Wissen ist längst nicht so groß, wie ihres war.« Ouwen zuckte mit den Schultern. »Ich kann Breiumschläge herstellen und weiß, welche Kräuter gegen Erkältungen helfen.«

Guttorm lächelte. »Es ist gut, dass sie dir beigebracht hat, welche Pflanzen heilen können. Die Menschen wissen zu wenig über die Natur und die Schätze, die sie hervorbringt.« Er rieb seine kalten Hände. »Ich kann dir mehr über die Macht der Heilpflanzen beibringen, wenn du möchtest.«

Ouwen erwiderte das Lächeln. »Ich wäre dir dankbar, wenn du mich unterweisen würdest.« Er blickte auf den Garten und die Stauden, die unter einer dicken Schneeschicht verborgen lagen. Über eine Woche war seit ihrer Ankunft im Ven-Rah vergangen. Seine täglichen Lektionen mit Hayden und Edevind waren für ihn zum Alltag geworden. Zwischen den Übungen mit seinen Lehrern konnte er dem Mönch und seinem Gehilfen bei der Arbeit mit den Tieren und auf dem Hof zur Hand gehen. Er verbrachte gerne Zeit mit ihnen, es war eine willkommene Abwechslung.

Guttorm schob die Kapuze seiner Kutte zurück. »Wir sollten die Zeit nutzen, die wir gemeinsam haben. Euer Schiff wird wahrscheinlich erst in zehn Tagen zum Auslaufen bereit sein. Ich kann dich bis dahin in Kräuterkunde und auch in der altaehdanischen Schrift unterrichten, wenn du möchtest. Sind dir die Zeichen geläufig?«

Ouwen schüttelte den Kopf.

»Lesen und Schreiben zu können bedeutet Wissen. Und Wissen bedeutet Macht. Eine größere Macht, als Schwerter und Heere haben, glaube mir. Als ich aufgehört habe zu kämpfen und dem Orden der Dreizehn beigetreten bin, habe ich zum ersten Mal in meinem Leben ein Buch in den Händen gehalten.«

»Du warst ein Krieger?«

»Ja, viele Jahre. Ich habe denen gedient, die das Recht mit der Waffe in der Hand vertraten, doch das ist vorbei. Ich wählte ein anderes Leben.« Guttorm schwieg einen Moment. »Es ist viel zu kalt, lass uns zurückgehen. Ich mache uns heißen Apfelwein und zeige dir unseren Vorrat an getrockneten Kräutern, den wir für den Winter angelegt haben.« Er wandte sich um und lief zurück zum Hauptgebäude.

Ouwen folgte ihm und betrat kurz darauf den großen Raum mit der Kochstelle. Der alte Mönch stand vor einer Wand mit deckenhohen Regalen, die mit Schalen und Töpfen in den verschiedensten Größen gefüllt waren, und zeigte auf eine Reihe von Büchern in dunklen Lederbänden, die nebeneinander aufgereiht standen.

»Ich habe Jahre gebraucht, mir das Wissen anzueignen, das ich heute besitze. Die Manuskripte haben mir dabei geholfen, sie sind mein wertvollster Besitz.« Er strich mit den Fingerspitzen an den verblichenen Einbänden entlang.

Ouwen musterte die unscheinbar wirkenden Buchrücken und überlegte, ob er die Frage stellen sollte, die ihm schon seit Tagen auf der Zunge brannte.

Er sah Guttorm unsicher an. »Was weißt du über die Schattenjäger?«

Der Mönch schien einen Moment zu überlegen und zog dann ein kleines Glasgefäß aus dem Regal hervor.

»Das Wissen um die Kraft der Pflanzen ist nicht ungefährlich«, antwortete er ausweichend. »Man braucht

Erfahrung und Können, um zu verstehen, was die Natur für Schätze bereithält. Sie birgt außergewöhnliche Kräfte, die Leben schenken, aber auch den Tod bringen können.« Er wandte sich zu Ouwen um und öffnete das Glas. »Das ist Eisenhut … auch Wolfswurz genannt, kennst du die Pflanze?« Er wartete die Antwort nicht ab, sondern sprach weiter. »Eine schöne Pflanze, schön und tödlich. Ihre hübschen Blüten haben schon so manche Frau dazu verführt, sie als Schmuck in ihr Haus zu stellen. Doch sie können den Tod bringen. Ein bewährtes Mittel, falls man jemandem ein vorzeitiges Ableben wünscht oder um dem eigenen Leben ein Ende zu setzen …« Er seufzte. »Geringe Mengen können aber auch in Heiltränken eingesetzt werden, zum Beispiel, um Schmerzen zu lindern.«

Ouwen blickte ihn ungeduldig an. Was hatte das alles mit den Jägern zu tun?

»Ein seltsamer Name, nicht wahr? Wolfswurz …« Guttorm strich sich über das Kinn. »Man sagt, es heiße deshalb so, weil es selbst einen starken Wolf töten könne. Jäger benutzen es seit Jahrhunderten, als Gift für die Pfeile und für ihre Wolfsfallen. Selbst einen Schattenwolf kann es töten, wenn die Dosierung stark genug ist.« Er stellte das Glas vorsichtig zurück in das Regal.

»Dann sind sie genauso verwundbar wie andere Tiere?«

»Nun, ich denke, du kennst die Antwort bereits. Du hast die Wölfin verletzt im Wald gefunden, richtig? Man kann die Jäger verletzen und sie auch töten, doch es sind keine gewöhnlichen Wölfe, sie sind viel stärker.« Guttorms Augen wanderten zu den Büchern. »Die Schattenwölfe werden mithilfe von schwarzer Magie zum Leben erweckt. Sie besitzen Kräfte, die weit über das hinausgehen, was ein Mensch begreifen kann.«

»Was meinst du damit?« Ouwen war neben den Mönch getreten und starrte auf das Glas mit dem getrockneten blauen Kraut.

Guttorms Stirn umwölkte sich. »Sie sind schneller als jedes andere Tier. Sie brauchen tagelang weder Essen noch Rast. Und das Rudel ist in einer besonderen Weise miteinander verbunden. Sie können über weite Entfernungen miteinander kommunizieren, ohne einen Laut von sich zu geben.«

Ouwen griff nach dem Glas. »Mithilfe ihrer Gedanken?«

Guttorm warf ihm einen nachdenklichen Blick zu. »Nun, wie ich sehe, verstehst du doch mehr, als ich dachte.« Er lachte und die Schatten auf seinem Gesicht verschwanden. »Lass uns etwas trinken, das Reden macht durstig.«

Sie setzten sich und Ouwen schenkte dem Mönch und sich selbst aus dem Krug ein, der auf dem Tisch stand.

Guttorm nahm dankbar den Becher und trank einen großen Schluck, bevor er weitersprach.

»Hast du diese Erkenntnis von Hayden oder von dem Schattenwolf, der mit euch reist?«

Ouwen hielt seinem forschenden Blick stand. »Ich bin Träger der Inrir wie Hayden, aber ich kann die Gabe noch nicht richtig einsetzen. Es war Zufall, dass ich herausgefunden habe, dass ich ...« Er stockte. »Mich mit der Wölfin verständigen kann.«

»Dann sprecht ihr also miteinander? Nun, das stelle ich mir wirklich interessant vor.« Der Mönch beäugte Ouwen abwartend.

»Es ist nicht so, wie du denkst.« Ouwen strich sich eine Haarsträhne hinter die Ohren. »Es ist eher so, als könnte ich spüren, was sie fühlt und was sie will.«

Guttorm schwieg und nahm einen weiteren Schluck. Er wischte sich Wein von seinem Bart, den er verschüttet hatte, und stellte den leeren Becher zurück auf den Tisch. »Wir werden in den nächsten Tagen viel voneinander lernen, mein Junge. Lass uns heute Abend mit deinen neuen Lektionen beginnen. Und dann erzählst du mir noch ein wenig mehr über deine Wölfin.« Seine braunen Augen blitzten unter den dichten Brauen. »Ruh dich jetzt aus, ich erwarte dich nach dem Abendessen in meiner Kammer.« Er erhob sich. »Jetzt warten andere Pflichten auf mich.« Guttorm ging zur Tür und wandte sich an der Schwelle noch einmal um. »Bevor ich es vergesse … es wäre klüger, wenn du einen Schattenläufer fragst, wenn du etwas über Schattenwesen wissen willst.« Er zwinkerte Ouwen zu und verließ den Raum.

Ouwen senkte den Blick. Hatte Hayden ihm nicht alles erzählt, was er über die Wölfe wusste? Er schob seinen Becher über den Tisch und stand auf. Er würde nach der Wölfin sehen und dann seinen Freund suchen und ihn danach fragen. Die Fähe lag am Eingang der kleinen Kammer und hob erwartungsvoll den Kopf, als er den Raum betrat.

Ouwen strich über ihr Fell. Es tat ihm leid, dass sie im Ven-Rah nicht frei herumstreifen konnte, doch er hielt sich an das Versprechen, das er Guttorm gegeben hatte.

»Ich werde am Nachmittag zurückkommen und dich holen«, murmelte er und gab der Wölfin ein Zeichen, liegen zu bleiben. Sein Blick fiel auf die Schwertscheide, die neben seinen Sachen lag. Er griff danach und knüpfte sie an seinen Gürtel, dann lief er zu Haydens Kammer, aber er konnte seinen Freund weder in dem Zimmer noch auf dem Klostergelände finden. Stattdessen traf er auf Edevind, die mit ihrem Langstab auf dem Innenhof trainierte.

»Du kommst gerade richtig. Ich brauche jemanden, an dem ich meine neue Schlagtechnik ausprobieren kann!« Sie lachte dröhnend und Ouwen konnte nicht anders, als das Lachen zu erwidern. Er schätzte die Gestaltwandlerin, sie war eine außergewöhnliche Kämpferin. Und eine gute Lehrerin.

»Eigentlich wollte ich zu Hayden«, erwiderte er. »Weißt du, wo er ist?«

»Nein.« Edevind hob spöttisch eine Braue. »Solange er nicht auftaucht, kannst du gerne etwas Zeit mit mir verbringen.«

Ouwen grinste und zog seine Waffe. Sie begannen verschiedene Angriffstechniken zu wiederholen und er vergaß während des Trainings für eine Weile, warum er Halbschatten hatte sprechen wollen. Nach zwei Stunden war er völlig erschöpft, genau wie Edevind, die schnaufend vor ihm stand.

»Anscheinend hast du keine Lust mehr, auf dein Hinterteil zu fallen.« Edevind massierte ihren schmerzenden Arm. »Trainierst du etwa heimlich mit der Wölfin?«

Ouwen schüttelte lachend den Kopf. Er genoss die täglichen Lektionen mit der Wandlerin, denen er sein neues Selbstbewusstsein im Umgang mit dem Schwert verdankte. In den vergangenen Tagen war er im Zweikampf immer besser geworden. Zufrieden mit sich selbst drehte er die Klinge in der Hand, bevor er sie zurück in die Scheide steckte.

Edevind kam zu ihm und reichte ihm den Langstab. »Zeit für einen Wechsel.«

Ouwen nickte. Es war eine gute Übung, vor allem um sein Gleichgewicht bei Angriffen besser halten zu können.

Er testete eine Weile verschiedene Schläge und Techniken aus und ließ sich nicht davon entmutigen, dass die Gestaltwandlerin immer wieder seine Haltung korrigierte.

Am Nachmittag beendeten sie ihre Kampfübungen. Ouwen wollte gerade die Wölfin holen und sein Versprechen einlösen, als er sah, wie Hayden über den Hof auf sie zukam.

Er stieß den Stab in den Schnee. »Ich habe dich heute Morgen gesucht«, sagte er. »Wo bist du gewesen?«

Hayden lächelte entschuldigend und nickte Edevind zu, die den Gruß erwiderte. Die Wandlerin griff nach dem Langstab, schlug Ouwen kurz kameradschaftlich auf die Schulter und ließ die beiden allein.

»Du lernst schnell.« Hayden warf einen Blick auf das Schwert, das an Ouwens Gürtel hing. »Ich habe dich die vergangenen Tage beobachtet. Du führst die Waffe bereits sehr gut, deine Mutter wäre stolz auf dich.« Er wandte den Kopf und sah Edevind nach. »Und wie es scheint, machst du Edevind auch beim Gebrauch des Langstabes Konkurrenz.«

Ouwens Finger legten sich um den Schwertgriff. Es war nicht leicht für ihn gewesen, zu akzeptieren, dass Isira nicht die Frau war, für die er sie sein Leben lang gehalten hatte. Seine Mutter hatte ihr Geheimnis all die Jahre gut gewahrt, selbst vor ihrem Sohn.

»Zu deiner Frage, ich war in Ragohn. Ich dachte, es wäre gut, sich dort etwas umzuhören.«

Ouwen wusste, dass Halbschatten ihm keine Rechenschaft schuldig war, doch seine Unzufriedenheit wuchs. Hayden hatte ihn gebeten, ihm zu vertrauen und das hatte er getan. Er war ihm quer durch das Land gefolgt, ohne zu wissen, was ihn erwartete … Wieso vertraute er *ihm* nicht?

Hayden musterte ihn aufmerksam. Ouwen verzog das Gesicht, als er merkte, dass sein Freund seine Gedanken las.

»Ich hätte dir sagen sollen, wohin ich gehe, aber ich bin heute Morgen sofort aufgebrochen, nachdem ich es erfahren hatte.« Haydens Blick wanderte über den Hof. »Der Wächter hat einige Krieger aus Esgar in der Hafenstadt gesehen. Ich musste wissen, was sie hier wollen.«

Ouwen hatte den seltsamen Vogel fast vergessen. Dann war Elox also die ganze Zeit über bei ihnen gewesen?

»Und, hast du etwas herausfinden können?« Er verschränkte die Arme vor seiner Brust.

Hayden nickte. »Wie es scheint, sind sie nur auf der Durchreise. Elox wird sie im Auge behalten.«

»Gut. Ich hoffe, du behältst recht.« Ouwen wandte sich zum Gehen.

Hayden hielt ihn am Arm zurück. »Was hältst du davon, wenn wir zu den Klippen wandern?«

Ouwen blieb überrascht stehen. »Ich wollte gerade die Wölfin holen, als du kamst«, erwiderte er. »Sie hat die Kammer seit gestern nur zweimal kurz verlassen.« Er verspürte ein schlechtes Gewissen, schließlich war er verantwortlich für die Jägerin.

»Warte damit, bis wir zurück sind. Ich muss etwas mit dir besprechen. Allein.«

Ouwen widersprach nicht, doch er fragte sich, was so wichtig war, dass sie es nicht gleich hier bereden konnten. Guttorms Worte fielen ihm wieder ein. Er sah seinen Freund misstrauisch an. Was verschwieg Hayden ihm?

Er folgte Halbschatten, der auf eines der kleinen Tore zulief, die in die Außenmauer des Klosters eingelassen waren. Dahinter führte ein ausgetretener Pfad zu den Klippen, vorbei an dem Wäldchen, das sie am Tag ihrer Ankunft durchquert hatten.

Der Wind blies ihnen salzige Gischt entgegen. Ouwen sog die kalte Luft tief in seine Lungen. Wie lange war er nicht mehr hier gewesen? Die täglichen Lektionen banden ihn an das Kloster und er vergaß oft, wie nah das Meer war.

Er ging zu Hayden, der auf einem der breiten Felsvorsprünge stehen geblieben war und sah auf das aufgewühlte Wasser hinaus. Er liebte es, die Wellen dabei zu beobachten, wie sie sich an den steil aufragenden Felsen brachen.

Sein Blick wurde nachdenklich. Ihr Schiff würde schon bald zu den Inseln aufbrechen. Was würde sie dort erwarten?

»Ich weiß, dass du glaubst, dass wir Geheimnisse vor dir haben«, unterbrach Hayden seine Gedanken. »Wir versuchen nur, dich zu beschützen. Durch deine Visionen und Träume bist du angreifbar.«

Ouwen spürte Haydens Blick auf sich, wandte sich aber nicht zu ihm um.

»Ich dachte anfangs, es wäre sicherer, wenn du so wenig wie nötig über unser Reiseziel weißt.« Hayden seufzte. »Du wusstest nicht, welche Macht deine Träume haben und dass du ein Schattenseher bist. Doch ich hätte dir schon früher einige Dinge erklären sollen, wichtige Dinge ... und auch, dass wir dich zu deiner Tante auf den Inseln bringen wollen.« Er sah Ouwen abwartend an.

»Ich bin nicht mehr der Junge, der sich vor seinen Träumen fürchtet.«

»Nein, das bist du nicht.«

»Ich kann die Gabe mittlerweile besser kontrollieren.«

»Ich weiß, aber du musst noch viel lernen, auch wie du deine Gedanken vor anderen abschirmen kannst.« Hayden verzog seinen Mund zu einem schiefen Lächeln.

Ouwens Miene verfinsterte sich.

»Du musst mehr Geduld haben. Eines Tages wirst du nicht nur deinen Geist abschirmen können, sondern auch die Absichten und Gedanken anderer Menschen erkennen, selbst wenn sie sie vor dir verbergen wollen. Du wirst fähig sein, mit anderen Menschen ... mit anderen *Wesen* nur mithilfe deines Geistes zu kommunizieren.« Hayden schwieg einen Moment, bevor er weitersprach. »Ich habe dir bereits erklärt, dass du mithilfe der Inrir die Handlungen anderer beeinflussen kannst, indem du ihnen Bilder in ihre Köpfe einpflanzt. Wir werden diesen Teil unserer Lektionen ab heute verstärken. Doch du musst mir ein Versprechen geben: Du darfst dieses Wissen nur einsetzen, wenn es keine andere Möglichkeit mehr gibt. Deine Fähigkeiten sind gefährlich, für andere genauso wie für dich selbst.«

Ouwen nickte zögernd. »Ich verspreche es.«

»Vergiss nie, dass es auch andere gibt, die diese Fähigkeit besitzen. Sie werden sie gegen dich einsetzen, wenn sie die Möglichkeit dazu bekommen. Wenn dich die Schattenjäger oder die magischen Berater des Königs finden, gibt es mehr als nur ihre Waffen und Klauen, die du fürchten solltest. Sie können in deinen Geist eindringen, dich vergessen lassen, wer du bist ... Du könntest deinen besten Freund oder dich selbst töten, ohne zu begreifen, dass es der Wille von jemand anderem ist, der dich dazu bringt.«

Ouwen presste die Kiefer aufeinander. Er hatte nicht vergessen, wie gefährlich die Gabe war, die er in sich trug.

Hayden sprach weiter. »Es gibt noch etwas anderes, das du wissen musst. Etwas, das ich dir noch nicht erzählt habe ... über die Schattenjäger.«

»Ich wusste es«, entfuhr es Ouwen. »Hat es etwas damit zu tun, dass sie sich über ihre Gedanken verständigen können?«

»Nein. Es geht um eine Nachricht, die wir vor einigen Monaten erhalten haben.«

»Eine Nachricht?« Ouwen sah seinen Freund überrascht an.

»Sie kam von einem unserer Wächter.« Hayden blickte ein paar Möwen nach, die kreischend davonflogen. »Anfangs waren es nur Gerüchte, die wir hörten, von Menschen, die verschwanden und nie wieder auftauchten. Einfache Bauern, Sklaven – Gefangene aus Beutezügen.« Er senkte den Kopf. »Wir leben in einer

Zeit, in der der Tod schnell und unbarmherzig kommt. Niemand hätte erfahren, was mit einigen dieser Menschen geschieht, wenn uns die Botschaft nicht erreicht hätte.«

Ouwen zog die Brauen zusammen. Er begriff nicht, was Hayden meinte.

»Einem Jungen war die Flucht gelungen«, fuhr Halbschatten fort. »Er hatte besondere Fähigkeiten, so wie du. Doch er hatte nie gelernt, seine Kräfte richtig einzusetzen.«

Seine Miene verdunkelte sich. »Die Schattenwölfe fanden ihn, aber seine Nachricht erreichte uns. Ich war auf dem Weg nach Esgar, um mehr herauszufinden, als deine Visionen begannen. Deshalb blieb ich. Ich wollte sehen, wer du bist und beobachtete dich.«

»Was für eine Nachricht? Wovon sprichst du?«

Hayden strich sich die dunklen Haare zurück. »In seiner Botschaft ging es um die Schattenjäger. Wir wussten bis zu der Nachricht nicht, dass sie aus Esgar kommen … dass sie dort erschaffen werden.« Er griff nach Ouwens Arm. »Es sind Menschen! Zumindest waren sie das einmal, aber davon bleibt nichts zurück, wenn sie verwandelt werden.«

Ouwen starrte ihn fassungslos an. Die Schattenjäger waren *Menschen?*

»Ich weiß es selbst erst seit einigen Monaten. Es ist starke Magie, die nur wenige beherrschen.«

Ouwen wich einen Schritt zurück. Er dachte an die vergangenen Wochen, an die Geschichten, die Halbschatten ihm über die Jäger erzählt hatte. Ein Bild tauchte aus seiner Erinnerung auf und verdrängte alles andere: Braune Augen mit einem rot glühenden Pupillenrand.

Er wandte sich um und sah zum Kloster, dessen dunkle Umrisse hinter dem Wäldchen aufragten. Wenn Hayden die Wahrheit sagte ... was war dann mit der Wölfin?

»Ist sie wirklich einmal ein Mensch gewesen?«

»Ja. Es tut mir leid, Ouwen.«

»Ich kann das nicht glauben.« Ouwens Finger ballten sich zur Faust. Wochenlang hatte er Zeit mit der Schattenwölfin verbracht, ohne ihr Geheimnis zu kennen. Wie konnte es sein, dass er nichts bemerkt hatte? »Kann sie sich an das erinnern, was mit ihr geschehen ist?«, fragte er.

»Soweit wir wissen, verlieren sie alle Erinnerungen an ihr menschliches Leben, wenn sie verwandelt werden. Es ist, als hätte es nie existiert.« Hayden blickte zu den dunklen Türmen des Ven-Rahs. »Wir können sie nicht verurteilen für das, was sie tun, oder für das, was sie jetzt sind. Sie wurden nur zu einem Zweck erschaffen.« Er wandte den Kopf und sah Ouwen an. »Es ist ihr Fluch.«

KAPITEL 32

Ouwen hob den Kopf. Etwas hatte ihn geweckt, aber er konnte in der Dunkelheit nicht ausmachen, woher das Geräusch gekommen war. Plötzlich hörte er es wieder, das Knurren schien aus dem Gang vor der Kammer zu kommen.

Er schlug die Decke zurück und lief zur Tür, die einen Spalt offen stand. Im Kreuzgang war es stockfinster, bis auf zwei kleine Öllampen, die am Ende des schmalen Ganges brannten.

Er wandte sich um und sah ein paar Augen, die in der Dunkelheit leuchteten. Die Wölfin kam auf ihn zugelaufen. Ouwen ging in die Knie und streckte die Hand nach ihr aus. *Was ist geschehen?* Doch er bekam auf seine stumme Frage keine Antwort. Seine Hand glitt über ihr warmes Fell, er konnte ihre Unruhe spüren. In den vergangenen Tagen hatte er mit Hayden an seiner Fähigkeit gearbeitet, die Gedanken anderer Menschen zu lesen. Es fiel ihm immer leichter, zu erkennen, was sein Gegenüber gerade empfand, aber es gelang ihm nur selten, einzelne Gedanken zu erfassen.

Nachdenklich sah er die Fähe an. Würde er eines Tages ihre Gedanken verstehen können?

Er stand auf und blickte an den schmalen Säulen, die den Kreuzgang stützten, vorbei in den Hof, der in tiefe Schwärze getaucht war. Es war nichts zu hören, aber er glaubte nicht, dass die Wölfin ihn grundlos geweckt hatte. Irgendetwas war da draußen. Ouwen tastete nach seiner Schleuder und erinnerte sich schlagartig daran, dass seine Waffen noch in der Kammer lagen. Er wandte sich um, um sie zu holen, zögerte jedoch. Vielleicht war es besser, wenn er zuerst Hayden und Edevind weckte.

Ein pochender Schmerz fuhr in seine Schläfen. Die Vision kam so plötzlich, dass er sich an eine der Säulen lehnte.

Der Wind fuhr durch die Äste der alten Weiden, deren Wurzeln tief in das steinige Erdreich ragten. Sie hatten schon hier gestanden, als es noch keine Menschen an dieser Küste gegeben hatte und würden auch noch hier sein, wenn diese längst wieder vergessen waren.

Aus der Dunkelheit schälten sich die unscharfen Umrisse einiger Männer. Ihre Schwerter glänzten im fahlen Licht des Mondes, das die Harlinger Felsen in gespenstische Schatten tauchte. Er konnte ihre Gedanken nicht erkennen, doch er wusste, wohin sie wollten und warum sie kamen.

Sie brachten den Tod.

Ouwen schloss die Augen und spürte, wie ihn die Fähe mit ihrer feuchten Schnauze sanft gegen das Bein stupste.

Es geht mir gut. Seine Hand, mit der er sich an der Säule abstützte, zitterte. Er zog den Agtstein unter seinem Hemd hervor. Der Anhänger pulsierte warm, es fühlte sich an wie ein schwacher Herzschlag.

»Führe meine Augen … leite meine Hand«, flüsterte er und hob den Blick. Er würde nicht länger davonlaufen. Die Schattenwölfin stand mit gesträubtem Fell neben ihm, ihre Augen waren in die Ferne gerichtet. Ein wütendes Knurren kroch aus ihrer Kehle. Sie konnte die Männer wittern, obwohl sie noch weit entfernt waren.

»Wir müssen sie wecken.« Ouwen zögerte nicht länger und lief zu den Kammern, in denen Hayden und Edevind schliefen. Die Jägerin folgte ihm.

Guttorm kniete auf dem Boden. Das Licht der Öllampe warf zuckende Schatten an die Wände seiner Kammer. Die Tür stand offen und die Flamme flackerte unruhig bei jedem neuen Windstoß. Er starrte auf die Truhe, die vor ihm an der Wand stand. Es war lange her, seit er sie zuletzt geöffnet hatte. Zögernd beugte er sich vor und zog ein paar zusammengefaltete Kleidungsstücke heraus. Es waren eine Lederweste und eine schwarze Tunika, seine alte Kriegerkleidung. Er hatte sie behalten, eine sentimentale, überflüssige Erinnerung. Er verzog den Mund. Nun würde sie sich vielleicht doch noch als nützlich erweisen.

Am Boden der Truhe lag ein Schwert in einer abgenutzten Lederscheide. Er griff danach und zog die Klinge heraus. Viele Jahre waren vergangen, seitdem er sie zuletzt in einem Kampf geführt hatte, aber er wusste, dass sie noch immer scharf war. Die Klinge bestand aus mehrfach gefaltetem, ekambrischem Stahl – ein Meisterstück der Waffenkunst.

Schweigend betrachtete er die Sachen. Er hatte sich geschworen, keine Waffe mehr in die Hand zu nehmen, doch heute Nacht würde er diesen Schwur brechen.

Guttorm erhob sich und begann sein Gewand abzulegen. Sein nackter Rücken offenbarte im matten Licht der Lampe eine Reihe von Narben, genau wie seine Brust. Alte Kriegsverletzungen, die ihn immer daran erinnerten, wer er einst gewesen war. Er streifte sich die Tunika über, zog das Lederwams an und gürtete sein Schwert. Den silbernen Anhänger, der an einem Lederband um seinen Hals hing, steckte er unter das Gewand. Es war Zeit, er würde Elrend einen letzten Auftrag erteilen. Der Junge sollte die Bücher aus dem Versteck holen und sie an einen sicheren Ort bringen, genau wie sich selbst. Die Manuskripte waren kostbarer als das Leben eines alten Mönchs.

Er griff nach der Lampe und trat in den Kreuzgang. Seine Finger glitten über den Knauf der Waffe. Es lag in dem Willen der Götter, was geschehen würde, so wie alles in dieser Welt in ihrem Sinne geschah.

Der blaue Sand wirbelte auf und wurde mit dem Wind davongetragen. Hayden ließ seine Hand sinken und befestigte den kleinen Lederbeutel wieder an seiner Gürtelschlaufe.

Er warf einen Blick zu Elox, der über dem Kloster kreiste. Es waren ein halbes Dutzend bewaffnete Männer, Söldner, denen nur Gold etwas bedeutete, und sie würden bald hier sein. Es blieb keine Zeit, um weitere Vorbereitungen zu treffen, doch er war bereit.

»Ava-le-Fes!« Die leisen Worte, die über seine Lippen kamen, vermischten sich mit den Sandkörnern im Wind. Sie würden nicht allein kämpfen. Er sah zu den Wasserspeiern hinauf, deren schwarze Umrisse auf den Dachfirsten des Haupthauses aus der Dunkelheit ragten. Ihre dämonenhaften Fratzen blickten starr in den Nachthimmel, an dem nur vereinzelt Sterne hinter den dunstigen Wolkenschleiern hervorschauten. Heute Nacht würden sie ihren Blick auf die Erde richten.

»Nun, wie es scheint, steht uns eine aufregende Nacht bevor.« Namnor verzog seinen breiten Mund zu einem Grinsen. »Ich hatte schon angefangen, mich in dieser Dorfidylle zu langweilen.« Er stützte sich auf seinen Stab.

»Du solltest vorsichtiger mit deinen Wünschen sein«, erwiderte Hayden und sah in Richtung des kleinen Tores, hinter dem ein Pfad zu den Steilklippen führte.

Namnor folgte seinem Blick. Die kräftigen Muskeln des Kriegers zeichneten sich unter der Tunika ab, als er nach dem Schwert griff, das an seiner Hüfte hing. Heute würde er nicht nur mit einer Waffe kämpfen.

Der weiche Schnee knirschte unter ihren Füßen, als sie über den Hof liefen. Sie wussten, dass die Männer sich aufgeteilt hatten und sowohl über den Hauptweg als auch über die Klippen kamen. Der Novâl ließ sie nicht aus den Augen.

Hayden sah Namnor an und blieb stehen. Er musste seinen Freund vor dem Kampf noch um einen Gefallen bitten, der ihm nicht gefallen würde.

»Sobald der Weg zu den Steilklippen frei ist, müsst ihr gehen. Bring Ouwen zum Hafen. Kapitän Thyrin wird Ragohn früher als geplant verlassen. Guttorm schickt ihm gerade eine Nachricht und ein Angebot, das er nicht abschlagen kann.«

Der Gestaltwandler schwieg überrascht, bevor er antwortete. »Weiß der Junge davon?«, fragte er.

Hayden schüttelte den Kopf. »Er wartet im Haupthaus auf unser Zeichen. Er glaubt, dass er heute ebenfalls kämpfen wird.«

Namnor lachte heiser, seine braunen Augen leuchteten belustigt. »Wieso wundert dich das? Dafür haben wir ihn in den vergangenen Wochen ausgebildet. Er ist ein besserer Schüler, als ich anfangs dachte.«

»Der Tag wird kommen, an dem er so weit ist, doch das hier ist nicht sein Kampf.« Hayden sah sich wachsam um. »Du musst ihn in Sicherheit bringen! Ihr müsst Segel setzen, sobald die Sonne aufgeht. Ich werde euch den Rücken freihalten, damit ihr verschwinden könnt.«

»Was ist mit dir?«

Haydens Blick wanderte zu den Dachfirsten empor. Die dunklen Schatten, die von den Wasserspeiern geworfen wurden, schienen sich zu bewegen. Er würde seine ganze Kraft brauchen, um die Illusion aufrechtzuerhalten, bis seine Freunde das Ven-Rah verlassen hatten.

»Gib acht auf ihn«, sagte er leise. »Ouwen wird es nicht verstehen, doch ich kann nicht mit euch kommen.«

Er würde nach Osten gehen, dorthin, wo er gebraucht wurde. Nach Esgar. »Ich gebe euch Nachricht, sobald ich kann.«

Elox' heiserer Schrei hallte durch die Nacht. Halbschatten wandte den Kopf und sah zum großen Tor. Er hatte die Warnung des Wächters verstanden. Sie waren hier.

Die Klauen der Kreatur lösten sich langsam aus dem Mauerwerk. Ein paar Steine und Putz bröckelten herab, als sie sich von ihrem Platz auf dem Dachfirst erhob.

Ihre Augen – leere, tief liegende Höhlen, in denen nichts außer Schwärze zu erkennen war – blickten suchend in die Dunkelheit, bis sie die Menschen entdeckte, die zu ihr hinaufsahen. Die Männer starrten voller Entsetzen auf das Wesen in Tiergestalt, das seine steinernen Flügel ausbreitete und sich in die Lüfte erhob. Die Furcht einflößende Kreatur kam direkt auf sie zugeflogen.

Der Dämon hatte den Körper eines Löwen und die breiten, kräftigen Flügel eines Adlers. Es war einer von zwei Wasserspeiern, die auf den Dachfirsten gekauert hatten, bis die Söldner den Innenhof des Klosters erreichten.

Das Gesicht eines jungen Mannes verzerrte sich vor Angst, als einer der lebendig gewordenen Dämonen seine Klauen nach ihm ausstreckte. Das breite Maul in der grotesken Fratze war aufgerissen und schien ihn verschlingen zu wollen.

Der Mann riss sein Schwert aus der Scheide und schlug in Panik um sich, doch seine Schläge verfehlten die Kreatur. Sobald er zustieß, schien sich das Wesen in schwarzen Rauch aufzulösen, nur um an anderer Stelle wieder zu erscheinen.

Hayden trat aus dem Schatten des Kreuzganges und konzentrierte sich auf die Männer, die ihm am nächsten standen. Über seine Iris wanderten feine, dunkle Schlieren, bis seine Augen fast vollständig schwarz waren.

Die Söldner schlugen mit ihren Waffen um sich, aber es war ein aussichtsloser Kampf, den sie nicht gewinnen konnten. Sie kämpften gegen unsichtbare Gegner. Die Pupillen der Männer waren unnatürlich geweitet, sie sahen und hörten nur das, was Hayden ihnen als Vision einpflanzte. Er zeigte ihnen im Geist die Bilder, die sie sehen sollten – angsteinflößende, dämonenhafte Wesen, mit großen, steinernen Flügeln und messerscharfen Klauen.

Elox flog über den Kreuzgang und stieß einen heiseren Schrei aus. Vier weitere Männer hatten über den Klippenpfad das Klostergelände erreicht. Als sie sahen, wie ihre Kumpanen scheinbar gegen sich selber kämpften, zogen sie ihre Waffen und liefen auf den Haupttrakt zu.

Namnor blickte angespannt zu seinem Freund. Hayden schien noch immer in Trance zu sein, seine Augen waren vollkommen schwarz. Der alte Krieger hob lächelnd seinen Stab und trat den Angreifern entgegen. Als der erste Söldner in Reichweite war, stieß er ihn mit zwei gezielten, harten Schlägen zu Boden. Der Wandler drehte den Langstab in seinen Händen und griff einen weiteren Mann an.

Der Söldner taumelte, als die Waffe ihn mit einem dumpfen Schlag in den Magen traf und sackte stöhnend zusammen. Seine beiden Kumpane hieben wütend mit den Schwertern nach Namnor, aber der Wandler konnte den Angriffen ausweichen und drängte sie mit ein paar Schlägen zurück. Als er sich nach den verletzten Kämpfern am Boden umblickte, nutzte einer der Männer diesen kurzen, unachtsamen Moment und stieß mit der Fackel in seiner Hand nach dem Gesicht des Gestaltwandlers. Er verfehlte es nur knapp.

Namnor fluchte wütend und schlug mit aller Kraft, die er aufbringen konnte, zu. Er traf den Mann hart an der Schulter und zerschmetterte seine Knochen. Der plötzliche Schmerz ließ den Söldner aufschreien, die brennende Fackel entglitt seinen Fingern und fiel zu Boden.

Namnor spürte kein Mitleid, seine Gegner würden auch keines zeigen. Er holte aus, um den Angreifer mit einem weiteren Schlag außer Gefecht zu setzen.

Eine Klinge blitzte auf, als einer der Männer auf Namnor zulief, um seinem Gefährten beizustehen, doch er kam nicht weit. Elox stürzte sich krächzend vom Himmel und stieß mit seinen Krallen nach dem Gesicht des Mannes. Der Söldner versuchte, den Vogel abzuwehren und bedeckte schützend seine Augen, doch der Wächter ließ nicht von ihm ab.

Namnor fuhr herum und zog sein Schwert. Der Mann hielt noch immer seinen Arm vor das Gesicht und schrie, dunkles Blut lief über seine Hand. Er sah nicht, wie der Gestaltwandler die Waffe hob. Namnor brachte ihn mit einem Hieb seines Schwertes zu Fall.

Der graubärtige Krieger, den der Stab des Gestaltwandlers in den Magen getroffen hatte, raffte sich vom Boden auf und floh zu seinen Kameraden, die noch immer gegen unsichtbare Dämonen kämpften. Die Gedanken, die Halbschatten aussandte, schienen ihm nichts anhaben zu können. Er rüttelte an der Schulter eines seiner Gefährten, aber es gelang ihm nicht, ihn aus seiner Trance zu wecken. Der Mann starrte ihn aus seltsam geweiteten Pupillen an und richtete die Waffe gegen ihn. Er wich erschrocken zurück und sah sich um. Sein Blick blieb an Hayden haften, der neben einer Säule im Kreuzgang stand. Eigenartige, blaue Lichter schienen ihn zu umkreisen.

»Was für ein Hexenwerk ist das?« Er hob sein Kurzschwert und zeigte damit auf Hayden. »Seht ihr denn nicht, dass ihr gegen euch selbst kämpft?«, schrie er seine Gefährten an. Doch er bekam keine Antwort. Sein Gesicht verzerrte sich vor Wut. »Ich werde euch beweisen, dass es nur Trug ist!« Er stürzte auf Halbschatten zu.

Guttorm trat hinter Hayden aus den Schatten hervor. Seine Hand berührte kurz das silberne Symbol der Dreizehn unter seinem Hemd, bevor er mit einem Lächeln das Schwert aus der Scheide zog.

Ouwen ballte seine Hand zur Faust und widerstand dem Drang, seine Waffe ebenfalls zu ziehen. Hayden hatte ihm das Versprechen abgenommen, im Hintergrund zu bleiben, zusammen mit der Wölfin. Er hatte sein Wort gegeben.

Er strich durch das Fell der Fähe, ihre Flanken zitterten unruhig. Sie war genauso wenig wie er mit dieser Entscheidung einverstanden. Er konnte fühlen, wie sehr sie hinaus auf den Hof wollte, wie stark ihr Instinkt danach verlangte, ihrem Jagdfieber nachzugeben. Ouwen schloss die Augen, das Gefühl war überwältigend stark. Er spürte ihre Wut, den Hass auf die fremden Angreifer und vergaß für einen Moment, dass es nicht seine Gefühle waren, die ihn durchströmten. Das Blut rauschte in seinen Adern, er wollte die Fremden angreifen, seine Fänge in sie schlagen … sie sollten sterben!

Seine Finger verkrampften sich im Fell der Wölfin. Erschrocken öffnete er die Augen. Für einen kurzen Moment hatte er nicht nur gespürt, was sie empfunden hatte – es hatte sich angefühlt, als wäre er selbst der Wolf.

Er versuchte, das beklemmende Gefühl abzuschütteln, und sah sich um. Hayden beeinflusste die fremden Krieger mit seinen Kräften, doch wie lange würde er die Illusion noch aufrechterhalten können? Ouwen stützte sich gegen die verwitterte Säule, neben der er stand. Wozu hatten sie ihn wochenlang im Zweikampf unterwiesen, wenn er sein Schwert nicht einsetzen durfte? Sein Blick blieb an einer dunklen Rauchwolke hängen, die vom Hof aufstieg.

Die Fackel des Söldners war neben einem Stapel Holz gelandet, der an der Stallmauer aufgeschichtet gewesen war. Die Flammen hatten mittlerweile auf das Gebäude übergegriffen. Das Feuer fraß sich durch das alte Gebälk und ließ das morsche Holz in hellen Flammen aufgehen.

Ouwen ließ den Arm sinken und starrte entsetzt zu dem brennenden Stallgebäude. Wenn sie nichts unternahmen, würde das Feuer bald auch das Haupthaus erreichen.

Plötzlich öffnete sich die Stalltür und Elrend trat in den Hof. Der Gehilfe hustete und hielt sich ein Tuch vor den Mund. Er führte eine braune Stute am Zügel, die unruhig wieherte. Ouwens Blick fiel auf das verschnürte Bündel, welches neben dem Sattel hing, ein Lederband schaute heraus. Hatte Guttorm ihm den Auftrag gegeben, die Manuskripte in Sicherheit zu bringen? Oder war der Junge dabei, sie zu stehlen? Seine Hand glitt an den Schwertgriff. Er wusste, wie wichtig dem Mönch die Schriften waren.

Er wandte sich um und entdeckte Guttorm, der auf dem Hof gegen einen der Söldner kämpfte. Als der Mönch strauchelte und zu Boden ging, zog Ouwen entschlossen sein Schwert und lief durch die dunklen

Rauchschwaden auf die beiden Männer zu, doch bevor er Guttorm erreichen konnte, hielt ihn jemand am Arm zurück. Es war Hayden.

Ouwen versuchte, sich loszumachen. »Lass mich kämpfen!«

»Nein, nicht heute.« Hayden verstärkte seinen Griff. »Sie dürfen dich hier nicht finden.« Er zog ihn hinter eine der Säulen.

Ouwen riss sich wütend los. »Ich werde mich nicht verstecken, während ihr euer Leben riskiert!«

»Denk daran, was dein Vater gewollt hat.« Hayden blickte ihn an. Sein Gesicht war blass, die unnatürlich geweiteten, dunklen Augen glänzten fiebrig. Es kostete ihn große Kraft, die Illusion der Dämonen aufrechtzuerhalten, während er mit Ouwen sprach. »Verlass das Kloster und bring dich in Sicherheit!«

Ouwen spannte den Kiefer an. Er war kein Kind mehr, das man einfach bevormunden konnte. Er wollte nicht fliehen, sondern an der Seite von Namnor und Guttorm kämpfen! Er sah sich nach der Wölfin um, konnte sie in dem immer stärker werdenden Qualm aber nicht ausmachen.

Hayden griff nach seiner Schulter. »Du musst gehen! Edevind wird dich begleiten. Geht nach Ragohn und sucht den Kapitän unseres Schiffes. Thyrin wird im Morgengrauen auslaufen und euch fortbringen.«

Ouwen schüttelte den Kopf. »Ich kann euch helfen!«

»Das tust du bereits«, erwiderte Hayden. »Du bist mir gefolgt und hast deine Reise begonnen. Doch sie ist hier noch nicht zu Ende. Ich bitte dich, mir noch dieses eine Mal zu vertrauen.« Er wandte den Kopf und sah Namnor an, der neben sie getreten war.

Der Gestaltwandler wischte sich nachlässig Blut aus dem Gesicht. Als er Haydens fragenden Blick bemerkte, brummte er mürrisch: »Es ist nichts, es geht mir gut.«

Hayden reichte ihm wortlos einen kleinen, prall gefüllten Lederbeutel, der leise klirrte, dann zog er ein Stoffbündel unter seinem Mantel hervor und drückte es Ouwen in die Hand. »Für die Überfahrt, es ist die Kutte, die Guttorm dir geben wollte.«

Ouwen nahm die Hand vom Schwertgriff und musterte stirnrunzelnd das verschnürte Päckchen.

Hayden warf einen Blick über seine Schulter. »Ihr müsst gehen!« Er nickte in Richtung der äußeren Klostermauer. »Geht … und blickt nicht zurück.« Es lag etwas Endgültiges in seiner Stimme.

Ouwen erstarrte, als er begriff, dass Hayden nicht mit ihnen kommen würde.

»Nein!«, protestierte er und wehrte sich gegen Namnors Griff, doch der alte Krieger zog ihn unerbittlich mit sich. »Sei vernünftig! Du kannst ihm nicht helfen. Er wird nachkommen, sobald er kann.«

Ouwen schüttelte ihn ab. Er würde nicht zulassen, dass Hayden zurückblieb und sein Leben für sie aufs Spiel setzte! Er wandte sich um und wollte ihn bitten, mit ihnen zu gehen, aber Halbschatten war verschwunden. Fassungslos starrte Ouwen auf die Stelle, an der sein Freund gerade noch gestanden hatte.

»Wir müssen gehen! Das Feuer breitet sich aus.« Namnor zog ihn weiter. Ouwen spürte die Hitze der Flammen auf seinem Gesicht, die mittlerweile auch den Kreuzgang erreicht hatten, und gab seinen Widerstand auf. Er folgte dem Gestaltwandler den schmalen Gang entlang bis zu dem schwarzen Tor an der Ostseite des Klosters.

Ouwen blieb unter dem halb verfallenen Torbogen stehen und wandte sich noch einmal um, aber der Rauch war zu dicht. Es war nichts zu erkennen, bis auf die lodernden Flammen, die hoch in den Himmel schlugen.

»Mögen die Götter mit dir sein … mein Freund.« Er senkte den Blick und folgte Namnor. Es dauerte nicht lange, bis die Schatten sie verschluckt hatten.

Das Feuer fraß sich, vom Wind angefacht, seinen Weg durch das Gemäuer. Die Flammen leckten gierig an den Fassaden und zerstörten, was sich ihnen in den Weg stellte.

Hayden sah sich nach den Kriegern um, die noch immer gegen die Wasserspeierdämonen kämpften. Er konnte die Vision nicht länger aufrechterhalten. Seine Kraft war fast aufgebraucht. Er griff nach dem Kurzschwert, das an seiner Seite hing und lief zu den Söldnern, die langsam aus ihrer Trance erwachten. Der junge Mann, der als Erstes wieder zu sich kam, konnte kaum älter als Ouwen sein. Hayden schob den Gedanken beiseite. Ihm blieb keine Wahl.

Seine rechte Hand lag an der Waffe, aber er zog sie nicht, stattdessen konzentrierte er sich auf die Gedanken des Fremden. Er wusste, dass er nur einen Versuch hatte.

Seine Pupillen weiteten sich, bis das Schwarz erneut die gesamte Iris bedeckte.

Der Junge starrte ihn verwirrt an. Er begriff nicht, was vor sich ging. Wo war die Kreatur, gegen die er gerade noch gekämpft hatte? Die Furcht vor den dämonenhaften Wesen war noch immer in seinen Augen erkennbar.

Sein Schwertarm begann zu zittern. Er hob die Hand mit der Waffe an und richtete die Klinge langsam gegen sich selbst. Verzweifelt versuchte er das Schwert wegzudrehen, doch seine Hände schienen einem fremden Willen zu folgen. Die scharfe Klinge drang unaufhaltsam durch seine Kleidung und stoppte erst, nachdem sie sein Herz durchbohrt hatte.

Hayden verlor keine Zeit, sondern zog sein Schwert und lief zu den anderen Kriegern, die ebenfalls zu sich kamen. Seine Augen waren noch immer schwarz, aber seine Fähigkeit, jemanden zu beeinflussen, hatte stark nachgelassen.

Er griff den Söldner an, der ihm am nächsten stand. Der Mann fluchte und nannte ihn einen Dämon, doch Halbschatten hörte nicht auf das, was er sagte und drängte den Fremden mit seinen Schlägen Schritt für Schritt in Richtung des brennenden Hauptgebäudes. Aus den Augenwinkeln sah er, wie Guttorm auf sie zugeeilt kam. Der Mönch hieb mit dem Schwert nach einem der Krieger, aber sein Gegner setzte sich wütend zur Wehr. Die dunkle Rauchwolke begann die beiden Kämpfer einzuhüllen.

Plötzlich trat eine Gestalt aus dem dichten Qualm. Die Augen des Söldners, gegen den Hayden kämpfte, weiteten sich vor Entsetzen, als er den jungen Mann erkannte, der gerade noch tot auf der Erde gelegen hatte.

»Ratan?« Er starrte auf die offene Wunde in der Brust seines Kameraden. »Das ist nicht möglich ...«, flüsterte er und stolperte rückwärts. Er hatte gesehen, wie sein Freund gestorben war!

Ratan antwortete nicht. Der Junge hob das Schwert und kam langsam auf seinen Kameraden zu. Seine Augen wirkten seltsam leer, wie leblose, dunkle Abgründe.

Der Söldner blickte fassungslos auf die Waffe, die sein Freund gegen ihn gerichtet hatte und gab einen gurgelnden Laut von sich, als das kühle Metall ihn durchbohrte.

Er hatte nicht begriffen, dass es nicht die Klinge seines toten Kameraden war, sondern das Kurzschwert Halbschattens, das ihm das Leben nahm.

Hayden zog die Klinge aus dem Körper des Toten und fiel erschöpft auf die Knie, seine Energie war aufgebraucht. Er sah sich nach Guttorm um, doch der Rauch nahm ihm die Sicht. Die lodernden Flammen verschwammen vor seinen Augen, während er langsam den Kopf sinken ließ.

»Vihor … Mirhog … steht mir bei!« Sein Flüstern ging in ein ersticktes Husten über.

Ein leichter Wind kam auf und wirbelte durch den Schnee, der ihn umgab. Der Eiswind hüllte ihn ein, ein schützender Kokon aus Kälte und Schnee, und verdrängte den beißenden Qualm und das Feuer, das unbarmherzig durch das Ven-Rah jagte.

Guttorm kniete neben einer der Säulen, die den Kreuzgang stützten. Der Mönch schloss die Augen des Mannes, den er getötet hatte und zeichnete auf der Stirn des Toten einen Kreis. Er würde für die Gefallenen ein Gebet sprechen, wenn alles vorüber war.

Er sah den Angreifer nicht kommen. Das Schwert des Söldners bohrte sich durch seine Schulter und durchstieß seine Brust. Guttorm sackte nach vorn und tastete nach der Waffe, aber er hatte nicht genügend Kraft, sie zu heben.

Die Klinge des Söldners schimmerte dunkel, als er erneut zum Hieb ansetzte, doch er kam nicht mehr dazu, es zu beenden. Ein riesiger, schwarzer Schatten riss ihn zu Boden. Verzweifelt versuchte er, sich vom Gewicht des großen Wolfs zu befreien, aber die Jägerin ließ ihm keine Chance.

Die Wölfin versenkte ihre Fänge in seinem Fleisch und riss seine Kehle auf, bis sein Körper erschlaffte.

Guttorm hob den Kopf und blickte zu der Wölfin. Die Schmerzen ließen ihn zittern, doch er lächelte. Ein Schattenwolf, der mit einem Mönch kämpfte – das wäre eine Geschichte, die er gerne bei einem guten Wein erzählt hätte. Das Schwert glitt aus seiner blutigen Hand. Er fiel auf die Seite und das Funkeln in seinen Augen erlosch.

Die Fähe lief zu dem leblosen Körper. Sie roch den Tod und das Blut, das den Schnee auf dem Hof dunkel gefärbt hatte.

Die Flammen schlugen aus dem alten Gemäuer zum Himmel. Das Kloster brannte lichterloh. Die grauen Mauern zerbarsten und fielen krachend in sich zusammen.

Die Schattenwölfin legte den Kopf zurück und begann zu heulen. Es war ein einsames Klagelied, das weithin zu hören war und als düsteres Echo von den Felsen und Klippen zurückgeworfen wurde.

KAPITEL 33

Hafen von Ragohn. Am nächsten Morgen

Ouwen schob die Kapuze seines Umhangs zurück. Der kalte Wind strich über sein Gesicht und zerzauste seine Haare.

Sein Blick schweifte über den Hafen. Die schneebedeckten Berge des Fjords spiegelten sich in dem glasklaren Wasser, genau wie das Licht der Sonne, welches den grauen Himmel in ein helles, warmes Licht zu tauchen begann.

Er riss sich von dem Anblick los und sah sich um. Die Männer waren dabei, die Segel zu setzen und machten die Leinen los. Der Wind stand günstig und würde sie schon bald auf das offene Meer hinaustragen, fort von allem, was er kannte.

Wie oft hatte er sich gewünscht, an Bord eines Schiffes zu gehen und die Welt zu erkunden? Aber jetzt, da er weiter von Askaleth entfernt war als jemals zuvor, verspürte er Furcht. Er senkte den Blick. Nichts war mehr so, wie es einmal gewesen war. Wie sollte er ohne Hayden die Aufgaben bewältigen, die vor ihm lagen?

Ouwen hörte Schritte und wandte sich zu dem alten Mann um, der neben ihn getreten war. Er hatte sich noch immer nicht an Edevinds neue Gestalt gewöhnt.

Nachdenklich blickte er auf den Langstab, auf den sich der Alte stützte. Trotz allem, was in den vergangenen Wochen geschehen war, konnte er es selbst kaum glauben. Die alten Gaben existierten. Magie war nun ein Teil seines Lebens.

Gemeinsam mit Argos, wie sich sein »Onkel« auf dem Schiff nannte, sah er zu den im ersten Sonnenlicht aus den Schatten auftauchenden, steil aufragenden Felswänden, die langsam an ihnen vorüberglitten. Das Schiff hatte Fahrt aufgenommen und segelte durch den engen Fjord, an dessen Ende die Harlinger Felsen und das offene Meer auf sie warteten.

Die Matrosen rollten die Taue zusammen und brachten den Rest der Ladung unter Deck. Niemand nahm Notiz von ihm und seinem Begleiter, sie waren nur zwei weitere, einfache Reisende, die ihre Überfahrt vorab in Münzen bezahlt hatten.

Mögen die Götter mit uns sein. Ouwen schloss die Augen und genoss die frische, salzige Luft, doch seine Gedanken kreisten noch immer um das, was in der vergangenen Nacht geschehen war. Warum war die Wölfin ihnen nicht gefolgt? Sie hatte auf seine stumme Bitte, mit ihm zu gehen, nicht reagiert. Die Vorstellung, sie könnte vielleicht verletzt sein, ließ ihn nicht zur Ruhe kommen. Bis zuletzt hatte er die Hoffnung nicht aufgegeben, dass sie ihnen zum Hafen folgen würde. Aber sie war nicht gekommen.

Edevind hatte ihm erklärt, dass es zu gefährlich gewesen wäre, sie mit auf das Schiff zu nehmen. Sie war ein Schattenwolf, kein Hund. Doch die Wölfin hatte während ihrer gemeinsamen Reise niemals die Grenzen überschritten, die er ihr gesetzt hatte. Der Gedanke, ohne sie zu den Inseln zu reisen, schmerzte ihn ebenso sehr, wie die Tatsache, dass Hayden nicht mit ihnen gegangen war.

Ouwen starrte auf das rötlich schimmernde Wasser. Er bereute, seinem Freund nicht für alles gedankt zu haben, was er für ihn getan hatte, und hoffte, dass Halbschatten in Sicherheit war, genauso wie Guttorm.

Er würde die Lehrstunden mit dem alten Mönch vermissen.

Seine Finger tasteten nach dem Agtstein, der unter seiner Kutte hing. Er trug das einfache, schwarze Gewand, das Hayden ihm mitgegeben hatte. Der grobe Stoff rieb unangenehm auf seiner Haut. Es war Guttorms Idee gewesen, sich auf der Überfahrt als Tempelanwärter auszugeben. Auf Hegar, der größten der fünf Inseln, die der Kapitän ansteuerte, gab es ein Heiligtum, das Atorh geweiht war. Seine Priester standen in dem Ruf, den besten Met der Nordinseln herzustellen. Ouwen grinste. Er hegte keinen Zweifel daran, warum Guttorm so enge Verbindungen zu der Insel pflegte.

Seine Augen wanderten unruhig über den Horizont. Was würde ihn am Ziel ihrer Reise erwarten? Als er an den zerklüfteten Felswänden emporblickte, fiel ihm ein schmaler, dunkler Schatten auf, der sich in ihre Richtung bewegte.

Er kniff die Brauen zusammen. War das möglich? Doch die Silhouette der Wölfin war unverkennbar.

Erleichterung durchströmte ihn. Den Dreizehn sei Dank – sie hatte den Angriff unverletzt überstanden!

Ouwen lief zum Heck des Schiffes, um sie nicht aus den Augen zu verlieren. Er würde sich von ihr verabschieden, bevor das Schiff die Fjordenge hinter sich ließ und das offene Meer erreichte. Er wandte den Kopf und sah zu der Fähe, die das Boot wie ein Schatten verfolgte. Versuchte sie etwa, das Schiff einzuholen? Sein Blick blieb an einigen Felsen hängen, die am schmalen Ende der Harlinger Klippen in die Bucht hineinragten. Die Wölfin schien direkt darauf zuzulaufen. Entsetzt umklammerte er die Reling. Sie konnte nicht vorhaben, zu springen! Zwischen dem Schiff und den Felsen lagen mindestens dreißig Fuß Abstand. Es war zu weit für einen Sprung. *Für einen Menschen.*

Er presste die Lippen zusammen. Die Fähe war kein Mensch mehr und sie war auch kein gewöhnlicher Wolf, doch selbst eine Schattenjägerin konnte diesen Sprung unmöglich schaffen. Er wollte nicht, dass sie sich in Gefahr brachte, nur um zu ihm auf das Boot zu gelangen.

Ouwen versuchte, die Wölfin über seine Gedanken zu erreichen und von ihrem Vorhaben abzubringen, aber es gelang ihm nicht. Angespannt verfolgte er, wie sie auf die Felsformation zulief. Der Gedanke, dass sie einst ein Mensch gewesen war, ließ ihn nicht los. Sie hatte ein Leben gehabt, einen Namen … eine Familie. All das hatte man ihr genommen. Aber was auch immer sie jetzt war: Ihre Schicksalsfäden waren unwiderruflich miteinander verbunden und keine Magie, kein Zauber würde je etwas daran ändern.

Einer der Männer an Deck hatte die Wölfin ebenfalls entdeckt und zeigte auf sie.

»Schau dir den komischen Hund an. Ich wette, dass ich ihn treffen kann.«

Sein Freund schüttelte lachend den Kopf. »Niemals, das Vieh bewegt sich zu schnell.«

Ouwens Hand glitt an den Gürtel. Er fluchte leise,

als er sich daran erinnerte, dass seine Waffen versteckt unter ein paar Planken im Bauch des Schiffes lagen.

»Ist das etwa ein Wolf?« Der jüngere der beiden Männer strich sich über den Bart. »Vielleicht solltest du dein Glück doch versuchen. Diese Bastarde haben vor einer Woche die besten Schafe meines Vaters gerissen.«

Ouwen machte einen Schritt auf die beiden zu, aber Edevind, die ihm in der Gestalt Argos' gefolgt war, hielt ihn am Arm zurück.

»Nicht! Wir dürfen keine Aufmerksamkeit erregen.«

Ouwen blickte zu den zwei Männern, die ein paar Schritte entfernt an der Reling standen. Sie trugen Waffen, anscheinend gehörten sie zu den Söldnern, die Thyrin für die Überfahrt zu den Inseln angeheuert hatte.

Der Ältere der beiden, der die Fähe zuerst entdeckt hatte, nahm die Armbrust von seiner Schulter und zog einen Pfeil aus dem Köcher. Als er auf die Fähe zielte, riss Ouwen sich los. Er würde nicht dabei zusehen, wie sie die Jägerin vor seinen Augen töteten. Die Wölfin war ihm gefolgt, und auch wenn er sie nicht davon abhalten konnte zu springen, konnte er sie doch zumindest vor den Menschen beschützen, die ihr schaden wollten.

Die Inrir sind ein Geschenk. Aber sie sind auch eine gefährliche Waffe. Wir träumen nicht nur und haben Visionen, wir können diese Bilder auch anderen Menschen in ihre Köpfe pflanzen. Und es spielt keine Rolle, ob das, was sie dann sehen, Trugbilder sind oder ob es wahr ist.

Er erinnerte sich an jedes Wort, das Hayden ihm am Anfang ihrer Reise gesagt hatte. Er hatte gesehen, was Halbschatten mit seinen Kräften vermochte und kannte die Macht der Gedanken … die Macht ihrer Gabe.

Ouwen spürte, wie der schwarze Bernstein unter seinem Hemd sanft pulsierte. Er war ein Schattenseher, genau wie Hayden. Ruhe durchströmte ihn. Die Geräusche auf dem Schiff verblassten, während er langsam näher trat.

Er konzentrierte seine Gedanken auf den Mann mit der Armbrust und rief sich die Lektionen seines Mentors ins Gedächtnis. Er würde Hayden beweisen, dass es alle Mühen wert gewesen war, ihn zu unterrichten.

Leg die Waffe nieder! Es ist nur ein Hund. Er ließ das Bild eines großen, schwarzen Hundes vor seinem inneren Auge erscheinen, der an den Klippen entlanglief.

Der Söldner reagierte nicht. Ouwen spannte die Schultern an. Er wusste, dass er es schaffen konnte – er hatte den besten Lehrer gehabt. Seine Pupillen weiteten sich, ohne dass er es merkte. *Du wirst ihm nichts tun! Leg die Waffe nieder und hilf den anderen mit der Ladung.*

Der Mann schien einen Moment zu zögern, schließlich senkte er die Armbrust.

»Was is' los?« Sein Freund sah ihn fragend an. »Du kannst ihn nicht verfehlen, er ist direkt über uns!«

Der Angesprochene starrte mit abwesendem Blick auf die Felsen. »Es ist nur ein Hund … was soll's?«, erwiderte er und spuckte neben sich auf die Planken. »Ich spare meine Pfeile lieber für einen dieser verdammten Vahrangerbastarde auf.« Er wandte sich ab und lief zu den Männern, die dabei waren, die restlichen Fässer und Kisten zu verstauen.

In diesem Moment erreichte die Wölfin den Felsüberhang, der wie ein gekrümmter Finger in die Bucht hineinragte.

Ouwen hob den Kopf, seine Hände umfassten die

hölzerne Reling. Zwischen dem Schiff und den Felsen lagen mittlerweile weit über dreißig Fuß. *Mutter, hilf ihr!* Er griff nach dem Agtstein, die Wärme des schwarzen Bernsteins strömte beruhigend durch seinen Körper.

Seine Augen bohrten sich in die der Wölfin. Er konnte den Blick nicht abwenden und sah hilflos mit an, wie sie sprang. Der Moment schien sich ewig auszudehnen. Ouwen hörte sein Herz, das gegen seine Brust hämmerte und spürte das Vibrieren der Planken, die unter der Kraft der Wellen erzitterten, doch er war unfähig, sich zu bewegen. Sie *musste* es einfach schaffen.

Erst als die Schattenjägerin auf dem Deck des Schiffes mit allen vier Pfoten sicher gelandet war, merkte er, dass er die Luft angehalten hatte.

Er starrte die Wölfin ungläubig an.

Die Fähe hielt den Kopf gesenkt, ihre Läufe zitterten. Schaum tropfte vor Anstrengung von ihrem Maul.

»Seltsamer Hund.« Der Mann, der neben dem Schützen gestanden hatte, kam näher und betrachtete argwöhnisch die Fähe. Seine Hand fuhr an das Messer, das an seinem Gürtel hing.

Ouwen wandte den Kopf und schickte ihm in Gedanken den Wunsch, sich ebenfalls unter Deck nützlich zu machen.

Der Söldner blickte ihn unschlüssig an und schien etwas sagen zu wollen, doch er hatte vergessen, was das gewesen war. Verwirrt wandte er sich ab.

»Der Hund gehört zu mir«, sagte Ouwen so laut, dass es jeder hören konnte, der in der Nähe war. »Er ist sehr … anhänglich. Ich werde ihn an die Leine nehmen und achtgeben, dass er nicht stört.« Er sah sich prüfend um, niemand schien sich weiter für den großen *Hund* zu interessieren, der auf das Schiff gesprungen war. Der Großteil der Mannschaft befand sich am Bug oder unter Deck, und Ouwen sorgte dafür, dass jeder, der einen neugierigen Blick in ihre Richtung warf, sich kurz darauf wieder mit anderen Sachen beschäftigte.

Er rief die Wölfin leise zu sich. »Du hast es tatsächlich geschafft.« Ouwen kniete sich auf die Planken und strich behutsam über ihr Fell. Die Wölfin ließ es zu, als er sie hinter den Ohren kraulte. »Du wirst die meiste Zeit leider unter Deck verbringen müssen.« *Es ist sicherer, für uns und auch für dich,* fügte er in Gedanken hinzu.

Er griff sich eines der Seile, die neben ihm aufgewickelt auf einem Fass lagen, und band ihr vorsichtig den Strick um den Hals. »Es tut mir leid«, murmelte er. »Aber die Menschen fühlen sich wohler, wenn so außergewöhnliche Hunde auf einem Schiff nicht frei herumlaufen. Und es ist besser, wenn die Männer keine weiteren Fragen stellen.«

»Sie ist wirklich außergewöhnlich.« Argos stützte sich beim Gehen auf seinen Stab.

»Ja, das ist sie.« Ouwen hielt das Seil fest in der Hand, als habe er Angst, dass es ihm entgleiten könne.

»Hayden hat dich gut unterwiesen. Er wäre stolz auf dich.«

»Er ist ein guter Lehrer. Genau wie du.«

Argos lachte. »Nun, das werden wir noch sehen. Aber ich hoffe, nicht so bald.« Er zwinkerte ihm zu. »Bring sie nach unten. Es wird zu dritt etwas eng werden, aber ich schätze, dafür muss ich mir keine Gedanken mehr machen, ob sich einer der Schiffsjungen an unseren Sachen vergreift.« Er sah die Wölfin an. »Wir haben ja jetzt einen Wachhund.«

Der alte Mann wandte sich zum Gehen. »Ich werde uns etwas zu Essen besorgen. Ich weiß nicht, wie es dir geht, aber diese Seeluft macht mich einfach hungrig.«

Ouwen blickte ihm einen Moment lang nach. Der Wind hatte aufgefrischt und riss an dem Saum seiner Kutte.

Das Schiff pflügte hart durch die schäumenden Wellen. Gischt spritzte über das Deck, er konnte das Salz auf seinen Lippen schmecken. Zum ersten Mal seit seiner Flucht aus dem Kloster fühlte er Hoffnung in sich aufsteigen. Was auch immer vor ihm lag, er war nicht allein.

Er lehnte seine Stirn an den Kopf der Wölfin und schloss erleichtert die Augen. *Du bist hier.*

Die Fähe blickte ihn aus ihren ungewöhnlichen Augen an. Sie schien seine stumme Botschaft zu verstehen. Die roten Ränder der Iris waren verschwunden und hatten einem warmen Braun Platz gemacht, das von feinen Linien durchzogen war. Es ähnelte den Verästelungen eines starken Baumes.

Winzige, bernsteinfarbene Sprenkel tanzten darin.

DANKSAGUNG

»There are three rules for writing a novel. Unfortunately, no one knows what they are.«
W. Somerset Maugham

Danke an alle, die mich seit den ersten Zeilen auf dieser verrückten Reise begleitet haben, allen voran Kristin, Ulrike und natürlich Jenny, für ihren unerschütterlichen Optimismus und ihr »Singin' in the rain«. Eine Verbeugung geht an dich, liebe Mareen, für deine Geduld und deinen Humor – deine Augen sehen so viel mehr als Atorh je erahnen könnte.

Nicht zuletzt danke ich meiner Familie, der Literaturagentur Peter Molden, für ihr Vertrauen und dem Team des Piper Verlags, das Ouwens Geschichte zwischen zwei Buchdeckel gebannt hat.

Und natürlich Frank: Ohne dich hätte ich niemals den letzten Punkt setzen können. Avalou-ez!

Mögen die Götter euch belohnen.

Lesen Sie hier schon, wie es im nächsten Band von »Zeit der Eismonde« weitergeht!

Lesepr obe zu

ZEIT DER EISMONDE

SCHATTENLÄUFER

Öffne deine Schwingen, Herr des Windes.
Gebieter der Stürme,
Donnerzunge.
Teile den Himmel und trage meine Seele auf
unsichtbaren Pfaden über den Horizont.
Was mein ist, soll dir gehören.
Was war, ist vergessen.

Vers 187, Drittes Buch
Aus den Chroniken der Dreizehn

Nördliches Eismeer.
An Bord des Handelsschiffes Alvar

Ouwen lag auf dem Rücken und lauschte dem Geräusch der Wellen, die hartnäckig gegen die Planken des alten Schiffes schlugen. Es klang fast wie ein schlagendes Herz.

Das flackernde Windlicht warf tanzende Schatten auf seine Koje und die hölzernen Balken, welche sich über ihm an der Decke des Schiffsbauches wölbten.

Seufzend verschränkte er die Arme hinter dem Kopf. Sie waren seit vier Tagen unterwegs und er hatte sich noch immer nicht daran gewöhnt, kein festes Land mehr unter den Füßen zu haben. Er warf einen Blick zu der Wölfin, die neben der Koje auf dem Boden lag. Ihre Ohren waren nervös angelegt. Sie schien, genau wie er selbst, dem seltsamen Schaukeln des Schiffes zu misstrauen.

Nachdenklich starrte er an die Decke. Wie lange war er bereits hier unten? Das dunkle Dämmerlicht im Laderaum ließ ihn jegliches Zeitgefühl verlieren. Er schloss die Augen und versuchte seine Sorgen für einen Moment auszublenden.

Die Alvar hob und senkte sich im stetigen Rhythmus der Wellen. Das alte Eichenholz schien bei jeder Bewegung des Schiffes leise zu raunen, als wollte es ihm seine Geheimnisse erzählen. Geschichten über das Meer, seine unendlichen Tiefen und seltsamen Geschöpfe, die in ihm hausten. Legenden über riesige Wellen und wilde Stürme, die Segel und Masten wie Spielzeug zerfetzen und ganze Schiffe in ihr nasses Grab reißen konnten.

Als er das Geräusch von näher kommenden Schritten hörte, öffnete er die Augen und wandte den Kopf.

»Du bist wach, gut.« Argos bleckte die Zähne und grinste. »Steh auf und komm mit an Deck. Solange die Männer noch schlafen, können wir etwas Zeit an der frischen Luft verbringen, ohne dass einer von ihnen unnütze Fragen stellt.« Er stemmte die Hände in seine Hüften. »Ich wünschte, ich könnte mit dir deine Kampfübungen fortsetzen, aber das muss warten, bis wir die Inseln erreichen.« Der Gestaltwandler schnalzte ungehalten mit der Zunge. »Wenn mein Schwertarm bis dahin nicht eingerostet ist.«

Ouwen erhob sich von seinem Lager und strich sich die halblangen Haare zurück. »Was ist mit Grey? Kann sie mitkommen?«

Argos schüttelte den Kopf. »Nein, das ist keine gute Idee. Unter den Wachen ist Thorid ... Sie bleibt besser unter Deck.«

Ouwen blickte zu der Wölfin. Sie hatte seit zwei Tagen das Unterdeck nur ein paarmal kurz verlassen. Es tat ihm leid, sie hier eingesperrt zu sehen, aber er konnte es im Moment nicht ändern. Thorid hatte ihm mehr als deutlich zu verstehen gegeben, dass er das seltsame Tier nicht gerne an Deck sah. Ouwen wollte keinen Ärger und vor allem keine unnötige Aufmerksamkeit erregen.

Es tut mir leid. Er sandte ihr in Gedanken eine Entschuldigung. Die Wölfin hatte sich von ihrem Platz erhoben und rieb ihre Flanke an seinem Bein.

Ouwen strich lächelnd über ihr graues Fell. Er mochte den Namen, der er ihr gegeben hatte, auch wenn Argos es für unnötig hielt. Doch er fand, dass sie einen Namen verdient hatte und solange er nicht ihren wahren Namen kannte, würde er sie Grey nennen – nach dem Fluss Greyfoss, der in seiner Heimat am Fuße des Nordgebirges entsprang. Er hatte den Fluss selbst nie gesehen, aber sein Vater hatte ihm erzählt, dass das Wasser seine eisgraue Farbe nie verlor, selbst wenn im Frühjahr das Schmelzeis von den Bergen Schlamm und abgestorbene Pflanzenreste mit sich brachte.

Bleib hier! Ich werde bald zurück sein.

Ouwen griff nach seinem Mantel und folgte Argos, der zu einer Leiter am Ende des Laderaumes lief, über die man zum oberen Deck gelangte. Als der Gestaltwandler die Luke öffnete, schlug ihnen eisiger Wind entgegen.

Ouwen senkte den Kopf und kletterte an Deck. Die Kälte brannte sich in sein vom Schlaf erhitztes Gesicht und kroch unaufhaltsam unter seine Kleidung. Er versuchte, nicht an seine warme Koje zu denken. Argos duldete kein Jammern, darin ähnelte er sehr Ouwens Vater.

Mattes … Ouwen hob den Kopf und sah zu den Sternen, die hell am Firmament strahlten. Es war eine klare Nacht, keine einzige Wolke zeigte sich am blauschwarzen Himmel. Argos hatte ihm erzählt, dass hier, in der Passage zwischen dem nördlichen Eismeer und dem Schwarzmeer, die Gestirne selbst während der Eismonde ihren Glanz nicht verloren. Die Kapitäne hatten auch im Winter eine gute Sicht und navigierten nach den Sternen.

»Wir werden die Inseln bald erreichen, oder?« Ouwen starrte grüblerisch zu den Sternen empor. »Das dort oben ist doch Aihos, der Nordstern?« Er deutete zu dem hellsten Punkt am Firmament hinauf.

Der Gestaltwandler folgte seinem Blick und hob belustigt eine Braue. »Wer hat dir beigebracht, aus den Gestirnen zu lesen?«

Ouwen betrachtete nachdenklich die funkelnden Sterne. Sie schienen zum Greifen nah zu sein.

»Mein Vater«, erwiderte er. Sein Atem bildete kleine Wölkchen vor seinem Gesicht.

»Er war ein guter Lehrer. Es sind nicht mehr als zwei oder drei Tagesreisen, die uns von Hegar trennen. Sie ist die größte der fünf Inseln im Schwarzmeer.« Argos ließ seinen Blick über das in Dunkelheit getauchte Meer schweifen, in dem sich das Licht der Sterne spiegelte. »Die Götter sind nicht fern in dieser Nacht.« Er seufzte. »Ich bin froh, wenn ich wieder meine alte Gestalt annehmen kann.«

Ouwen wandte sich zu ihm um. »Kostet es dich viel Kraft?« Er hatte bisher nicht darüber nachgedacht, wie anstrengend es für Edevind sein musste, über Tage die Gestalt des alten Mannes beizubehalten.

Argos trat an die Reling und umfasste sie mit seinen kräftigen Händen. »Es ist lange her, dass ein Gestaltwechsel so lange angedauert hat, doch es geht mir gut. Ich muss nur darauf achten, dass meine Konzentration nicht nachlässt.« Er verzog den Mund zu einem Grinsen. »Außerdem ist es ja nicht so, dass ich die ganze Zeit als alter Mann herumlaufen muss. Ab und zu mische ich mich unter die Besatzung und höre mich dabei ein wenig um.«

Ouwen blickte ihn überrascht an. »Du hast dich als einer von Kapitän Thyrins Männern ausgegeben?«

Argos zuckte mit den Achseln. »Ich bin vorsichtig gewesen. Und es war eine gute Gelegenheit, um herauszufinden, mit wem wir es hier auf dem Schiff zu tun haben.« Er kratzte sich am Hals. »Das Erste, was ich machen werde, sobald wir wieder Land unter den Füßen haben, ist, diese Sachen auszuziehen und ein Bad zu nehmen. Ich rieche mittlerweile genauso furchtbar wie die verlausten Seemänner, die mit uns unter Deck schlafen.«

Ouwen lachte leise. »Ich weiß, dass Thyrin knauserig ist, was die Wasservorräte anbelangt, aber du kannst dich ja morgen mit Seewasser abschrubben … wenn dich kleine Eisbrocken nicht stören.«

Argos schnaufte und sah zum Bug des Schiffes. Sie waren nicht allein an Deck. Zwei Männer hielten am vorderen Bug Wache, während der erste Maat am Ruder stand. Er runzelte die Stirn. Die Seeroute zu den Inseln war nicht ungefährlich. Neben den Winterstürmen kreuzten immer wieder Eisberge ihre Route und es gab noch etwas anderes, das Kapitän Thyrin Sorgen bereitete. Einige Handelsschiffe waren auf dem Weg zu den Nordinseln von Piraten aufgerieben worden. In der Nacht wurden daher zusätzliche Wachen abgestellt, die den Horizont nicht nur nach verdächtigen Eisschollen absuchten, die drohend aus dem eisigen Wasser ragten. Die Alvar war ein Handelsschiff und verfügte über keine nennenswerte Bewaffnung, doch Thyrin hatte sich vor der Abfahrt in Ragohn auf andere Weise abgesichert. An Bord befanden sich ein halbes Dutzend Krieger, erfahrene Kämpfer, die auf dem Weg zu den

Inseln waren, um gegen das Vahranger Heer zu kämpfen. Falls sie während der Reise auf Piraten stießen, würden die Männer ihre Waffen für den Kapitän und sein Schiff einsetzen. Als Gegenleistung hatte Thyrin ihnen freie Überfahrt und Kost garantiert.

Ouwen musterte ebenfalls die Wachen, die sich leise auf dem erhöhten Vorderdeck unterhielten. Seine Augen verweilten auf dem jüngeren der beiden Männer, dessen gedrungene Gestalt sich deutlich gegen die seines schlanken Kumpans abhob. Thorid. Er kniff die Brauen zusammen. Der Söldner hatte bei der Abfahrt aus Ragohn auf die Wölfin gezielt und hätte sie getötet, wenn Ouwen ihn nicht daran gehindert hätte. Bei dem Gedanken daran, welches Risiko die Schattenwölfin auf sich genommen hatte, um zu ihm zu gelangen, begann er erneut zu frösteln. Er wandte den Blick ab und sah auf das Meer, dessen Oberfläche sich wie dunkle, schimmernde Seide scheinbar endlos am Horizont erstreckte.

Seit sie vor zwei Tagen erneut aneinandergeraten waren, wich er dem Söldner aus. Wenn es darauf ankam, würde er versuchen, Thorid wieder mit seinen Gedanken zu beeinflussen. Aber er wollte das Risiko eines offenen Streits lieber vermeiden, auch wenn es ihm schwerfiel, diesem selbstgefälligen Kerl nicht offen die Meinung sagen zu können. Ouwen vergrub seine kalten Hände in den Manteltaschen. Die Planken unter seinen Füßen erzitterten leise. Er musste lächeln, als er daran dachte, wie die Wölfin in der ersten Nacht an Bord der Alvar nicht von seiner Seite gewichen war. Sie schien dieser ungewohnten Art der Fortbewegung und dem stetigen Schaukeln des Schiffes nach wie vor nicht viel abgewinnen zu können. Ihm selbst war in den vergangenen Tagen mehr als einmal flau im Magen gewesen, aber er wusste von seinem Onkel, dass es eine Weile dauern konnte, bis man seefest war.

Er hob den Kopf und sah zum Nordstern empor. Seine Heimat war weit entfernt. Mit jeder Seemeile, die sie hinter sich brachten, vergrößerte sich die Distanz. Doch er war auch dankbar, hier sein zu dürfen, dass sich sein Traum, einmal auf einem Schiff über die Ozeane zu reisen, erfüllt hatte.

»Atorh, Gott der zwei Gesichter, sende deine Boten aus, deine Ohren und Augen. Ihr schwarzes Gefieder soll den Himmel verdunkeln. Leite uns durch die Stille der Nacht und den lichten Tag.« Ouwen flüsterte das alte Gedicht, das ihm plötzlich in den Sinn gekommen war. Auf ihren Wanderungen durch die Nordinger Wälder hatte sein Vater diesen Vers oft als eine Art Schutzgebet verwendet. Die Erinnerung an ihre gemeinsamen Jagden stimmte ihn wehmütig.

»Du kennst die Tahlis-Saga?« Argos sah ihn neugierig an.

Ouwen zuckte mit den Schultern. »Ich kenne nur einige Stellen daraus«, erwiderte er. »Mein Vater hat sie mir erzählt.« Bevor er in Ragohn dem Mönch Guttorm begegnet war, hatte er noch nie ein Buch in den Händen gehalten, doch Ouwen wusste, dass es in der Überlieferung um die Gaben der Dreizehn und ihre Reisen in die Menschenwelt ging. Sein Vater hatte ihm schon als Kind die Geschichten von Vihor, dem Gott des Feuers und seinem Bruder Mirhog erzählt, der den Wind und den Donner beherrschte. Und von der schönen Aenai, ihrer Schwester, der Göttin des Zorns und des Krieges. Als der königliche Erlass erschien, nur noch dem zweigesichtigen Gott Atorh zu huldigen, hatte Mattes sich geweigert. Für ihn waren alle dreizehn Götter gleichgestellt. Die Geschwister bildeten eine Einheit und schufen dadurch ein Gleichgewicht, das gewahrt werden musste.

Der Gestaltwandler strich sich nachdenklich über das faltige Gesicht. »Vielleicht solltest du kurz die Wölfin – ich meine Grey – holen, damit sie etwas Auslauf hat. Thorids Wachablösung ist gerade gekommen.« Er nickte in Richtung des Bugs.

Ouwen wandte den Kopf. »Eine gute Idee.« Er machte einen Schritt auf die Bodenklappe zu, doch Argos hielt ihn am Arm zurück.

»Nimm lieber die hintere Luke, damit du Thorid nicht über den Weg läufst.«

Ouwen nickte. Die Söldner waren im Bug des Schiffes untergebracht, während er und Argos sowie ein Großteil der einfachen Besatzung in den Laderäumen des Zwischendecks schliefen.

»Ich bin gleich zurück«, erwiderte er und wandte sich um.

»Das will ich hoffen. Bei der Kälte möchte ich nicht ewig hier rumstehen. Bring den Weinschlauch mit, der unter meiner Matratze liegt. Der Branntwein von Guttorm ist das Einzige, was meine Gedärme noch auftauen kann.«

Ouwen verkniff sich eine Erwiderung. Er hatte das widerliche Gebräu nur ein einziges Mal probiert und danach dankend darauf verzichtet. Lieber fror er, als dass er diese Erfahrung wiederholen würde. Er bevorzugte frischen, warmen Met oder Bier, doch beides war auf dem Schiff Mangelware. Der Kapitän wollte nüchterne Männer, auf die er sich jederzeit verlassen konnte und ließ daher Alkohol nur zu besonderen Anlässen ausschenken. Ein Grund, warum Argos seinen Weinschlauch wie einen wertvollen Schatz hütete.

Ouwen strich seine Kapuze zurück und machte sich auf den Weg, die Wölfin zu holen. Doch Grey lag nicht mehr auf dem Boden neben seiner Schlafstatt. Er rief sie über seine Gedanken, erhielt jedoch keine Antwort.

Ouwen runzelte die Stirn. Warum kam sie nicht zu ihm? Er hatte ihr eingeschärft, den hinteren Teil des Frachtraums, in dem sich ihre Kojen befanden, nicht zu verlassen. Er machte ein paar Schritte auf die Ladung zu, die an den Seiten des Schiffsbauches festgebunden war. Die schweren Kisten und Säcke in verschiedenen Größen stapelten sich bis unter die Decke.

Ein leises Rascheln drang an sein Ohr. Ouwen fuhr herum und hob die Laterne, die er vom Oberdeck mitgebracht hatte vor sein Gesicht, um besser sehen zu können.

In einer dunklen Ecke leuchteten ein Paar Augen auf. Das Tier starrte ihn an und kam zögernd näher. Eine dunkelgrau gefleckte Schnauze wurde im schmalen Lichtkegel der Lampe sichtbar.

»Grey!« Ouwen ließ den Arm sinken und ging in die Hocke. Die Wölfin schien sich in einen schmalen Spalt zwischen der Ladung und der Schiffswand zurückgezogen zu haben. »Es ist alles gut, du kannst rauskommen«, flüsterte er.

Die Flanken der Fähe zitterten, als sie sich ihm näherte. Er konnte ihre Unruhe spüren und noch etwas anderes … Furcht. *Was ist geschehen?* Ouwen streckte die Hand aus und strich über ihr Fell, bekam auf seine stumme Frage jedoch keine Antwort. Unruhig griff er nach dem Messer, das an seinem Gürtel hing und ließ seinen Blick über den Laderaum schweifen. Die Laternen an den Wänden warfen ein gedämpftes Licht in den gewölbten Schiffsbauch, das Schwanken des Rumpfes ließ sie in ihren Halterungen unruhig schaukeln.

Er behielt die Waffe in der Hand und ging zu ein paar Kisten, hinter denen zwei Männer in ihren Kojen schliefen.

Ouwen lauschte in die Stille. Es blieb ruhig, nur die Planken des Schiffes ächzten, es klang wie ein müdes Stöhnen. Erleichtert wandte er sich ab und lief zu seinem und Argos' Lager. Wahrscheinlich war die Wölfin einfach nur verängstigt, weil sie das Schaukeln des Schiffes beunruhigte. Er nahm sich vor, sie nicht mehr so oft hier unten allein zu lassen.

Komm mit mir! Er gab Grey ein Zeichen, ihm zu folgen. »Ich bringe dich an die frische Luft.«

Die Wölfin hob den Kopf und winselte leise als Antwort.

Ouwen nickte ihr aufmunternd zu und suchte nach Argos' Weinschlauch. Zufrieden befestigte er ihn an seinem Gürtel, dann ging er auf die hintere Luke zu.

Die Wölfin wandte zögernd ihren Blick von den gierigen Schatten ab, die wie die langen, dünnen Tentakel eines Kraken über die blank gescheuerten Planken und Wände des Schiffes krochen, und folgte ihm.